BASTEI LÜBBE TASCHENBUCH

JASON DARKS SONDERAUSGABEN IM TASCHENBUCH-PROGRAMM:

Paperback
73500 Hexenküsse

Jumbo-Bände
73 952 Die Hölle auf Erden
73 953 Grüße aus dem Fegefeuer
73 954 Schreie aus der Unterwelt
73 955 Jenseits der Angst
73 956 Wenn aus Freunden Monster werden
73 957 Hexen – Geister – Teufelsdiener
73 958 Wenn die Hölle dich verschlingt
73 959 Rückkehr aus dem Reich der Toten
73 960 Baphomet II
73 961 Das Schicksal des Templers
73 962 Im Namen des Schwarzen Tods
73 963 Hexenfluch
73 964 Der dunkle Gral
73 965 Morganas wilde Meute

Kultausgaben
73 966 Wie alles begann
73 967 Die Conollys
73 968 Suko und Shao
73 969 Jane Collins – Privatdetektivin
73 970 Die Hexe Jane Collins
73 971 Glenda Perkins
73 972 Kommissar Will Mallmann
73 973 Mallmann und der Schwarze Tod
73 974 Mallmanns letzte Fälle
73 975 Myxin, der Magier
73 976 Die Schöne aus dem Totenreich
73 977 Arkonada und der Planet der Magier
73 978 Doktor Tod
73 979 Die Gründung der Mordliga
73 980 Lupina und Vampiro-del-mar
73 981 Lady X

JASON DARK

Die Welt des

JOHN SINCLAIR

DIE MORDLIGA GREIFT AN

DREI SPANNENDE KULTGESCHICHTEN

BASTEI
LÜBBE
TASCHENBUCH

BASTEI LÜBBE TASCHENBUCH
Band 73 982

1. Auflage: Januar 2010

Vollständige Taschenbuchausgabe

Bastei Lübbe Taschenbücher
in der
Verlagsgruppe Lübbe

Lektorat: Rainer Delfs
Titelbild: shutterstock / dundanim
Umschlaggestaltung: Kirstin Osenau
Satz: Wildpanner, München
Druck und Verarbeitung:
Norhaven A/S
Printed in Denmark
ISBN 978-3-404-73982-0

Inhalt

MYXINS ENTFÜHRUNG

Doktor Tod wartete auf der Brücke!

Er war nicht allein gekommen, denn das Treffen mit Asmodina würde kein reines Freudenfest werden. Solo Morasso, alias Doktor Tod, hatte ihr einige Dinge zu sagen. Im Hintergrund lauerten seine beiden stärksten Leibwächter. Vampiro-del-mar und Tokata.

Doktor Tod hatte nicht allein kommen wollen. Diese Welt war zu gefährlich, denn hier regierte Asmodina, die das Treffen auch gewollt hatte. In der Schädelwelt wollte sie Doktor Tod sehen, und jetzt stand er auf der Brücke, die eine tiefe Schlucht überspannte, auf deren Grund zahlreiche Gebeine und Knochen lagen.

Doktor Tod wurde ärgerlich. Hart umspannten seine Hände den geheimnisvollen Würfel, dessen Besitz ihn zu einem mächtigen Mann machte. Dieser Würfel hatte ihn auch in die Welt hier katapultiert, er war praktisch unbezahlbar, und Doktor Tod hatte trotz intensiver Forschungen noch immer nicht herausgefunden, welche Fähigkeiten der Würfel des Unheils wirklich hatte.

Auf jeden Fall zwei Seiten. Er passte sich immer dem jeweiligen Besitzer an.

Der Mittelpunkt der Brücke sollte der Treffpunkt sein. Noch war von Asmodina nichts zu sehen, und Solo Morasso ging wieder zurück, wo Tokata und Vampiro-del-mar warteten.

Der Samurai des Satans sah aus wie immer. Dunkle Lederkleidung, dazu die Gesichtsmaske, und er hatte seine rechte Hand auf den Griff seines Schwertes gelegt. Der linke Arm fehlte ihm. Er war vom silbernen Bumerang buchstäblich abrasiert worden, als Tokata gegen John Sinclair gekämpft hatte.

Vampiro-del-mar war noch nicht richtig zum Einsatz gekommen. Er starrte Doktor Tod aus blutunterlaufenen Augen an. Blut klebte auch um seine Mundwinkel, denn erst vor wenigen Minuten hatte er sich ein Opfer geholt.

Eine der lebenden und menschengroßen Ratten, die hier existierten. Vampiro-del-mar hatte sie bis auf den letzten Blutstropfen ausgesaugt, jetzt fühlte er sich ziemlich frisch. Noch besser hätte er sich gefühlt, wenn er Menschenblut gehabt hätte, doch daran war momentan nicht zu denken.

Vampiro-del-mar war noch größer als Tokata. Ein wahrer Riese mit einem Gebiss aus Vampirzähnen, einer fleckigen Haut, einem verwüsteten Gesicht und mörderischen Pranken.

Er und Tokata waren als Tandem so gut wie unschlagbar. Das wusste auch ihr Boss, Doktor Tod, und deshalb hatte er sie in diese Welt mitgenommen.

»Wenn sie uns noch länger warten lässt, verschwinden wir«, sagte Doktor Tod.

Seine beiden Leibwächter nickten.

Solo Morasso war nervös. Sein eisgraues Haar schien zu zittern. Er kochte innerlich, denn er hatte es nicht nötig, auf Asmodina zu warten. Sie stand zwar über ihm, doch Solo Morasso hatte gesehen, dass auch Asmodina nicht unfehlbar war. Sie hatte in der letzten Zeit so manche Niederlage einstecken müssen, und dass es John Sinclair gelungen war, den Dämonenhenker Destero zu töten, hatte sich ungeheuer schnell herumgesprochen.

Aus dem Kreis der Mordliga hatte der Geisterjäger noch keinen getötet.

Aber Destero!

Und das hatte sich Doktor Tod genau gemerkt. Dieses Wissen stärkte seine Position, denn es passte ihm überhaupt nicht, dass eine Frau über ihn bestimmen sollte, auch wenn sie die Teufelstochter war. Nein, das musste man ändern.

Morasso hatte Pläne gewälzt. In der letzten Zeit hatte er sich sogar zurückgezogen, um in Ruhe nachdenken zu können. Er wollte herrschen, aber allein, und Asmodina störte ihn gewaltig.

Diese Gedanken behielt er jedoch für sich, denn die Zeit war nicht reif.

Noch nicht …

Sie warteten weiter. Die menschengroßen Ratten, die in dieser Welt lebten, trauten sich nicht mehr näher heran, seitdem sie Vampiro-del-mar kennengelernt hatten. Da blieben sie lieber in sicherer Entfernung und warteten ab.

»Wir werden nicht mehr lange warten«, versprach Doktor Tod seinen Leibwächtern.

Vampiro-del-mar nickte, und auch Tokata stieß ein Grunzen der Zustimmung aus.

Sie waren ebenfalls der Meinung, sich hier nicht auf den Arm nehmen zu lassen. Schließlich hatte Asmodina etwas von ihnen gewollt und nicht umgekehrt.

Wer einen Blick in die düstere Schlucht warf, sah zumeist den Dunst, der über den Knochen schwebte. Die Gebeine füllten den Grund der Schlucht völlig aus, sie lagen dicht an dicht, wie Pflastersteine auf einem Weg.

Es waren die blanken Knochen der getöteten Rattenwesen, die diese Unterlage bildeten, aber auch die Gebeine anderer lagen dort. Asmodina ließ ihre getöteten Gegner kurzerhand in diese Knochenschlucht werfen, wo die Ratten warteten, um mit ihrem grausigen Mahl zu beginnen.

Vampiro-del-mar stieß ein gereiztes Knurren aus. Ein Zeichen, dass er schon wieder durstig war.

Doktor Tod fuhr herum. »Nicht jetzt«, sagte er hart.

Der Supervampir zuckte zusammen, gehorchte aber.

Sie warteten weiter. Längst war die Zeit überschritten, die sie vereinbart hatten, und Doktor Tod wurde das Gefühl nicht los, dass Asmodina ihn und seine Leibwächter bewusst warten ließ. Wenn er daran dachte, wurde seine Wut nur noch stärker.

Aber es geschah etwas. Ein Flattern war zu hören.

Jemand flog heran.

Sie hoben die Köpfe.

Tokata zog dabei sein Schwert halb aus der Scheide. Sollte Gefahr drohen, würde er sich sofort wehren.

Aus dem düsteren schwarzroten Himmel schälten sich die Konturen zweier Todesengel. Sie waren die Botinnen der Asmodina und gleichzeitig ihre Leibwächter.

Es waren gefallene Engel, Dienerinnen des Bösen, obwohl sie äußerlich wie Menschen wirkten. Nur etwas war anders. Die beiden dunklen Flügel auf ihrem Rücken.

Sie schwebten herbei, wischten dicht über die Köpfe der drei Wartenden hinweg und landeten vor ihnen.

Die Flügel falteten sich zusammen.

Doktor Tod und seine beiden Leibwächter schauten sie nur an, sagten aber keinen Ton.

Beide Engel hatten brandrotes Haar, das, wenn sie flogen, wie eine Fahne flatterte. Sie trugen enge, schwarze Lederkleidung, die in der Körpermitte durchbrochen war, sodass die weiße Haut dort schimmerte. Ihre Gesichter waren maskenhaft starr und glichen dem Antlitz ihrer Herrin.

Diese Todesengel waren bereit, für Asmodina zu sterben. Sie schienen ein Teil von ihr Selbst zu sein, gehorchten aufs Wort und taten alles für sie.

»Meine Herrin erwartet euch!«

»Wo?«, fragte Doktor Tod.

»Wir werden euch führen!« Sie breiteten schon die Flügel aus, weil sie damit rechneten, dass die anderen ihnen folgen würden, aber sie hatten sich getäuscht.

Doktor Tod dachte gar nicht daran. »Nein«, erwiderte er hart. »Wenn Asmodina etwas von uns will, dann soll sie herkommen. Wir bleiben hier. Fliegt allein!«

Mit dieser Antwort hatten die Todesengel nicht gerechnet. Sie waren für einen Moment sprachlos. So hatte noch nie jemand mit ihnen und von ihrer Herrin geredet.

Das grenzte schon an Meuterei …

»Ich warne euch. Asmodina hat es nicht gern, wenn man ihre Pläne durchkreuzt. In dieser und in vielen anderen Welten ist sie die Herrin und bestimmt. Richtet euch danach!«

»Entweder sie kommt – oder wir gehen!« Solo Morassos Antwort ließ keinen Kompromiss zu.

Doch die Todesengel hatten ihren Auftrag, und den

wollten sie ausführen. »Dann werden wir euch zwingen!«

Darauf hatte Doktor Tod gerade gewartet. Er trat zur Seite und sagte nur ein Wort.

»Tokata!«

Der Samurai des Satans wusste genau, was er zu tun hatte. Es gab ein schleifendes Geräusch, als er sein schmales Schwert, das in der tiefsten Hölle geschmiedet war, aus der Scheide zog. Die Klinge blitzte auf, eine pfeilschnelle Bewegung, die mit den Augen kaum zu verfolgen war, und einer der Todesengel bestand plötzlich aus zwei Teilen. Die Schneide hatte ihn glatt durchtrennt.

Beide Hälften kippten zur Seite. In dicken Tropfen fiel dunkelgrünes Blut zu Boden, breitete sich zur Lache aus und rann an der Wand der Schlucht hinab.

Der zweite Todesengel breitete die Flügel aus und stieß sich ab. Er wollte verschwinden, seine Herrin warnen und hatte sich auch schon vom Boden erhoben, als Tokata das Schwert warf.

Zielsicher traf es den Todesengel und drang ihm schräg in den Rücken. Der Flügelschlag wurde matter, hörte ganz auf, und dann fiel das Wesen zu Boden.

Tot blieb es liegen.

Tokata ging hin und zog sein Schwert aus dem Körper. Gelassen steckte er es wieder in die Scheide.

Doktor Tod aber lachte. »Das wird sie sich merken«, sagte er. »Bestimmt weiß sie Bescheid, dass wir zwei ihrer Dienerinnen erledigt haben. Bin gespannt, ob sie reagiert.«

Vampiro-del-mar starrte auf die beiden Toten. Er war

drauf und dran, deren Blut zu trinken, zuckte aber zurück, denn diese grüne, dicke Flüssigkeit schien nicht gerade das Wahre zu sein.

Doktor Tod gab Tokata den Auftrag, die Leichen in die Schlucht zu stürzen.

Das tat der Samurai des Satans auch.

Die Körper fielen über den Rand und landeten zwischen den zahlreichen Knochen, die klappernd in Bewegung gerieten.

»Das wird sie sich merken«, sagte Morasso, verstummte aber, weil er aus der Tiefe der Schlucht Geräusche gehört hatte.

Er blickte hinunter.

Es war nichts Genaues zu erkennen, aber er glaubte, die Bewegung von Körpern zu sehen.

Die Riesenratten hatten wieder ihre Opfer gefunden …

»Warum habt ihr sie getötet?«

Die Stimme klang urplötzlich im Rücken der drei auf, und als sie sich umdrehten, stand Asmodina, die Teufelstochter, vor ihnen …

Solo Morasso gab keine Antwort. Er ließ erst einige Zeit verstreichen und sah sich seine »Chefin« an.

Asmodina hatte ebenfalls das brandrote Haar wie ihre Dienerinnen, nur war es bei ihr noch länger, es reichte weit bis über die Schultern. Ihr Gesicht war glatt und schimmerte leicht bläulich, genau wie die beiden Hörner, die aus ihrer Stirn wuchsen und bewiesen, wessen Tochter sie war. Aus kalten, erbarmungslosen Augen blickte sie Doktor Tod und seine beiden Leibwächter an. Niemand wusste zu sagen, welche Gedanken sich hinter ihrer Stirn bildeten.

»Wir lassen uns nicht wie Lakaien behandeln«, sagte Solo Morasso.

»Was seid ihr denn?«, lautete die kalte Gegenfrage.

Doktor Tod ließ sich nicht provozieren. »Partner, wenn schon.«

Darauf ging Asmodina gar nicht ein. »Ist euch eigentlich klar, dass ich jeden anderen töten würde, der eine meiner Dienerinnen umbringt?«

»Das kann sein, doch bei uns wirst du dich hüten. Eben weil wir Partner sind. Zudem bin ich selbst stark genug, um mich wehren zu können. John Sinclair hast du auch nicht getötet, und er hat mehr als eine deiner Dienerinnen umgebracht.«

»Du vergisst, dass du dich in meiner Welt befindest. Wenn ich will, kann ich ein Heer von menschengroßen Ratten über euch schicken.« Sie drehte sich halb um und deutete nach hinten. »Da, seht!«

Morasso und seine beiden Leibwächter schauten an Asmodinas Schulter vorbei.

Die Teufelstochter hatte nicht gelogen. Hinter ihr hatten sich in der Tat Hunderte von Ratten aufgebaut, die nur noch auf ihr Zeichen warteten.

Wenn Doktor Tod geschockt war, so zeigte er es nicht. Im Gegenteil, seine Antwort klang sehr überzeugend und selbstbewusst.

»Wenn du uns wirklich zum Kampf zwingen und uns besiegen würdest, dann hättest du dich selbst in den Finger geschnitten, Asmodina. Du würdest nämlich auf der Erde einen sicheren Stützpunkt verlieren und Verbündete, die dir die Wege ebnen. Das würde ich an deiner Stelle bedenken.«

Asmodina lächelte. »Gut gesprochen, Solo Morasso, und auch wahr gesprochen. Aus diesen und ähnlichen Gründen verzichte ich auf eine Bestrafung. Aber ...«, ihr Stimme wurde plötzlich hart, »... treibe es nicht zu weit. Versuche so etwas nicht noch einmal, und vor allen Dingen maße dir nicht an, mich zu hintergehen, denn ich habe beim Spuk dafür gesorgt, dass er deine Seele freigibt, damit sie in einen anderen Körper eingehen konnte. Daran solltest du immer denken, Solo Morasso.«

»Keine Angst, ich vergesse es nicht.« Die Antwort klang flach, ohne Gefühl, aber Solo Morasso dachte völlig anders. Asmodina war ihm ein Dorn im Auge. Er hasste es, gegängelt zu werden, und suchte fieberhaft nach einer Möglichkeit, sie loszuwerden. Dieser Plan musste so raffiniert und heimtückisch sein, dass sie nichts davon merkte, denn Asmodina war sehr schlau, sie rechnete immer mit dem Schlimmsten.

Doktor Tod hatte zwei Probleme. Das Problem Asmodina und ein anderes. Er wollte endlich seine Mordliga zusammenbekommen, denn noch fehlte ein Mitglied. Xorron, Herr der Zombies, vielleicht auch der Ghouls, denn Doktor Tod hatte gehört, dass in uralter Zeit auch die Ghouls Xorrons Kommando unterstanden. Leider wusste er nicht, wo sich Xorron befand. Er war Spuren nachgegangen, die aber immer in eine Sackgasse führten. Zuletzt hatte er Lady X, eine Vertraute, nach Deutschland geschickt, damit sie zwei alte Ghouls befragte, die seit langer Zeit in einer verfallenen Burg hausten.

Die Mission der ehemaligen Terroristin hatte keinen Erfolg gezeigt.

Doktor Tod aber musste weiterhin nach Xorron suchen. Deshalb ließ er das Sinclair-Team momentan in Ruhe, weil die andere Aufgabe wichtiger war. Sinclair konnte er sich noch widmen, wenn die Mordliga vollständig war und mit geballter Kraft zuschlug.

Morasso ging allerdings von der Voraussetzung aus, dass Asmodina unter Umständen wusste, wo Xorron steckte. Ob tief unter der Erde oder irgendwo im Meer wie Vampiro-del-mar, er wollte ihn finden. Und er hoffte, dass Asmodina ihm die Antwort geben würde.

Deshalb hatte er mit ihr sprechen wollen.

»Sind die Fronten jetzt geklärt?«, fragte die Teufelstochter.

Solo Morasso lächelte. »Natürlich. Es gibt wohl keine Schwierigkeiten mehr.«

»Dann können wir ja beginnen. Weshalb wolltest du unbedingt mit mir reden?«

»Du kennst meine Probleme«, sagte Doktor Tod.

Die Teufelstochter lachte. »Und wie ich die kenne. In der letzten Zeit hat es viele Ausfälle gegeben. Es ist dir zwar gelungen, die gefangene Lady X zu befreien, aber das hat doch gezeigt, dass ihr John Sinclair und seine Truppe unterschätzt habt.«

»Vielleicht. Doch einen entscheidenden Durchbruch hat er auch nicht errungen.«

»Das stimmt.«

»Deshalb muss ich unbedingt meine Mordliga zusammenbekommen, um an mehreren Orten der Welt gleichzeitig zuschlagen zu können. Du verstehst. Mir fehlt noch ein Mitglied. Xorron!«

»Ja, ich weiß.«

»Dann weißt du auch sicherlich, wo er sich befindet?«

»Es könnte sein.«

Diese Antwort war gut. Asmodina gab eigentlich zu, dass sie wusste, wo sich Xorron aufhielt. Jetzt brauchte Doktor Tod nur noch den genauen Ort zu wissen. Er fühlte, wie erregt er innerlich war. Solo Morasso sah sich dicht vor dem Ziel seiner Wünsche.

Würde es klappen?

»Sag es!«, forderte er, und sein hartes Gesicht nahm einen lauernden Ausdruck an.

Asmodina hatte längst gemerkt, wie wichtig für Morasso die Antwort war. Und sie dachte gar nicht daran, es ihm so leicht zu machen, denn instinktiv hatte sie gemerkt, dass Doktor Tod doch nicht solch ein treuer Vasall war, wie sie ihn sich vorgestellt hatte.

»Nein, Solo Morasso, so leicht mache ich es dir nicht.«

»Und warum nicht?«

»Hast du nicht eben von einer Partnerschaft gesprochen?«

»Das stimmt.«

»Und so wollen wir auch handeln. Wie Partner, wie Geschäftspartner, um mich mal des irdischen Ausdrucks zu bedienen. Ich stehe auf dieser Seite, du auf der anderen. Wir beide haben ein Ziel, wollen die Macht.

Es könnte zu einem Wettrennen werden. Aber darauf will ich nicht näher eingehen, sondern auf deine und meine Probleme. Deine kennst du, meine vielleicht auch, aber ich will sie dir noch einmal ins Gedächtnis zurückrufen. Du weißt, dass wir nicht nur das Sinclair-Team als gemeinsamen Gegner haben, sondern auch noch einen abtrünnigen Dämon, der dabei ist, seine alten Fähigkeiten wiederzuentdecken. Er beruft sich dabei auf die uralte Atlantis-Tradition und hat sogar schon Hilfe gefunden. Kara, das Mädchen aus dem Totenreich. Sie ist nicht mehr wie früher die Feindin des Magiers, sondern jetzt seine Verbündete. Sie hat die alten Riten und Praktiken des großen, versunkenen Kontinents nicht vergessen und wird Myxin in seiner Macht stärken. Doch für mich ist der Magier ein Feind, und Kara ebenfalls. Deshalb möchte und muss ich sie beide ausschalten. Aus bestimmten internen Gründen, die ich hier nicht diskutieren will, bin ich gezwungen, mich um andere Dinge zu kümmern, sodass ich bei Myxin die Zügel etwas schleifen lassen muss. Aber das braucht nicht zu sein. Denn ich habe ja einen Partner, nicht wahr, Solo Morasso?«

Doktor Tod begann zu begreifen. Er durchschaute plötzlich den raffinierten Plan der Teufelstochter. »Was habe ich zu tun?«, fragte er knapp.

»Du willst Xorron, ich will Myxin, und da gibt es für mich nur eine Lösung. Wir tauschen. Wenn du mir Myxin bringst, werde ich dir sagen, wo du Xorron finden kannst!«

Damit hatte Doktor Tod gerechnet. Diese Asmodina war ungeheuer raffiniert. Sie trieb ihn mit ihrem Vorschlag in die Enge. Sie wusste genau, wie scharf er darauf war, Xorron zu finden. Ging er nicht auf den Vorschlag ein, konnte er suchen, bis er schwarz wurde. Doch auch wenn er ihr Myxin brachte, hieß das noch nicht, dass Asmodina auch ihr Geheimnis preisgeben würde.

Darauf sprach Doktor Tod sie an.

»Du musst mir schon vertrauen«, erklärte sie. »Schließlich sind wir Partner.«

»Ja, Partner«, dehnte Morasso. Er wechselte das Thema. »Und wo finde ich den Magier?«

»Auf der Erde.«

»Verdammt, die ist groß.«

»Versuche mithilfe des Würfels eine magische Verbindung herzustellen. Dann findest du ihn.«

»Ich brauche einen Anhaltspunkt«, knirschte Solo Morasso.

Asmodina überlegte. »Es gibt überall auf der Welt Hinweise, die auf Atlantis deuten. Nimm die Flammenden Steine. Dieser Platz ist mit Magie gefüllt. Dort wirst du sicherlich eine Spur von dem Magier finden. Mehr kann ich dir nicht sagen.«

Doktor Tod überlegte. Asmodina war raffiniert. Es konnte auch sein, dass sie ihn auf eine falsche Spur führte. Er versuchte, im Gesicht der Teufelstochter etwas zu lesen, was aber unmöglich war, denn Asmodina zeigte keinerlei Gefühle.

»Nun?«

Solo Morasso nickte. »Ja«, sagte er, »ja, ich werde dir Myxin bringen. Aber ich warne dich. Wenn du dich dann nicht an die Abmachung hältst, können mich deine Ratten auch nicht mehr schrecken.«

Diese Antwort gefiel der Teufelstochter überhaupt nicht. »Drohe mir nie, Solo Morasso. Noch bin ich die Herrin, und ich habe auch vor, es zu bleiben. Und die Ratten sind nur Fußvolk, mehr nicht. Ich habe andere Mittel, um dich zu vernichten.«

»Das glaube ich dir sogar, Asmodina!«

Ohne ein Wort des Abschieds drehte sich die Teufelstochter um und ging davon.

Doktor Tod aber starrte ihr aus sichelförmig verengten Augen nach.

»Ich werde ihn dir bringen«, flüsterte er, »aber dann stelle ich die Bedingungen. Du wirst dich noch wundern ...«

Ewigkeiten schienen zwischen dem Jetzt und seiner Geburt zu liegen. Zeiten, die ein Mensch zahlenmäßig nicht erfassen konnte, die auch die Erinnerung nicht mehr freigab.

Und doch versuchte Myxin es.

Zusammengekrümmt hockte der kleine Magier am Boden. Er wollte wissen, was geschehen war, er sandte seinen Geist aus, um die Ursprünglichkeit, das Werden und das Sein zu erreichen. Er wollte die Barrieren von Raum und Zeit durchbrechen, versuchen, sich in andere Dimensionen vorzutasten, um in die Äonen einzudringen, die vor der großen Stadt, vor dem großen Untergang und überhaupt vor Atlantis waren.

Sterne, Galaxien, Welten – sie waren gekommen, alle waren gegangen. Nicht alle hatten sich halten können, aber der Geist war geblieben, er verging nicht, die Erinnerung an die Zeiten schwebte irgendwo im Raum, und Myxin suchte den Schlüssel.

Den Schlüssel des Lebens, des Entstehens anderer grausamer Welten in einer Zeit, als an eine Existenz des Menschen noch gar nicht zu denken war, als es nur den Geist und sie gab.

Sie, die fremden Sternenvölker, die aus der Unendlichkeit kamen, die neue Welt besuchten, sie mit ihrem Geist erfüllten und wieder verschwanden.

Sie hatten ein Erbe hinterlassen. Nicht umsonst wurde in uralten Schriften von den Großen Alten, den Grausamen, gesprochen, von Wesen, die der menschliche Verstand nicht erfassen konnte, weil sie eben zu schlimm waren.

Aber, da war nichts mehr.

Aus – vorbei, ausgelöscht die Erinnerung an Zeiten, die in keinem Geschichtsbuch niedergeschrieben waren, weil es keine Zeugen gegeben hatte. Sie lagen so unendlich weit zurück, waren noch vor der Großen Trennung zwischen Gut und Böse geboren, bevor der Erzengel Michael den abtrünnigen Luzifer in die tiefe Verdammnis schleuderte.

Myxin schüttelte sich wie im Fieber. Die Séance hatte ihn ungeheuer angestrengt und sehr an seinen Kräften gezehrt. Daran merkte er, dass er noch nicht die Kraft besaß, die nötig war, um voll in die Vergangenheit zu dringen.

Er hörte leichte Schritte hinter sich und drehte sich langsam um.

Kara kam herbei. Sie lächelte.

Auch die Lippen des kleinen Magiers verzogen sich zu einem Lächeln. »Du bist da?«

»Ja, ich konnte dich nicht allein lassen.«

»Darüber freue ich mich.«

Kara, das schwarzhaarige Mädchen aus Atlantis, das bereits zum zweiten Mal lebte, ließ sich neben Myxin auf dem kühlen Steinboden nieder und blickte den kleinen Magier an.

»Du hast es nicht geschafft?«

Myxin nickte. »Es ist zu schwer. Ich komme einfach nicht durch. Da gibt es eine Barriere, die mich aufhält und die ich beim besten Willen nicht durchbrechen kann.«

»Das glaube ich.«

»Aber was war vor Atlantis? Und wie bin ich geworden? Ich will es endlich wissen!«

»Du kannst es nicht erfahren.«

»Aber ich muss. Ich habe einige Tausend Jahre auf dem Meeresgrund gelegen. Eine sehr lange Zeit, ich habe wenig von der Entwicklung mitbekommen, bis man mich weckte. Auch da hatte ich anderes zu tun, als der alten Zeiten zu gedenken, aber jetzt brauche ich die Erinnerung, um mich gegen die Feinde behaupten zu können. Damals, vor Atlantis, muss es die reine Magie gegeben haben.«

»Die schreckliche Magie«, bemerkte Kara.

»Wie meinst du das?«

»Denke an die alten Götter!«

Myxin nickte. »Ja, daran habe ich gedacht. Und dort beginnt auch die Barriere, die ich nicht aufreißen kann. Davon weiß man nichts, es war vor dem Entstehen der uns heute so bekannten Welt. Vor dem großen Kampf zwischen Michael und Luzifer. Aber ich spüre, dass diese Zeit nicht vergessen ist, dass sie vielleicht in unser Leben hier eingreifen wird. Das ist möglich ...«

»Sicher, Myxin, sicher.«

Der kleine Magier schaute Kara an. »Und du hast auf deinen Reisen nichts festgestellt?«

»Nein, Myxin, auch für mich gibt es Grenzen. Ich halte dich für ein wenig vermessen, dass du versuchst, die Grenzen einzureißen. Du wirst es nicht schaffen.«

»Warum nicht?«, begehrte Myxin auf. »Warum soll ich es nicht schaffen? Ich muss es aber.«

»Ich will die Magie der Alten kennenlernen, um mit ihr die neuere Magie zu bekämpfen.«

Hastig schüttelte Kara den Kopf, und ihre langen Haare flogen. »Das schaffst du nie!«

»Ich muss es schaffen!«

»Bist du denn inzwischen im Vollbesitz deiner Kräfte?«, fragte sie ein wenig spöttisch.

»Nein.«

»Dann wirst du es nicht erreichen.«

»O ja, meine Liebe. Ich setze alles daran, um meine Feinde zu überlisten. Wer weiß, vielleicht erinnern sich Asmodina und ihre Schergen gar nicht an die Magie der Uralten.«

»Das ist ein Trugschluss.«

»Lass mich dir das Gegenteil beweisen.«

»Bitte.«

Myxin sah aus wie immer. Er trug den alten Mantel, den er wohl nie auszog. Seine leicht grünliche Haut wirkte blasser als sonst. In dem schmalen Gesicht lagen die Augen tief in den Höhlen, ein Zeichen der hinter ihm liegenden Anstrengung.

»Ich werde es also noch einmal versuchen«, sagte er mit fester Stimme und schaute Kara dabei an.

Die lächelte. »Bitte, dabei stehe ich dir bestimmt nicht im Wege«, erwidert sie.

Myxin nickte. Wieder kauerte er sich zusammen und konzentrierte sich. Er dachte an das alte Atlantis, versuchte, sein früheres Leben plastisch in seine Erinnerung zurückzuholen, presste seine schmalen Hände gegen die Schläfen, und ein regelrechtes Zittern durchlief seinen schmalen Körper.

Kara beobachtete ihn gespannt, besorgt und auch lauernd. Es passte ihr überhaupt nicht, dass Myxin sich jetzt schon in Dinge einmischte, die über seine Kraft gingen. Er hatte einfach noch nicht das Wissen und die Macht dazu, um schlafende Dinge zu wecken, deren Tragweite man gar nicht vorausahnen konnte, weil sie so schlimm waren. Kein menschliches Gehirn war fähig, sich das Grauen, das weit vor der Menschheit auf der Erde geweilt hatte, überhaupt vorzustellen.

Und das versuchte Myxin.

Kara kannte ihn lange genug. Sie hätte ihn auch nie von seinem Vorhaben abbringen können, da ging er gewissermaßen mit dem Kopf durch die Wand.

Es herrschte fast eine absolute Ruhe um sie herum. Sie brauchte Myxin, um in die Trance zu fallen, die er für sein Vorhaben benötigte. Er zitterte stärker. Ein regelrechter Schüttelfrost hatte den kleinen Magier überfallen.

Das konnte Kara einfach nicht mit ansehen. Wenn Myxin so weitermachte, dann zerstörte er sich selbst.

Die anderen Kräfte waren stärker und würden ihn erbarmungslos vernichten.

Kara wollte schon eingreifen und ihn aus seiner Trance herausholen, als etwas geschah, das jegliches Vorhaben auf den Kopf stellte und hart in die Entwicklung der Dinge einschnitt.

An der Decke sah sie plötzlich einen blauen Punkt. Erst nur winzig, nicht größer als der Kopf einer Stecknadel, doch er breitete sich gedankenschnell aus.

Auf einmal war er so groß wie ein Fußball, und er strahlte einen intensiven hellblauen Schein ab, der in direkter Linie auf den am Boden hockenden Myxin fiel und ihn einhüllte.

Kara hatte eingreifen wollen, doch die andere Magie war einfach zu stark. Das Mädchen aus Atlantis schaffte es nicht, von seinem Platz wegzukommen, gebannt blieb es sitzen und schaute auf Myxin, der, wie unter einem Schlag zusammenzuckte, seinen Kopf in den Nacken warf und gepeinigt aufstöhnte.

Dann ertönte ein Fauchen, und im nächsten Augenblick wurde Myxin in die Höhe gerissen, raste der Decke zu, wurde kleiner und verschmolz im intensiven Blau des Strahls, dessen Leuchtkraft nach dem erfolgten Angriff sofort völlig verblasste und schließlich völlig verschwand.

Alles war wie zuvor.

Kara saß auf dem Boden, als hätte sie jemand festgeleimt. Sie konnte nicht glauben, dass Myxin vor ihren Augen verschwunden war und dass sie gegen die Magie nichts hatte ausrichten können.

Sollte es dem kleinen Magier vielleicht doch gelungen sein, in die magische Phase vor der Entstehung der bekannten Welten hineingeraten zu sein?

Hatte die Verbindung geklappt?

Kara konnte und wollte es nicht glauben. Was ihr nicht, und auch in Atlantis kaum jemandem gelungen war, sollte Myxin einfach so geschafft haben? Das war ein Ding der Unmöglichkeit, das konnte es einfach nicht geben, es widersprach sämtlichen Gesetzen.

Myxin war zwar ein Magier, aber doch nicht so stark wie die Weisen von Atlantis.

Nein, eine andere Kraft, die mit der von Myxin herbeigesehnten unter Umständen gar nichts zu tun hatte, musste in das Spiel der Magie eingegriffen haben.

Nur – welche?

Sie dachte über viele Möglichkeiten nach, suchte Verbindungen zur Magie des versunkenen Kontinents Atlantis, doch ihr kam keine Idee, die erfolgreich erschien.

Oder hatte Asmodina direkt zugeschlagen? Denn sie war schließlich Myxins Feindin. Sie hatte es ihm nie verziehen, dass er die Seiten gewechselt hatte. Jetzt war sie darauf programmiert, den kleinen Magier zu vernichten. Nur war Myxin bisher dem Schicksal entgangen, obwohl er oft nahe genug dem endgültigen Tod gewesen war und der große Schnitter schon seine Sense geschliffen hatte.

Je intensiver und länger Kara über das Problem nachdachte, umso wahrscheinlicher erschien es ihr, dass Asmodina ihre schmutzigen Finger im Spiel hatte.

Aber gegen die Teufelstochter kam sie nicht an. Wenigstens nicht allein. Da brauchte sie Unterstützung, und sie wusste auch, wer ihr da helfen konnte.

Ein Mann, nein, ein Team, das Asmodina ebenso hasste wie sie selbst.

Die Freunde um John Sinclair!

Das Bettlaken war bis hinunter zur Hüfte gerutscht, und mein Blick brannte sich auf dem nackten Busen der schwarzhaarigen Frau fest, die mich anlächelte.

Ich war gerade aus dem Bad gekommen und hatte mir ein Handtuch um die Hüften geschlungen.

»Du kannst, Nadine«, sagte ich.

Geschmeidig schwang sich Nadine Berger aus dem Bett. So wie Gott sie erschaffen hatte, lief sie an mir vorbei, wobei ihre langen Haare noch meine nackte Schulter streiften.

»Es war schön mit dir«, sagte sie im Hinausgehen.

Das Kompliment konnte ich nur zurückgeben. Meine Güte, hatten wir eine Nacht hinter uns. Ich kannte Nadine Berger schon sehr lange, hatte aber nie mit ihr geschlafen und war ihr doch so nahe gewesen. Gestern noch hatte ich mit Nadine ihre Verlobung mit einem Mann namens Don Mitchell feiern wollen. In einem Haus, das früher einem Teufelsdiener gehörte und in dem immer noch drei Teufelskinder gehaust hatten. Durch sie war Nadines Verlobter gestorben. Im Haus hatte es eine Teufelsuhr gegeben, von der alles Unheil ausging. John hatte sie mit Desteros Schwert zerstört und sowohl den Teufelsdiener Holloway als auch die drei Teufelskinder vernichtet.

Wenn Jane Collins herausbekam, was hier geschehen war …

Himmel, ich durfte gar nicht daran denken. Aber verdammt, es war einfach so gekommen. Nadine, die sich eigentlich hatte verloben wollen, war wie in einem Rausch gewesen. Ich hatte sie nur mit nach London nehmen wollen, die Idee mit dem kleinen Hotel war von ihr gewesen. Der Wirt hatte uns ein Zimmer gegeben, in dem nur ein Bett stand. Breit genug für uns beide.

Es war gekommen, wie es kommen musste. Auch ich bin nur ein Mann, und Nadine ist eine wunderschöne Frau. Als Filmstar wurde sie umschwärmt, ich hatte ihr einige Male geholfen, und dass sie mit mir geschlafen hatte, war nicht nur Dankbarkeit gewesen, auch eine tiefe und echte Sympathie.

So war eben alles gekommen.

Ich musste nur achtgeben, dass Jane nichts erfuhr. Sie würde unheimlich sauer sein. Aber wir waren weit weg, niemand wusste, wo wir uns aufhielten, und bevor wir fuhren, wollte ich noch meinen Chef, Superintendent Powell, anrufen und ihm sagen, dass er mich am heutigen Tag noch in London zurückerwarten konnte.

Bei der Erinnerung an die vergangene Nacht musste ich lächeln. Manchmal gab es wirklich Situationen, die nicht vorauszuberechnen waren. Da stolperte man dann einfach hinein – wie ich.

Und verflixt, es hatte mir gefallen.

Nebenan rauschte die Dusche. Ich hatte mich schon eingeseift, fühlte mich frisch und freute mich auf das Frühstück, das hier besonders gut sein sollte, wie mir Nadine mehrmals versichert hatte.

Müde war ich komischerweise nicht, obwohl ich höchstens drei Stunden geschlafen hatte.

Ich wickelte mir das Handtuch von den Hüften und fuhr ein paar Mal kräftig durch das nasse Haar. Dann horchte ich auf, als das Rauschen der Dusche aufhörte und Nadine rief: »Kannst du mal kommen, John?«

Grinsend wickelte ich mir das Handtuch wieder um und verließ das Zimmer.

Das kleine Bad bot gerade genügend Platz für die Duschkabine, die Toilette und das Waschbecken.

Nadine hatte den Vorhang zurückgezogen. Abermals konnte ich ihren Körper bewundern, an dem das Wasser in langen Bahnen herabperlte und sich an bestimmten Stellen Schaumreste gesammelt hatten.

Sie lachte. »Du schaust mich an, als …«

»Wie schaue ich dich an?«, fragte ich zurück.

»Das werde ich dir gleich sagen. Gib mir bitte mal das große Handtuch da!«

Es war ein nilgrünes, flauschiges Badelaken, das an einem in der Wand befestigten Haken hing.

Ich warf es Nadine rüber, und sie hängte es über die obere Stange des Duschvorhangs.

Dann zog sie ihn zu. Ich musste mich mit ihrem Schattenriss zufrieden geben.

Freunde, das tat richtig gut. Einmal nicht an Dämonen und Geister zu denken, mal so richtig leben können, das war schon etwas, aber in den nächsten Stunden würde der Zauber vorbei sein, dessen war ich mir sicher. Der Moloch London wartete, und sicherlich auch wieder ein neuer Fall.

Wenn ich allerdings geahnt hätte, dass das Unheil

viel näher war, als ich dachte, wäre ich vielleicht durch den Lüftungsschlitz gekrochen. So aber ging ich nichts ahnend zurück in das Zimmer – und blieb wie festgeleimt stehen.

Vor dem Bett stand jemand.

Eine schwarzhaarige Frau.

Kara!

Ich war wohl so perplex, dass ich ein saublödes Gesicht gemacht hatte, denn Kara begann zu lachen, wurde aber sehr schnell wieder ernst.

»Guten Morgen, John Sinclair. Ich hoffe, du hast gut geschlafen?«

»Klar, sicher, bestens ...« Ich war immer noch durcheinander und stellte die dumme Frage: »Wo kommst du denn her?«

»Nicht durch die Tür.«

»Sondern?«

»Ich bin einfach hier.«

Das nahm ich ihr sogar ab. Kara war ein Phänomen. Sie konnte ihren Geist vom Körper trennen, aber das war momentan nicht wichtig. In meinem Kopf überschlugen sich die Gedanken. Kara kannte Myxin, und Myxin kannte wiederum Suko und der auch Jane.

Himmel, war das eine Verbindung.

Ich konnte plötzlich nicht mehr sprechen, wurde blass und musste mir erst die Kehle frei räuspern. An Karas Lächeln erkannte ich, dass sie sehr wohl wusste, in welch einer Situation ich mich befand, denn sie sagte: »Es ist nichts so fein gesponnen, es kommt ans Licht der Sonnen. So heißt es doch, nicht?«

»Klar, aber ich kenne ein anderes Sprichwort. Immer

Mensch bleiben.« Ich breitete die Arme aus. »Das war ich in der vergangenen Nacht. Tut mir leid.«

»John, das ist deine private Sache. Ich kümmere mich nicht darum. Ich hätte dich nie gestört …«

»Woher hast du überhaupt gewusst, dass ich hier zu finden bin?«

»Die Polizei hat mir geholfen. Jeder weiß, dass du einen silbergrauen Bentley fährst und wo du deinen letzten Fall erlebt hast. Mithilfe deines Freundes Suko und der Unterstützung der Polizei habe ich herausgefunden, wo du dich aufhältst. Das war alles.«

»Fantastisch«, erwiderte ich. »Aber wenn du dir schon solch eine Mühe gemacht hast, muss es doch um irgendetwas gehen. Ein Fall brennt dir auf den Nägeln.«

»Ja.«

»Dann lass mich hören.«

»Mit wem unterhältst du dich denn da?«, fragte Nadine Berger plötzlich hinter mir. »Eine Frau?«

Ich drehte mich um. Nadine trug einen flauschigen weißen Bademantel, dessen Ränder rot abgenäht waren, und sie sah mich ziemlich verdutzt an.

Und ich wurde rot.

»Darf ich Ihnen vielleicht erklären …«, begann Kara, doch Nadine schnitt ihr das Wort ab.

»Nein, das soll John selbst machen.«

»Es ist nicht das, was du denkst«, sagte ich. »Diese Dame heißt Kara, sie ist 20 000 Jahre alt und die Freundin meines Freundes Myxin.«

»So alt sieht sie mir gar nicht aus.«

Ich verdrehte die Augen. Diese Antwort hatte kommen müssen. Ich wusste auch jetzt keine Erklärung und versuchte es noch einmal von vorn. »Myxin kennst du?«

»Ja.«

Dann erklärte ich Nadine behutsam die einzelnen Zusammenhänge. Ihre finster zusammengezogenen Augenbrauen wurden wieder normal, schließlich lächelte sie sogar und reichte Kara die Hand.

Endlich!

»Und darf ich mich vielleicht jetzt anziehen?«, erkundigte ich mich bei den Damen.

»Klar.«

»Und ich bestelle noch ein drittes Frühstück«, sagte Nadine Berger schnell. »So viel Zeit haben Sie doch noch?«

»Ich weiß nicht so recht …«

»Auf ein paar Minuten kommt es bestimmt nicht an.« Nadine schnappte sich den Hörer und telefonierte mit der kleinen Rezeption.

Ich zog mich im Bad an. Das gab es doch nicht. Da machte man mal eine Nacht einen drauf und wurde prompt erwischt. So was Dummes.

Eine halbe Stunde später saßen wir im Frühstücksraum und blickten durch die große Scheibe auf den Parkplatz, wo mein Bentley neben einem kleinen Lieferwagen stand.

Der silbergraue Schlitten war nicht zu übersehen.

Während ich Kaffee bestellte, nahm Nadine Berger Tee. Kara trank ebenfalls Kaffee.

Das Frühstück war wirklich reichhaltig. Sogar Eier aus der Pfanne gab es.

Die taten mir besonders gut …

Kara hatte keinen Appetit. Sie trank ihren Kaffee, ansonsten ging ihr Blick ins Leere. Sie schien Probleme zu wälzen, wartete aber höflich, bis wir fertig waren.

Auch Nadine redete nicht mehr von der vergangenen Nacht, sondern erzählte von ihren Plänen. Ein Regisseur aus den Staaten hatte ihr eine Hauptrolle in einem gesellschaftskritischen Film angeboten.

»Es gibt zwar keine hohe Gage«, meinte sie, »aber ich finde den Regisseur gut. Der hat neue Ideen, weißt du?«

Ich nickte. Mit meinen Gedanken war ich woanders. Ich wusste, dass Kara etwas auf dem Herzen brannte, und als ich mir eine Zigarette zur Verdauung angezündet hatte, redete sie. Sie begann mit einem Satz, der mich schockierte.

»Myxin ist entführt worden!«

Fast wäre mir das Stäbchen aus der Hand und auf die Hose gefallen. »Wo und wann?«

»Es war in der Nacht. Er versuchte, eine magische Verbindung herzustellen, musste aber mit irgendeinem großen Dämon konträr gegangen sein, und es kam zu einer Entladung, in dessen Zentrum sich Myxin plötzlich befand und wegteleportiert wurde.«

Toll, wie sie das erzählte. Nadine saß mit offenem Mund da, schluckte und staunte.

»Jetzt erzähle das Gleiche noch mal für Anfänger«, bat ich.

Kara berichtete haarklein. Genau hörte ich zu, aber eine Lösung wusste ich auch nicht.

»Dann kannst du dir auch nicht vorstellen, wer Myxin entführt hat?«, wollte sie wissen.

»Asmodina!«

»Das denke ich auch!«

Ich drückte meine Zigarette aus und blickte Kara sehr ernst an. »Ich weiß, was dir Myxin bedeutet, Kara, aber wenn Asmodina ihn tatsächlich entführt hat, müssen wir damit rechnen, dass sie ihn tötet. Du begreifst das?«

»Ja«, erwiderte sie tonlos und senkte den Kopf.

Trotz ihrer Fähigkeiten machte sie einen ungeheuer hilflosen Eindruck. Schmal und blass wirkte sie. Das dunkle Haar fiel wie ein Vorhang vor ihr Gesicht, niemand sollte ihre Tränen sehen.

»Hast du Nachforschungen angestellt?«, wollte ich wissen.

»Ich habe es versucht, John.« Sie hob den Kopf und schluckte. »Aber ich kam nicht durch. Da war etwas, das mich hinderte. Eine geistige Barriere oder Sperrzone.«

»Sie wird Asmodina aufgebaut haben.«

»Das vermute ich auch.«

»Was können wir tun?«

»Ich weiß es nicht.«

»Auf jeden Fall solltest du mir zeigen, wo diese Entführung stattgefunden hat«, sagte ich. »Vielleicht finden wir dort einen Anhaltspunkt. Einen Rest von Magie, den wir aktivieren können.«

»Aber wie?«

»Durch mein Kreuz.«

Da lachte Kara auf. »Nein, damit würdest du genau das Gegenteil erreichen. Das Kreuz weist die Magie ab. Du müsstest schon eine Waffe der Schwarzblüter besitzen.«

»Ich habe die Dämonenpeitsche.«
»Und Desteros Schwert, nicht wahr?«
Ich schlug mir gegen die Stirn. »Klar, daran habe ich gar nicht gedacht.«
»Dann könnten wir es versuchen. Aber wir müssen uns beeilen.«
Ich nickte, doch dann dachte ich an Nadine Berger. »Was ist mit dir, Mädchen?«
Sie lächelte. »John, es war schön mit dir. Aber du hast einen Job, ich habe meinen. Irgendwann sehen wir uns bestimmt mal wieder. Ich nehme mir einen Wagen. Der Wirt wird ihn mir besorgen.«
Davon war ich überzeugt.
Wir mussten noch mal hoch aufs Zimmer. Kara blieb unten, und ich verabschiedete mich von Nadine Berger.
Ich nahm sie in die Arme. Fest presste sie sich an mich. »Ich danke dir, John«, sagte sie, »danke dir für alles. Und jetzt geh, bitte.« Ihre Stimme klang plötzlich rau.
Ich drehte mich um und verschwand. Eine Gänsehaut kroch über meinen Rücken, und ich musste mir die Kehle frei räuspern.
Als ich im Bentley saß und Kara neben mir wusste, da hatte mich der harte Alltag wieder.
Ich sah Nadine Berger nicht mehr, wie sie am Fenster stand und dem Wagen so lange nachschaute, bis er nicht mehr zu sehen war.

Am Nachmittag erreichten wir London. Allerdings schüttelte Kara den Kopf, als ich den Silbergrauen in die Stadt lenken wollte.

»Warum nicht?«

»Weil wir die Beschwörung an einer ziemlich einsamen Stelle durchgeführt haben«, erwiderte sie.

»Na denn.« Wir hatten die ersten Vororte gerade erreicht. Es lagen noch einige Meilen vor uns und auch viel grüne Gegend und Landschaft. Kara wies mich an, rechts abzufahren. An den Schildern hatte ich schon erkannt, dass sich dort ein militärisches Sperrgebiet befand. »Aber da ist ein Schießplatz«, sagte ich ihr.

»Ich weiß.«

»Und ihr habt euch dort verkrochen?«

»Sicher. Dort wurden wir wenigstens nicht gestört.«

Da hatte sie recht.

Eine Straße führte an dem Gelände vorbei. Es war auch nicht völlig eingezäunt, nur der militärische Bereich. Ich bog in die schmale Straße ein, die frisch asphaltiert aussah. Es war ein klarer Tag, wir hatten eine gute Sicht, und am Himmel türmten sich schneeweiße, gewaltige Wolkenberge. Der Wind war wärmer geworden. Einige Sträucher entfalteten ihre ersten Knospen. Es gab keinen Zweifel, der Frühling war auf dem Vormarsch.

Rechts lag der Schießplatz, links von uns erstreckten sich Felder. Dahinter sah ich die Silhouette einiger Hochhäuser. Dort begannen die ersten Siedlungen.

Wir passierten einen im Graben stehenden, verrotteten Jeep, ein Radfahrer kam uns entgegen, und dann sagte Kara: »Halt!«, weil rechts der Zaun begann.

Ich stoppte. »Und nun?«

»Wir müssen uns in die Büsche schlagen und dabei dicht am Zaun entlanggehen.«

»Viel Vergnügen«, murmelte ich, stieg aus, öffnete die Kofferraumhaube und nahm das Schwert hervor. Mir war vorhin noch eingefallen, dass die Dämonenpeitsche bei Suko war.

Vielleicht klappte es mit Desteros Waffe.

Zudem wollte ich Suko und Sir James noch anrufen. Das war mir doch tatsächlich in dem ganzen Trubel durchgegangen. Meinen Chef rief ich zuerst an.

Der zeigte sich mal wieder sauer. »Wo haben Sie sich eigentlich herumgetrieben?«

Ich presste den Hörer des Autotelefons härter ans Ohr. »Ich habe beim Herumtreiben einen Zombie erledigt und drei vom Teufel besessene Kinder.«

»Das hat sich bereits bis zu mir herumgesprochen. Nur hätten Sie schon längst in London sein können. Dieser – dieser Myxin ist entführt worden.«

»Das weiß ich und bin schon auf der Fährte.«

»Hm.« Mehr konnte er nicht sagen. Ich grinste und gab meinen Standort durch.

»Brauchen Sie Hilfe?«

»Nein, Sir. Bis jetzt nicht. Ich will trotzdem Suko noch Bescheid geben, damit er kommt. Es kann sein, dass ich die Dämonenpeitsche für eine Beschwörung brauche.«

»Tun Sie das. Wenn alles erledigt ist, sagen Sie mir Bescheid.«

»Geht in Ordnung, Sir.«

Kara, die neben der halb offenen Wagentür stand, war ziemlich nervös.

Ich beruhigte sie und wählte dann die Nummer meines chinesischen Freundes.

Suko schien neben dem Apparat gestanden zu haben, denn er meldete sich sofort. »Hört man von dir auch mal was?«, knurrte er mich an.

»Ja. Wieso?«

»Du scheinst neuerdings die Fälle im Alleingang zu lösen.«

»Entschuldige mal, ich war nur auf einer kleinen Feier in Wales.«

»Und was ist da passiert?«

»Erzähle ich dir später genauer. Jetzt sei so gut und komm mit der Dämonenpeitsche her.«

»Nach Wales?«

»Nein.« Ich erklärte ihm, wo ich mich aufhielt. »Du wirst den Wagen ja sehen. Von dort führt ein schmaler Pfad in den Wald und genau zu der Hütte, von der Kara gesprochen hat.«

»Geht in Ordnung.«

Wir marschierten los. Kara wollte unbedingt das Schwert tragen. Ich gab es ihr.

»Solche Waffen hatten wir auch in Atlantis«, sagte sie mir.

»Kannst du damit umgehen?«

»Sicher.«

Sie antwortete so spontan, dass ich ihr glaubte. Der Weg war ziemlich matschig und führte dann von dem umzäunten Gelände weg in den noch lichten Wald hinein.

Die Hütte, mehr ein kleines Blockhaus, war winzig. Schief hing die Tür in den Angeln, und als ich sie vorsichtig aufzog, erzeugte das knarrende Geräusch bei mir eine Gänsehaut.

Der eine Raum war leer.

Es gab nichts, was auf eine Bewohnbarkeit hindeutete. Nur ein paar Zigarettenkippen und Dosen in der Ecke machten mir klar, dass hin und wieder jemand in der Hütte Schutz suchte. Durch ein kleines Fenster fiel wenig Licht. Es erhellte den Raum nur spärlich.

Ich blieb in der Mitte stehen, drehte mich im Kreis und sah mich um. »Hier habt ihr euch also aufgehalten.«

Kara schloss die Tür und nickte. »Ja, da hat uns wenigstens keiner gestört.«

»Hoffentlich lassen sie uns auch in Ruhe.«

»Bestimmt.«

Ich hatte den Koffer zu Boden gestellt. »Wie fangen wir es an?«, fragte ich.

»Am besten hältst du dich zurück. Ich werde versuchen, eine Verbindung zu schaffen.«

»Okay.« Ich trat zur Seite und lehnte mich mit dem Rücken gegen die Wand, während Kara sich in die Mitte des Raumes hockte und das Schwert mit der flachen Seite auf die Oberschenkel legte.

Wenn ich daran dachte, dass es einmal Destero gehört hatte, freute ich mich diebisch, es ihm abgenommen zu haben.

Kara konzentrierte sich.

Diese Frau war wirklich ein Phänomen. Sie konnte ihre Seele vom Körper lösen und so in die Dimensionen und die Reiche des Schreckens durchwandern, ohne dass ihr etwas zustieß.

So etwas fehlte mir auch noch.

Die Schöne aus dem Totenreich hielt ihre Augen halb geschlossen. Ihr Blick schien in unendliche Fernen gerichtet zu sein, erfasste die Allmacht des Weltalls, und sie schaute einfach durch mich hindurch. Hart traten ihre Wangenknochen hervor, ich sah die etwas blasse dünne Haut und gespannten Adern am Hals.

Ihre Hände strichen über das Schwert. Es waren behutsame, tastende Bewegungen, als wollten sie jeden Zoll erforschen und nachprüfen.

Sie begann auch zu sprechen. Und das mit einer Stimme, die ich noch nie bei ihr gehört hatte.

Dumpfe, krächzende Laute drangen aus ihrem Mund. Sie erinnerten mich einmal an das Knurren eines Wolfs, dann an die Laute eines Vogels.

Es war eine Sprache, die ich nicht verstand, wahrscheinlich hatte man sie im alten Atlantis gesprochen. Für mich jedenfalls war sie ein Rätsel.

Kara versuchte, die Magie oder den Rest Magie zu beschwören. Sie benutzte dabei das Schwert als einen Katalysator, einen Beschleuniger, doch es schien sich nichts mehr in dieser Blockhütte zu befinden. Nach einigen Minuten heftiger Konzentration atmete sie tief durch, hob den Kopf und blickte mich an.

»Tut mir leid, John, ich schaffe es nicht. Es ist nichts mehr vorhanden.«

Ich nickte. »Das hatte ich mir fast gedacht.«

»Was machen wir jetzt?«

»Wir haben noch eine Chance«, erwiderte ich. »Ich habe ja mit Suko telefoniert und bin gespannt, was geschieht, wenn wir die Dämonenpeitsche hier haben. Vielleicht erreichen wir mit ihr etwas.«

»Das wäre möglich.«

»Hast du denn einen winzigen Rest der anderen Magie hier gefunden?«, wollte ich wissen.

Kara hob die Schultern. »Wenn ja, dann kann es durchaus auch eine Täuschung gewesen sein, so schwach war der Rest.«

»Du hast ihn gespürt?«

»Sicher.«

»Und wo wies er hin? Hat er dir ein Zeichen gegeben, wenn ich mal so fragen darf?«

»Ja und nein.«

Kara sprach oft in Rätseln. Das ärgerte mich immer. Nie wollte sie sich exakt ausdrücken. »Welch einen Hinweis hast du?«, hakte ich nach.

»Verrückt«, sagte sie. »Es ist verrückt, aber ich habe etwas von den *flaming stones* gehört.«

»Die Steine?«

»Ja.«

»Hm. Was sollten die mit Myxins Entführung zu tun haben?«

»Das weiß ich nicht. Es war einfach zu schwach.«

»Ob man ihn dorthin geschleift hat?«, murmelte ich. »Aber ich sehe da keinen Sinn, denn die Flammenden Steine haben uns bisher doch immer unterstützt.«

»Das stimmt«, sagte auch Kara.

»Wenn wir davon ausgehen, dass Asmodina Myxin entführt hat, wird sie doch nicht so dumm sein und ihn zu den Flammenden Steinen schaffen, sondern in ihr Reich.«

»Das wäre zumindest normal«, stand Kara mir bei.

»Es sei denn, die Teufelstochter hat Myxin gar nicht entführt.«

»Wer dann?«

»Ein anderer Dämon, der Asmodina einen großen Gefallen erweisen möchte. Du kennst das doch. Auch im Reich der Finsternis gibt es Günstlinge.«

»Dann musst er schon sehr mächtig gewesen sein.«

»Das bestimmt.« Ich drehte mich um und schaute Kara an. »Versuche doch, deinen Geist vom Körper zu lösen und dich bei den Steinen umzusehen.«

Kara schlug sich gegen die Stirn. »Meine Güte, dass ich daran nicht gedacht hatte.« Dann nahm sie wieder auf dem Boden Platz und konzentrierte sich …

Myxin war hineingerissen worden in einen mörderischen Wirbel. Vergebens versuchte er, seine eigenen Kräfte zu aktivieren, doch die anderen waren zu stark. Sie rissen ihn mit und bauten gegen seine eigenen eine Barriere auf.

Myxin wusste nichts mehr. Er hatte das Gefühl, der Inhalt seines Kopfes würde herausgedrückt werden. Wie ein Blatt im Herbstwind, so tanzte auch er durch den Zeit- und Dimensionskanal.

Und trotzdem arbeitete sein Gehirn klar und präzise. Die Zeit verzögerte sich dabei. Aus einer tausendstel Sekunde schienen drei Minuten zu werden, sodass Myxin auf seiner Reise noch über sich nachdenken konnte.

Bereits jetzt stellte er sich die Frage, wer ihm das da wohl eingebrockt hatte.

Eigentlich war sie leicht zu beantworten. Es gab nur eine, die besonders scharf auf seinen Skalp war.

Asmodina!

Doch Myxin befand sich auf dem falschen Dampfer. Asmodina hatte zwar indirekt damit zu tun, aber in Wirklichkeit führten andere den Auftrag durch.

Die Gedanken des kleinen Magiers wurden abrupt gestoppt, als der Druck und das Brausen in seinem Kopf erst nachließen und dann völlig verschwanden.

Er spürte, wie man so schön sagt, wieder festen Boden unter den Füßen und öffnete die Augen.

Zuerst konnte er nichts sehen. Um ihn herum schien alles in ein Rot getaucht zu sein, das sämtliche Farbnuancen in sich vereinigte. Vom schwachen Rosa bis hin zum hellen, kräftigen Rot. Und er, Myxin, befand sich inmitten dieser Farbskala.

Sofort war auch die Erinnerung da.

Der kleine Magier kannte die Farbzusammensetzung genau. Die gab es nur einmal auf der Welt.

Bei den *flaming stones!*

Auf einmal vollführten Myxins Gedanken regelrechte Freudensprünge. Die Angst war verflogen. Irgendeine Macht hatte ihn zu den Flammenden Steinen geschafft, doch diese Magie beherrschte er. Hoffnung erfasste den Magier.

Die Steine kannte er sehr gut. Zusammen mit Kara hatte er ihre Magie schon ausgenutzt.

Myxin setzte sich hin.

Tatsächlich – er hockte inmitten des magischen Feldes, das zwischen den Steinen existierte. Und sein Aufatmen glich einem Aufstöhnen. Die Gefahr schien gebannt zu sein.

Aber das schien nur so.

Denn Myxin sah plötzlich die Gestalten, die sich aus der Deckung der Steine lösten.

Es waren die Mitglieder der Mordliga!

Karas Schrei zitterte durch die Hütte.

Ihr Körper, vorhin noch in eine Art Totenstarre gefallen, bäumte sich plötzlich auf. Das schwarzhaarige Mädchen bog den Rücken durch, hatte den Mund weit geöffnet und schrie seine Panik hinaus.

Mit einem Schritt war ich bei ihr, berührte ihre Schulter und zuckte zurück, als hätte ich einen elektrischen Schlag erhalten. Das Rieseln zog sich bis in meine Schulter hin.

Was war geschehen?

Ich sprach sie an, doch sie hörte nicht. Sie schrie weiter. Abgehackt jetzt, schluchzend, dann sank sie zusammen und fiel langsam zur Seite, wo sie liegen blieb.

Die letzten Sekunden hatten mich so aufgeputscht, dass ich in Schweiß gebadet war. Wieder riskierte ich es und berührte die Schöne aus dem Totenreich.

Diesmal war alles normal.

»Kara«, sprach ich sie an. »Kara, hörst du mich?«

Sie öffnete die Augen. Eine mühsame Bewegung, wie ich selbst feststellen konnte. Ihre Lippen zitterten, die Pupillen waren glanzlos, die Haut auf dem Gesicht zuckte.

»Kara, bitte, gib Antwort!«

»Ich – ich habe ihn gesehen!«, keuchte sie. »Ich weiß jetzt, wo er ist. Gefährlich – mein Geist, er kam nicht durch. Sie haben eine magische Barriere darüber gelegt.«

»Worüber?«

»*Flaming stones*«, flüsterte sie.

Ich zuckte zusammen. Himmel, die Flammenden Steine. Welch eine Rolle spielten sie plötzlich?

»Was ist da bei den Steinen?«, forschte ich weiter. »Befindet sich Myxin dort?«

Sie nickte langsam.

»Dann ist es ja nicht so schlimm«, sagte ich lächelnd. »Die Steine können Myxin nichts anhaben. Er beherrscht die Magie. Glaub mir, Kara ...«

»Nein, nein, nein!« Sie schrie die Worte und richtete sich ruckartig auf. »Andere haben die Steine entweiht.«

»Asmodina?«

Kara schüttelte den Kopf. Groß und dunkel waren ihre Augen, der Mund stand halb offen. »Nein, John Sinclair, nicht Asmodina, sondern die Mordliga mit Doktor Tod.«

Jetzt war es heraus. Und verdammt, ich war nicht gerade erfreut darüber. Ob Asmodina oder die Mordliga – beide waren gleich schlimm. Und beide steckten auch unter einer Decke. Zwar konnte man Doktor Tod als den Gründer und Chef der Mordliga bezeichnen, aber über ihm stand noch die Teufelstochter. Sicherlich hatten er und sie den Plan der Entführung ausgeheckt. Es war also das eingetreten, was wir immer versucht hatten zu verhindern.

Myxin befand sich in den Klauen seiner Feinde. Und die würden sich furchtbar an ihm rächen. Ich wusste um den Hass, den Asmodina dem ehemaligen Dämon entgegenbrachte. Nichts war schlimmer im Dämonenreich als ein Abtrünniger. Er würde vor Maddox, den unheimlichen Richter, gestellt und abgeurteilt werden, um anschließend in das Reich des Spuks einzugehen, wo er bis in alle Ewigkeiten dahinsiechen konnte. Eine Vorstellung, die so schlimm war, dass ich gar nicht darüber nachdenken wollte. Wer sich einmal im Reich des Spuks befand, der kam nie wieder frei. Auch mich hatte man versucht, dorthin zu bekommen, mit viel Glück war ich bisher diesem Schicksal entgangen.

Dass Kara am Boden zerstört und völlig verzweifelt war, konnte ich verdammt gut verstehen. Sie und der kleine Magier gehörten irgendwie zusammen, und jetzt passierte so etwas.

Auch ich war in diesem Augenblick ratlos. Fast wie von selbst drang die Frage über meine Lippen. »Was können wir tun?«

»Ich weiß es nicht.«

»Auch dein zweites Ich kann nicht eingreifen?«, erkundigte ich mich noch einmal.

»Nein, John. Die magische Sperre ist zu stark. Bestimmt hat Asmodina sie persönlich gelegt, da ist wirklich nichts zu machen. Ich habe es ja versucht und wurde so zurückgeschmettert, dass ich das Gefühl hatte, sterben zu müssen. Es ist vorbei.«

Ich hatte Kara nie so deprimiert gesehen. Sie, die schon ungeheuer alt war, hatte einfach aufgegeben, weil sie nicht mehr weiterwusste.

Aber ich wollte nicht aufgeben. Verdammt, da musste doch etwas zu machen sein. Fieberhaft dachte ich über einen Ausweg nach. Meine Gedanken wurden unterbrochen, als ich draußen Schritte hörte.

Suko?

Ich ging zur Tür, zog sie spaltbreit auf und blickte hinaus.

Es war tatsächlich der Chinese, der durch den Wald auf die Hütte zustampfte. Er trug seine Lederkleidung und einen Sturzhelm. Für mich ein Beweis, dass er mit seiner Harley angebraust war.

Ich öffnete und blieb auf der Schwelle stehen.

Suko hob die Hand, während er mit der anderen seinen Helm vom Kopf nahm. »Endlich sieht man sich wieder«, sagte er und grinste. Doch als er mein ernstes Gesicht sah, verging ihm das Lächeln.

»Was ist geschehen, John?«

»Komm erst mal rein.«

Suko begrüßte auch Kara. Anschließend berichtete ich, und der Chinese stöhnte auf.

»Verdammt, verdammt, das ist wirklich eine unangenehme Sache«, murmelte er, »was können wir tun?«

Ich hob die Schultern.

»Aber du warst doch schon bei den Steinen.«

»Das stimmt, doch ich fürchte, bis wir da sind, ist Myxin längst verschwunden.«

»Ein Versuch kann nicht schaden.« Suko war noch optimistisch. Er hatte die schlimmen Szenen nicht miterlebt, und vielleicht war dies sogar gut.

»Wir könnten ja einen Hubschrauber chartern«, schlug er vor. »Da sind wir schnell am Ziel.«

Plötzlich horchte auch Kara auf. Dieser Vorschlag war wirklich nicht schlecht.

»Und wer soll fliegen?«, fragte ich.
»Du natürlich. Es ist viel zu gefährlich, für den Job einen Piloten zu nehmen.«
Da hatte der Chinese recht.
»Und ich bin natürlich auch dabei«, sagte Kara, die Schöne aus dem Totenreich. Sie hatte sich wieder etwas gefangen. In ihren Augen blitzte Unternehmungsgeist auf. Sie wollte jetzt nicht mehr zurückstecken, sondern voll mit einsteigen.
Ich stimmte zu.
Wir verließen die Hütte und hatten es plötzlich sehr eilig. Von unterwegs setzte ich mich mit meinem Chef in Verbindung. Sir James sah keine Schwierigkeiten, einen Hubschrauber zu besorgen. Die Armee musste mal wieder einspringen, und so fuhren wir nicht zum Yard Building, sondern nahmen den direkten Weg zu einem der Luftwaffenstützpunkte.

Bisher hatte sich Myxin nicht sehr um die Mordliga gekümmert. Dieses Problems wollte und sollte sich John Sinclair annehmen, während er nach den alten Verbindungen forschte, die es zwischen der jetzigen Welt und dem untergegangenen Kontinent Atlantis noch gab.
Natürlich hatte er auch von der Mordliga gehört, er kannte auch deren Mitglieder, deshalb wusste er, wer sich da nun aus dem Schatten der Steine löste.
Da war einmal Doktor Tod.
Sein eisgraues Haar war zu einer kurzen Bürste geschnitten. Er hatte ein menschliches Gesicht, da der

Geist ja im Körper eines Mafioso steckte, aber wer in seine Augen sah, der erkannte sofort, wie erbarmungslos dieser Mensch letzten Endes war.

Solo Morasso war ein Mann ohne positive Gefühle.

Myxin sah auch Tokata, den Samurai des Satans. Ein Untoter, der die Jahrhunderte in ungeweihter japanischer Erde gelegen hatte und erst von Doktor Tod erweckt worden war. Eine Bestie, die mit dem Schwert fantastisch umgehen konnte. Tokata hatte nur noch den rechten Arm, der Linke war ihm von dem silbernen Bumerang, den John Sinclair geschleudert hatte, abgetrennt worden. Sein Gesicht versteckte er unter einer Maske. Dicke Lederkleidung schützte seinen Körper.

Aber noch ein Monster war vertreten. Vampiro-del-mar, Kaiser der Vampire. Mit ihm hatte es eine besondere Bewandtnis. Auch er war uralt, und man konnte ihn nicht mit den moderneren Vampiren vergleichen, wie der legendäre Dracula einer war. Vampiro-del-mar hatte in früheren Zeiten gewütet, bis man ihn auf den Meeresgrund verbannte, und eigentlich musste er etwas über das Geheimnis der voratlantischen Zeit, der Ära des Großen Alten, wissen. Aber ihn konnte Myxin auf keinen Fall fragen. Er würde sowieso keine Antwort erhalten.

Als Myxin sich drehte, sah er ein weiteres Mitglied der Mordliga. Lupina, die Werwölfin. Eine Mischung aus Bestie und Mensch. Der Kopf war menschlich. Er und das blonde Haar hoben sich sehr deutlich von dem fellbedeckten Körper der Werwölfin ab. Diese Frau war ein Phänomen. Sie fühlte manchmal als Mensch und handelte als Bestie. Sie liebte die Gewalt, und in ihren kalten Tieraugen stand jedes Mal ein gieriges Funkeln, wenn andere um sie stritten oder kämpften. Sogar John Sinclair hatte sich mal in sie verliebt, nachdem er von Mr. Mondo, einem weiteren Mitglied der Mordliga, zu einem Werwolf gemacht worden war.

Die Situation war eindeutig.

Auf der einen Seite stand Myxin, der kleine Magier, auf der anderen die Mordliga.

Und die Bestien um Doktor Tod würden nicht zögern, Myxin umzubringen. Aber sie hielten sich zurück, betraten die innere Fläche der inzwischen erkalteten und normal gewordenen grauen Steine und blieben stehen wie Zinnsoldaten.

Es wurde ruhig.

Die Flammenden Steine standen in einem engen Tal, das von bewaldeten Hängen und Hügeln umgeben war. Ein Bach floss durch das Tal und teilte es in zwei Hälften. Sein Murmeln war das einzige Geräusch, das Myxin vernahm.

Da der kleine Magier wusste, wer hier das Kommando führte, konzentrierte er sich auf Doktor Tod. Ihn allein starrte er an, und Solo Morasso enttäuschte ihn auch nicht.

Er trat vor.

Ein zynisches Lächeln überflog sein sonst so starres Gesicht, als er in drei Schritten Entfernung vor Myxin stehen blieb.

»Es war leichter, als wir es uns vorgestellt hatten«, erklärte er. »So groß scheinst du nicht zu sein. Ich wundere mich, dass Asmodina dich für einen gefährlichen Feind hält.«

»Wie hast du es geschafft?«, wollte Myxin wissen, denn dieses Problem interessierte ihn brennend.

»Ganz einfach. Der Würfel hat mir geholfen. Dieses Instrument ist für mich ungeheuer wertvoll. Mit seiner Hilfe kann ich Welten verändern und mich zu einem König aufschwingen.«

»Aber vor dir steht noch Asmodina.«

Doktor Tods Lippen zuckten.

»Ich weiß«, sagte er nur. »Sie hat mir den Auftrag gegeben, dich hierher zu schaffen.«

»Dann willst du mich ihr ausliefern?«

»Du hast es erfasst.«

Myxin merkte, dass ihn diese Antwort verdammt schmerzte. Von Morasso und der Mordliga hatte er kein Pardon zu erwarten. Die würden ihn ausliefern, und damit er nicht noch eine Fluchtchance ergriff, hatte Doktor Tod seine teuflischen Vasallen mitgebracht.

Myxin war Realist genug, um seine Chancen einzuschätzen. Sie waren minimal.

»Ich hoffe, du siehst ein, dass wir am längeren Hebel sitzen«, sagte Doktor Tod. »Ich hatte erst vor, dich als Leiche der Teufelstochter zu übergeben, überlegte es mir aber anders. Ich will ihr nicht das Vergnügen nehmen, dich endgültig zu vernichten.« Er lachte.

Morasso schien genau Bescheid zu wissen. Auch Myxin erinnerte sich. Es war noch gar nicht so lange her, da hatte er sich verkriechen müssen. Nach dem großen Kampf gegen den Schwarzen Tod hatte Asmodina ihn gedemütigt. Sie nahm in gefangen. Als Häufchen Elend hockte er in einer verfallenen schottischen Burg, wo die grausamen Ritter ihr Unwesen trieben und von John Sinclair in einem verzweifelten Kampf besiegt werden konnten. Damals war auch die Wandlung von einem Dämonen zu einem fast normalen Menschen vor sich gegangen. Myxin hatte dem Bösen abgeschworen. Er war sogar in der Lage, Johns Kreuz anzufassen, und er kämpfte jetzt auf der Seite des Sinclair-Teams, wobei er allerdings zusammen mit Kara seinen eigenen Weg ging.

Er hatte Asmodina zwar keine großen Niederlagen beibringen können, aber seine Nadelstichtaktik ärgerte sie, und zwar so sehr, dass sie ihn vernichten wollte.

Nun stand sie dicht davor.

Morasso lächelte wieder. Es schien, als könnte er die Gedanken des kleinen Magiers lesen.

»Einen Ausweg wirst du kaum finden«, erklärte er. »Wir sind zu stark.«

Myxin versuchte verzweifelt, geistigen Kontakt mit Kara aufzunehmen, aber das misslang.

Eine Sperre hinderte ihn.

»Was kann ich tun, damit du mich freilässt?«, wandte er sich an Solo Morasso. Myxin versuchte jetzt zu verhandeln.

»Nichts.«

»Aber Asmodina wird dir doch auch etwas geben.«

»Das stimmt.«

»Was ist es?«

Doktor Tod hatte Zeit, und er sah nicht ein, warum er Myxin nichts von seinem Geschäft mit der Teufelstochter sagen sollte.

»Auch sie tut nichts ohne Gegenleistung. Dafür, dass ich ihr einen Feind praktisch auf dem silbernen

Tablett serviere, wird sie mir Auskunft über Xorron geben.«

»Den Herrn der Zombies?«

Doktor Tod zuckte zusammen.

»Du kennst ihn?«

»Natürlich«, behauptete der kleine Magier.

»Das ist ja interessant.«

Myxin merkte mit seinem untrüglichen Instinkt, dass etwas in der Luft lag. Doktor Tod hatte seine Mordliga nicht vollständig, so viel war dem Magier bekannt. Jetzt suchte Solo Morasso verzweifelt nach Xorron, dem letzten Mitglied dieser teuflischen Gruppe. Niemand wusste, wo sich Xorron versteckt hielt. Morasso ging alten Spuren nach, die aber im Nichts mündeten. Das alles wusste Myxin von John Sinclair, und jetzt schien Doktor Tod die Teufelstochter in seine Suche mit eingeschaltet zu haben. Sie hatte auch angebissen, aber nur unter der Bedingung, dass Morasso ihr Myxin lieferte.

Der kleine Magier dachte daran, die beiden gegeneinander auszuspielen. Das musste doch irgendwie möglich sein. Deshalb wollte er seine Worte sehr sorgfältig wählen.

»Kennst du ihn?«, wollte Doktor Tod wissen.

»Vielleicht.«

Diese Antwort gefiel dem Chef der Mordliga überhaupt nicht. Er verzog das Gesicht, als hätte er in eine Zitrone gebissen.

»Ich an deiner Stelle würde verdammt vorsichtig mit den Äußerungen sein. Wir lassen uns nicht hinhalten.«

»Was habe ich denn zu verlieren?«, fragte Myxin dagegen. »Mein Leben, das ist klar, aber du willst etwas erfahren, was für dich von ungeheurer Wichtigkeit ist.«

»Wenn du es mir nicht sagst, wird es Asmodina tun«, erklärte Solo Morasso.

»Bist du davon so überzeugt?«

»Ja.«

»Das glaube ich dir nicht. Auch Asmodina sucht ihre Vorteile, und sie wird es sich sehr überlegen, ob sie auf deinen Vorschlag eingeht. Ich kenne sie besser, glaube mir, die spielt immer falsch. Das hat sie schon bei mir getan. Du wärst ein Narr, wenn du auf sie hörst.«

»Und was sollte ich nach deiner Meinung anders machen? Auf dich etwa hören?«, höhnte Morasso.

»Vielleicht.«

»Nein.«

»Lass dir doch meinen Vorschlag erst einmal durch den Kopf gehen«, sagte Myxin.

»Bitte.«

»Du lässt mich frei, und ich werde dir in spätestens drei Tagen sagen, wo du Xorron findest.«

Morassos Gesicht verzerrte sich.

»War dieser Vorschlag dein Ernst?«

»Natürlich.«

»Dafür hätte ich dich normalerweise getötet. Ich lasse mich nämlich nicht gern auf den Arm nehmen. Nein, das auf keinen Fall. Du bist wohl wahnsinnig? Wie kannst du dich unterstehen, mir so etwas vorzuschlagen? Hast du vergessen, dass du es bist, der sich in meiner Hand befindet? Nein, ich glaube dir nicht. Du bluffst hier um dein Leben, Myxin. Wahrscheinlich weißt du gar nicht, wo sich Xorron versteckt hält. Du versuchst nur alles, um dein Leben zu retten.«

Da konnte Myxin nichts erwidern. Im Prinzip hatte Doktor Tod schon recht. Myxin wusste in der Tat nicht, wo sich Xorron aufhielt. Was allerdings nicht heißen sollte, dass er es nicht herausbekommen würde. Myxin war ganz sicher, dass er das schaffte, wenn er seine alten Verbindungen aktivierte. Doch damit konnte man Solo Morasso nicht kommen. Er würde sich an die Verbindung mit Asmodina halten.

Als Tokata einen warnenden Zischlaut ausstieß, horchten alle auf. Morasso drehte sich sogar um.

Der Samurai des Satans zog sein Schwert aus der Scheide und deutete zum Himmel hoch.

Da kamen sie.

Zwei Todesengel schwebten dicht über den bewaldeten Hügeln. Ihr rotes Haar leuchtete wie Feuer. Sie schlugen die dunklen Schwingen und flogen lautlos näher. Dabei hielten sie irgendetwas zwischen sich, das wie ein grüner Sack wirkte.

Die beiden Todesengel glitten einmal über das magische Quadrat hinweg, drehten und setzten dann zur Landung an.

Geschmeidig fingen sie den Schwung ab und blieben vor Doktor Tod stehen.

»Asmodina hat uns geschickt«, erklärten sie. »Wir sollen Myxin mitnehmen.«

Morasso streckte den Arm aus.

»Da ist er«, sagte er. »Packt ihn euch …«

Waren seine letzten Chancen verspielt?

Myxin glaubte daran. Er hatte zu hoch gereizt, hatte darauf gesetzt, Solo Morasso und Asmodina auseinanderbringen zu können, doch das war ihm nicht gelungen. Die beiden hielten trotz mancher Gegensätze zusammen, wie die Szene hier zeigte.

Die Todesengel hatten den Befehl wohl verstanden. Sie schwebten nicht, sondern gingen auf Myxin zu. Dabei hielten sie diesen grünen Gegenstand zwischen sich, der den Magier an ein Tuch erinnerte, wie es die Toreros hatten.

Eine Fluchtchance sah Myxin nicht. Er war seinen Feinden ausgeliefert. Zwar versuchte er, die Todesengel durch gedankliche Kraft zu stoppen, doch das misslang ihm. Sie ließen sich nicht beirren und kreisten Myxin von zwei Seiten ein, wobei sich auf ihren Gesichtern das teuflische Lächeln eingefroren hatte.

Dann schwangen sie blitzschnell den grünen Gegenstand hoch, warfen ihn Myxin wie ein Tuch über den Kopf, und im nächsten Augenblick spürte der kleine Magier die Wirkung.

Sie war enorm.

Der Gegenstand, vorhin noch leicht gewesen, verhärtete sich in Windeseile und wurde steinern. Plötzlich konnte sich Myxin nicht mehr rühren, seine Bewegungen waren festgefroren, und er, der Dämon, wurde in die Materie mit eingeschlossen. Nicht den kleinsten Finger konnte er rühren. Ihm schien es, als wäre er ein Stück von diesem geheimnisvollen Stein geworden.

Aus!

Jetzt hatte Asmodina ihn dort, wo sie ihn immer

hinhaben wollte. Die beiden teuflischen Dienerinnen brauchten sich nur in die Lüfte zu erheben und zu verschwinden. Sie würden ihn zu Asmodina bringen, ohne dass er nur einen Finger rühren konnte.

Myxins letzte Hoffnung schwand. Bisher hatte er darauf gesetzt, dass Kara und vielleicht auch John Sinclair ihn finden könnten. Doch sie hatten sich bisher nicht gezeigt und würden auch wohl nicht erscheinen. Es war vorbei.

Obwohl er in den Stein eingeschlossen war, konnte er verstehen und auch sehen, was um ihn herum geschah. Die Todesengel hielten den Block an zwei Seiten fest, drehten sich nun, und es sah so aus, als wollten sie wegfliegen.

Dagegen hatte Doktor Tod etwas.

»Einen Augenblick«, sagte er und gab Tokata einen knappen Wink.

Der Samurai des Satans gehorchte wie eine Marionette. Er wusste genau, was er zu tun hatte. Bevor die Geschöpfe reagieren konnten, war er hinter ihnen und setzte ihnen die Längsseite der langen Schwertklinge gegen die Nacken.

Ein Schnitt nur, und beide Köpfe würden rollen …

Die Todesengel schienen gehört zu haben, dass Tokata nicht spaßte, denn sie blieben stocksteif stehen.

Doktor Tod aber baute sich vor ihnen auf.

»So«, sagte er nur. »Ich habe meinen Teil der Aufgabe erfüllt. Jetzt will ich von Asmodina wissen, wo ich Xorron finden kann. Oder hat sie euch etwas gesagt?«

»Sie hat uns nichts mitgeteilt.«

Morassos Augen funkelten wild.

»Das hatte ich mir fast gedacht!«, zischte er. »Sie will falsch spielen, dieses verdammte und verfluchte Weib. Aber ohne mich!«

Die Todesengel schwiegen. Sie sahen sich nur an und senkten dann den Blick.

»Was hattet ihr vor?«, fragte Morasso.

»Wir sollten ihn zu ihr bringen.«

»Und dann?«

»Wir wissen es nicht.«

Doktor Tod nickte. »Das hatte ich mir fast so gedacht. Aber Asmodina hat sich verrechnet. Ich lasse euch hier nicht weg. Nicht, bevor ich weiß, wo Xorron steckt.«

Damit hatten die Dienerinnen der Asmodina nicht gerechnet. Sie zuckten unter den Worten zusammen, als hätten sie Schläge bekommen.

Myxin schöpfte wieder ein wenig Hoffnung. Ein irres Gefühl breitet sich in ihm aus. Am liebsten hätte er gelacht, aber das passte wohl nicht zu dieser Situation.

Plötzlich hatte es ein Patt gegeben. Jetzt wusste niemand so recht, wie es weiterging.

Sekunden verstrichen. Und noch immer lag die scharfe Klinge des Schwerts auf den Nacken der beiden Todesengel. Sie wagten sich nicht zu rühren, sondern blieben stocksteif stehen.

Auch Solo Morasso suchte nach einem Kompromiss. Es war ihm klar, dass er die Dienerinnen nicht so ohne Weiteres wegfliegen lassen durfte. Damit wäre seine ganze Autorität dahin gewesen, und es war Lupina, die ihm die Entscheidung abnahm.

Sie sagte: »Lass doch einen dieser Todesengel als Geisel hier! Der andere soll zu Asmodina fliegen und ihr Bescheid geben!«

Morasso zuckte herum. Sein Blick bohrte sich in die grüngelben Raubtieraugen der Werwölfin.

»Ja, die Idee ist gut«, meinte er nach einer Weile. »So könnten wir es wirklich machen.« Er schaute wieder die Todesengel an. »Habt ihr den Vorschlag gehört?«

»Ja.«

»Wer von euch will fliegen?«

Sie konnten sich nicht entscheiden. Keiner wollte nachgeben, denn wer zurückblieb, konnte so gut wie tot sein.

»Ich warte noch drei Sekunden«, sagte Solo Morasso, »dann gebe ich Tokata den Befehl, euch zu töten!«

»Nicht nötig!«

Die Stimme schien von allen Seiten zu kommen. Jeder hörte sie, und jeder kannte sie.

Asmodina war da!

Ich hatte es schon oft erlebt. Wenn wir auf einer Air-Base eintrafen, war schon alles vorbereitet. Mittlerweile war ich bei den Soldaten auch bekannt, denn hier war ich gelandet, als ich dem geheimnisvollen Todesnebel zum zweiten Mal entkommen war.

Dieser Nebel war eine der stärksten Waffen, über die Solo Morasso verfügte. Und jetzt mischte er wieder mit. Dabei fragte ich mich, ob ihm auch diesmal der Nebel zur Seite stand.

»Ihr Hubschrauber steht bereit«, wurde mir gemeldet. Ein Lieutenant führte mich zum Rollfeld.

Wir hatten keine Zeit mehr, uns erst noch groß umzuziehen, sondern kletterten so, wie wir waren, in die Maschine. Kara wurde mit besonderen Blicken bedacht, denn dass eine Frau diesen Flug mitmachte, war eine kleine Sensation.

Ich nahm auf dem Pilotensitz Platz, Suko hockte sich neben mich. Ein schon fast vertrautes Bild, denn wir beide waren sogar schon im hohen Himalajagebirge geflogen, als wir uns auf der Suche nach dem Goldenen Buddha befanden.

Die Maschine war ausgezeichnet in Schuss, lief rund, wie ich sofort feststellte.

Auf der Startbahn stand ein Mann im Overall. Durch die Scheibe sah ich sein Zeichen.

Alles klar.

Start!

Zum Glück regnete es nicht. Wir stießen in einen zwar wolkenreichen Himmel vor, aber die weißen Berge schwammen weit über uns am Firmament. So hoch würden wir nicht steigen.

Unter uns wurde die Militärbasis kleiner und war dann verschwunden. Ich schlug einen westlichen Kurs ein, der uns wieder von der Riesenstadt London wegbrachte.

In meinem Kopfhörer quakte es, und unsere Maschine wurde direkt angesprochen.

Ich meldete, dass alles okay war.

Ruhig flogen wir weiter. Es gab keine großen Turbulenzen, die Windgeschwindigkeit hielt sich auch in Grenzen. Über meine Schulter warf ich einen Blick zurück.

Kara hockte zwischen Suko und mir. Die Augen hielt

sie halb geschlossen, die Hände lagen gefaltet auf ihren Knien. Ihre Haut wirkte irgendwie durchsichtig, die Lippen zuckten.

Auch Suko hatte sie angesehen. Er hob nur die Schultern. Wir ließen sie in Ruhe.

Meine Gedanken wanderten zu Nadine Berger. Wo sie wohl jetzt steckte? Wahrscheinlich telefonierte sie schon mit dem Regisseur in den Staaten. Sie hatte sich verloben wollen, doch Don Mitchell, der Auserwählte, war von Dämonen umgebracht worden.

Ein teuflisches Kind hatte ihm ein Messer in den Rücken geworfen. Die Mächte der Finsternis machten vor nichts halt. Auch nicht vor Frauen und Kindern. Sie kannten kein Erbarmen, wenn es um ihren eigenen Vorteil ging.

Ich ließ die Maschine etwas steigen. Wenn wir nach unten schauten, sahen wir kleine Städte und Dörfer unter uns weghuschen. Und weit vorn am Horizont, wo Erde und Himmel zusammenzuwachsen schienen, stießen die Schornsteine einer Industrieanlage wie schmale graue Finger in die Luft.

Die Instrumente funktionierten, die einzelnen Nadeln zitterten leicht unter den Vibrationen.

Alles war okay.

Ich spürte das Kreuz auf meiner Brust. Sollten wir tatsächlich in den Todesnebel fliegen, würde es mich schützen. Aber auch die anderen Waffen hatte ich mitgenommen. Suko achtete mit Argusaugen auf meinen Einsatzkoffer. Selten waren wir so gut ausgerüstet in einen Kampf gegangen.

Ich dachte an die Flammenden Steine. Hoffentlich

hatte Kara recht, und hoffentlich fanden wir Myxin dort vor. Der kleine Magier war mir in den vergangenen Monaten regelrecht ans Herz gewachsen und zu einem echten Freund geworden. Wie oft hatte er uns Tipps gegeben und uns unterstützt. Wenn ihm etwas zustieß, würde ich mir immer Vorwürfe machen.

Deshalb hockte ich auf dem Sitz wie auf heißer Kohle. Weit vor uns erschien eine Gebirgskette. Noch grau und verschwommen, aber ich wusste, dass zwischen den Bergen – und zwar dort, wo sie an Höhe verloren und in eine Hügellandschaft übergingen – das Tal lag, in dem die *flaming stones* standen.

Die Flammenden Steine.

Wenn ich daran dachte, lief es mir fast immer kalt den Rücken hinab. Welch ein Geheimnis bargen sie? Ich wusste es nicht. Mir war nur bekannt, dass sie mit einer mir unbekannten Magie prall gefüllt waren.

Aber Kara und Myxin schienen mehr darüber zu wissen, hatten aber bisher geschwiegen, und ich drang nicht weiter in sie. Bestimmt würden sie mir von allein darüber berichten, wenn die Zeit reif war. Irgendwie hatte ihr Geheimnis etwas mit Atlantis zu tun, wie überhaupt unser Kampf, wenn man ihn als Ganzes betrachtete, immer mehr Verbindung zu dem alten versunkenen Kontinent bekam.

Ich war wirklich gespannt, was in Zukunft da noch alles auf uns zukommen würde.

Zuerst musste ich an die Gegenwart denken. Die war schlimm genug, denn Myxin, der praktisch den Schlüssel zu Atlantis besaß, befand sich in großen Schwierigkeiten.

Ich war nervös und musste mich zur Ruhe zwingen. Irgendwie hatte ich das Gefühl, zu spät zu kommen, dass alles vorbei war, und der Ansicht schien auch Kara zu sein, wenn ich sie so leichenblass auf ihrem Platz sitzen sah.

Ihr waren ebenfalls die Hände gebunden. Sie konnte ihren Geist nicht vom Körper trennen und Myxin beistehen.

Wir erreichten die ersten Ausläufer der Berge. Weit im Westen wurden die Wolken bereits wieder dunkler. Der Wetterbericht hatte eine Regenfront angekündigt.

Manche Berggipfel waren kahl oder nur mit Gras bewachsen, das der Wind kämmte.

»Du willst direkt bei den Steinen landen?«, erkundigte sich Suko ein wenig besorgt.

»Nein, ich fliege erst einmal darüber hinweg.«

Der Chinese nickte.

Schon bald verschwanden die karstigen Berge. Jetzt nahmen die Erhebungen mehr eine hügelige, sanftere Form an, dafür wurden seltsamerweise die Täler etwas enger.

Manchen Menschen würde die Gegend Magendrücken bereiten. Sie wirkte sogar aus der Entfernung gesehen düster. Man konnte sich wirklich gut vorstellen, dass sie mit Magie aufgeladen war.

Aber wo lag das Tal?

Beim ersten Mal war ich durch einen Zeitsprung dorthin gelangt. Jetzt musste ich suchen.

Ich fragte Kara.

Sie schaute mich abwesend an, sodass ich meine Frage laut wiederholen musste.

»Ich erkläre dir den Weg«, sagte sie.

Und sie war eine gute Dirigentin. Ich hatte mich schon leicht verflogen, musste auf Südkurs gehen und wieder ein Stück zurückfliegen. Dann dirigierte sie mich tiefer.

Jetzt wuchs meine Spannung.

Aber ich musste mich auch sehr auf die Fliegerei konzentrieren, denn es war gar nicht so einfach, dicht über den Wipfeln der Nadelbäume zu fliegen.

Zum Glück gehorchte der Hubschrauber ausgezeichnet. Die Armee pflegte ihre Geräte.

Vor uns wuchs eine dicht bewaldete Hügelflanke hoch. Als wir sie angingen, wirbelten zahlreiche Vögel aus den Baumwipfeln und flogen hastig davon.

Wir hatten sie erschreckt.

»Hinter diesem Hügel liegt das Tal«, hörte ich Karas Stimme.

Na denn.

Ich zog die Maschine höher, weil ich das Gefühl hatte, die Spitzen der Nadelbäume würden bereits die Kufen berühren.

Dann hatten wir den höchsten Punkt erreicht und flogen über ihn hinweg.

Wir schauten nach unten.

Dort lag das Tal und auch die Flammenden Steine. Sie standen noch genauso, wie ich sie in Erinnerung hatte.

Und wir hatten klare Sicht.

Kein Nebelstreifen trübte sie, sodass ich innerlich aufatmete, denn vor Doktor Tods Nebel hatte ich mich sehr gefürchtet. Anscheinend jedoch fühlte er sich hier dermaßen sicher, dass er auf den Nebel verzichtete.

Ich riskierte es und senkte die Maschine. Wie eine riesige Libelle ging sie in den Kreis, den ich über die vier Steine zog.

Sie sahen aus wie immer. Wuchtige Erinnerungen einer längst vergangenen Epoche. Nicht so gewaltig wie die in Stonehenge und auch nicht so bekannt, aber dafür mit einer voll funktionierenden Magie geladen, die ich bereits am eigenen Körper zu spüren bekommen hatte.

Als ich einen Kreis flog, saugte ich das Bild förmlich in meine Gehirnzellen.

Ich konnte Doktor Tod erkennen, sogar Asmodina, und ich sah Tokata, Vampiro-del-mar und die Werwölfin Lupina. Ferner zwei Todesengel, die etwas zwischen sich hielten, das grün schimmerte, das ich aber nicht genau identifizieren konnte.

Meine Güte! Wann bekam ich solch ein Bild schon mal zu sehen? Fast die gesamte Mordliga und zusätzlich meine Erzfeindin Asmodina waren dort versammelt.

Und ich schwebte mit dem Hubschrauber über ihnen.

Mein Herz klopfte plötzlich schneller. Auch Suko war etwas blass geworden. Wie Kara reagierte, wusste ich nicht, denn sie saß hinter mir, und ich hatte keine Zeit, mich umzudrehen.

Aber Asmodina hatte uns gesehen.

Und mir war klar, dass sie uns vernichten konnte, wenn sie wollte.

»Weg!«, rief Suko, den ähnliche Gedanken plagten wie mich.

Im selben Augenblick hob Asmodina den Arm.

Und der Horror begann!

Asmodina materialisierte zwischen den Steinen. Ein kurzes Flimmern, dann stand sie da.

Und ihre Stimme hallte in dem engen Tal, als wären an mehreren Stellen Lautsprecher angebracht. Kalt starrte sie ihren ersten Vasallen, Doktor Tod, an.

Leicht schürzte Asmodina die Lippen. Sie trug ein schwarzes Gewand, das etwas durchscheinend war und ihren gut geformten Körper ahnen ließ. Das kräftige rote Haar stand im starken Kontrast zu dem Kleidungsstück und lag auf den Schultern.

»Ich habe dir doch gesagt, dass ich es nicht zulasse, wenn du weitere Diener von mir tötest.«

»Sie ließen mir keine andere Wahl, den sie wollten mich betrügen«, erwiderte Doktor Tod kalt.

»Nein!«

Morasso stampfte mit dem Fuß auf. »Ich habe keine Gegenleistung gesehen.«

»Das ist kein Grund, deinen Henker Tokata von der Leine zu lassen!«, zischte die Teufelstochter. »Sag ihm, er soll sein Schwert wegnehmen!«

»Ich denke nicht daran!«

Im selben Augenblick wusste Doktor Tod, dass er den Bogen überspannt hatte. So ließ Asmodina nicht mit sich umgehen. Eine kaum zu verfolgende Bewegung mit der linken Hand, ein flammender Hauch in der Luft, und im nächsten Augenblick legte sich ein feuriger Ring um die Kehle von Solo Morasso.

Stocksteif blieb er stehen. Noch spürte er die Schmerzen nicht, da sich zwischen dem Ring und seinem Hals noch ein freier Raum befand, aber Asmodinas nächste Worte ließen keinen Zweifel darüber aufkommen, was sie beabsichtigte.

»Ich werde dich umbringen, wenn du deinem Henker nicht den Befehl gibst, zurückzutreten. Drei Sekunden hast du!«

Solo Morasso befand sich in einer Zwickmühle. Bisher hatte er immer den Herrscher gespielt, und er war auch der Herrscher. Er hatte sich vor keinem geduckt. Doch nun wies ihn Asmodina, die Teufelstochter, in seine Grenzen. Sie machte ihm klar, dass er nicht größenwahnsinnig werden durfte und dass sie noch den Ton angab.

»Eins!«

Ihre Stimme klirrte. Die Augen leuchteten erbarmungslos, während Solo Morasso so hart die Zähne aufeinanderbiss, dass es schon knirschte.

»Zwei!«

»Verdammt!«, keuchte Morasso. »Du hast mich betrogen. Du …«

»Drei!«

»Ich werde – ahhhgghhh …« Doktor Tod konnte nicht mehr weitersprechen, denn der feurige Ring hatte sich blitzschnell zusammengezogen und lag wie eine Krawatte um seinen Hals.

Morasso taumelte nach vorn, würgte, die Augen traten ihm aus den Höhlen, und er verspürte Schmerzen.

Hart fiel er auf die Knie, hob die Arme, konnte sich

nicht mehr halten und knallte aufs Gesicht. Schwerfällig drehte er sich auf die Seite, und kein Mitglied der Mordliga griff ein.

»Das – das Schwert weg!«, keuchte er.

Da erst gehorchte Tokata. Seine in der Hölle geschmiedete Waffe verschwand in der Scheide.

Sofort zog Asmodina den kleinen Flammenring wieder zurück. Doktor Tod konnte frei atmen.

»Das war nur ein kleiner Trick«, sagte sie. »Damit du erkennst, dass du nur ein Vasall bist, mehr nicht. Denke immer daran, dass du mir allein deine Existenz verdankst. Auf die Knie mit dir!«

Und Doktor Tod gehorchte.

Er kniete vor der Teufelstochter und erlebte in den nächsten Augenblicken die beschämendsten Sekunden seines unseligen Lebens.

Doch tief in seinem Innern wühlte sich etwas hoch, das wie eine helle Flamme loderte.

Hass!

Alles zerstörender, grenzenloser Hass auf die Teufelstochter, die ihn so demütigte. Vor seinen Leuten degradierte sie ihn, Solo Morasso, zur Lächerlichkeit.

Das vergaß er niemals!

Asmodina lachte ihn eiskalt aus.

»Glaube nur nicht, dass ich nicht bemerkt habe, welche Gedanken dein Hirn peinigen. Du willst die Macht, aber nicht nur die einfache, du willst alles an dich reißen. Du bist wie ein wahnsinniger Irrer. Es wurde Zeit, dass ich dich einmal in deine Schranken weise. Ich ahnte von deinen Plänen, mich eventuell zu vernichten. Wenn dir alles gelingen sollte, das jedoch nicht. Im Gegenteil, ich werde dich und deine Mordliga zerstören, wenn ich merken sollte, dass du gegen mich bist. Wie kann man nur so größenwahnsinnig sein! Mir gehorchen Legionen von Dämonen, ich habe Reiche unterjocht, die nie eines Menschen Auge sehen wird, ich produziere das absolute Grauen und habe Verbindung mit den schlimmsten Dämonen der Urzeit. Und dann kommt so ein Wicht wie du und will mich stürzen und mir Bedingungen stellen. Es war deine Pflicht, dass du mir Myxin herbeigeschafft hast, deine verdammte Pflicht und Schuldigkeit, merke dir das. Schließlich habe ich dir das Leben gegeben. Ohne mich würde deine Seele im Reiche des Spuks dahinsiechen, daran solltest du immer denken. Und ich werde einen Teufel tun und dir erzählen, wo du Xorron finden kannst. Such ihn selbst, dann bist du beschäftigt. Aber etwas will ich dir sagen. Glaube nur nicht, dass du Xorron so einfach auf deine Seite ziehen kannst. Er ist es nicht gewohnt, Befehle entgegenzunehmen. Ich habe mich sehr gründlich informiert. Ab jetzt gelten andere Gesetze. Ich habe Myxin und werde ihn vernichten. In meinem Reich, in meiner eigenen Welt wird er einen grauenvollen Tod finden, weil er nicht auf meine Warnungen gehört hat.«

Asmodina wandte den Blick von Morasso ab und sah jetzt den kleinen Magier an.

Myxin hatte alles gehört. Hatte er zu Beginn ein gewisses Triumphgefühl in sich verspürt, so war das nun verflogen. Bei Doktor Tod hätte er noch eher eine Chance gehabt – Asmodina ließ ihm keine.

Morasso kam wieder auf die Füße. Und jeder konnte

sehen, dass sich um seinen Hals ein knallroter Ring gelegt hatte, wo die Flamme das Fleisch berührte.

Spöttisch schaute Asmodina Solo Morasso an.

»Nimm deine Vasallen, und verschwinde von hier. Geh mir aus den Augen, und sieh zu, dass du John Sinclair vernichtest. Du wirst …«

Sie unterbrach ihre Rede plötzlich, denn sie hatte etwas gehört, das auch die anderen vernahmen.

Motorengeräusch!

Über ihnen.

Die Geräusche des Motors und Rotors schallten hinunter in das Tal, und schon schwebte ein Hubschrauber über den Höhenrücken.

Er zog einen weiten Kreis über das Tal. Auf einmal verzerrte sich Asmodinas Gesicht.

»Das ist kein normaler Hubschrauber!«, schrie sie. »Darin sitzt John Sinclair!«

Wild lachte sie auf und streckte ihren rechten Arm aus …

Ja, Asmodina wusste, wer dort anflog. Und Sukos Warnung war wirklich nötig gewesen, denn die Gefahr befand sich bereits auf dem Weg zu uns.

Obwohl die Personen aus der Höhe gesehen klein wirkten, konnten wir doch erkennen, dass sich von Asmodinas ausgestreckter Hand ein Flammenkreis löste, der sich rotierend sehr schnell der Maschine näherte.

Mir blieb keine andere Wahl, als den Hubschrauber hochzureißen. Das geschah ziemlich abrupt. Dabei legte ich ihn noch auf die Seite, und wir alle wurden ziemlich durchgeschüttelt.

Ich presste hart die Zähne zusammen, während ich den höher steigenden Flammenring nicht aus den Augen ließ.

Er folgte uns.

Wenn auch in größeren Kurven, aber er machte jede Bewegung mit, die auch die Maschine vollführte.

Das war wirklich gefährlich, denn so hatten wir kaum eine Chance, lebend aus dem Hubschrauber zu kommen.

Ich sah kurz zu Suko hinüber. In seinem Gesicht stand die Ratlosigkeit geschrieben, obwohl er sichtlich hart überlegte, wie man der brenzligen Gefahr ausweichen konnte.

Von der linken Seite her sah ich die Gefahr heranschweben. Sie war schon verdammt nah, zog die Kurve jetzt enger und überholte uns sogar, um frontal anzugreifen.

Da reagierte Kara.

Ich sah es nicht, aber ich bemerkte, dass hinter mir etwas geschah. Die Schöne aus dem Totenreich stand auf.

»Bleibt ihr sitzen«, hörte ich ihre Stimme, und sie drängte sich an uns vorbei auf den Ausstieg zu. Dann sahen wir, was sie vorhatte.

Kara riss die Tür auf.

Und das bei dieser Geschwindigkeit. Es war ein Risiko. Sie konnte aus dem Hubschrauber fallen, und ich wollte sie zurückhalten, doch der Fahrtwind riss mir die Wortfetzen vom Mund. Ich bekam auch nicht richtig mit, was Kara tat, denn ich musste mich auf das

Steuern des Hubschraubers konzentrieren. So sah ich es praktisch mehr oder weniger aus den Augenwinkeln oder musste raten.

Kara stand in der offenen Tür.

Und in der rechten Hand hielt sie das Schwert, das ich Destero abgenommen hatte. Mit der Linken klammerte sie sich am Haltegriff fest. Dabei beugte sie sich noch vor, und der harte Fahrtwind packte ihre Haare und ließ sie flattern.

Ich versuchte, den Hubschrauber möglichst ruhig zu halten, damit Kara nicht das Gleichgewicht verlor und hinausfiel. Sie riskierte eine ganze Menge, aber sie wusste Myxin in Gefahr, und da war ihr kein Risiko zu groß.

Deshalb setzte Kara alles auf eine Karte.

Da war der Flammenkreis heran.

In seiner Geschlossenheit zitterte er hin und her, sprühte an seinen Rändern und war wesentlich größer, als ich angenommen hatte.

Auch Suko hatte es nicht auf seinem Platz gehalten. Er war ebenfalls aufgestanden, hielt sich aber noch zurück und hockte dabei geduckt am Boden.

Und dann war der Kreis da.

Und jetzt musste Kara einfach etwas unternehmen, um unsere und ihre letzte Chance wahrzunehmen.

Während unter den Hufen die vom Wind bewegten Gipfel der Nadelbäume hinweghuschten, schlug Kara zu.

Sie beugte sich dabei weit aus dem Einstieg, hielt das Schwert mit der rechten Hand fest umklammert und führte es wie ein alter, kampferprobter Krieger.

Kara traf.

Die Schneide des Schwerts schnitt in den Flammenring hinein. Schwarze Magie gegen schwarze Magie.

Wer würde stärker sein?

Das Zischen blendete mich für den Bruchteil einer Sekunde. Mir kam es vor, als hätte man tausend Wunderkerzen gleichzeitig angezündet. Die gleißenden Funken umsprühten die Maschine wie ein glühender Regen und spritzten auf das Dach sowie gegen die breite Sichtscheibe, wo sie abprallten und verglühten.

Ich merkte, wie meine Arme zitterten. Kaum konnte ich das Steuer halten, und ich hoffte, dass Kara es schaffen würde. Konnte das Schwert den Flammenkreis zerstören?

Ja, es gelang!

Plötzlich zog sich Kara zurück, und sie rammte den Einstieg auch wieder zu.

Suko klatschte sogar. Als ich nach unten schaute, sah ich die letzten Funken verglühen.

Kara hatte es geschafft!

»Das war es!«, hörte ich ihre Stimme.

Vorerst waren wir einer Gefahr entkommen. Wie ich Asmodina allerdings kannte, würde sie nicht so leicht aufgeben. Sie suchte bestimmt nach einer neuen Möglichkeit, um uns hier vom Himmel zu holen und für immer zu vernichten.

Es lag doch auf der Hand. Unter uns befanden sich fast unsere gesamten Feinde, die mit ungeheuer starker Magie angreifen konnten. Wann bekamen sie schon mal die Chance?

Ich hatte den Hubschrauber in eine weite Kurve

gelegt und befand mich jetzt ziemlich am Ende des Talkessels. Im nächsten Augenblick hüpften wir förmlich über die Baumwipfel hinweg und waren vorerst den Blicken unserer Feinde entschwunden.

Unsere strapazierten Nerven beruhigten sich wieder ein wenig. Wir atmeten auf.

Kara blieb hinter uns, quasi zwischen den beiden Sitzen, stehen. Ich warf ihr einen schrägen Blick zu.

Ihr Gesicht war hart. Die Züge schienen eingefroren zu sein, während die Augen leuchteten. Sie war bereit zu kämpfen, das sah man ihr auf den ersten Blick an.

Und ich merkte, dass sie auf Vorschläge wartete.

Von Suko kam der erste. »Sollen wir wieder zurück und es noch mal versuchen?«

»Wie denn?«

Die Frage hatte ich gestellt, und Kara gab mir die Antwort.

»Sie sind zu stark. Wir können uns nicht auf einen offenen Kampf einlassen. Wir dürfen Myxin aber auch nicht im Stich lassen«, sagte sie weiter. »Also eine andere Taktik.«

Damit war ich einverstanden. Nur hockten wir hier in dem Hubschrauber und waren relativ unbeweglich, denn durch einen einzigen präzisen Angriff konnte Asmodina uns alle vernichten.

»Landen«, sagte ich.

Die anderen nickten.

Meine nächste Bemerkung zerstörte ihren Optimismus. »Aber wo? Ich sehe keine Chance, das heißt keinen Landeplatz.«

In der Tat war keine freie Fläche zu entdecken, wo

wir unseren Hubschrauber hätten aufsetzen können. Nur Hügel und Wald, keine Wiesen oder Felder.

Um einen geeigneten Platz zu finden, hätten wir weit zurückfliegen müssen, um den gleichen Weg zu Fuß zu gehen. Das aber konnten wir in Anbetracht der Dinge nicht riskieren, da sich Myxin in höchster Lebensgefahr befand.

Wir steckten in einer Zwickmühle.

Kara hatte die Lippen zusammengepresst. Auch sie sorgte sich um den kleinen Magier. Hinzu kam noch, dass sie trotz ihrer besonderen Fähigkeiten ihm nicht helfen konnte, denn Asmodina hatte die magische Barriere errichtet.

Eine Entscheidung jedoch wurde uns abgenommen, denn die Gegenseite handelte.

Asmodina wusste, was sie als Herrscherin den anderen schuldig war. Wollte sie weiterhin die Oberhand behalten, dann musste sie etwas tun. Und sie griff an.

Nicht sie selbst, sondern die, die auf sie hörten.

Suko entdeckte die Gefahr zuerst!

»Da!«, rief er und streckte seinen Arm aus. Der Finger wies durch die große Cockpitscheibe, und wir alle sahen mit Entsetzen, was sich vor uns zusammenbraute.

Aus dieser großen Entfernung sah die Gefahr wie eine drohende Wand aus, die aber sehr schnell näher kam.

Und wir erkannten Einzelheiten.

Die Wand bestand aus zahlreichen Personen. Wesen, Dämonen. Es waren Asmodinas Todesengel.

Sie hatte eine ganze Armee ihrer Helfer zusammengeholt, damit sie uns angriff.

Hatten wir noch eine Chance?

Ich spürte ein dumpfes Gefühl im Magen und schluckte. Verflucht, die waren einfach zu nah. Wenn wir auswichen, würden sie uns unter Garantie bekommen.

So oder so …

Ich sog hart die Luft ein und sah mich um.

Auch von der anderen Seite kamen sie. Die Todesengel kreisten uns jetzt ein.

Asmodina wollte unser Ende, und es sah ganz so aus, als würde sie es auch schaffen …

Gespannt beobachtete die Teufelstochter, wie sich der von ihr ausgesandte Flammenkreis dem Hubschrauber näherte. Der Streit mit Doktor Tod war vergessen. Jetzt hielten sie wieder zusammen, um ihre gemeinsamen Feinde zu vernichten.

Plötzlich wurde die Luke aufgerissen.

Eine Frau erschien.

Mit einem Schwert in der Hand.

Asmodinas Gesicht verzerrte sich. Auf der sonst so glatten Visage spiegelten sich ihre Gefühle wider, denn sie hatte das Schwert erkannt. Es befand sich jetzt im Besitz des Sinclair-Teams, aber es hatte einmal dem Dämonenhenker Destero gehört.

Nun wendeten sie die eigenen Waffen gegen Asmodina und deren Vasallen an. Die Teufelstochter wusste, dass dies keine normale Waffe war. Sie war mit Schwarzer Magie geweiht worden und sogar ziemlich stark. Sie konnte sich vorstellen, dass Desteros Schwert stärker war als der Flammenkreis.

Schon schlug die Frau zu.

Und sie schaffte es.

Voller Wut sahen Asmodina und die Mitglieder der Mordliga zu, wie der magische Flammenkreis durch das Schwert zerstört wurde und inmitten eines Funkenregens zerplatzte.

Der Hubschrauber und seine Insassen aber kamen mit dem Leben davon und nahmen Kurs auf das Ende des Tals.

Das alles hatte auch Myxin, der kleine Magier, gesehen. Er steckte nach wie vor in seinem gläsernen Gefängnis und konnte sich nicht rühren. Aber er bekam alles mit, und er konnte die Dialoge hören, die Asmodina mit den anderen führte.

Bis jetzt hatte Myxin noch eine Galgenfrist. Er war jedoch sicher, dass Asmodina ihn in den nächsten Minuten in ihr Reich schleudern würde, um ihn zu vernichten.

Myxin irrte.

Erst einmal hatte Asmodina etwas anderes vor. Sie ging davon aus, dass der kleine Magier ihr nicht weglaufen würde. Er war ja auch kein Gegner mehr, dafür aber das Sinclair-Team.

Das wollte sie haben.

Die Teufelstochter wandte sich an Doktor Tod, der mit geballten Händen dastand.

»Wir müssen sie packen«, knirschte sie, »und ich werde sie kriegen. Du hältst dich zurück, denn ich will dir beweisen, dass ich mehr Macht besitze als du mit deiner Mordliga.«

»Vielleicht.«

»Pass genau auf, Solo Morasso!«

Asmodina griff unter ihren Umhang und holte eine goldene Schlange hervor. Sie war nicht lebendig, zeigte aber genau die Form einer Schlange, die in der Bewegung erstarrt zu sein schien.

Die Schlange war das Sinnbild der Teufelstochter. Sie öffnete ihren Mund, steckte die Schlange hinein, die plötzlich lebendig wurde und in Asmodinas Rachen verschwand.

Im nächsten Augenblick schien die Teufelstochter zu wachsen. Ihre Augen nahmen eine andere Färbung an, sie schillerten grünlich. Doktor Tod fühlte plötzlich den ungeheuren Ansturm der schwarzen Magie. In seinem Gehirn schien der Teufel los zu sein, er vernahm fremde Gedanken und hörte, wie Asmodina ihre Helfer rief.

Dann verebbte der magische Ansturm.

Die Teufelstochter öffnete ihren Mund und holte die Schlange wieder hervor. Sie hatte als Verbindungsglied zwischen Asmodina und ihren Dienerinnen gedient.

Und die Todesengel hörten den Ruf.

»Sieh da hin«, forderte Asmodina Doktor Tod auf. »Ich will dir meine Macht beweisen.«

Morasso drehte den Kopf.

Wie auch alle anderen sah er die dunkle Wand, die plötzlich am Himmel stand. Sie bewegte sich und kam sehr schnell näher. Und aus der Wand schälten sich die Gestalten der rothaarigen Todesengel.

»Meine Armee greift an!«, flüsterte die Teufelstochter. In wilder Vorfreude rieb sie sich die Hände …

Aus der Wolke fächerten die Todesengel. Wir alle sahen, wie sich ihre dunklen Flügel bewegten und sie Kurs auf unseren Hubschrauber nahmen.

Was blieb uns übrig?

Wir befanden uns in der Luft. Unter uns die Wipfel der Bäume, über uns der Himmel.

Und kein Platz zum Landen!

»Eigentlich können wir uns aussuchen, wie wir sterben wollen«, sagte Suko sarkastisch. »Auch mit meinem Stab kann ich nichts anfangen. Wenn ich die Zeit anhalte, sind wir trotzdem nicht gerettet.«

Da hatte er ein wahres Wort gesprochen.

Aber ich wollte nicht aufgeben. »Ich lande!«, sagte ich hart.

»Wo denn?«

»Zwischen den Bäumen!«

»Na ja«, meinte Suko nur und schnallte sich wieder an.

»Tu es«, sagte Kara. »Unsere einzige Chance!«

Wir durften keine Sekunde mehr verlieren, denn die Todesengel waren schon verdammt nahe. Sie flogen in geschlossener Front, einige lösten sich auch und glitten voran.

Ich hatte es aufgegeben, sie zu zählen, das brachte nur Depressionen. Deshalb konzentrierte ich mich voll und ganz auf die gefährliche Bruchlandung.

Ich ging so weit mit der Fluggeschwindigkeit herunter, dass der Hubschrauber in der Luft stand. Der Rotorwind bog bereits die Wipfel der Nadelbäume durch, so dicht befanden wir uns über den Bäumen.

Jetzt wurde es kritisch.

»Runter!«, schrie Suko.

»Okay!«

Ich setzte alles auf eine Karte und ließ den Hubschrauber absacken. Ich hatte nur eine unheimliche Angst davor, dass die Maschine in Flammen aufgehen würde.

Schon drückten die Kufen die ersten Zweige nieder. Andere waren sperrig und richteten sich auf, wobei sie gegen den Unterbau des Hubschraubers schlugen.

Dann kratzten die Ersten an der Außenwand entlang, schlugen gegen die Scheibe, und wir sackten immer tiefer. Wild drehte der Rotor, der die Blätter peitschte, Baumspitzen kaputt hieb, die als Fetzen durch die Gegend flogen.

Ich hielt krampfhaft das Steuer fest.

Auf dem Copilotensitz hockte Suko. Sein Gesicht war verkantet, die Lippen bildeten einen Strich, die Augen waren noch schmaler, seine Nasenflügel vibrierten. Er wartete ebenso auf den dumpfen Fall und die Bruchlandung wie Kara hinter uns, die sich zusammengekrümmt auf den Boden des Hubschraubers gelegt hatte und dabei den Schwertgriff nicht losließ.

Wild schlugen die scharfen Rotorblätter um sich und wirkten dabei wie Sägen.

Sie hieben Bäume entzwei, um uns herum war ein Gewirr von fallenden Zweigen, abgesägten Ästen und …

Ich schaltete den Motor aus.

Irgendwo hörte ich ein Knacken. Wahrscheinlich waren die Rotorblätter gebrochen, aber das machte nichts, denn jetzt kam der Fall.

Die Maschine sackte die letzten Yards nach unten.

Krachen, Bersten, das Aufstöhnen des Metalls. Bäume kippten, der Hubschrauber hieb eine Schneise in den dichten Wald, senste den Baumbestand einfach um, und wir wurden wie Puppen durcheinander geschleudert.

Ich kam mir dabei vor wie ein künstlicher Mensch bei einem Crashtest, nur mit dem einen Unterschied, dass ich lebte und die Puppen nicht.

Ich betete, dass das Metall hielt, dass der Tank nicht explodierte und wir in einer rasenden Flammenhölle das Leben verloren.

Dann kam der Aufschlag.

Er schüttelte uns durch. Ich wurde nach vorn katapultiert, der Gurt hielt zum Glück, und auch Suko erging es nicht anders. Ich hörte Karas Schrei und einen dumpfen Aufschlag. Die Angst um das Mädchen packte mich.

Glas bekam Sprünge, ein Baum kippte auf die Maschine, deren Kufen brachen, und dann legte sich der schwere Hubschrauber ganz langsam nach links.

Man konnte das Gefühl haben, in einem schwer kranken Monstrum zu hocken, so sehr ächzte und stöhnte die Maschine, und mir schien es, als würde sie ihr Leben langsam aushauchen.

Dann lag sie still.

Still und schräg.

Und wir lebten, hatten den Flug und die Landung tatsächlich überstanden.

Ich atmete auf.

»Suko?«

»Ich bin okay.«

Es war seltsam still um uns herum. Ich horchte auf gluckernde Geräusche, die entstanden, wenn Benzin auslief, doch das war nicht der Fall, der Tank hatte gehalten.

Suko klickte seinen Gurt los, aber mir lief es kalt den Rücken hinunter.

Ich hatte nichts von Kara gehört.

War sie verletzt?

Auch ich löste meinen Gurt und rollte mich aus dem Sitz. Ja, rollte, denn von Aufstehen konnte man bei dieser schrägen Lage der Maschine wirklich nicht sprechen.

An der Rückenlehne hielt ich mich fest, damit ich nicht kippte, kämpfte mich förmlich um den Sitz herum und sah Kara.

Sie lag noch immer am Boden.

Reglos …

Ein heißer Schreck durchschoss mich, mein Herz trommelte schneller, ich bückte mich und sah das Blutrinnsal an ihrem Kopf, das seinen Ursprung an der Stirn hatte und von dort einen roten Streifen produzierte, der an der Wange entlanglief und erst in der Nähe des Mundwinkels aufhörte.

Der Sitz stützte mich seitlich, als ich in die Knie ging und Kara untersuchte.

Ihr Puls schlug.

Ich atmete auf. Demnach war die Schöne aus dem Totenreich nur bewusstlos.

Aber damit war auch eine Kämpferin ausgefallen. Sogar eine sehr gute, denn wir hatten feststellen können, wie hart sie war und wie sie sich der Magie entgegengestemmt hatte.

Keiner von uns wusste, wie schwer es sie erwischt hatte, und Kara wurde für uns ein Problem, denn wir mussten nicht nur gegen die Todesengel kämpfen, sondern auch auf sie achtgeben.

Suko war an der Tür. Verzweifelt versuchte er, den Ausstieg zu öffnen. Er warf sich ein paar Mal mit seinem Körpergewicht dagegen, so gut es die Lage erlaubte, aber es klappte nicht.

Der Ausstieg war und blieb verklemmt!

Kein Durchkommen.

»Wir schaffen es so nicht!«, rief der Chinese. »Was ist mit Kara?«

»Bewusstlos.«

»Verdammt.«

Neben Kara lag das Schwert. Auf keinen Fall durften wir es vergessen. Der Griff befand sich in meiner Nähe. Ich wollte ihn schon umfassen, als Suko sagte: »Sie kommen!«

Ich zuckte hoch und blickte durch die mit einem Spinnennetz überzogene, aber noch heil gebliebene Scheibe der Pilotenkanzel.

Verschwommen sah ich die Dienerinnen der Teufelstochter.

Sie drangen durch den dichten Nadelwald. Die meisten von ihnen gingen über den Boden, weil sie einfach nicht den Platz hatten, um ihre Flügel auszubreiten, andere schwebten über den Spitzen der Bäume. Es würde nicht mehr lange dauern, dann hatten sie die abgestürzte Maschine erreicht.

Sie zwangen uns zum Handeln. Nie hätte ich gedacht, dass Asmodina einmal so direkt auf der Erde in den Kampf eingreifen würde. Sie musste wirklich einen ungeheuren Hass auf uns haben, oder sie wollte Doktor Tod ihre Macht demonstrieren.

Suko warf mir einen schnellen Blick zu.

»Sollen wir raus, John?«

Ich überlegte. Klar, wir konnten den Hubschrauber verlassen und versuchen, uns draußen durchzuschlagen, aber da gab es ein großes Hindernis.

Kara!

Solange sie noch bewusstlos war, konnten wir es nicht riskieren.

Das sagte ich auch Suko.

Der Chinese teilte meine Bedenken.

»Dann verteidigen wir uns also hier«, sagte er, kroch zu mir und nahm das Schwert. »Du erlaubst es doch – oder?«

»Sicher.« Ich hockte am Boden und tätschelte die Wangen der Bewusstlosen. Kara sollte so schnell wie möglich wieder aus diesem Zustand erwachen, damit sie uns unterstützen konnte.

Eine Mischung aus Klirren, Splittern und Kratzen ließ mich herumzucken.

Suko war dabei, die Scheibe einzuschlagen. Er hieb mit dem Schwert zu und fetzte die Stücke aus dem Rahmen, die nach draußen fielen und dort liegen blieben.

Wir hatten freie Sicht.

Sie waren schon verdammt nahe – und sie waren wieder bewaffnet. Wir kannten das Spiel ja. Diese Todesengel schossen zwar nicht mit modernen Pistolen oder Gewehren, dafür verstanden sie es ausgezeichnet, mit Pfeil und Bogen umzugehen.

Ich schluckte.

Da lagen wir wie auf dem Präsentierteller. Die Pfeile würden wie ein mörderischer Hagel über uns kommen.

Ich warnte Suko.

»Bleib unten!«

»Okay, okay.« Der Chinese duckte sich. »Die Biester haben sich verkrochen!«, schimpfte er.

»Passt mir überhaupt nicht, dass wir hier Indianer und Trapper spielen sollen!«, zischte ich und nahm mein Schwert entgegen, das Suko mir zurückreichte.

Ich hielt es in der linken Hand, in der Rechten hatte ich die Beretta. Und mit der schoss ich.

Urplötzlich war dieser rothaarige Todesengel aufgetaucht. Ich sah ihn zwischen zwei Bäumen, er legte soeben einen Pfeil auf die Sehne. Das Silbergeschoss erwischte ihn dicht oberhalb der waagerechten Bogensehne.

Ich sah, wie das Monster zusammenzuckte, wild um sich schlug und dann zusammenbrach.

Aber dieser Schuss war auch ein Zeichen für die anderen. Urplötzlich zischten die Pfeile heran. Lautlose Todesboten, erst im letzten Moment zu hören, wenn das gefährliche Sirren erklang.

Es waren keine normalen Pfeile, sondern feurige Stäbe, an deren Spitzen kleine Flammen flackerten. Wenn sie in ihre Ziele hieben, verlöschten die Flammen sofort, aber sie hinterließen dicke, faustgroße Spuren.

Jetzt kamen sie blitzschnell hintereinander. Suko warf sich zu Boden. Die glühenden Pfeile fauchten in den Hubschrauber und wuchteten in die Sitze.

Ich hatte hinter der Rückenlehne des Pilotensitzes Deckung gefunden und hörte die Schläge vor mir. Es stank nach angesengtem Leder, und ich bekam Angst, wenn ich daran dachte, dass der verdammte Hubschrauber in Flammen aufgehen konnte.

Wenn doch Kara wenigstens zu sich kommen würde, dann konnten wir einen Ausbruch versuchen. Ich hatte das Mädchen aus dem Totenreich ziemlich nahe an mich herangezogen und deckte sie so ab.

Suko lag schräg vor mir.

Und wieder fiel der Hagel über uns her. Diesmal erwischte mich ein Pfeil. Es war ein Abpraller, und er landete schräg auf meiner Schulter, rollte dann herunter, aber das Zeug hatte ein Loch in meine Kleidung gebrannt, und auf der Haut verspürte ich einen schmerzhaften Stich.

Auch Suko schimpfte jetzt, weil ihm ein Pfeil fast ein Ohr wegrasiert hätte.

»Lange können wir hier nicht mehr bleiben«, knurrte er.

Die Bestätigung erhielten wir bald. Schon einen Atemzug später riss etwas über uns.

Das Dach!

Ich drehte mich und sah nach oben.

Dort mussten die Todesengel hocken. Eine Metallschiene an der Seite wurde aufgebogen, und ich konnte durch den Spalt schauen.

Aber auch schießen.

Die Kugel traf genau.

Asmodinas Dienerin wurde vom Hubschrauberdach heruntergefegt. Ihr klagender Schrei erreichte noch meine Ohren, dann verwehte er. Nur gut, dass sie unseren geweihten Silberkugeln nichts entgegenzusetzen hatte.

Dann regte sich Kara.

Sie schlug die Augen auf und wollte sich hochstemmen, doch ich drückte sie sofort wieder zurück.

»Nicht jetzt!«

»Was ist geschehen?«

»Die Todesengel haben uns eingekreist.«

Sie erwiderte nichts, aber in ihren Augen las ich die große Sorge. Und die teilte ich.

»Kommen wir raus?«, flüsterte sie.

»Ich hoffe. Wir mussten warten, bis du aus deiner Bewusstlosigkeit erwachst.«

»Dann bin ich schuld.«

»Unsinn.« Während der Worte hatte ich nie das aufgerissene Dach aus dem Auge gelassen, aber dort tat sich nichts. Die Todesengel hielten sich zurück. Sie schossen auch nicht mehr weiter. Ich war sicher, dass sie eine andere Teufelei ausheckten.

Wenn ich daran dachte, dass auch noch der größte Teil der Mordliga im Hintergrund lauerte, dann konnte ich schon Depressionen kriegen. Wir saßen wirklich in der Klemme.

Draußen war alles ruhig. Suko richtete sich ein wenig auf und riskierte einen Blick durch die Scheibe.

»Was ist?«, rief ich zischend.

»Nichts zu sehen.« Er wiegte die Dämonenpeitsche in der Hand. »Sie haben sich in Deckung begeben.«

»Trotzdem müssen wir raus, bevor sie einen neuen Angriffsplan ausgeheckt haben.«

»Klar. Aber wie?«

»Versuche du es zuerst, ich gebe dir Feuerschutz.«

»Und ich gehe mit«, sagte Kara. »Gib mir das Schwert. Ich kann damit umgehen.«

Ja, das konnte sie. Kara stammte aus Atlantis. Dort hatte man noch mit Schwertern gekämpft. So reichte ich ihr die Waffe, die einmal Destero gehört hatte.

Kara wischte sich das Blut aus der Stirn und bewegte sich schlangengleich an mir vorbei. Neben Suko blieb sie liegen. »Gibt es nur die eine Möglichkeit?«

Suko nickte.

Ich wollte noch etwas hinzufügen, doch die Worte blieben mir im Halse stecken. Wie Kara und Suko hatte auch ich das Krachen und Bersten gehört, das plötzlich den Wald um uns herum erfüllte, als würde ein gewaltiger Bulldozer eine Bresche schlagen.

»Kannst du was sehen?«, rief ich Suko zu.

Er richtete sich auf. »Kaum, aber da ist was im Busch. John, jetzt wird's gefährlich.«

Sukos Stimme klang ruhig, aber auch er wusste, dass Asmodina zu einem neuen Trick gegriffen hatte.

Und den bekamen wir bald zu spüren.

Der Hubschrauber erhielt von der rechten Seite her einen gewaltigen Schlag, der uns weiter zur Seite trieb. Wir fanden keinen Halt und knallten gegen die Innenverkleidung, während Kara auf mich fiel und mich noch fast mit dem Schwert verletzte.

Durch die zerbrochene Cockpitscheibe hatte ich einen guten Blick nach draußen, und ich glaubte, meinen Augen nicht trauen zu dürfen.

Aber das Bild blieb.

Was da durch den Wald walzte, hatte uns schon mal an den Rand der Verzweiflung getrieben, weil wir gegen das Riesenvieh nichts ausrichten konnten.

Es war Apep – die Höllenschlange!

»Das darf doch nicht wahr sein«, hörte ich Sukos Stimme.

Mir lief es heiß und kalt den Rücken hinunter, denn Asmodina persönlich hatte in den Kampf eingegriffen. Sie war Apep, sie war die Schlange, denn in dieser Gestalt griff sie an.

Es erübrigt sich, die Ausmaße der Schlange zu beschreiben. Nur so viel sei gesagt – sie waren riesig.

Ein Höllenbiest, wie man es sich kaum vorstellen konnte, groß wie ein Hochhaus, und sie knickte die Bäume, als wären es einfache Streichhölzer.

Ich blickte an Sukos Schulter vorbei und sah die Schlange. Sie befand sich vor uns und hatte sich aufgerichtet. Eine Bewegung mit dem Kopf, wieder wurden mehrere Bäume geknickt.

Dann öffnete sie ihr Maul!

Ich bekam Angst, als ich in den gewaltigen Schlund schaute. Er kam mir vor wie der Eingang zur Hölle, und aus dem Schlund schlug, einer riesigen Peitsche ähnlich, die gespaltene Zunge.

Ein Schlag damit reichte …

Für uns kam es jetzt auf jede Sekunde an, denn dieses gewaltige Biest konnte mit einem Schlag unseren Hubschrauber zerschmettern und uns unter dem Metall begraben.

Wir würden keine Überlebenschance haben.

Suko versuchte es zuerst. Er schnellte hoch und kletterte wieselflink durch das zerstörte Cockpitfenster. Dabei rollte er sich zusammen, bot so gut wie kein Ziel und war draußen.

Ich sah die Pfeile. Schräg zischten sie heran, denn die Todesengel hatten sehr wohl bemerkt, was sich da tat.

Kara und ich waren gleichzeitig dort, wo Suko noch vor wenigen Sekunden gelegen hatte.

»Jetzt du«, sagte ich zu Kara. »Ich decke dir den Rücken.«

Das Mädchen aus Atlantis hob sein Bein, und ein Spreizschritt brachte es aus der Öffnung.

Gut, dass ich aufpasste.

Zwei Todesengel erschienen aus ihren Deckungen und legten auf Kara an.

Ich dachte nicht mehr an die Schlange und damit auch nicht an die Gefahr, in der wir schwebten.

Ich schoss.

Zweimal blitzte es fahl vor der Berettamündung auf, und beide Kugeln saßen im Ziel.

Eine Bestie fiel sofort zu Boden. Die andere versuchte zu fliehen, konnte aber nur noch die Flügel ausbreiten, dann verging auch sie.

»Ich bin in Ordnung, John!«, vernahm ich Karas Stimme und war einigermaßen beruhigt.

Im nächsten Augenblick zischten mehrere Pfeile dicht

an der zerbrochenen Scheibe des Hubschraubers vorbei. Ich wandte den Kopf nach rechts, verfolgte ihren Weg und sah, dass sie in den gewaltigen Schlangenleib hieben.

Sie fielen nicht ab, sondern blieben stecken, aber es waren nur Nadelstiche.

Doch wer hatte geschossen?

»John, los!«, hörte ich Sukos Stimme. Da wusste ich, dass er es gewesen war. Mich hielt nichts mehr. Auch ich machte einen großen Schritt, klemmte mir die Beretta zwischen die Zähne, damit ich freie Hand hatte, und ließ mich fallen.

Ich landete weich, kam sofort wieder hoch und rannte geduckt und mit eingezogenem Kopf weiter in den Wald hinein. Zwei glühende Grüße wischten an mir vorbei. Ich ließ mich fallen, rollte um die eigene Achse und hörte das Krachen.

Es war nicht nur ein Krachen und Splittern, sondern auch ein höllisches Kreischen und Ächzen.

Der Hubschrauber wurde buchstäblich zermalmt.

Apep hatte zugeschlagen.

Mir wurde ganz anders. Hätte ich noch gezögert, dann hätten mich das verbogene Metall begraben und der wuchtige Schlangenkörper zerschmettert.

Ich riskierte einen schnellen Blick zurück. Die Schlange hatte sich jetzt aufgerichtet, ihr Körper schwang wild hin und her, und wieder zerschlug sie einige Bäume. Sie fielen auf die Trümmer.

Rechts von mir hetzte Kara heran. Fest hielt sie das Schwert umklammert. Sie winkte mir zu. Ich verstand die Geste.

Sie hieß: weg von hier!

Auch ich rannte los. Jetzt hatte ich die Beretta wieder schussbereit in der Rechten. Ich suchte Suko und sah ihn, wie er mit drei Todesengeln kämpfte.

Sie standen auf einer kleinen Lichtung. Der Chinese war arg in Bedrängnis geraten, hatte den erbeuteten Bogen fallen lassen. Eine Dienerin hatte sich von hinten an seine Beine gehängt und brachte Suko aus dem Gleichgewicht, sodass er nicht genau zuschlagen konnte.

Ich wollte schon schießen, doch Kara war näher am Schauplatz des Geschehens.

Zum ersten Mal sah ich, wie sie mit dem Schwert umgehen konnte. Sie führte es wie ein alter Kämpe, schlug rechts und links, und selbst ich hörte die Schreie, die die sterbenden Todesengel ausstießen, als sie zu Boden sanken.

Dann war ich da.

Suko blickte sich wild um und nickte mir zu.

»Ist gerade noch mal gut gegangen«, sagte er.

»Und jetzt?«

»Weg«, erwiderte der Chinese. Er stürmte schon los, denn das bekannte Brechen der Äste bewies uns, dass Apep bereits die Verfolgung aufgenommen hatte.

Sie wollte uns zermalmen!

Wir hetzten tiefer in den Wald hinein.

Dabei schlugen wir automatisch den Weg ins Tal ein, denn Myxin befand sich nach wie vor in der Gewalt der Teufelstochter. Trotz der Gefahr, in der wir steckten, wollten wir ihn auf keinen Fall im Stich lassen, auch wenn Doktor Tod und die Mordliga dort auf uns lauerten.

Alle drei konnten wir uns schon auf eine erbarmungslose Auseinandersetzung gefasst machen.

In den vergangenen Tagen hatte es ein paar Mal geregnet. Entsprechend war auch der Boden. Glitschig, schlammig, feucht und an einigen Stellen sehr nass.

Wir mussten den schrägen Hang hinunter, was beileibe kein Spaziergang war, denn wir konnten uns nur von Baum zu Baum hangeln und uns dort immer wieder abstützen.

Die Nadeln der Fichten schnitten in die Haut unserer Hände, und die Verfolger blieben uns auf den Fersen.

Plötzlich huschten zwei Pfeile heran. Sie waren auf Kara gezielt, die in die entgegengesetzte Richtung blickte. Ein rascher Griff, und ich zog sie in Deckung.

Die tödlichen Grüße wischten vorbei. Erschreckt schaute mich Kara an.

Ich grinste verzerrt. »Aufpassen.« Gern hätte ich die Todesengel erledigt, aber sie waren zu schnell wieder verschwunden.

Und dann bekamen wir Stoff von oben. Wir hörten das Splittern und Bersten, rissen die Köpfe hoch und sahen, wie die Höllenschlange in einem wahren Anfall von Wut ein Dutzend Bäume auf einmal aus dem fest verankerten Wurzelwerk riss. Mit großer Wucht wurden sie nach unten geschleudert, stürzten, überschlugen sich und bogen andere Bäume, die ihnen Widerstand entgegensetzten, einfach um. Sie wurden geknickt, hielten die stürzenden Bäume zwar nicht auf, aber sie verlangsamten ihren Fall.

Ich war der Letzte. Vor mir floh Kara, während Suko den Anfang machte.

»Schneller!«, peitschte ich meine beiden Partner voran. Wir nahmen auch keine Rücksicht mehr auf den feuchten Boden, sondern sprangen vor, rutschten aus, überschlugen uns und kugelten so den Hang hinunter. Krampfhaft hielten wir unsere Waffen fest, denn sie waren so etwas wie eine Lebensversicherung.

Apep räumte auf.

Wir konnten gar nicht so schnell rennen, denn die Höllenschlange warf die Bäume um, als wären sie nur Kegelfiguren.

Dann erwischte es uns.

Zuerst bekam ich den Schlag ins Kreuz. Ich hatte mich zwar kurz zuvor noch umgesehen und die Gefahr auch erkannt, aber völlig ausweichen konnte ich nicht.

Es hob mich vom Boden ab. Wie ein Blatt Papier wurde ich davongeschleudert und sah noch, dass auch Suko und Kara getroffen wurden. Ein anderer Baum überrollte sie förmlich von hinten. Sie verloren ebenfalls das Gleichgewicht und verschwanden rechts von mir.

Jetzt waren wir getrennt.

Ich lag unter den Zweigen, kämpfte gegen die Schmerzen im Rücken, aber es war wenigstens nichts gebrochen. Nur beim Luftholen spürte ich ein Ziehen in den Rippen.

Auf allen vieren krabbelte ich unter den Zweigen hinweg, kümmerte mich nicht darum, ob sie mir ins Gesicht schlugen oder nicht. Ich wollte nur weg, bevor mich die Höllenschlange mit ihrem ungeheuren Gewicht zermalmte.

Andere Bäume waren über mich hinweggeflogen,

hatten mich praktisch überholt und weiter unten Breschen geschlagen. Sie waren auch dort zur Ruhe gekommen, lagen kreuz und quer und bildeten dabei ein verwirrendes Muster.

Irgendwie gelangte ich auf die Füße. Ich keuchte, spie Dreck aus und ächzte.

Aber ich lief weiter.

Bis die Todesengel auftauchten.

Diesmal kamen sie aus der Luft. Ich spürte die Gefahr, sah sie aus den Augenwinkeln heranwischen, und dann flog etwas Glühendes durch die Luft.

Pfeile!

Mit einem zirkusreifen Sprung, in den ich noch einmal alle Kraft legte, rettete ich mich aus dem unmittelbaren Gefahrenbereich und prallte dafür mit vollem Gewicht gegen einen Baum. Fast wären mir die Zweige noch in die Augen geschlagen, wenn ich sie nicht im letzten Augenblick geschlossen hätte.

Diese eine Sekunde der Unaufmerksamkeit reichte meinen Gegnern. Plötzlich spürte ich kalte Todesklauen an den Knöcheln, ein Ruck. Ich versuchte, mich am Stamm festzuhalten, doch es half nichts. Ich wurde zu Boden geschleudert.

Zweige schrammten über meine Stirn. Sie waren verflucht hart und rissen mir die Haut auf. Ich achtete nicht auf das Blut, wälzte mich herum und sah die vier Todesengel vor mir.

Sie standen in einer Reihe und hatten Pfeile auf ihre Bogen gelegt. Dabei zielten sie auf mich.

Mein Herzschlag beschleunigte sich. Jeden Augenblick konnten sie schießen, ich würde ihnen nie entgehen.

Doch sie zögerten.

Und das nicht ohne Grund.

Denn vom Tal her stampfte eine Gestalt durch den Wald und schlug sich mit seinem in der Hölle geschmiedeten Schwert den Weg zu mir frei.

Es war Tokata!

Die Gewalt des fallenden Baumes erwischte auch Kara und den Chinesen. Beide wurden nach vorn katapultiert, verloren den Boden unter ihren Füßen und fielen.

Sich mehrmals überschlagend rutschten sie über feuchtes Laub, und erst dicht wachsendes Unterholz hielt sie auf.

Suko hörte Kara schluchzen.

»Bist du okay?«, fragte er.

»Ja.«

»Dann weiter.«

Sie wühlten sich aus dem Unterholz hervor und suchten weiterhin den Weg ins Tal.

Dann hatten sie Pech.

Vor ihnen fiel das Gelände plötzlich steil ab. Sie sahen es zu spät. Während sich Suko noch fangen konnte, rutschte Kara den steil abfallenden Hang hinab. Sie landete in einer kleinen Mulde, die zum Glück mit Laub gefüllt war und ihren Aufprall dämpfte. Sie war sofort wieder auf den Füßen.

»Spring!«, rief sie dem Chinesen zu.

Suko schüttelte den Kopf. »Nein, lauf du weiter zu Myxin. Ich muss hierbleiben.«

»Und warum?«

»Weil ich nicht weiß, was mit John Sinclair geschehen ist.«

»Wieso? Wo ist er denn?«

»Ich habe nur gesehen, wie der Baum ihn unter sich begraben hat. Mehr nicht ...«

Kara nickte. »Ich verstehe dich, Suko. Versuche es. Ich laufe ins Tal. Wir müssen eben alles riskieren.«

Da hatte sie ein wahres Wort gesprochen. »Viel Glück«, sagte der Chinese. Er konnte nicht vermeiden, dass seine Stimme dabei rau klang und kratzte.

Dann verschwand er.

Suko musste den Weg wieder hoch. Er blickte nach oben, suchte die gefährlichen Gegnerinnen, sah sie aber nicht.

Dafür verdunkelte Apeps Schatten den Raum zwischen den dicht stehenden Nadelbäumen.

Die Höllenschlange lag auf der Lauer. Sie räumte nicht mehr weiter ab, und Suko sinnierte über den Grund nach.

Er ging weiter.

Genau drei Schritte ließen sie ihn kommen. Dann griffen sie an. Es waren vier Todesengel, die auf ihn gelauert hatten und ihn auch erwischt hätten, wäre eine Bestie nicht so vorwitzig gewesen und hätte sich hinter einem Baumstamm zu weit vorgewagt.

Suko sah einen Teil ihrer Schulter und auch das rote Haar. Der Todesengel hatte bereits auf ihn angelegt.

Blitzschnell warf sich der Chinese zu Boden. Diese Bewegung rettete ihn auch vor dem zweiten Pfeil, der hinter ihm abgeschossen worden war und als glühender Gruß jetzt über seinen Rücken hinwegzischte.

Sofort rollte sich Suko herum.

Die Dämonenpeitsche in der linken, die Beretta in der rechten Hand und auf dem Rücken liegend, so stellte er sich zum Kampf.

Suko feuerte.

Die Kugeln waren schneller als die verdammten Pfeile, und zwei Todesengel sanken getroffen zu Boden, wo sie vergingen.

Die beiden anderen schossen ihre Pfeile ab.

Diesmal war Suko nicht schnell genug. Der erste Pfeil verfehlte ihn, der zweite aber hieb in seinen Oberarm.

Suko stöhnte auf.

Selten in seinem Leben hatte er einen solch brennenden Schmerz verspürt. Er hatte das Gefühl, sein Arm würde abfallen. Er konnte sich nicht mehr bewegen und sah plötzlich kleine Flämmchen über seine Kleidung zucken.

Der Todesengel griff gedankenschnell über seine Schulter und holte einen neuen Pfeil hervor, während sein Artgenosse das Gleiche tat.

Für Suko ging es um das nackte Leben. Er ließ die Dämonenpeitsche fallen und holte mit der gesunden Hand seinen von Buddha ererbten Stab hervor.

Ehe die beiden tödlichen Grüße auf die Reise geschickt werden konnten, rief Suko das Wort.

»Topar!«

Die Magie funktionierte. Auf der Stelle erstarrten die beiden Mörderinnen.

Suko aber handelte.

Fünf Sekunden blieben ihm. Und er riskierte ein Experiment. Er wusste, dass der Stab mit einer starken Weißen Magie aufgeladen war. Wie stark jedoch, war nicht bekannt.

Das wollte er jetzt herausfinden.

Er strich einmal mit dem Stab über seine Wunde an der Schulter. Das kleine Wunder geschah.

Die Wunde schloss sich wieder, als wäre sie nie vorhanden gewesen. Sofort spürte der Chinese die Kraft, die seinen einst abgestorbenen Arm wieder durchströmte.

Er hatte freie Bahn.

Suko nahm die Dämonenpeitsche auf und huschte zur Seite. Genau zum richtigen Zeitpunkt, denn die fünf Sekunden waren abgelaufen. In die Todesengel geriet Bewegung.

Zwei glühende Pfeile zischten von den Sehnen. Und sie bohrten sich dorthin, wo Suko eben noch gelegen hatte, jetzt aber nicht mehr war. Den Kreis hatte er schon längst geschlagen, sodass er die Peitsche gut einsetzen konnte.

Und er schlug zu.

Die drei Riemen pfiffen dem am nächsten stehenden Todesengel um die Ohren. Sie rissen das Gesicht auf, und aus den Spalten rieselte grauer Staub zu Boden.

Mit einem gewaltigen Sprung war der Chinese bei der zweiten Teufelsdienerin.

Auch hier schlug er zu.

Sie wollte noch fliehen, doch Suko ließ sie dazu nicht kommen. Die Riemen klatschten in ihren Rücken. Fast hob der Treffer den weiblichen Höllenboten hoch. Der Todesengel brach zusammen und wurde zu Staub.

Suko atmete auf.

Er drehte sich im Kreis, suchte nach den anderen Gegnerinnen. Da war nichts zu sehen.

Allerdings hatte sich doch etwas verändert.

Als Suko nämlich seinen Blick in die Höhe warf, sah er die Riesenschlange nicht mehr.

Sie war verschwunden!

Wieso? Aus welchem Grund? Hatte das vielleicht etwas mit John Sinclair zu tun?

Dem Chinesen schwante Schreckliches …

Die Todesengel machten Platz. Sie traten zwar zur Seite, aber so geschickt, dass die Spitzen der Feuerpfeile nach wie vor auf meinen Körper zielten.

Tokata kam heran.

Ausgerechnet er. Einer meiner schlimmsten Feinde, denn er würde mir nicht verzeihen, dass es mein Bumerang gewesen war, der ihm seinen linken Arm abgeschlagen hatte.

Furchtbar wollte er sich rächen. Ich sollte unter seinen Schwerthieben sterben, buchstäblich zerschlagen werden, das hatte er mir angedroht, und es sah ganz so aus, als würde er gleich dieses Vorhaben in die Tat umsetzen.

Diesmal würde ich wohl nicht so viel Glück haben wie bei Destero, als es Suko gelungen war, die Zeit anzuhalten und ich Destero das Schwert aus den Fäusten winden konnte.

Verändert hatte sich der Samurai des Satans nicht. Er sah aus wie immer. Er trug seinen Brustpanzer und auch weiterhin seinen Gesichtsschutz, damit niemand seine grauenhafte Visage zu sehen bekam. Wenn man genau hinschaute, schimmerte es heller durch die Maske. Das waren seine bleichen Knochen, die durch die Hautreste lugten.

Einen Schritt vor mir blieb er stehen.

Ich spürte noch immer den Baumstamm im Rücken und hockte auf dem Boden. Tokata hatte ich nichts entgegenzusetzen, trotz meiner Bewaffnung, aber an die kam ich nicht heran.

Die Beretta steckte im Holster. Ich hatte sie verschwinden lassen müssen, weil ich beide Hände benötigte. Jetzt fehlte sie mir natürlich, aber mit den geweihten Silbergeschossen hätte ich sowieso nichts gegen Tokata ausgerichtet.

Das Schwert hatte Kara, blieb noch mein Kreuz. Und das steckte unter dem Hemd. Bis ich nur mit den Fingerspitzen drankam, hatte mich Tokata zweigeteilt.

Ich wusste nicht, warum die Todesengel plötzlich auf Tokatas Seite standen. Vielleicht wollten sie ihm den Triumph überlassen, mich zu töten.

Und wo steckte Apep?

Ich schielte zur Seite und hätte sie eigentlich sehen müssen, aber da war nichts mehr. Die Riesenschlange hatte sich zurückgezogen oder wieder verwandelt.

Mir war bekannt, dass Asmodina die Gestalt der Schlange annehmen konnte. Schon seit alters her war die Schlange als Sinnbild der Falschheit verflucht worden.

Fast körperlich spürte ich den Hass, den der Samurai des Satans ausströmte. Mit einer kurzen Bewegung schlug er einige Zweige zur Seite, die ihn gestört hatten, dann hob er das Schwert über seinen Kopf.

Fasziniert und ängstlich zugleich starrte ich auf die Klinge. Sie war nicht einmal breit, aber ungeheuer geschmeidig und biegsam. Er hielt sie mit der rechten Hand umklammert, der Stumpf an seiner linken Schulter zitterte.

Tokata bebte vor Triumph!

Würde er zuschlagen?

Schweiß trat mir auf die Stirn. Ich kannte das Schauspiel. Auch Destero hatte schon mal so vor mir gestanden, aber da war Suko gewesen, der mich hatte retten können.

Hier befand ich mich allein auf weiter Flur.

Und die Todesengel, ebenfalls meine Feinde, würden sich einen Teufel darum scheren, ob ich starb oder nicht. Schließlich wollten auch sie mein Ende.

Ich merkte, wie das Blut schneller durch meine Adern strömte. Das machte mir Angst.

Ich konnte die Ungewissheit nicht mehr ertragen, schaute Tokata an, dessen Bild vor meinen Augen verwischte, weil der Schweiß einen Film über meine Pupillen gelegt hatte.

»Schlag zu!«, schrie ich.

»Nein, lass es!«

Die peitschende Stimme ließ uns in der Bewegung verharren. Sie war dort aufgeklungen, wo wir hergekommen waren und Apep gelauert hatte.

Doch nicht Apep kam, sondern eine andere.
Asmodina!

Kara hatte Glück.
Sie lief den Hang weiter hinab und wurde nicht angegriffen. Das Gelände war jetzt wieder flacher, zwischen den Bäumen gab es mehr Raum, und Kara merkte, dass sie sich ihrem eigentlichen Ziel, dem schmalen Tal, näherte.
Wenn Hindernisse ihr den Weg versperrten, räumte sie diese mit einigen Schwerthieben zur Seite.
Dabei vergaß sie nie die Vorsicht, obwohl sie es kaum erwarten konnte, in Myxins Nähe zu gelangen. Des Öfteren blieb sie stehen und schaute sich suchend um.
Nichts zu sehen.
Die Todesengel mussten sich woanders aufhalten. Kara wurde nicht von ihnen angegriffen.
Natürlich hatte sie große Angst um Myxin. Sie hoffte nur, ihn lebend vorzufinden, das allein war ihre große Sorge. Sie wusste ja, wie sehr Asmodina den kleinen Magier hasste. Dass sie ihn nicht sofort getötet hatte, entsprach ihrem dämonischen Naturell. Sie und auch alle anderen Dämonen wollten die Gegner erst leiden sehen, sie quälen, bevor sie dann endgültig Schluss machten.
Das wusste Kara, und deshalb rechnete sie sich eine kleine Chance aus.
Ein paar Schritte lief sie noch vor, dann gelang es ihr, einen ersten Blick in das Tal zu werfen.

In der Tat gab es dort einiges zu sehen.

Zuerst Myxin.

Der kleine Magier, der ihr so viel bedeutete, war ein Gefangener. Man hatte ihn auf eine magische Art und Weise festgenommen. Er war eingeschweißt in einen grünlich schillernden Stein oder einen Kristall. Auf jeden Fall konnte er sich nicht rühren. Es war unmöglich für Myxin, sich zu befreien.

Das sah Kara mit Schrecken.

Und sie sah noch mehr.

Myxin wurde von zwei Todesengeln bewacht, die ihre Hände zu beiden Seiten auf den Stein gelegt hatten. Also eine zusätzliche Sicherung, damit Myxin nicht entfliehen konnte.

Mit zwei Gegnern wäre Kara leicht fertig geworden, schließlich besaß sie das Schwert, aber Doktor Tod, Lupina und vor allen Dingen der riesenhafte Vampiro-del-mar hielten sich ebenfalls in dem schmalen Talkessel auf. Und die ließen Myxin natürlich nicht aus den Augen. Sie hatten einen größeren Kreis um ihn gebildet, wobei Doktor Tod mit Vampiro-del-mar auf der einen Seite und Lupina auf der anderen Seite stand.

Die Werwölfin interessierte Kara besonders. Sie glaubte daran, dass Lupina die Schwachstelle in der Bewachercrew war. Kara schätzte sie nicht so stark ein wie Vampiro-del-mar oder auch Doktor Tod.

Der Werwölfin wollte sie an den Kragen. Von der Stelle aus sollte Myxins Befreiung eingeleitet werden.

Aber sie ließ sich noch etwas Zeit. Kara versuchte, mit ihren Gedanken den kleinen Magier zu erreichen, doch sie kam nicht durch. Eine zu starke Magie schützte ihn.

Zudem hielten sich alle in dem Quadrat zwischen den hohen Steinen auf. Dort war die Magie konzentriert, die gefährlichen Kräfte aus dem Jenseits, denen Kara im Augenblick nichts entgegenzusetzen hatte. Sie musste sich voll und ganz auf ihre körperlichen Fähigkeiten verlassen und das Überraschungsmoment für sich ausnutzen.

Kara bewegte sich nach links. Dabei behielt sie ihr Ziel immer im Auge. Sie sah auch die Steine an, aber die wirkten völlig normal, flammten nicht auf, und Kara fragte sich, weshalb sie wohl dann diesen Namen bekommen hatten.

Die Schöne aus Atlantis glitt fast lautlos durch den Wald. Sie verstand es, sich geschmeidig zu bewegen, und umging größere Äste oder Zweige, damit sie nicht unter ihrem Gewicht brachen und somit verräterisch knackten.

Schließlich befand sie sich auf einer Höhe mit der Werwölfin. Kara maß genau die Entfernung und die Stellung der Werwölfin ab. Dabei duckte sie sich, sodass das Unterholz ihr Deckung gab.

Lupina ahnte von nichts. Starr stand sie auf der Stelle, und der Wind spielte mit ihrem langen blonden Haar. Wäre sie allein gewesen, so hätte Kara das Schwert auf ihren Rücken geschleudert, aber sie würde die Waffe bestimmt noch brauchen, und so entschloss sie sich zu einem anderen tollkühnen Plan.

Fast auf dem Bauch robbte sie so nahe wie irgendwie möglich an die Werwölfin mit den blonden Haaren heran. Braungelbes Wintergras und Unterholz gaben ihr die nötige Deckung.

Schließlich war sie soweit, dass sie schon fast hätte einen Stein anfassen können.

Jetzt musste sie auftauchen.

Vorsichtig schob sich Kara in die Senkrechte. So behutsam, dass sie möglichst kein Geräusch verursachte. Sie behielt auch Doktor Tod und Vampiro-del-mar im Auge.

Die beiden sahen an ihr vorbei. Mehrmals glitten ihre Blicke den Hügelrücken hoch. Wenn sie mit einer Gefahr rechneten, dann nur von dort.

Ausgezeichnet für Kara.

Sie zögerte keine Sekunde länger, stieß sich ab, startete und rannte mit stoßbereitem Schwert auf Lupina zu, um ihr die Klinge in den Rücken zu wuchten …

Aus der Höllenschlange war wieder Asmodina geworden. So, wie ich sie besser kannte.

Und wir starrten uns an.

Schweigend.

Unsere Blicke fraßen sich ineinander. Mir entging nicht der erbarmungslose Ausdruck in ihren Augen, diese Kälte des Weltalls, die die Pupillen ausströmten und mich frösteln ließen.

»John Sinclair«, sagte sie nur.

Ich schaffte es zu grinsen. »Ja, ich bin's persönlich.«

»Wie oft wolltest du mich besiegen?«, fragte sie. »Wie oft? Aber du hast es nie geschafft, denn ich bin einfach zu mächtig für dich, Geisterjäger. Du hast mir zwar einige Niederlagen beigebracht, die mich schmerzten, aber geschafft hast du mich nicht. Und über Desteros Verlust komme ich auch hinweg, glaube mir.«

»Okay«, sagte ich, »du hast deinen Erfolg. Und warum bringst du mich nicht um?«

»Hast du es so eilig zu sterben?«

»Nein, aber ich kenne dich. Du wirst mich doch wohl kaum am Leben lassen.«

»Das stimmt. Nur möchte ich dich nicht hier töten, sondern im Tal. Ich habe da einen bestimmten Grund. Dein spezieller Freund Solo Morasso, alias Doktor Tod, hält sich dort auf. Er hat dich ja auch schon genug gejagt, es aber nie geschafft, dich umzubringen. Und ihm will ich beweisen, wie leicht es im Prinzip ist, dich aus der Welt zu schaffen. Ich werde dich vor seinen Augen und den Augen seiner Helfer töten, ihn damit lächerlich machen und demütigen. Wie gefällt dir das?«

»Gar nicht.«

»Das kann ich mir denken. Und ich gönne auch Tokata den Triumph nicht, obwohl er dich gern umgebracht hätte, aber das Vergnügen werde ich ihm nicht bereiten. Tokata hat erlebt, wie ich seinen Chef gedemütigt habe. Er wird sich hüten, einzugreifen. Er kennt meine Macht und weiß, dass ich ihn mit einer Handbewegung vernichten kann.«

Tokata hörte die Worte wohl, aber er reagierte nicht darauf. Er schien zu einer Statue geworden zu sein. Das Schwert allerdings hielt er noch immer schlagbereit.

»Dann möchte ich noch etwas wissen«, sagte die Teufelstochter, »wo befinden sich deine Freunde?«

»Wer?«

Die Teufelstochter stieß einen Zischlaut aus. »Ich habe selbst gesehen, dass dieser Chinese und die Schwarzhaarige aus Atlantis mit dir gekommen sind.«

»Schon gut«, wiegelte ich ab. »Die beiden haben sich irgendwo im Wald versteckt.«

Asmodina sagte erst einmal nichts. Das schien ihr nicht zu passen. Sie wusste gern, woran sie war.

Ich aber hatte auf Suko und Kara meine Hoffnungen gesetzt. Hoffentlich konnten sie entkommen und irgendwann in den Kampf eingreifen. Ich drückte ihnen jetzt schon beide Daumen.

Die Teufelstochter hatte sich zu einer Entscheidung durchgerungen. Sie wandte sich an Tokata.

»Du gehst und suchst sie!«, befahl sie dem Samurai. »Und wenn du sie hast, dann töte sie. Alle beide kannst du umbringen, sie sind mir nicht wichtig!«

Tokata schaute Asmodina unter seiner Maske hervor an. Langsam ließ er das Schwert sinken, wobei die vier Todesengel sofort eine gespannte Haltung einnahmen und sich die Spitzen der Pfeile wieder auf mich richteten und ich keine Chance hatte zu entkommen.

Mit großen Schritten verschwand Tokata zwischen den Bäumen.

»Wir gehen auch«, sagte Asmodina, streckte ihre Arme aus, und ich sah die feurigen Kreise um ihre Gelenke.

Sie rotierten wild, drehten sich um die Hände und erreichten auch mich.

Sie wischten über meinen Kopf, senkten sich dann. Ich spürte den Hauch dieser magischen Fesseln, und im nächsten Augenblick setzten sie sich um meinen Hals fest.

Ich würgte.

Asmodina lachte. »Da siehst du es, Geisterjäger. Das ist meine magische Fessel. Sie ist mit mir verbunden. Wenn du nur eine Bewegung machst, die mir nicht gefällt, dann wird die Fessel zugezogen, damit sie dir langsam die Luft abwürgt. So zum Beispiel!«

Sie gab den geistigen Befehl.

Ich keuchte, würgte, ging in die Knie und taumelte, während die Todesengel zur Seite spritzten, dabei ihre Bogen aber schussbereit in den Händen hielten.

Asmodina lachte blechern.

Ich lachte auch, jedoch nur innerlich, denn ich spielte der Teufelstochter Theater vor.

In Wirklichkeit quälte mich die magische Halsfessel keineswegs. Ich spürte sie nicht einmal, und das musste einen Grund haben. An Asmodinas Reaktion erkannte ich, dass sie die Verbindung wieder zurücknahm. Also konnte ich mich normal bewegen.

Ich stand wieder auf.

Die Teufelstochter lächelte kalt.

»Du wirst mir gehorchen, Sinclair!«, zischte sie.

Ich nickte und schnappte noch immer nach Luft. Dabei überlegte ich krampfhaft, wieso die Fessel bei mir nicht wirkte.

Dann hatte ich es! Die silberne Kette! Sie lag um meinen Hals, und an ihr hing das Kreuz. Die Kette war magisch aufgeladen, aber konträr, nicht mit schwarzer Magie. Sie kompensierte die andere, deshalb machte mir der magische Halsreifen nichts.

Aber das wusste nur ich und nicht Asmodina. Ich würde mich hüten, ihr ein Wort zu sagen.

»Gehen wir!«, befahl sie.

Die Todesengel nahmen mich in die Mitte. Zwei gingen vor, die beiden anderen hinter mir. Ihre Bogen hielten sie nach wie vor schussbereit.

Obwohl Asmodinas Magie bei mir nicht wirkte, fühlte ich mich dennoch ziemlich mies. Ich dachte an Myxin, der gefangen war. Eine gute Chance, ihn zu befreien, sah ich trotz allem. Zudem schlich auch noch Tokata durch den Wald und suchte Suko. Wenn die beiden aufeinandertrafen, würde Suko bestimmt den Kürzeren ziehen, denn Tokata war einfach zu mächtig.

Und Kara?

Sie allein gegen Vampiro-del-mar, Doktor Tod und Lupina?

Ein fast aussichtsloses Unterfangen. So kam es nicht von ungefähr, dass mir die Knie zitterten, als ich zwischen den Todesengeln den Hügel hinunterschritt und wir uns immer mehr dem Ziel näherten, wo es schon bald zu einer Eskalation kommen sollte …

Auch Suko bewegte sich vorsichtig durch den Wald. Er wusste genau, dass zahlreiche Gefahren lauerten, und hatte sich ungefähr gemerkt, wo er und Kara von John Sinclair getrennt worden waren.

Der Chinese wollte die Stelle wiederfinden.

Auch er wunderte sich, dass Apep, die Höllenschlange, so plötzlich verschwunden war. Anscheinend hatte sie ihre Aufgabe erfüllt, und der Zweck war erreicht.

Sollte das vielleicht heißen, dass sich John in den Klauen seiner Gegner befand?

Davon musste Suko nach reiflicher Überlegung und Einschätzung der Dinge leider ausgehen. John hätte bestimmt versucht, sich zu melden, aber Suko hatte nichts gehört.

Er suchte weiter. Eigentlich drängte es ihn ins Tal, aber er nahm den Weg hügelan. Oft zog er sich an den stärker aussehenden Zweigen und Ästen weiter, hangelte sich so nach oben und suchte die Stelle, die für ihn wichtig war.

Die Bäume waren, von Apep in wilder Wut herausgerissen und geschleudert, irgendwo aufeinandergefallen. Dort ungefähr hatten Suko und Kara John Sinclair aus den Augen verloren, und in der Tat erkannte er die Stelle wieder.

Es war ein wildes Durcheinander von jungen und älteren Fichten, die kreuz und quer übereinanderlagen. Suko konnte den Weg, den sie genommen hatten, zurückverfolgen. Die Bäume hatten eine regelrechte Schneise gerissen.

Apep hatte wirklich mit unvorstellbarer Gewalt gewütet. Suko wollte noch näher an den Schauplatz heran, zuckte aber zurück, da er Geräusche gehört hatte.

Er lauschte, konzentrierte sich und identifizierte die Geräusche auch. Es waren Schritte. Vorsichtige Schritte.

Jemand schlich durch den Wald.

Aber wer?

Die Schritte klangen von Suko aus gesehen rechts auf. Der Chinese hörte genau, wenn kleine Zweige brachen.

Suko hatte sich geduckt und hinter einer breiten Fichte Deckung gefunden. Der Baum stand schräg, das Wurzelwerk schaute zum Teil aus dem Boden hervor. Daran stützte sich Suko ab und drehte vorsichtig den Kopf, um zu sehen, wer sich da so klammheimlich durch den Wald bewegte.

Zuerst sah der Chinese nichts.

Er horchte weiter, beugte sich noch weiter vor und sah dann unterhalb seines Verstecks die Gestalt.

Es war Tokata!

Für einen Moment zogen sich die Magenmuskeln des Chinesen zusammen. Auch er kannte den einarmigen Dämon, wusste um seine Gefährlichkeit, und wenn er Suko entdeckte, würde ein mörderischer Kampf unausweichlich sein.

Der Samurai des Satans hatte sein Schwert gezogen. Er benutzte es mal als Schlaginstrument, um sich den Weg frei zu bahnen, und dann wieder als Stütze, wenn der Hang zu schräg wurde und Tokata sonst das Gleichgewicht verlor.

Suko behielt ihn im Auge. Und wie der Teufel es wollte, der verdammte Dämon schritt genau in seine Richtung.

Ahnte er, wer hinter dem Baum hockte?

Suko spürte das kalte Gefühl im Nacken und machte sich auf eine Auseinandersetzung gefasst.

Er dachte an seine Waffen.

Beretta, Dämonenpeitsche – und der Stab.

Letzterer war am besten, nur hatte es mit ihm eine besondere Bewandtnis. Suko konnte ihn einsetzen, dann wurde die Zeit für fünf Sekunden angehalten, aber er durfte seine Gegner nicht töten. Würde er das tatsächlich tun, dann wäre damit die Magie des von Buddha ererbten Stabs aufgehoben.

Diese Gedanken schossen Suko durch den Kopf. Er dachte auch weiterhin darüber nach, wie er Tokata unschädlich machen konnte, wenn es zu einem Zusammentreffen zwischen ihnen kam.

Immer mehr näherte sich der Samurai des Satans dem Versteck des Chinesen. Manchmal blitzte seine Klinge auf, wenn er sie hastig bewegte und irgendwelche Hindernisse damit zur Seite räumte.

Ein anderer Plan nahm in Sukos Hirn Gestalt an. Wenn Tokata ihn ungesehen passierte, konnte er ihn ruhig laufen lassen, dann war ein Gegner weniger im Tal.

Aber diese Hoffnung wurde zerstört.

Die Gefahr kam von einer anderen Seite, denn nicht nur Tokata war unterwegs, sondern auch Asmodinas Todesengel. Sie schwebten über den Bäumen und beobachteten. Da die abgeschlagenen Fichten eine Schneise gerissen hatten, hatten sie zum Teil sogar eine ziemlich gute Sicht.

Und sie entdeckten Suko.

Nach wie vor konzentrierte sich der Chinese auf Tokata, während zwei Todesengel ihre Chance wahrnahmen und aus dem Köcher ihre verdammten Pfeile holten.

Sie befanden sich noch in der Luft, als sie die Pfeile bereits auf die Sehnen legten.

Um Suko jedoch zu treffen, mussten sie nahe genug an ihren Gegner heran. Für den Chinesen erwies es sich als Vorteil, dass den beiden Todesengeln zahlreiche Baumkronen im Weg standen. Wenn sie jetzt schon schossen, würden die Pfeile unter Umständen von den Zweigen der Fichten abgelenkt.

Sie flogen näher.

Und auch Tokata kam.

Suko hatte sich entschieden.

Er wollte den Samurai des Satans nicht vorbeilassen, sondern die einmalige Chance nutzen.

Der Chinese holte den Stab hervor.

Fest hielt er ihn in der rechten Hand und richtete sich langsam dabei auf.

Jetzt hatten auch die zwei Todesengel freie Schussbahn.

Sie spannten die Sehnen. Ihre Gesichter wirkten kalt und starr. Noch ein Flügelschlag, dann befand sich ihr Gegner genau in der richtigen Entfernung …

Mit nahezu lautlosen Sprüngen hetzte Kara auf ihre Gegnerin zu. Lupina hatte noch nichts bemerkt, war völlig ahnungslos, und die Augen des schwarzhaarigen Mädchens, das schon einmal gelebt hatte, leuchteten auf.

Doch Lupina war nicht nur zur Hälfte ein Tier, sie besaß auch einen untrüglichen Instinkt.

Raubtierinstinkt …

Als Doktor Tod, der die Gefahr im letzten Augenblick sah, ihr einen Warnschrei zurief, da wirbelte sie herum. Dies geschah mit einer geschmeidigen Bewegung, und gleichzeitig duckte sich Lupina zur Seite.

Kara hatte Pech.

Sie war noch nicht nahe genug heran, es fehlte der berühmte Bruchteil einer Sekunde. Lupina schaffte es, sich nach hinten zu werfen, als die Schöne aus dem Totenreich zustieß.

Die Schwertklinge wischte zwischen Hals und Schulter der blondhaarigen Werwölfin vorbei. Sie rasierte nur ein paar Haare vom dichten Fell, das war alles.

Kara schrie vor Wut auf.

Ihr eigener Schwung war schwer zu bremsen, und so taumelte sie voll in das Quadrat zwischen den Steinen und stolperte auch über die Linien, die das Quadrat außen an den Rändern und diagonal im Innern verbanden.

Aber Kara fing sich wieder. Und zwar schneller, als Doktor Tod und Vampiro-del-mar gerechnet hatten.

Sie griff die Todesengel an.

Die beiden hielten noch immer Myxin fest, der nach wie vor in dem magischen Stein eingeschlossen war.

Bevor die Todesengel überhaupt reagieren konnten, war Kara bei ihnen und kam über sie wie ein Gewitter.

Ihr Schwert pfiff durch die Luft.

Nun zeigte es sich, dass sie nichts verlernt hatte. Die langen Jahre in Atlantis waren eine wirklich gute Schule gewesen. Kara konnte fechten und kämpfen. Sie führte die Klinge wie ein Krieger, und die Dienerinnen der Asmodina bekamen dies zu spüren.

Die erste starb unter einem Hieb, den Kara von oben nach unten führte. Plötzlich verlor das rothaarige Wesen mit den schwarzen Flügeln den Halt und sank in sich zusammen.

Grauer Staub blieb zurück.

Kara lachte wild auf, ihre Augen funkelten, während sie schrie: »Ich befreie dich, Myxin, ich ganz allein!« Sie attackierte den zweiten Todesengel.

Der wollte sich mit einem raschen Sprung aus dem unmittelbaren Gefahrenbereich retten, kam aber nicht weit, denn Kara war einfach zu schnell für ihn.

Sie machte einen Ausfallschritt, der schon fast ein Spagat war, und ihr rechter Arm, der durch das Schwert verlängert wurde, rammte vor. Die Klinge traf den Todesengel dort, wo sich der freie Streifen Haut zwischen der Lederkleidung befand.

Das Gesicht verzerrte sich, wurde noch starrer, als es ohnehin schon war, und schien einzufrieren. Dann zeigten sich die ersten Risse, und es fiel buchstäblich auseinander.

Kara hatte gesiegt.

Das sah auch Myxin.

Der kleine, zur Untätigkeit verdammte Magier hatte bisher dem Kampf zugesehen. Er konnte die Gefühle, die ihn durchtobten, kaum fassen. Da waren Angst, Sorge und Hoffnung, die gleichzeitig in ihm aufbrandeten und zu einem wahren Sturm wurden.

Konnte Kara es schaffen?

Zwei Gegnerinnen hatte sie erledigt, aber die waren nichts im Vergleich zu dem wilden Vampiro-del-mar, der nun von Doktor Tod in den Kampf geschickt wurde.

»Hol sie dir!«, brüllte Solo Morasso.

So etwas ließ sich das Monster mit dem zerklüfteten und aufgerissenen Gesicht nicht zweimal sagen.

Er griff an.

Vampiro-del-mar kam von der einen Seite, aber auch Lupina wollte nicht untätig sein. Sie näherte sich Kara von der anderen Seite. Beide wollten die Schöne aus dem Totenreich in die Zange nehmen.

Kara war stehen geblieben.

Jetzt warf sie sich herum, weil sie versuchen wollte, mit dem Schwert den Stein aufzuhacken, in dem Myxin gefangen genommen worden war. Doch dieses Vorhaben vereitelte Vampiro-del-mar. Er war bereits zu nahe herangekommen, sodass Kara sich um ihn kümmern musste.

Riesig wuchs die unheimliche Gestalt, die nach Blut lechzte, vor dem schwarzhaarigen Mädchen auf. Kara hatte gar keine Zeit, Angst zu empfinden und sich einen Verteidigungsplan zu überlegen, sie stieß kurzerhand zu.

Vampiro-del-mar sah die Klinge auf seine breite Brust zu wischen, und er reagierte so, wie es Kara nie gedacht hatte. Er wich nicht aus, sondern packte zu.

Seine gewaltigen Fäuste umspannten die Klinge, und Kara bemerkte mit Schrecken, dass das Schwert die Haut dieses Monsters nicht verletzen oder durchdringen konnte.

Der Riesenvampir riss ihr die Waffe einfach aus der Hand. Dabei hatte er sein Maul weit aufgerissen. Kara sah die spitzen Zähne, nicht nur zwei, sondern eine ganze Reihe, die samt und sonders vorn angefeilt und zugespitzt waren.

Mit diesem Gebiss würde er sie töten.

Mit einer wütend anmutenden Bewegung schleuderte Vampiro-del-mar das Schwert zur Seite und griff dann nach dem Mädchen aus dem Totenreich. Seine Hände wollten sich um die Kehle schließen, doch Kara reagierte schnell und tauchte unter den zupackenden Klauen hinweg, sodass die Greifer ins Leere fassten.

Das sah auch Doktor Tod und lief vor Wut rot an.

Aber er hatte noch einen zweiten starken Helfer.

Lupina war da. Und sie befand sich im Rücken des mutigen Mädchens. Dem Schlag mit der Pranke hatte Kara nichts entgegenzusetzen. Er traf sie ins Kreuz, war so wuchtig geführt worden, dass sie nach vorn stürzte und sich nicht mehr halten konnte.

Sie fiel zu Boden.

Ein Sprung brachte Lupina zu ihrer Gegnerin. Kara spürte den heftigen Aufprall, dann griffen die Tatzen zu und zogen sie hoch, wobei sie Kara in einen Klammergriff nahmen, sodass sich das Mädchen nicht mehr rühren konnte.

Vampiro-del-mar aber baute sich vor ihr auf.

Er hatte Blut gerochen …

Weit öffnete er sein Maul. Die gefährlichen Zähne schimmerten metallisch.

Es gab kein Zurück mehr. Vampiro-del-mar wollte sich endlich das Opfer holen …

Suko hörte den Flügelschlag.

Und das war seine Rettung.

Die Todesengel hatten es ganz besonders gut und

auch todsicher machen wollen. Sie waren so nahe herangekommen, wie es nur eben ging. Da es still war und sie mit den Flügeln schlugen, rauschte es im Rücken des Chinesen. Suko wusste sofort Bescheid.

Er blickte auch nicht zurück, weil ihm die Zeit einfach nicht blieb, er warf sich nur zur Seite und verließ zwangsläufig seine Deckung.

Die Todesengel schossen.

Die an der Spitze glühenden, tödlichen Pfeile wischten hautnah an dem Chinesen vorbei und trafen das aus der Erde wachsende Wurzelwerk der großen Fichte, wo sie verglühten.

Die Gefahr jedoch war nicht vorbei. Durch diese heftige Bewegung hatte Suko seine Deckung verlassen müssen, und Tokata sah ihn.

Für den Bruchteil einer Sekunde war der Dämon irritiert, weil er mit einem solch plötzlichen Erscheinen seines Feindes nicht gerechnet hatte.

Diese Zeit und die Chance nutzte der Chinese.

Während die beiden Todesengel neue Pfeile auf die Bogen legten, zog Suko seinen Stab hervor.

»Topar!«

Das Wort schallte seinen Gegnern entgegen, und sofort veränderte sich die Szene.

Tokata und die beiden Todesengel erstarrten.

Fünf Sekunden hatte Suko Zeit.

Er wurde zu einem regelrechten Wirbelsturm, schnellte hoch, riss den Todesengeln die Waffen aus den Händen, schleuderte sie wütend weg, hetzte dann auf Tokata zu und versuchte, dem Dämon das Schwert aus der Hand zu winden.

Es klappte nicht. Jedenfalls nicht auf Anhieb. Tokata hielt mit seiner Totenklaue den Griff so fest umklammert, dass es Suko nicht gelang, ihm die Finger aufzubiegen.

Und dann war die Zeit verstrichen!

Auf einmal erwachte Tokata wieder aus seiner Starre. Und auch die beiden Todesengel. Sie wollten sofort nach ihren Waffen greifen, mussten aber feststellen, dass diese nicht mehr vorhanden waren, und zeigten sich irritiert.

So hatte es Suko vorerst nur mit einem Gegner zu tun.

Der hatte es in sich.

Tokata spürte die Berührung an seiner rechten Hand. Auf der Stelle wirbelte er herum, und mit einem gewaltigen Kraftakt schleuderte er den Chinesen von sich.

Suko schaffte es nicht mehr, das Gleichgewicht zu halten. Er stolperte und fiel mit dem Rücken zuerst in das Wurzelwerk der hohen Fichte. Er federte zurück, rollte sich aber zur Seite, was sein Glück war, denn Tokata hatte zugeschlagen.

Die Klinge hätte Suko gespalten, so jedoch traf sie nur das Wurzelwerk und zerhieb einen Teil davon. Die Reste spritzten nach allen Seiten weg.

Suko rollte sich weiter.

Neben und hinter dem Baum führte das Gelände steiler in die Tiefe, sodass der Chinese sich mehrmals um seine eigene Achse kugelte und seinen Fall auch nicht stoppen konnte.

Er zog aber seine Beretta und erledigte mit einem schnellen Schuss einen der beiden Todesengel, der ihn mit bloßen Händen angreifen wollte.

Der Zweite suchte die Waffen. Um ihn konnte Suko sich nicht kümmern, denn Tokata war wichtiger.

Er befand sich in einem regelrechten Rausch, hatte endlich einen Gegner gefunden und wollte ihn vernichten.

Er stürmte heran.

Für Suko war es schlecht. Er konnte sich nicht mit der Dämonenpeitsche verteidigen, denn dann musste er Tokata zu nahe an sich herankommen lassen, und damit würde Suko in die lebensgefährliche Nähe des Schwerts geraten.

Der Chinese wich zurück.

Ein starker Ast streifte über seinen Kopf. Sofort hatte Suko die Idee. Er duckte sich, riss seine Arme hoch, die Hände umklammerten den Ast, bogen ihn, so weit es ging, zurück, und genau im richtigen Moment ließ Suko ihn los.

Der Ast schnellte vor.

Tokata konnte nicht mehr ausweichen. Voll wurde er im Gesicht getroffen und zurückgeworfen. Es war schwer für ihn, mit nur einem Arm das Gleichgewicht zu halten, zumal das Gelände abschüssig war. Tokata fiel und überkugelte sich mehrere Male, wobei er den Hang hinunterrutschte und in dem Wirrwarr von kreuz und quer liegenden Bäumen verschwand.

Suko hatte Luft.

Die brauchte er auch, denn der zweite Todesengel hatte seine Waffen gefunden.

Suko ließ ihn erst gar nicht dazu kommen, Pfeile und Bogen aufzuheben.

Er streckte seinen Körper und schlug mit der Dämonenpeitsche zu. Der Schlag erschütterte den Todesengel und löschte sein unseliges Leben vollends aus.

Nur noch Tokata war übrig.

Der Chinese hörte das Brechen der Äste und Zweige. Der Samurai des Satans war drauf und dran, sich aus dem Gewirr hervorzuwühlen. Er würde nicht eher aufgeben, bis er seinen Gegner nicht erledigt hatte. Das passte Suko ganz und gar nicht. Sicher, er hätte Tokata auch gern vernichtet, andererseits wollte er sich nicht auf einen langen Kampf einlassen, denn er wusste seine Freunde in Gefahr. Suko wollte in das Tal hinein, wo die Flammenden Steine standen.

Um Tokata kümmerte er sich nicht. Suko schlug einen weiten Bogen nach links und versuchte, so wenige Geräusche wie möglich zu verursachen, damit Tokata seinen Fluchtweg nicht erfuhr.

Erst als er sicher war, dass Tokata ihn nicht mehr sah, wandte er sich der eigentlichen Richtung zu.

Talwärts.

Suko stolperte los.

Es war ihm egal, wo die Zweige der Nadelbäume seine Gesichtshaut ankratzten, er wollte nur so schnell wie möglich zur Stelle sein. Wie ein Büffel stürmte er vor, durchbrach das sperrige Unterholz mit den nadellosen, dünnen braunen Fichtenzweigen, die der Sturm irgendwann mal angeknickt hatte, und atmete auf, als der Wald lichter wurde.

Jetzt hatte er es bald geschafft!

Suko rutschte weiter, und schon hörte er die Stimmen, die verdammt nichts Gutes verhießen.

Suko hielt inne.

Seine Augen verengten sich noch stärker, die Zunge huschte über die Lippen.

Vorsichtig legte er die nächsten Schritte zurück. Von Tokata war zum Glück nichts zu hören. Suko hatte diesen wilden Dämon tatsächlich abgehängt.

Nach vier weiteren Schritten hatte der Chinese freie Sicht!

Die Bestie wollte Blut!

Karas Blut …

Das schwarzhaarige Mädchen spürte schon den Pesthauch des Todes, sah das verwüstete Gesicht des Vampirs dicht vor sich, versuchte, mit seiner Gedankenkraft den Angriff zu stoppen, doch die Barriere war nicht zu durchdringen.

Und Lupina hielt Kara fest.

»Ja, kill sie!«, zischte die Wölfin hasserfüllt.

Diese Worte machten Kara noch einmal mobil, weckten sämtliche Kräfte in ihr, und sie dachte dabei auch an den gefangenen Myxin, der sich auf ihre Hilfe verlassen hatte.

Sollten sie jetzt gemeinsam sterben?

Kara wollte nicht. In einem Verzweiflungsakt warf sie beide Arme hoch und beugte sich nach hinten.

Sie hatte Glück.

Lupina stand sehr dicht hinter ihr, und Kara konnte ihre Finger in die blonde Haarpracht der Wölfin krallen. Sofort bückte sie sich, ließ die Haare nicht los, drehte sich etwas zur Seite und gab sich den nötigen Schwung.

Der Trick klappte.

Lupina verlor plötzlich den Boden unter den Füßen, wurde angehoben und schwebte in der Luft.

Im nächsten Augenblick krachte sie zu Boden, wobei ihre Füße gegen den Vampir stießen.

Vampiro-del-mar geriet aus seinem Angriffsschwung. Er verlor ein wenig die Übersicht, und Kara nahm die Chance wahr, indem sie gedankenschnell zur Seite huschte.

Plötzlich stand sie nicht mehr an dem alten Fleck. Sie rannte auf ihr Schwert zu, die einzige Waffe, die sie besaß.

Auch Doktor Tod hatte gesehen, dass nicht mehr alles nach Plan lief. Er trug keine Waffen bei sich, verließ sich nur auf seine höllischen Leibwächter, und das rächte sich.

Er wollte ebenfalls das Schwert an sich reißen, war aber nicht schnell genug, denn Kara hatte es schon vor ihm aufgenommen.

Wie vor eine Wand gelaufen blieb Morasso stehen und riss die Arme hoch. Kara aber hatte ihr Schwert. Sie hielt es in der Rechten und fuhr wild herum.

Sofort zielte sie nach Solo Morasso. Mit einem raschen Sprung brachte sich Doktor Tod in Sicherheit. Er brüllte nach Vampiro-del-mar und Lupina, die auch sofort reagierten.

Der riesige Vampir stürmte heran.

Und Kara stellte sich.

Obwohl ihre Chance minimal war, zeigte sie keine Angst. Sie hielt das Schwert so, dass die Spitze nach oben wies und der Vampir direkt hineinrennen musste.

Doch diesen Fehler beging Vampiro-del-mar nicht. Bevor er die schwarzhaarige Kara erreichte, drehte er sich zur Seite ab und griff dann an.

Mit einem gewaltigen Tritt holte er Kara von den Beinen, die bis gegen einen der Steine zurückgeschleudert wurde und sich so hart den Kopf stieß, dass die Haut aufplatzte und Blut aus der Wunde rann.

Dunkles, dickes Blut.

Andersfarbig als das der normalen Menschen, das sah auch Vampiro-del-mar.

Er hatte sich voller Vorfreude auf Kara stürzen wollen, zuckte jedoch zurück, als er das Blut sah.

Irritiert blieb er stehen und riss dem Mädchen nur das Schwert aus der Hand.

»Was ist?«, schrie Solo Morasso. Er deutete auf Kara. »Da liegt sie. Pack sie dir!«

Der Vampir schüttelte den Kopf.

»Und warum nicht?«

»Ihr Blut ist anders!«

»Ach, verdammt!«, fluchte Morasso und trat wütend mit dem rechten Fuß auf. Er hob den Kopf, überlegte einen Moment, und seine Augen wurden schmal.

»Gib mir das Schwert!«, forderte er.

Er erhielt es.

Solo Morasso nahm es in die rechte Hand und lief mit der Waffe auf Kara zu.

»Dann töte ich dich eben selbst!«, knirschte er und hob die Waffe …

Das geschah in dem Augenblick, wo wir den Hügel hinter uns gelassen hatten und das Quadrat zwischen den Steinen erreichten. Ich hatte mich auf dem gesamten, ziemlich mühsamen Weg folgsam verhalten und nicht versucht, mich durch irgendeinen Trick zu befreien. Ich blieb ruhig und wiegte Asmodina als auch ihre Dienerinnen in Sicherheit.

Aber die Teufelstochter passte auf.

Sie war wie eine Schlange, und ich fühlte mich wie das Kaninchen, das von der Schlange dabei nicht aus den Augen gelassen wird, weil sie es fressen will.

Asmodina hatte den Ring auch nicht weiter zugezogen. Wenigstens merkte ich nichts davon. Ich gab ihr auch keinen Grund, verhielt mich friedlich, dachte jedoch fieberhaft über einen Ausweg nach.

Ich wusste ja nicht, wie es meinen Freunden ergangen war, und deshalb ließ sich die Zukunft schlecht kalkulieren. Es blieb mir nichts anderes übrig, als zu improvisieren.

Bis jetzt hatte ich damit immer Glück gehabt. Hoffentlich auch heute, wo es wieder einmal um alles oder nichts ging.

Wir waren auf den letzten Yards schneller gegangen. Eine innere Unruhe trieb Asmodina voran. So rutschte ich mehr den Hang hinunter, als dass ich ging.

Dann sahen wir die Steine vor uns.

Und Doktor Tod sowie die anderen.

Aber ich hatte im Moment nur Augen für Solo Morasso, der Desteros und jetzt mein Schwert in der Hand hielt und sich über die am Boden liegende Kara beugte.

An seinen Absichten bestand kein Zweifel.

Er wollte Kara töten!

Und niemand war da, der ihr helfen konnte.

»Halt!«, brüllte ich. »Nicht!« Es war ein automatischer Reflex, nicht einmal vom Gehirn gesteuert und auch, bevor Asmodina irgendetwas sagen konnte.

Das Wunder geschah.

Morasso schlug tatsächlich nicht zu. Stattdessen hielt er inne, drehte sich um und starrte uns entgegen.

Selbst auf diese Entfernung hin erkannte ich, wie groß seine Augen wurden, als er sah, wen Asmodina da mit sich führte.

Seinen Todfeind!

»Sinclair! John Sinclair!« Er heulte meinen Namen fast und konnte es kaum fassen, mich in der Gewalt Asmodinas zu sehen. Das war es, was er sich immer gewünscht hatte. Vergessen war Kara. Er ließ sie einfach liegen, darauf hoffend, dass Vampiro-del-mar und Lupina schon auf sie achtgaben.

Aber die Werwölfin hatte nur Augen für mich. Mit dieser Feindin verband mich eine besondere Beziehung. Ich hatte mich mal in sie verliebt, nachdem ich durch ein Serum, das Marvin Mondo hergestellt hatte, ebenfalls zu einem Werwolf geworden war und sogar mit anderen Werwölfen um sie gekämpft hatte. Zum Glück war noch alles glimpflich abgelaufen, aber die Erinnerung blieb doch.

Lupina fauchte, und ihre gelben Raubtieraugen in dem schönen Gesicht schienen Blitze zu schleudern.

Morasso kam heran.

Zwei Schritte vor mir stoppte er seinen Lauf und

starrte mich an. Asmodina ließ ihn gewähren, sie wusste um unsere Feindschaft. Auch die vier Todesengel hatten Platz geschaffen, sodass es zwischen mir und Solo Morasso keine Barriere gab.

Er sah aus wie immer, sein Gesicht wirkte wie geschnitzt, und das eisgraue Haar war kurz geschnitten. Er atmete schwer, die Nasenflügel vibrierten, in seinem Innern musste eine Hölle toben. Die Pupillen wirkten wie kleine Knöpfe, dunkel und kalt.

Als der Blick des Mannes auf den feurigen Ring um meinen Hals fiel, da grinste Doktor Tod. Er kannte wohl die Wirkung, denn ich sah an seinem Hals einen in die Haut eingegrabenen Abdruck ebensolch eines Ringes. Asmodina musste ihn, für was auch immer, bestraft haben.

Doch jetzt dachten weder Doktor Tod noch Asmodina an eine Feindschaft. Ein anderes Ereignis war eingetreten.

Sie hatten mich, ihren Todfeind, gefangen!

»Er kann sich nicht rühren!«, flüsterte Doktor Tod. »Verdammt, er kann sich nicht rühren …«

Solo Morasso war völlig außer sich. Er sah Asmodina an und dann mich. So hatte ich ihn noch nie erlebt. Dann trat ein noch härterer Glanz in seine Augen.

»Wer soll ihn töten?«

Nach diesen Worten herrschte eine nahezu bedrückende Stille. Und seltsamerweise verspürte ich keine Angst. Ich wusste den Grund nicht, aber es war so.

Vielleicht half mir auch mein Kreuz dabei, denn ich merkte, wie es reagierte.

Deutlich spürte ich die Wärme auf der Brust. Das

Kruzifix entfachte Aktivitäten, womit ich gar nicht gerechnet hatte und auch den Grund nicht kannte.

Seltsam, sehr seltsam …

Irgendetwas war hier im Gange. Kräfte wurden freigelegt, und mich ergriff eine regelrechte Spannung. Ja, ich war gespannt darauf, wie es weiterging.

Doktor Tods Stimme unterbrach die Schweigepause. Er zeigte mit dem Finger auf Asmodina.

»Du hast Myxin, den du immer haben wolltest. Ich habe dafür gesorgt. Deshalb kannst du mir John Sinclair überlasen. Es wäre nur mehr als gerecht.«

»Gerecht?«, höhnte die Teufelstochter. »Ich weiß nicht, was gerecht ist. Tut mir leid.«

Doktor Tod zitterte vor Wut.

»Willst du wieder dein Spiel aufziehen?«, keuchte er. »Denk daran, wir sind Partner.« Er schaute Asmodina an, die im Gegensatz zu ihm sehr hochmütig blickte.

»Partner?«

Das lief ja gut, sogar sehr gut, und ich wollte weiß Gott nicht mehr nur länger den Zuschauer spielen, sondern handelte. Bevor Asmodina oder Solo Morasso reagieren konnten, sprang ich vor und packte mir Doktor Tod. Es war ein gedankenschneller Griff, mit dem Morasso nicht gerechnet hatte und dem er auch nichts entgegenzusetzen hatte. Plötzlich stand ich hinter ihm, umklammerte seinen Körper und bog ihn so nach vorn, dass ich die Hände gegen sein Genick pressen konnte. Sofort zog ich mich mit ihm zurück.

»Das war's wohl!«, rief ich.

Selbst Asmodina war geschockt. Von ihren vier Todesengeln ganz zu schweigen. Sie rührten sich nicht und standen da wie angewachsen. Sie wagten nicht zu schießen, aber Asmodina lachte nur.

»Du bist ein Narr, Sinclair. So kann ich es nur ausdrücken. Deine Verzweiflungstat nützt dir nichts. Denk an den Ring. Er wird dich erwürgen!«

Jetzt strahlte sie ihre Magie ab.

Ich spürte auch den gewaltigen Ansturm, bekam für einen Moment keine Luft, und die nackte Angst flackerte in mir hoch, doch einen Augenblick später konnte ich wieder normal durchatmen. Und noch etwas geschah. Der Ring verschwand von meinem Hals.

Ich sah das ungläubige Gesicht der Teufelstochter. Sie konnte nicht begreifen, dass ihr Zauber verpufft war. Aber ihre Reaktion rief sofort eine Gegenreaktion hervor.

Jetzt zeigte das Kreuz, was in ihm steckte.

Es strahlte plötzlich auf, blendete mich und die anderen und ließ sich auch nicht durch die Kleidung hindern. Ich stieß Doktor Tod von mir, weil er plötzlich gegen mein Schienbein trat und mir der Schmerz die Tränen in die Augen trieb.

Meine Gegner sah ich nur als Schatten. Sie torkelten durch das Quadrat, dessen Lichtfülle in diesem Moment eine andere Farbe annahm.

Die Steine reagierten!

Flaming stones! Nun machten sie ihrem Namen alle Ehre. Sie gaben breite Strahlen ab, die sich an den Steinen gegenseitig berührten und auffingen. Gleichzeitig erstrahlten auch die diagonalen Linien, bildeten eine rote Wand und trennten Feind und Freund.

Ich aber stand inmitten dieser gleißenden roten Strahlenfestung, war der Kernpunkt der magischen Entladung und glaubte sogar, ferne Sphärenstimmen zu hören.

Das Kreuz und die Steine schufen eine so starke Verbindung, dass Asmodina und Doktor Tod dagegen nicht ankamen.

Ich hörte das Schreien der Teufelstochter, Morassos Flüche und Vampiro-del-mars Brüllen. Ihn sah ich auch. Wie ein volltrunkener Riese torkelte er hin und her, wusste nicht, wohin er laufen sollte, und prallte mit Lupina zusammen.

Ein Schatten hetzte auf sie zu.

Asmodina kämpfte.

Ich spürte ihre Gedanken, die gegen die weißmagische Wand anliefen und versuchten, ihren Aufbau zu zerstören.

Die Teufelstochter war ungeheuer mächtig. Die weiße Magie verlor. Schwächer wurde die Strahlung, das Rot der Steine verlor an Intensität. Ich riss weit die Augen auf, weil ich etwas erkennen wollte, und sah Asmodina sowie Doktor Tod und seine Freunde auf *dem* Boden liegen. Eine grünblaue Aura umgab sie, denn Asmodinas Gedankenmagie drängte die andere jetzt zurück. Sie und ihre Freunde befanden sich in einer Art Käfig, einem schwarzmagischen Gefängnis oder einer Enklave inmitten dieser für sie so gefährlichen weißmagischen Hölle.

Sie hielten wieder zusammen, das Böse und das gemeinsame Ziel schweißten sie aneinander.

Plötzlich waren sie verschwunden.

Asmodina hatte es geschafft und ihre Freunde in die andere Dimension teleportiert.

Unerreichbar für uns …

Wäre Doktor Tod mit seiner Mordliga allein gewesen, hätte er keine Chance gehabt. So aber verdankten sie Asmodina ihr Leben und ihre weitere Existenz.

Auch die weiße Magie verschwand.

Langsam wurde das rote Licht blasser, war hinterher nur noch ein schwacher Schein, der völlig verglühte, und schließlich sahen die Steine wieder normal aus.

Grau, kantig, mit zahlreichen Rissen und Spalten versehen. Nichts mehr wies auf die starke Kraft hin, die in ihnen wohnte.

Aber sie und das Kreuz hatten uns gerettet, weil es eine Verbindung zwischen ihnen und dem Kruzifix gegeben hatte. Wieso – das wusste ich nicht. Es war mir auch egal, das können Sie mir glauben …

Vier Dämonen jedoch waren von der starken Magie regelrecht zermalmt worden.

Die Todesengel.

Von ihnen war kaum Asche übrig.

Aber ein anderer lebte.

Myxin!

Die Magie der Steine und die Kraft des Kreuzes hatten sein Gefängnis zerschmolzen. Der kleine Magier konnte sich völlig frei bewegen. Er winkte mir zu und lief dann zu seiner Kara, die noch ziemlich down am Boden hockte und gar nicht richtig begriff, dass alles vorbei war.

Ich suchte Suko – und sah ihn.

Er stand am Waldrand, hielt die Beretta in der rechten, die Dämonenpeitsche in der linken Hand und grinste.

»Tolles Schauspiel«, sagte er im Näherkommen. »Ich brauchte zum Glück nicht einzugreifen.« Er schlug mir auf die Schulter. »Klasse gemacht, John.«

»Ich nicht. Das Kreuz.« Dann fühlte ich nach meinem Hals. »Sieht man was?«

»Nein, nichts.«

»Okay.«

Wir gingen zu den anderen. Myxins Augen strahlten. Und auch Kara lächelte. Sie hatte gekämpft wie eine Löwin. Ich war sicher, dass sie und Myxin den Mächten der Finsternis noch so manches Bein stellen würden.

Sie gab mir mein Schwert zurück.

»Es gehört ja dir«, sagte sie.

»Danke.«

Dann sprachen wir über den Fall und versuchten, Erklärungen zu finden. Myxin lächelte nur. Anscheinend schien er mehr zu wissen, doch er sagte nichts.

ENDE

DIE VAMPIR-FLOTTE

Simon Rock war ein Star!

Zwar spielte er nicht im Film und war auch auf keiner TV-Mattscheibe zu sehen, trotzdem galt er auf seinem Gebiet als der absolute Supermann.

Simon Rock war Taucher.

Er und seine Crew von vier eisenharten Männern hatten ein irres Geschäft an der Ostküste Floridas aufgezogen. Sie tauchten nach versunkenen Schiffen, die vor vierhundert und mehr Jahren mit Siedlern aus Spanien gekommen waren, das Gold der Inkas und Azteken raubten und mit prall gefüllten Schiffsbäuchen zurücksegelten.

Viele Galeonen waren so überladen, dass sie auf der Rückfahrt selbst einem kleinen Sturm nicht trotzen konnten. Sie sanken.

Vor der Küste Floridas lagen sie auf dem tiefen Meeresgrund. Algen und Plankton hatten einen festen Mantel über die Schiffe gelegt, hatten die oft zerstörten Aufbauten überwuchert und neue Lebensbereiche für unzählige Fische, Pflanzen und Kleinsttiere geschaffen.

Jahrhunderte lang kümmerte sich niemand um die versunkenen Galeonen. Bis es eines Tages einen regelrechten Run gab. Irgendjemand hatte den Anstoß gegeben. Plötzlich fuhren zahlreiche Taucher aufs Meer hinaus und glitten in die Tiefe, um an die unermesslichen Reichtümer der versunkenen Galeonen zu gelangen. Die Abenteurer schlossen sich zusammen, gründeten Firmen, die Aufsehen erregende Prozesse gegen die amerikanische Regierung um eine Lizenz führten, denn Vater Staat wollte ebenfalls mitkassieren.

Und auch Gangsterbanden. Es kam zu Feuergefechten auf dem Meer. Tote und Verwundete blieben zurück. Regelrechte Kriege um das Gold der Spanier brachen aus. Die Polizei schritt ein. Es hagelte Verbote, Verhaftungen, und immer wieder fingen neue Taucher an zu suchen, um sich ein Stück vom großen Goldkuchen abzuschneiden.

Simon Rock und seine Männer waren da vorsichtiger. Er hatte sich die Leute aus aller Welt zusammengeholt und eine kleine, aber schlagkräftige Mannschaft zusammengestellt. Dazu gehörte noch Pretty Benson, seine schwarzhaarige Freundin, mit dem Schuss Jamaica-Blut in den Adern. Sie wollte Simon unbedingt heiraten, doch der große blonde, sonnenbraune und athletisch gebaute Mann hatte kein Interesse, sich ehelich zu binden.

An diesem Tag waren sie schon seit den frühen Morgenstunden auf dem Wasser. Ihr schneeweißes Boot, die *Flying Star*, schaukelte sacht in der hohen Dünung. Die Sonne warf einen goldenen Teppich auf die Wellen und erinnerte die vier Taucher immer daran, dass ein Vermögen unter der Oberfläche des Meeres lag.

Es war später Nachmittag. Gefunden hatten sie nicht viel. Nur wenige Münzen, die allerdings nicht sehr viel wert waren. Es kamen nicht einmal die Spesen für den heutigen Tag dabei heraus. Deshalb überlegten sie, ob sie an diesem Tag noch einmal tauchen sollten. Sie hatten sich am Heck versammelt und hingen in den bunten Liegestühlen, schlaff und abgespannt. Doch der äußere Eindruck täuschte. Diese Männer konnten von einer Sekunde zur anderen explodieren. Zudem lagen die Waffen immer in Griffnähe. Schnellfeuergewehre und Pistolen. Zweimal waren sie bereits von Seebanditen überfallen worden, beide Male hatten sie die Attacken blutig zurückgeschlagen.

»Ich habe keine Lust mehr«, sagte Ted Lawrence, der Schwarze unter ihnen. »Habe mich heute genug geärgert.«

Rock verzog die Lippen. Wie auch die anderen trug er nur seine kurzen Badeshorts. »Seit wann gibst du so schnell auf?«

»Ich habe einen schlechten Tag.« Ted rollte mit den Augen und schaute an Simon vorbei, denn aus dem Niedergang tauchte Pretty Benson auf.

Sie war eine Augenweide. Ihre Haut hatte einen Farbton, der an Milchkaffee erinnerte. Sie trug eine wilde Frisur, die man mit dem Wort Afrolook umschreiben konnte. Die Beine der Frau schienen unendlich lang zu sein und endeten dort, wo der schneeweiße Tanga mehr als knapp saß. Von Prettys Gesicht war nicht viel zu sehen, weil es von einer großen Sonnenbrille verdeckt wurde. Die Lippen waren leicht aufgeworfen, ohne ordinär zu wirken. Der hoch angesetzte Busen hätte eigentlich kein Oberteil nötig gehabt. Pretty trug es trotzdem, obwohl das winzige Stoffteil nicht einmal die Brustwarzen völlig bedeckte.

Diese Frau war sexplosiv!

Das wussten auch die Männer. Vier von ihnen hätten sie gern einmal im Bett gehabt. Einer, Simon Rock, konnte sich das Vergnügen gönnen, wann immer er wollte, so mussten sich die anderen damit begnügen, diesen weiblichen Vulkan mit Blicken vollends auszuziehen, denn gegen Rock kam keiner an. Der ehemalige Bodybuilder wusste seine Fäuste ausgezeichnet einzusetzen.

Pretty trug ein Tablett auf den ausgestreckten Armen. Eine große Karaffe mit Fruchtsaft, Eiswürfel und mehrere Gläser standen darauf. Das Girl hatte Mühe, durch ihre Bewegungen das Schwanken des Schiffes auszugleichen, aber sie schaffte es mit Glück und Routine. Als sie sich vorbeugte und das Tablett abstellte, wurden die Einblicke der Männer noch besser, und O'Brien, ein rothaariger Ire, leckte sich genießerisch die Lippen.

»Ich habe euch eine kleine Erfrischung gebracht«, sagte Pretty. Ihre Stimme klang leicht rauchig, etwas verrucht und an Sünde erinnernd.

»Danke, Darling«, lächelte Simon Rock und klopfte ihr auf das wohl gerundete Hinterteil, was sie mit einem Kieksen quittierte. »Leg dich wieder in die Sonne.«

»Zu euch?«

»Nein, wir haben geschäftliche Dinge zu bereden. Du lenkst uns zu sehr ab.«

»Aber ich tue doch nichts«, sagte sie und wiegte sich in den Hüften.

»Das reicht schon, Darling.«

Sie lachte, warf Simon eine Kusshand zu und verschwand.

»Mann, die ist eine Sünde wert«, sagte Lawrence und schnippte mit den Fingern.

Er fing sich einen schrägen Blick von Simon Rock ein. »Die macht sich nichts aus Schwarzen.«

Ted grinste mit schneeweißen Zähnen. »Mischlinge sind am schlimmsten. Das kenne ich.«

»Komm zur Sache«, forderte ihn Ike Clanton, der Mann aus Kanada, auf. Er war der Schweigsamste. Für ihn ging es fast nur ums Geschäft. Wenn er Geld hatte, kaufte er sich Frauen. Clanton sah aus wie Kojak, nur war er wesentlich schlanker und trug einen dichten Vollbart.

Rock Simon schenkte ein, kippte auch noch Eiswürfel in die Gläser und verteilte die Getränke.

»Okay, Freunde, ihr habt keine Lust. Ich will aber noch tauchen. Wer kommt mit?«

Montana nickte. Wie er richtig hieß, wusste er selbst nicht. Er war in Helena, der Hauptstadt Montanas, geboren, hatte an der Westküste getaucht und sich in allen möglichen Jobs durchgeschlagen. Angeblich sollte ihn auch die Polizei in mehreren Staaten der Westküste suchen, aber das war Rock egal. Montana war ein Mann, auf den er sich verlassen konnte, und mit zweiundzwanzig Jahren der jüngste unter den Tauchern.

»Ist gebongt«, erwiderte Rock.

»Und wann?«

Simon schaute auf die Uhr. Es war sechs. »In einer halben Stunde könnten wir fertig sein.«

Montana nickte. Er griff nach den Zigaretten, die neben ihm lagen, zündete sich ein Stäbchen an und schaute aufs Meer, wo in der Ferne der Himmel und das Wasser eine Linie, den Horizont, bildeten. Dort lag auch ein Punkt.

Sah aus wie ein Schiff.

Montana nahm das Fernglas und presste es gegen seine Augen, während er sich erhob.

»Was ist?«, frage Simon.

»Ein Schiff.«
»Und?«
Montana hob die Schultern. »Eigentlich nichts. Ich kann nicht erkennen, zu wem es gehört. Ist zu weit weg.«
»Die Konkurrenz«, grinste O'Brien.
»Wenn es Piraten sind, kriegen sie Blei«, sagte Ike Clanton und grinste hart.
Die anderen lachten. Noch sehr gut konnten sie sich an Einzelheiten der letzten Auseinandersetzungen erinnern.
Montana schnippte die Kippe ins Meer und setzte sich wieder. Simon Rock war aufgestanden. Er holte die neuen Pressluftflaschen und auch die gelben Neoprenanzüge. Da unten war es verdammt kalt, denn die Schiffe lagen sehr tief.
Simon Rock stieg in seinen Taucheranzug. Dabei konnte jeder das Spiel seiner Muskeln beobachten. Er hatte wirklich einen gut durchtrainieren Körper. Breite Schultern, schmale Hüften, kein Gramm Fett zu viel. In seinem Gesicht stach die markante Nase hervor, unter der ein heller Bart wuchs.
Langsam zog er den Reißverschluss hoch. Der Anzug saß wie eine zweite Haut.
Auch Montana hatte sich inzwischen umgezogen. Er überprüfte noch mal die beiden Pressluftflaschen, denn davon hing ihr Leben ab. Ein kleiner Fehler konnte tödlich sein.
»Alles klar?«, fragte Ted Lawrence.
Montana nickte.
Auch Simon Rock fand keinen Fehler. Beide warfen

gleichzeitig die Pressluftflaschen über ihre Schultern und befestigten sie an Rücken und Hüften. Sie stülpten die Tauchermasken über den Kopf und überprüften die Atmung.

Keine Schwierigkeiten. Danach schlüpften sie in die Schwimmflossen.

Das Gold lockte.

Leider konnten sie nicht alles für sich behalten. Wenn sie einliefen, wurde das Schiff von speziell ausgebildeten Beamten der Coast Guard untersucht. Sie mussten die Hälfte an den Staat abliefern. Das wurmte sie alle.

Das Werkzeug bestand aus einer kleinen Schaufel, einer ebenso kleinen, aber harten Spitzhacke und aus zwei lichtstarken Taschenlampen, die auch in der Tiefe genügend Helligkeit gaben, um sich orientieren zu können.

»Wann seid ihr ungefähr wieder oben?«, fragte Lawrence.

»In einer Stunde«, antwortete Rock.

»Okay.«

Die beiden Männer traten an die Bordwand, öffneten dort ein Gitter und ließen sich kopfüber in das Wasser fallen. Simon Rock trug noch das Werkzeug.

Die anderen drei schauten ihnen nach. Keiner der Männer – weder die, die tauchten, noch die, die an Bord blieben – ahnten, was die Stunde geschlagen hatte.

Denn wer das Grauen weckte, der wurde verschlungen …

Das Wasser schlug über ihnen zusammen, und sie befanden sich in einer anderen, faszinierenden Welt. Die Stille des Ozeans umgab sie, die Schweigsamkeit des Meeres. Über ihnen versanken die letzten Sonnenstrahlen, unter ihnen breitete sich die geheimnisvolle, grünschwarze Tiefe aus, die immer wieder mit neuen Abenteuern und gewaltigen Eindrücken lockte, sodass die Taucher ihrer Fremdartigkeit und ihrem Reiz oft genug erlagen und sämtliche Sicherheiten vergaßen.

Simon Rock und Montana erging es anders. Sie waren keine Hobbytaucher, für sie war das Wasser kein Urlaubselement, sie sahen die Taucherei als reines Geschäft an.

Ihre Körper hatten sich gestreckt. Mit kräftigen Beinschlägen und Hilfe der Schwimmflossen tauchten sie in die Tiefe.

Schon auf dem Boot hatte sich Simon Rock entschlossen, nicht dort zu tauchen, wo sie am Morgen schon vergebens nachgesehen hatten.

Er wollte sich weiter nördlich halten und somit in ein Gebiet gelangen, das von ihnen noch nicht untersucht worden war.

Auf der Seekarte hatte er sich das Areal angesehen. Auf der Erde würde man es mit einer Wildnis vergleichen oder einem undurchdringlichen Gebiet, denn hier hatte die Natur in einer überschäumenden Laune ein gewaltiges Korallenriff gebildet, das sich wie ein Gebirge meilenweit ausbreitete. Es war noch längst nicht erforscht worden. Da gab es Spalten, Trichter, Höhlen, gefährliche Tunnel und zahlreiche Verstecke für Raubfische.

Das Gebiet war gefährlich. Simon Rock wusste mit der Gefahr umzugehen, er kalkulierte und rechnete sie aus. Deshalb wollte er auch nicht tief in das Riff hineintauchen, sondern sich nur an dessen Rand aufhalten und einen ersten Eindruck gewinnen. Zudem sollten dort zahlreiche Schiffe gesunken und von den scharfen Ecken und Kanten des Riffs regelrecht aufgespießt worden sein.

Simon Rock war fest davon überzeugt, innerhalb des Korallenriffs ein Millionenvermögen zu finden.

Sein Tauchpartner wunderte sich, als der vorausschwimmende Rock plötzlich abbog. Montana gab aber kein Zeichen, sondern folgte dem Boss der Tauchercrew.

Ein Fischschwarm, silbrig glänzend, kam ihnen entgegen. Die kleinen Tiere nahmen überhaupt keine Notiz von den beiden Männern. Ungehindert konnten sie den Schwarm durchqueren.

Sie waren inzwischen ziemlich tief. Licht drang so gut wie gar nicht hierher. Ein grünliches, diffuses Dunkel umgab sie, aber noch konnten sie auf das Einschalten der Lampen verzichten.

Plankton, Algen und nur unter dem Mikroskop sichtbare Einzeller-Lebewesen sorgten dafür, dass aus dem Wasser eine ziemlich trübe Brühe wurde.

Dann huschte ein Schatten heran. Blitzschnell war er da. Beide Männer kannten sich aus. Das war ein Hai. Unwillkürlich tastete Simon Rock nach seinem breiten Messer im Gürtel. Er dachte an die zahlreichen Kämpfe, die er schon gegen Haie geführt und überlebt hatte. Doch der schlanke Fischleib glitt vorbei.

Sie schwammen weiter.

Ruhig und gleichmäßig atmeten sie. Die Luft reichte für zwei Stunden. So lange hatten sie nicht vor, unter Wasser zu bleiben. Sie wollten auch nicht konkret suchen, nur das Gebiet erkunden, damit sie am anderen Tag richtig beginnen konnten.

Simon Rock schwamm etwas langsamer und ließ seinen Partner aufschließen. Dann streckte er den rechten Arm aus und deutete nach vorn.

Montana verstand. Sie würden noch weiter schwimmen. Fünf Minuten vergingen, dann wuchs vor ihnen eine gewaltige Wand hoch, die erst nur als Schatten zu erkennen war. Das Riff!

Dreißig Meilen vor der Küste gab es dieses gewaltige aus Korallen, Muscheln, Plankton und Kalk bestehende Gebirge, das bisher kaum erforscht war. Die meisten trauten sich nicht hierher, sie wollten schneller und risikoloser Geld verdienen, doch den beiden Spitzentauchern machte dies nichts aus.

Sie glitten weiter durch die fast beängstigende Stille der tiefen See.

Simon Rock schaltete als Erster seine starke Unterwasserlampe ein. Das Glas war durch ein kleines Gitter geschützt, damit es nicht so leicht zerbrechen konnte.

Der Strahl bahnte sich seinen Weg durch die Finsternis. In ihm tanzten und wirbelten kleine Lebewesen, die nie zur Ruhe kamen und einen ewigen Kreisel bildeten.

Je näher sie an die Wand herankamen, umso faszinierender wurde es für sie. Sie war nicht glatt, da gab es gewaltige Kerben und Spalten, in denen Muränen lauerten und auf Beute warteten. Sie sahen Höhlen, die von irgendwelchen farbenprächtigen Fischen besetzt waren. Es gab überhängende Wände, Einschnitte und regelrechte Täler, in und durch die sie schwimmen konnten.

Aufgeschreckt durch das Licht, verließ ein winziger Krake seine Höhle, sonderte seine dunkle Flüssigkeit ab und verschwand. Auch andere Fische wischten blitzschnell davon, denn die beiden Taucher waren Störenfriede im friedlichen Nebeneinander des Korallenriffs.

Simon Rock deutete mit dem Daumen nach oben. Er wollte steigen. Eine geschmeidige Bewegung seines Körpers, der Schlag mit den Flossen, und er glitt an der Wand entlang hoch.

Etwa fünfzehn Fuß weiter hörte die Wand auf. Simon Rock beugte sich wieder nach vorn, sodass er in das Tal schauen konnte, das hinter dieser Korallenwand lag.

Es war ein regelrechter Korallengarten, der in zahlreichen Farben blühte, als er vom Licht der beiden eingeschalteten Unterwasserleuchten getroffen wurde.

Da wuchsen Seesterne auf dem kalkreichen Untergrund neben Algen und langstieligen Pflanzen, die sich im Rhythmus der Unterwasserdünung bewegten und mit ihren Köpfen zu nicken schienen. Sie bewegten sich nur nach einer Seite, ein Zeichen für die Taucher, dass sie es hier unten nicht mit gefährlichen Gegenströmungen zu tun hatten.

Das war viel wert.

Sie drangen ein in den Tiefsee-Garten, der vor ihren Augen solch eine Pracht entfaltete. Das Tal dehnte sich weit aus. Es war auf dem Grund auch nicht flach. Im

Laufe der Jahre hatten sich neue Korallenbänke gebildet, die dabei waren, sich unter diesen idealen Lebensbedingungen auszudehnen.

Die Männer ließen sich nicht ablenken. Sie schwammen sehr langsam weiter. Die Strahlen kreisten, glitten über den Grund, auch über Wände oder tasteten sich in Spalten und Höhlen hinein, wo sie sich manchmal in der Dunkelheit verloren.

Rock und Montana suchten eines der zahlreichen gesunkenen Schiffe.

Es war nun nicht so, dass die Galeonen einfach nur dalagen, sodass sie jeder Taucher schnell finden konnte, nein, man musste schon einige Erfahrungen haben, um ein Schiff überhaupt zu finden. Denn im Laufe der Jahrhunderte war aus jedem gesunkenen Schiff eine eigene Korallenbank geworden, die sich unzählige Lebewesen als ihr Gebiet ausgesucht hatte.

Und doch gab es Hinweise.

Manchmal war es die Form. Hin und wieder glänzte auch ein Stück Metall, das aus irgendeinem Grunde nicht überwuchert worden war, oder die geknickten Masten, die ein über dem Grund liegenden Wirrwarr bildeten. Man brauchte wirklich ein gutes Auge, um eine solche Galeone zu entdecken.

Simon Rock schwamm noch immer als Erster. Das ließ er sich nie nehmen, denn er war der Führer, er begab sich auch als Erster in Gefahr.

Plötzlich stoppte er, blieb stehen und trat Wasser. Sofort war Montana neben ihm.

Beide Männer drehten den Kopf und schauten sich unter den Sichtmasken her an.

Bis Rock nach links deutete. Fast wären sie vorbeigeschwommen, denn in die Felswand hinein stach ein etwa zwei Yards breiter Riss, als hätte ihn jemand dort mit einem Messer geschnitten. Er war also breit genug, um die beiden Taucher aufzunehmen.

Montana nickte. Er war damit einverstanden, was sein Boss vorhatte. Unter Wasser diskutierte man nicht.

Simon Rock schwamm wieder los. Langsam, mit Beinschlägen, die wie die Zeitlupenaufnahme bei einem Schwimmer wirkten. Er tauchte in den Spalt und brauchte wirklich die Lampe, denn jetzt wurde es dunkel. Ein langer Fisch huschte an ihnen hautnah vorbei und hätte sie fast berührt.

Unabhängig voneinander fühlten es Simon Rock und Montana. Dieses Gebiet, in das sie schwammen, war irgendwie anders. Fast körperlich spürten sie die Bedrohung, die es ausstrahlte, eine Gefahr, die für beide nicht greifbar war.

Montana tastete nach seinem Messer. Natürlich kannte auch er die Geschichten, die man sich von Unterwassergeistern und mächtigen Ungeheuern erzählte. Wenn Taucher zusammensaßen und die Flasche kreiste, wurden diese Geschichten oft ausgegraben und erzählt. Dabei lief so manchem eine Gänsehaut über den Rücken.

An Geister glaubte Montana nicht, und eine menschenfressende Seeschlange hatte er auch noch nicht gesehen. Das war Seemannsgarn und gehörte ins Reich der Fabel.

Beide leuchteten sie die Wände ab. Sie kamen ihnen

dunkler vor als die übrigen des Riffs. Auch hier sahen sie die kleinen Spalten und Einschnitte, entdeckten winzige Höhlen und Löcher im porösen Kalkgestein.

Der Einschnitt war ziemlich lang. Ungewöhnlich eigentlich, dann aber verbreiterte er sich.

Simon Rock schwenkte seinen rechten Arm und leuchtete jetzt mit der Lampe nach vorn.

Plötzlich traf der Strahl etwas Rundes, Großes, das vom Wasser getragen wurde und vor ihm schwebte. Es war kein Kugelfisch, der hatte eine andere Form, und der hatte auch keine Haare.

Der Taucher glitt noch näher an den Gegenstand heran und konnte ihn jetzt genau erkennen.

Es war ein Kopf!

Der Kopf eines Menschen. Mit einem aufgerissenen Mund, in dessen oberer Zahnreihe zwei lange Vampirzähne schimmerten.

Simon Rock hatte schon viel in seinem Leben gesehen, aber so etwas noch nicht. Der Anblick war einfach zu grauenhaft. Dieser im Wasser schwebende Kopf war nicht abgetrennt oder abgeschnitten worden, sondern abgerissen. So genau sahen die Opfer von Haien aus, die unglücklich zwischen deren mächtigen Zähne gerieten.

Dann musste dieser Mann ein Haiopfer gewesen sein. Aber wie kam er zu den spitzen Eckzähnen, aus welchem Grunde war kein Blut zu sehen, und wo steckte der Killerhai?

Diese und ähnliche Fragen beschäftigten die beiden Männer, als sie den Kopf vor sich sahen.

Simon Rock wandte den Blick. Er schaute Montana

an und sah in dessen bestürztes Gesicht hinter der Taucherbrille. Auch er wusste keine Erklärung.

Langsam trieb der Schädel vorbei. Er wurde von der Strömung gepackt und verschwand in einem Felsloch.

Montana hob die Hand und deutete an, dass es besser war, wieder aufzutauchen. Simon Rock schüttelte den Kopf. Er wollte jetzt weitermachen. Das Jagdfieber hatte ihn gepackt, aufgeben war nicht drin, jetzt ging es zur Sache.

Sauerstoff hatten sie noch genug. Sie konnten also weiterschwimmen und die Gegend erforschen, die hinter dem Spalt lag. Irgendetwas war dort, zudem hatte ihnen eine Gegenströmung den Kopf vor die Sichtbrillen getrieben.

Simon Rock streckte seinen Körper und glitt mit ein paar leichten Beinschlägen voran. Montana folgte ihm. Wie auch bei Simon lag seine rechte Hand auf dem Griff des großen Tauchermessers. Er wollte kein Risiko eingehen, denn beide ahnten, dass die Gefahren noch längst nicht vorbei waren. Zumindest der Hai, der diesen Körper zerrissen hatte, musste sich noch irgendwo in der Nähe aufhalten.

Simon Rock dachte darüber nach, woher der Kopf wohl stammte. Dass er zu einem Körper gehört hatte, war natürlich klar, aber die Zähne gingen ihm nicht aus dem Sinn. Der hatte wirklich ausgesehen wie ein Vampir. Doch die gab es nicht, ebenso wenig wie ein Seeungeheuer.

Er fand keine Lösung, so sehr er auch grübelte.

Es wurde wieder etwas heller. Ein Zeichen dafür, dass sie den Spalt im Fels hinter sich gelassen hatten.

Noch zwei Schwimmstöße, und eine andere Welt lag vor den beiden Tauchern. Es war ein großes Korallental mit weiten Muschelbänken, mit bizarr geformten Korallenfelsen, farbigen Blumen, Gewächsen, Höhlen, Verstecken und einer prächtigen Tierwelt.

Langsam glitten die beiden Männer tiefer. Sie saugten die Eindrücke in sich auf, denn selbst sie, die sie schon sehr viel gesehen hatten, waren von diesem geheimnisvollen Tal unter Wasser begeistert. Vergessen war der Kopf, die Männer ließen sich ganz von ihrer Umgebung gefangen nehmen.

Dann wurden ihre Augen groß. Zur selben Zeit sahen sie genau das, was sie gesucht hatten.

Ein Schiff!

Es war links von ihnen gesunken und schien an der Felswand zu kleben. Mit der Steuerbordseite drückte es gegen das rissige Gestein. Das gesamte Schiff stand schief, war mit Algen und Muscheln überkrustet, aber noch sehr gut erhalten.

Die drei Masten gab es noch vollständig. Sogar noch Reste des Segeltuchs bewegten sich in der Strömung. Am Bug zeigte sich ein großes Leck, durch das das Wasser strömte. Die Aufbauten waren zu sehen und unzerstört.

Mann, das ist ein Ding!, dachte Simon Rock und konnte sich an diesem Anblick gar nicht satt sehen. Das war kein spanisches Schiff, es musste später gesunken sein. Eine Dreimastbark, vielleicht englischen Ursprungs.

Sie schwammen langsam näher.

Allerdings war eins verwunderlich. Normalerweise wurden die gesunkenen Schiffe immer von zahlreichen

Fischen heimgesucht, hier jedoch war kaum einer zu sehen. Die Fische machten seltsamerweise um dieses Schiff einen Bogen. Wenn dem Kahn mal einer zu nahe kam, dann zuckte er kurz vor dem Ziel zurück und glitt davon.

Sehr seltsam ...

Die beiden Taucher waren so in den Anblick des Schiffes vertieft, dass sie die Gefahr vergaßen. Den Kopf hatten sie zwar gesehen, aber nicht den dazugehörigen Körper oder die Bestie, die dafür verantwortlich war, dass der Kopf durchs Wasser trudelte.

Der Hai kam von der Seite!

Lautlos, schnell und gefährlich.

Er war noch immer auf der Suche nach Beute, hatte zwar etwas gerissen, aber damit konnte er nichts anfangen. Jetzt sah er die beiden Taucher.

Montana merkte die Gefahr zuerst. Eigentlich machte ihn erst der Schatten aufmerksam, er drehte den Kopf, sah den Hai und reagierte sofort.

Eine Rolle nach hinten, wobei er gleichzeitig Simon Rock gegen den Körper trat und ihn somit warnte, dann zog Montana sein Messer hervor.

Als der Hai da war, stach die Klinge in die Höhe. Wie gesagt, sie war sehr scharf, ihr hatte der Hai nichts entgegenzusetzen.

Sie schlitzte ihn an der Unterseite auf. In einem langen Bogen floss das Blut aus der Wunde und färbte das Wasser. Es würde natürlich noch mehr Haie anlocken, die ihren Artgenossen dann zerrissen, doch das Risiko mussten beide Taucher eingehen, wollten sie sich nicht von dem Fisch zerreißen lassen.

Der Hai war noch nicht erledigt. Er drehte durch. Montana sah zu, dass er aus seinem unmittelbaren Bereich kam, denn der lange, kräftige graue Körper peitschte das Wasser.

Der Hai wurde rasend. Er kämpfte gegen sein Schicksal an, wirbelte in einer Wolke von Blut, zuckte, warf sich hin und her, drehte durch und verschwand plötzlich in dem Spalt, aus dem die beiden Taucher gekommen waren. Er würde ins offene Wasser schwimmen, unterwegs eine Blutspur hinter sich herziehen und von den anderen Haien zerfetzt werden.

Simon Rock winkte Montana zu. Ein Zeichen der Anerkennung. Montana war ein guter Haikiller.

Jetzt hielt sie nichts mehr, sich das geheimnisvolle Schiff anzuschauen.

In schräger Linie schwammen sie auf den Kahn zu. Und beide spürten unabhängig voneinander die Gefahr, die vor und unter ihnen lauerte. Andererseits übte dieses Schiff einen gewissen Reiz auf sie aus. Sie mussten es sich einfach ansehen.

Und wieder waren sie überrascht, als sie zwischen den Masten schwammen. Es war noch alles sehr gut erhalten. Sogar die Wanten waren zu erkennen.

Eine Rolle nach vorn, und beide glitten sie dem Deck entgegen. Sie trennten sich jetzt nicht mehr, sondern blieben dicht beieinander. Das Wasser war durch den gesamten Schiffsleib geströmt. Sie sahen die offenen Luken und Klappen zu den Niedergängen, durch sie konnten sie in den Bauch des Schiffes gelangen.

Wieder schalteten sie die Lampen ein. Auf dem Achterdeck befand sich ein Ruderhaus mit offener Tür. Die

Tür schwang in der Unterwasserdünung hin und her, als würde sie von nicht sichtbaren Händen bewegt.

Die Männer interessierten sich für die Ladung. Und die lag nun mal im Bauch des Schiffes.

Sie mussten runter.

Zuerst glitt wieder Simon Rock durch die offene Luke und tauchte ein in das Dunkel des Schiffsbauchs.

Der starke Lampenstrahl bahnte sich seinen Weg durch die trübe Flut. Auch hier unten, wo sich die Lade- und Stauräume befanden, hatten Muscheln und Kalk fremdartige Kunstwerke an den Innenwänden des Schiffes gebildet.

Von der Ladung fehlte jede Spur. Keine Kiste und kein Fass war irgendwo vertäut.

Dieser Stauraum präsentierte sich den beiden Tauchern völlig leer.

Sie durchschwammen ihn ganz, bis Montana mit der Lampe winkte und somit ein Zeichen gab.

Simon Rock glitt neugierig näher.

Montana hatte den Durchgang zum nächsten Lagerraum entdeckt. Ein offenes Rechteck. Die dazu gehörige Tür lag auf den Planken.

Sie musste wohl aus den Angeln gerissen worden sein, als das Schiff so plötzlich sank.

Die beiden Männer leuchteten die Tür an und wunderten sich, als sie das Kreuz sahen, das auf die Tür genagelt worden war. Obwohl Muscheln und Kalk es überwuchert hatten, waren die Umrisse doch deutlich zu erkennen.

Rock und Montana hatten schon zahlreiche Schiffe durchsucht und leer geräumt, sie kannten sich inzwischen sehr gut aus, aber ein Kreuz vor einer Tür hatten sie noch nie auf einem gesunkenen Schiff gesehen. Das musste seine Bedeutung haben.

Ob der Stauraum dahinter vielleicht etwas Besonderes beinhaltete? Sehr wertvolle, kirchliche Schätze? Vielleicht Messkelche oder andere goldene Kreuze, die zusätzlich mit Edelsteinen geschmückt waren?

Die Taucher dachten das Gleiche. Ihr Forscherdrang ließ sich nicht mehr bremsen, die Neugierde war größer als die im Unterbewusstsein lauernde Gefahr.

Sie glitten durch die Öffnung. Lautlos wie zwei Fische.

Ein paar zerplatzende Luftperlen waren das Einzige, was in dem ersten Raum zurückblieb und noch an die Taucher erinnerte.

Abermals nahm sie eine dunkle, unheimlich anmutende und fremde Welt gefangen.

Auch in diesem Laderaum schien auf den ersten Blick nichts zu sein – aber nur auf den ersten Blick.

Als die beiden Taucher jedoch die Lampen schwenkten, da sahen sie die Kisten, die im Stauraum standen. Sie waren vor dem Untergang vertäut gewesen. Doch als das Schiff gegen die Felswand prallte, war die Vertäuung gerissen, sodass die Kisten umgekippt waren. Jetzt lagen sie kreuz und quer.

Simon Rock und Montana glitten über die Ladung hinweg, erreichten das Ende des Laderaums und drehten sich wieder um, um die Kisten genauer zu untersuchen. Sie schwammen unter der Decke, kippten jetzt ihre Körper und stießen dem Boden entgegen. Die Strahlen der Lampen bohrten sich in das trübe Dunkel, trafen auch die Kisten von einer geringeren Entfernung, und jeder

der beiden Taucher konnte sehen, dass es sich nicht um Ladekisten handelte, sondern um etwas anderes.

Um Särge!

Sieben Särge waren es, die sich in diesem Stauraum befanden. Über ein halbes Dutzend Totenkisten, die seltsamerweise nicht mit Tang, Algen oder Muscheln überdeckt, sondern so geblieben waren wie zuvor.

Die rasch aufsteigenden Luftperlen zeugten davon, wie schnell und überrascht die beiden Taucher waren. Sie traten Wasser und schauten sich an.

Montana drehte die Faust mit dem aufgerichteten Daumen und deutete nach unten.

Simon Rock verstand das Zeichen. Montana wollte die Särge untersuchen. Das hätte er auch vorgeschlagen, denn es war schon des Öfteren passiert, dass irgendwelche Seefahrer wertvolle Ladungen in außergewöhnlichen Verstecken untergebracht hatten.

Dazu zählten auch Särge.

Aber Simon zögerte. Er wusste nicht so recht, wie er sich verhalten sollte, denn er dachte an den treibenden Vampirkopf, der ihnen begegnet war.

Ein Kopf und jetzt die sieben Särge!

Standen die beiden in einer unmittelbaren Verbindung? Und war es vielleicht möglich, dass sie in einem der Särge den zum Kopf gehörenden Körper fanden?

Als Simon Rock daran dachte, glitt selbst ihm, dem Hartgesottenen, ein Schauer über den Rücken. Daran wollte er lieber nicht denken. Vernünftig wäre es eigentlich gewesen, den Rückweg einzuschlagen, doch die Gier nach Gold war stärker.

Deshalb nickte er.

Auch Montana war einverstanden. Er hatte sich während Rocks Überlegungen ein wenig umgeschaut. Ein Sarg fiel wegen seiner Größe auf. Er war in seinen Ausmaßen fast doppelt so groß wie die anderen. Den wollten sich dies Männer als Ersten vornehmen.

Gemeinsam schwammen sie auf ihn zu.

Der Sarg war verschlossen. Die Schlösser hatten im Laufe der Zeit Rost angesetzt und würden nicht so leicht zu knacken sein. Aber sie hatten ihre scharfen Messer aus bestem Stahl. Und zusätzlich noch die Pickel. Mit diesen Werkzeugen musste es zu schaffen sein, die Särge zu öffnen.

Montana hatte sein Messer bereits gezogen. Er wollte es in den Spalt zwischen Deckel und Unterteil klemmen, während sich Simon Rock an den Schlössern zu schaffen machte. Dazu nahm er den harten Pickel und hämmerte dagegen.

Der größere Sarg stand ziemlich allein in einer Ecke. Etwas weiter entfernt von den übrigen. Deshalb sahen beide Taucher nicht, wie sich ein Deckel plötzlich hob und eine bleiche, grünblau schimmernde Hand erschien, deren Finger zur Klaue gekrümmt war.

Ein Ruck, und der Deckel rutschte ab.

Sacht berührte er den Boden, wo er liegen blieb. Aus dem Sarg aber stieg eine Gestalt, die wie ein Seeräuber aussah und deren Kleidung zerfetzt am Körper hing.

Bleich, aufgedunsen und blutleer war die Haut. Ein regelrechtes Monster kletterte da aus dem Sarg. Als es die aufgerissenen Lippen zurückschob, wurden zwei spitze Vampirzähne sichtbar, die einzigen, denn die übrigen Zähne hatte dieser Unhold verloren.

Der Vampir wurde von der Strömung gepackt, die auch hier unten herrschte.

Sein Körper trieb voran. Er hatte die Arme ausgebreitet und streckte sie jetzt vor, wobei er weit die Hände öffnete, um mit seinen Fingern den Luftschlauch des ersten Tauchers abzureißen …

Es war ein Gegensatz wie er im Buche stand.

In der Bodega die heiße, stickige, schwüle und nach Schweiß riechende Luft auf der einen Seite und die kalte Klinge des Messers auf der anderen.

Das Messer klebte an meiner Gurgel!

Ich traute mich nicht mehr zu atmen, sondern hielt die Luft an. Der Kerl hinter mir war ein gewaltiger Brocken. Ich sah ihn zwar nicht, aber der linke Arm, der meinen Oberkörper in Gürtelhöhe umspannt hielt, hatte fast den Durchmesser eines Baumstammes.

Dieser Typ hatte mich überrascht, als ich auf die Toilette wollte. Im toten Winkel lauerte er, und ich lief voll in die Falle, weil ich an nichts Böses dachte.

Jetzt war es zu spät.

Ich roch seinen widerlichen Schweiß. Er schien sich ein paar Monate nicht mehr gewaschen zu haben. Seine Arme waren nackt. Wenn ich nach unten peilte, sah ich die Tätowierung. Sie zeigte eine Meerjungfrau mit riesigen Brüsten.

Die Haut war nicht ganz hell, auch nicht sonnenbraun. Ich hatte es mit einem Mischling zu tun.

Fünf Sekunden vergingen. Mein Herzschlag, zuvor in die Höhe geschnellt, hatte sich wieder beruhigt.

»Was willst du?«, presste ich hervor.

»Dich!«

»Okay, du hast mich. Und jetzt?«

»Schneide ich dir die Kehle durch!«

Er sagte dies mit so einer Bestimmtheit, dass mir angst und bange wurde. Es wäre auch keineswegs unnormal gewesen, denn in dieser Gegend am Hafen trieb sich allerlei lichtscheues Gesindel herum. Wir befanden uns in Key Largo, Florida, wo die Welt auch nicht mehr heil ist. Das erlebte ich jetzt auf drastische Art und Weise. Der Taxifahrer hatte Bill Conolly und mich schief angesehen, als wir ihm unser Ziel nannten, aber wir mussten in diese verdammte Bodega, daran führte kein Weg vorbei. Ich hätte mich auch lieber ins Hilton gesetzt und da meinen Whisky geschlürft.

»Willst du Geld?«, fragte ich leise.

»Auch.«

»Und warum willst du mich sonst umbringen?«

»Weil du deine dreckigen Finger an Conchita gelegt hast.«

O je. Conchita Duarte also. Sie war unsere Informantin. Wegen ihr hatten Bill Conolly und ich überhaupt diese Bodega aufgesucht. Getan hatten wir ihr nichts, nur geredet. Und jetzt kam dieser eifersüchtige Gockel und wollte mir die Kehle durchschneiden. Dabei hatte der Fall noch gar nicht richtig begonnen.

»Sie wissen, was auf Mord steht«, sagte ich.

Er lachte rau. »Du bist nicht der Erste, den ich zu seinen Ahnen schicke.«

Reizende Aussichten im Land der unbegrenzten Möglichkeiten.

Shit auch.

»Geh vor«, sagte er, »und denk daran, das Messer bleibt an deiner Kehle.«

»Und wo soll ich hin?«

»Nur weitergehen«, befahl er. »Aber keine Dummheiten, sonst bist du sofort tot.«

»Okay, Bruder«, sagte ich und grinste schief, obwohl mir danach überhaupt nicht zumute war. Die Toiletten lagen weiter links, hinter schmutzigen Wänden, die mit schweinischen Sprüchen vollgekritzelt waren, im herrschenden Dämmerlicht von mir jedoch nicht entziffert werden konnten.

Der Gang führte zu einer Hintertür. Leere Coladosen, Papier und Dreck bedeckten ihn. Aus der Bodega hörte ich schwach das Klimpern einer Gitarre.

Es schien meine Todesmelodie zu werden.

Vor einer Bohlentür blieben wir stehen. Dicke Fliegen umsummten mich. Sie schillerten blau. Es waren diese Insekten, die sich auch in den Everglades, den Sümpfen, aufhielten, die weiter nördlich auf dem Festland lagen.

Hinter mir hörte ich Stimmen. Zwei Gäste, die die Bodega verließen und die Toiletten ansteuerten. Die Männer waren längst nicht mehr nüchtern, das entnahm ich ihren Gesprächen.

Sie würden mir kaum helfen.

Vor der Tür musste ich stehen bleiben. Der Kerl mit dem Messer war ein wahrer Künstler. Während wir gingen, war die Klinge keinen Fingerbreit von meiner Kehle abgewichen.

Die andere Hand verschwand von meiner Hüfte.

Der Typ hinter mir griff in die Tasche und holte einen Schlüssel hervor, den er mir zwischen die Finger drückte.

»Aufschließen!«

Ich schob den Schlüssel in das verrostete Schloss und drehte ihn zweimal herum.

Die Tür war offen.

Sie ließ sich nach außen aufstoßen, und wir betraten einen Hof, der ein Tummelplatz für Ratten sein konnte und auch war, denn ich sah die widerlichen fetten Tiere über die Abfallberge huschen. Als die uns sahen, flohen sie nicht, sondern starrten uns an und widmeten sich anschließend wieder ihrer Beschäftigung.

Vor mir sah ich eine Mauer. Links und rechts grenzte Stacheldraht den Hof ein. Die Nähe der See roch man, ich hörte auch das Schreien der Wasservögel, eine ewige Begleitmusik hier in Key Largo.

Wir gingen auf den großen Abfallhaufen zu, das Paradies für Schmeißfliegen und Ratten. Die Insekten umtanzten den Berg, sie fanden hier genügend Nahrung und auch Brutstätten für ihre Eier.

Verdammt, warum kam Bill Conolly denn nicht? Er musste doch bemerkt haben, dass etwas nicht stimmte. Wahrscheinlich jedoch hielt ihn Conchita fest, dieses schwarzhaarige Luder.

Ich biss die Zähne so fest zusammen, dass es knirschte. Dann hörte ich die erste Frage. »Was wolltet ihr von Conchita?«

»Mir ihr reden.«

»Worüber?«

Das konnte ich dem Kerl wirklich nicht sagen. Eigentlich war sie es gewesen, die uns auf die Spur gebracht hatte. Die Polizei hatte Conchita vor einer Woche beim Taschendiebstahl erwischt, verhört und eingelocht. Bei den Verhören kam eine interessante Sache heraus. Conchita lachte den Polizisten ins Gesicht und sprach von einer furchtbaren Bedrohung, die sich erfüllen würde. Man hakte nach, weil man in den Staaten inzwischen aufgewacht war. Anschläge auf hohe Politiker hatten die Polizei so misstrauisch gemacht, dass sie selbst kleinsten Spuren nachgingen und alles recherchierten. So auch hier. Das FBI wurde eingeschaltet. Und die Spezialisten kümmerten sich um Conchita Duarte. Sie versprachen ihr Straffreiheit, wenn sie mehr über die Sache erzählte, die sie gehört hatte.

Und Conchita redete.

Die Namen Doktor Tod und Mordliga fielen. Die Amerikaner interessierten sich sofort für sie.

Der große Computer wurde eingeschaltet. Und der hatte tatsächlich die Namen gespeichert. Allerdings nur als Randinformation der Engländer, die in gewissen Dingen mit der amerikanischen Bundespolizei zusammenarbeiten wollten. Vor allem dann, wenn es um eine weltweite Bedrohung ging.

Die Kollegen in den Staaten reagierten sofort und leiteten die Aussageprotokolle weiter.

In London horchte man auf. Und besonders lange Ohren bekam Superintendent Powell. Er informierte sofort mich. Ich sollte dem Fall nachgehen und wurde in die Staaten geschickt. Ich konnte Bill Conolly überreden, mitzukommen. Der Reporter kannte Florida wie seine Westentasche. In früheren Zeiten hatte er hier des Öfteren recherchiert und auch manchen Bericht geschrieben.

Bill flog also mit.

Und nicht nur er.

Suko durfte mich begleiten. Sir Powell hatte es sogar verlangt, denn die Worte Mordliga und Doktor Tod hatten auch ihn nervös gemacht. Er wusste genau, wie gefährlich diese Clique war. Schließlich brauchte er nur an den Todesnebel zu denken, der uns ganz schön Kopfzerbrechen bereitet hatte. Überall wo Doktor Tod und seine Mordliga auftauchten, verbreiteten sie Angst und Schrecken. Jeder auch noch so kleinen Spur wollten wir konsequent nachgehen. Kosten spielten dabei keine Rolle.

Der Innenminister gab James Powell Rückendeckung.

Wir flogen ins schöne Florida. Man hatte Conchita Duarte wieder auf freien Fuß gesetzt. Sie tanzte und sang in einer Bodega. Dort hatten Bill und ich sie auch aufgestöbert, während der Chinese Suko untergetaucht war. Er wollte einige seiner Vettern besuchen, die er überall auf der Welt sitzen hatte. Vielleicht wussten die mehr, was uns weiterhelfen konnte.

Nicht mehr als fünf Sätze hatten wir mit Conchita wechseln können, dann musste sie weg, weil der Auftritt nahte. Ich ging zur Toilette, und dort stand der Kerl. Den Rest kennen Sie ja.

Jetzt stand ich auf dem Hof, und der Kerl mit dem Messer lauerte noch immer auf eine Antwort.

»Du bist doch nicht von hier«, sagte er.

»Nein, ich bin Engländer.«

Er lachte. »Um dich kräht kein Hahn, wenn ich dich umlege.«

»Das würde ich nicht sagen. Soweit ich informiert bin, schaltet sich das FBI in die Ermittlungen ein, wenn man die Leiche eines Ausländers findet.«

»Man wird dich nicht finden. Das Meer ist groß.«

Da hatte er recht. Und meine nächste Hoffnung war zerplatzt. Wenn dieser Hundesohn endlich das Messer wegnehmen würde, aber daran dachte er gar nicht. Nach wie vor befand sich die Klinge dicht vor meiner Kehle. Die Haut hatte sie nicht einmal geritzt. Der Mulatte war wirklich ein Fachmann.

Ich peilte in den Himmel. Hellblau stand er über uns. Es war fast Mittag. Draußen herrschte eine wesentlich angenehmere Temperatur als im Innern der Bodega, denn vom Meer her wehte immer eine frische Brise.

Vor dem Abfallhaufen musste ich stehen bleiben. Die Ratten unterbrachen ihre Beschäftigung und beäugten uns misstrauisch.

»Was wolltest du von Conchita?«, fragte er noch einmal.

»Nur mit ihr reden, wirklich.«

»Sie weiß nichts.«

»Dann ist es ja gut.«

»Nein, es ist nicht gut.« Er holte tief Luft. Für mich ein Zeichen, dass er dicht vor einem Mord stand.

Ich zitterte innerlich. Dabei schielte ich nach unten, sah die Klinge vor meiner Kehle und auch das breite Handgelenk.

Ich musste es wagen.

Bisher hatte ich mich ja nicht gerührt, der Kerl würde

sicherlich nicht mit großem Widerstand rechnen, deshalb setzte ich alles auf eine Karte.

Blitzschnell fuhr meine rechte Hand hoch, packte das Gelenk und riss es zur Seite. Gleichzeitig senkte ich den Kopf, damit er, falls er dennoch rasch zustach, nicht meine Kehle, sondern nur das Kinn traf.

Die Klinge ritzte mich nicht einmal. Zu überraschend war für ihn der Angriff gekommen. Ich tauchte unter dem Messer hinweg, griff mit der anderen Hand zu und hebelte seinen Arm herum.

Er schrie auf, war aber nicht so leicht zu packen, sondern trat nach mir.

Der Fuß hätte mich in den Unterleib getroffen. Auf Fairness konnte ich bei diesem Mann nicht hoffen, der kannte sämtliche dreckigen Tricks des Straßenkampfs. Der Tritt streifte mich nur am Oberschenkel. Ich musste den Mann loslassen.

Zum ersten Mal sah ich ihn von vorn.

Er war wirklich ein halber Riese. Ein gewaltiger Vollbart wuchs in seinem Gesicht. Das Haar war lockig und glänzte wie mit Öl überschüttet. In dem Gesicht waren Nase und Mund kaum zu erkennen. Nur die kleinen Augen leuchteten tückisch und gemein.

»Ich stech dich ab!«, versprach er mir. »Glaub ja nicht, dass du so wegkommst.«

Ich hätte ihn erschießen können, aber das war nicht Sinn der Sache. Trotzdem zog ich die Waffe, vielleicht ließ er das Messer fallen.

»Es reicht«, sagte ich scharf und ließ ihn in die Mündung der Beretta blicken.

Er blieb stehen.

Schweiß glänzte auf seiner Stirn. In den tückischen Augen las ich die Mordabsicht.

»Weg mit dem Messer!«

Er zögerte.

»Willst du die Kugel in den Arm oder ins Bein?«

Er stierte mich an. Wahrscheinlich konnte er noch immer nicht begreifen, dass ich den Spieß umgedreht hatte. Er wollte es auch nicht wahrhaben.

Der Mulatte griff an.

Es war eine wilde, ungestüme Attacke. Er schleuderte zuerst das Messer, dann kam er selbst.

Der Stahl hätte mich am Hals getroffen, doch mit einer raschen Bewegung wich ich aus. Ich spürte den Luftzug, als das Messer an der Haut vorbeiwischte, dann hieb ich zu.

Die Faust mit der Waffe traf den Mulatten im Sprung. Es war ein harter Schlag, der so manchen auf die Bretter geschleudert hätte, nicht aber meinen Gegner. Zwar war er geschlagen, aber nicht außer Gefecht gesetzt. Und solche Leute sind die gefährlichsten.

Er sprang mich an.

Wieder empfing ich ihn mit einem Hieb. Diesmal mit der linken Faust. Ich konnte seinen Drang nicht stoppen, er prallte gegen mich, doch der Treffer schüttelte ihn durch. Er bekam kaum noch Luft. Seine Arme schienen mit Blei gefüllt zu sein. Er hob sie und wollte mich packen.

Viel zu langsam.

Ich stellte ihn mir zurecht.

Dann schlug ich mit dem Waffenlauf zu. Schräg traf er den dicken Hals des Mulatten, der mich mit dem

Messer hatte umbringen wollen. Der Hieb raubte ihm sämtliche Kraft. Zuerst wankte er nur, dann wurden seine Augen glasig, und danach sackte er langsam in die Knie. Er wollte sich noch an mir festhalten.

Mit zwei Fingern tippte ich gegen seine Brust. Das reichte, um ihn vollends von den Beinen zu holen. Der Mulatte kippte in den Abfallhaufen und blieb liegen.

Der Bulle hätte mich fast geschafft. Ich holte keuchend Luft und spürte, wie sehr ich zitterte. Das war der nachträgliche Schock, der immer nach diesen Stresssituationen eintrat.

Die Ratten würden ihn nicht anknabbern, die hatten Nahrung genug. Deshalb ließ ich ihn in dem Abfallhaufen liegen und betrat durch den Hintereingang die Bodega.

Conchita Duarte sang. Ich vernahm ihre leicht rauchige Stimme. Als ich die Tür aufstieß, saßen die Gäste still auf ihren Plätzen und lauschten der Frau, die auf einer provisorischen Bühne stand.

Conchita war sehr sexy. Manchen Männern war sie vielleicht zu schlank, aber mir gefiel ihre Figur. Sie trug einen schwarzroten, weit geschwungenen Rock und eine weiße Bluse, die sie über dem Bauchnabel zusammengeknotet hatte. Das Mädchen stammte aus Cuba und war irgendwann geflohen. Ihr schwarzes Haar fiel bis auf die Schultern. Es war zu unzähligen Locken gedreht. Die rote Blüte bildete einen besonderen Kontrast zu ihrer Haarfarbe.

Ich schob mich zwischen den Sitzreihen und Tischen entlang, bis ich den Platz erreichte, wo Bill Conolly saß. Er sah mich gar nicht, sondern schaute zur Bühne hin.

Eine dicke Rauchwolke lag über dem Raum. Der Boden war mit Sägespäne bedeckt, die den verschütteten Schnaps und das Bier aufsaugten. Dazwischen lagen unzählige Zigarettenkippen, und auch manch ausgeschlagener Zahn ließ sich dort finden.

Ich setzte mich.

Bill Conolly schielte mich von der Seite her an.

»Hat aber lange gedauert«, sagte er.

»Klar, ich hatte auch leichte Schwierigkeiten.«

In den Augen des Reporters blitzte es auf. »Wieso?«

»Man wollte mich erstechen.«

»Du bist verrückt!«

»Nein.« Ich berichtete im Flüsterton, was ich erlebt hatte. »Unsere Conchita scheint es faustdick hinter den Ohren zu haben«, fügte ich noch hinzu.

»Sieht mir auch so aus.« Bill zündete sich eine Zigarette an. »Und jetzt?«

»Wir holen sie trotzdem.«

»Das meine ich auch.«

Wir warteten darauf, dass Conchita ihren Song beendete. Sie bewegte sich zum Rhythmus der Gitarrenklänge, die ein schwarzhaariger junger Mann seinem Instrument entlockte.

Ich schaute mich um.

Ein bunt gemischtes Publikum hockte hier. Die meisten waren Mischlinge oder Schwarze. Es gab außer uns noch drei Weiße. Und die sahen verdammt heruntergekommen aus. Denen wollte ich auch nicht im Dunkeln begegnen.

Conchita war der große Star. Als sie ihr Lied beendet hatte, brach ein wahrer Beifallsorkan los, sodass man Angst haben konnte, die ganze Kneipe würde zusammenbrechen. Einige Männer sprangen auf, wollten zur Bühne und Conchita zu sich holen, doch sie kannte das Spiel und entwich den zupackenden Händen mit ein paar schnellen Bewegungen, sodass die Kerle ins Leere griffen und sich noch gegenseitig behinderten.

Hinter einer Theke stand der dicke Wirt. Er trug einen breitkrempigen Hut, mit dem er wohl auch ins Bett ging, denn bisher hatte er ihn nicht abgenommen. Wenn er sich zu weit vorbeugte, berührte die Krempe den Ventilator, der sich müde drehte.

Wir tranken Cola aus der Dose. Den Gläsern traute ich hier nicht. Die enthielten sämtliche Krankheitserreger dieses Kontinents.

Bill schaute auf die Uhr.

Ich stand auf. Wir konnten es wagen, denn Conchita hatte eine kleine Garderobe, in der sie sich umzog. Tagsüber sang und tanzte sie nur. Nachts, wenn die Stimmung besonders hochschlug, dann strippte sie auch.

»Man muss leben«, hatte sie uns erklärt.

Wir drängten uns zu der alten Holztreppe, die nach oben führte. Die Stufen knarrten unter unserem Gewicht.

Niemand folgte uns. Wir waren die Einzigen, die Conchita einen Besuch abstatten wollten.

Hier oben war es noch schwüler. Ein schmaler Gang, von dem mehrere Türen abzweigten, nahm uns auf. Der Parfümgeruch wies uns den Weg.

Vor der Tür blieben wir stehen.
Bill klopfte.
Keine Antwort.
Ich machte Nägel mit Köpfen und drückte die Tür auf. Ein Schritt brachte mich über die Schwelle.
Das Zimmer war mies. Ein wackliger Tisch, mit einem Spiegel darauf, der schon bessere Tage gesehen hatte. Ein Hocker davor, eine alte Liege und ein Tisch, auf dem eine Vase stand, in der ein paar verwelkte Blumen ihre Köpfe hängen ließen.
Conchita lag auf dem Bett.
Blutüberströmt.

Wir waren zu spät gekommen!
Vielleicht nur um eine halbe Minute, aber zu spät. Das Fenster stand offen.
»Mein Gott«, sagte Bill und ging neben Conchita in die Knie. Er fühlte nach ihrem Puls.
»Und?«, fragte ich.
»Nichts zu machen, John. Sie ist tot. Verdammt, wer kann das nur getan haben?«
Das wollte ich auch wissen, stand bereits am Fenster, schwang mich hoch und kletterte hindurch. Hinter dem Fenster und mit ihm in gleicher Höhe begann sofort das Dach. Es lief schräg nach unten weg, hatte keinerlei Schindeln, sondern nur schmutzige Teerpappe.
Bis an den Dachrand kam ich, blieb stehen und schaute in den Hinterhof.
Der Messerheld lag noch immer auf dem Abfallhaufen. Diesmal jedoch war er nicht allein.

Gebückt stand vor ihm eine gewaltige Gestalt, die aus einem Albtraum entsprungen zu sein schien.

Vampiro-del-mar!

Die beiden Taucher merkten nichts.

Hier in der Tiefe und der absoluten Stille konzentrierten sie sich voll und ganz auf ihre Arbeit. Sie wollten den größten der Särge aufbekommen, was wiederum nicht so einfach war, denn ihre Schläge wurden durch das Wasser gebremst, und sie mussten doppelt so viel Kraft aufwenden, wenn sie etwas erreichen wollten.

Der Vampir, der seinen Sarg verlassen hatte, trieb weiter. Eine günstige Strömung bewegte ihn auf die beiden Taucher zu. Hin und wieder schlenkerten seine Arme und Beine, als würden sie überhaupt nicht zu ihm gehören.

Immer näher kam er.

Es war Montana, der es schließlich schaffte, das erste Schloss zu knacken. Die Pickelspitze drückte er unter das Schloss und benutzte sein Werkzeug als Hebel.

Es klappte, das Schloss sprang auf, der schwere Riegel schnappte zurück.

Hinter seiner Tauchermaske grinste der Mann aus Montana. Er richtete sich wieder auf.

Das genau war sein Fehler.

Der Vampir griff blitzschnell zu. Die Finger krallten sich um den Luftschlauch, zerrten daran, und bevor sich Montana versah, hatte der Vampir ihm das Mundstück zwischen den Lippen hervorgerissen. So schnell und überraschend, dass Montana Wasser schluckte und vergaß, seinen Mund zu schließen.

Sofort perlten Sauerstoffblasen aus der Öffnung und zerplatzten unter der Decke.

Montana fuhr herum. Er spürte den Ruck im Rücken, denn der Vampir dachte nicht daran, den Schlauch loszulassen. Im nächsten Augenblick starrte der Taucher in das aufgedunsene Gesicht des Blutsaugers.

Er hätte geschrien, wenn er nicht unter Wasser gewesen wäre. So zeichnete sich der Schrecken auf seinem Gesicht ab. Seine Züge schienen zu erstarren. Er sah zu, wie sich die grauenhafte Gestalt ihm näherte und ihren Mund aufriss.

Dolchzähne blinkten …

Jetzt erst wurde Simon Rock aufmerksam. Auch er glaubte sich im ersten Augenblick in einem Albtraum versetzt, sah aber, dass es keiner war, denn sein Freund wurde angegriffen.

Rock schwamm auf ihn zu. Das Tauchermesser hielt er in der rechten Hand.

Damit stach er zu.

Er traf den Untoten in die Hüfte. Normalerweise hätte Blut aus dem Körper dringen müssen, doch das war nicht der Fall. Nicht ein Tropfen quoll aus der Wunde. Es war so, als hätte der Vampir überhaupt nicht bemerkt, dass er verletzt worden war.

Er wollte Blut!

Montana wurde gegen die Wand gedrängt. An seine Waffen dachte er nicht mehr, er wollte nur Luft bekommen, sonst würde er hier elendig ersticken. Doch der Blutsauger hielt nach wie vor den Pressluftschlauch fest.

Wieder stach Simon zu.

Diesmal traf er den Hals des grausamen Wiedergängers, und abermals erzielte er keinen Erfolg. Der Vampir schüttelte sich nur und drückte Montana zu Boden.

Simon zog das Messer aus dem Fleisch. Er hatte gesehen, dass es keinen Zweck hatte, es auf diese Art und Weise zu versuchen, deshalb musste er zu anderen Mitteln greifen.

Er wollte den Luftschlauch. Zuerst musste Montana das Mundstück zwischen die Zähne bekommen.

Da geschah es.

Auch Simon Rock hatte nicht mehr auf die anderen Särge geachtet. Bis auf den einen, dessen Deckel sie lösen wollten, lagen die anderen Oberteile ziemlich leicht auf den Särgen. Man brauchte nicht viel Kraft, um sie in die Höhe zu hieven.

Fünf Deckel öffneten sich.

Fünf Hände erschienen. Bleiche Krallen, die sich um die Ränder der Särge klammerten und sich in die Höhe zogen.

Fünf Vampire kletterten aus den Totenkisten, in denen sie so lange gelegen hatten …

Sie waren von einem wahren Blutrausch besessen, hatten die Jahrhunderte in den Särgen liegen müssen, und nun war die Zeit reif, wo man sie holte, denn sie hatten den Ruf ihres Kaisers empfangen.

Das Wasser trieb die Gestalten hoch. Sie waren, wie auch der erste Blutsauger, in der Kleidung ihrer Zeit angezogen. Sie trugen noch die Lumpen der Seeräuber, und sie waren bewaffnet. Mit Enterhaken, Säbeln, Äxten, Kurzschwertern und gefährlichen Dolchen.

Eine Armada des Schreckens, die da auferstand. So

lautlos, dass Simon Rock nichts hörte und Montana erst recht nicht, denn er stand schon kurz vor dem endgültigen Aus.

Der Vampir hielt noch immer den Luftschlauch fest. Aus der Öffnung des Mundstücks schäumten die Perlen wie eine lange Schnur, liefen dann auseinander und zerplatzten an der Decke.

Simon Rock wusste nicht, wie er den Schlauch in die Hände bekommen sollte, er kam an dem verdammten Vampir einfach nicht vorbei.

Den Arm abschneiden!

Das war die einzige Chance.

Da kannte Simon auch keine Hemmungen mehr. Er brauchte sich nur seinen Partner anzusehen, der zusammengekrümmt im Wasser schwebte und beide Arme ausgebreitet hatte, wobei sein Kopf immer weiter nach vorn sank.

Der Vampir folgte ihm. Er beugte seinen Körper einfach nach vorn, um den anderen zu packen.

In diesem Augenblick stieß sich auch Simon Rock ab. Er musste jetzt den Arm kappen, sonst war alles verloren.

Der Hieb mit dem Entermesser riss seine Schulter auf. Es kam so überraschend, dass Simon Rock nicht wusste, wie ihm geschah. Er war wie gelähmt.

An der linken Schulter hatte ihn die Waffe getroffen, und als er hinschielte, sah er den dunklen Streifen, der aus der Wunde floss und sich rasch mit dem Wasser vermischte.

Sein Blut!

Zum ersten Mal wurde Simon Rock bewusst, dass dieses Schiff zu einer Todesfalle geworden war …

Sein Partner Montana kämpfte inzwischen mit dem Tod. Durch ungeheure Selbstbeherrschung hatte er es bisher geschafft, die Luft so lange anzuhalten.

Das war nun vorbei.

Unsichtbare Hände schienen seinen Mund aufzureißen. Er öffnete die Lippen, das Wasser strömte hinein, sein Gehirn schien sich auszudehnen, er hörte das Hämmern hinter seinen Schläfen, und jede Faser seines Köpers schrie nach Luft.

Er bekam keine.

Es war aus.

Noch eine letzte, grelle Explosion vor seinen Augen, dann stürzte er in den endlosen Schacht des Todes und versank für immer.

Die Vampire aber hatten ihre Opfer. Zwei von ihnen bissen zu. Sie hatten schon an seinem Hals gehangen, als sein Herz noch schlug, und ihm so das Blut ausgesaugt.

Übrig geblieben war noch Simon Rock. Er bekam weiterhin Luft, allerdings konnte er seinen linken Arm nicht mehr bewegen, und das Blut würde auch Haie anlocken, da war er sich sicher.

Trotzdem wollte er nicht aufgeben. Er musste hier weg, diesen verdammten Raum verlassen, aber die Blutsauger hatten sich zu gut verteilt. Sie lauerten an allen Stellen, hatten die strategisch günstigen Punkte besetzt und erhielten sogar noch Verstärkung.

Ihr Anführer erschien.

Der Deckel des größten Sargs wurde von einer unglaublichen Kraft aus der Verankerung gesprengt. Sofort quoll das Wasser in den Sarg, und zwei bleiche Hände erschienen.

El Sargossa kam, der Kapitän des Piratenschiffes.

Er trug noch die alte Uniform des ehemaligen Piratenchefs. Bunt zusammengewürfelt, ebenso wie auch die Waffen, mit denen er sich behängt hatte. Sein Maul stand offen, er war ein Vampir, wie er im Buche stand. Seine Eckzähne schienen besonders lang zu sein.

Das alles sah auch Simon Rock. Er war Realist, und er rechnete sich aus, dass seine Chancen sanken. Nein, gegen diese Brut kam er nicht an. Die machten ihn eiskalt fertig.

Die sieben Blutsauger schwammen oder trieben hin und her, während Montana zusammengesunken am Boden hockte. Er war gar nicht gefallen. Als Rocks Blick über ihn streifte, geschah das in dem Augenblick, wo Montana die Augen öffnete.

Simon erstarrte. Der Schreck hatte ihn bis ins Mark getroffen. Sein Kumpan öffnete nicht nur die Augen, nein, er tat auch noch etwas ganz anderes.

Er stemmte sich hoch.

Montana lebte!

Hinter der Taucherbrille weiteten sich Rocks Augen. Was er hier unter Wasser in diesem engen Stauraum, der von den lichtstarken Lampen erhellt wurde, sah, war ein wahr gewordener Albtraum. Alle Gruselgeschichten, die er gehört und auch selbst erzählt hatte, konnte man vergessen, wenn man das hier sah.

Es war schlimm. Unbeschreiblich.

Simons Angst steigerte sich noch, denn Montana öffnete seinen Mund, und Simon Rock sah die beiden spitz gewordenen Eckzähne, als sein Kumpel die Lippen zurückschob.

Montana war ebenfalls ein Mitglied des schrecklichen Vampir-Reigens geworden!

Die gesamte Szene, das Erkennen der Wahrheit, hatte nur Sekunden gedauert. In dieser Zeitspanne hatten sich zwei Wiedergänger formiert, sie schwammen auf Simon Rock zu. Sie waren bewaffnet.

Beide hatten ihre Säbel gezogen. Leicht gekrümmte Waffen, die Klingen mit dickem Rost besetzt, aber dennoch brandgefährlich. Die Untoten wollten den Taucher damit angreifen.

Simon Rock glitt zur Seite.

Fast hätte ihn der erste Säbel am Rücken erwischt. Er verfehlte ihn nur knapp.

Der Zweite aber stieß in seine Wade.

Abermals spürte Rock den glühend heißen Schmerz. Und in einer wilden Bewegung stach er mit dem Messer zu. Er hatte das Glück, eine Hand zu treffen, die nach dem Luftschlauch greifen wollte. Die Klinge fuhr in den Ballen, und abermals drang kein Tropfen Blut aus der Wunde.

Die Vampire waren leer …

Rock schoss dem Boden zu. Obwohl sein Bein schmerzte, zog er es an und stieß es wieder vor. Er wollte so schnell wie möglich weg und schwamm dicht über die Planken auf die Öffnung zu, die sich schattenhaft in der Lukenwand abzeichnete.

Drei kamen von oben, um ihn den Weg abzuschneiden.

Er schwamm schneller.

Ebenso schnell war Montana. Seine Arme hielt er ausgestreckt, die Hände waren Krallen, damit wollte er zugreifen und seinen ehemaligen Partner erwürgen.

Simon Rock zog das Messer hoch.

Ein breiter roter Streifen war plötzlich auf der Brust des Vampirs zu sehen. Dieser Untote hatte noch Blut, das jetzt aus der Wunde quoll und verlief.

Simon hatte Glück.

Die anderen waren um eine Idee zu langsam, und er schoss durch die Öffnung in den zweiten Stauraum hinein.

Die Lampe wies ihm den Weg. Der Raum war leer. Sein Herz machte einen regelrechten Freudensprung. Vergessen waren die Schmerzen, als er seinen Rücken durchbog und hochglitt, denn dort befand sich die Luke.

Simon Rock schaffte sie und schwamm über das Deck des gesunkenen Schiffes. Er wandte sich sofort nach links, wollte raus aus dem verdammten Talkessel und hatte plötzlich das Gefühl, von einem Hammerschlag getroffen zu werden.

Vor ihm kreisten drei Haie.

Der Lampenstrahl fiel genau auf ein geöffnetes Maul der langen Zahnreihe.

Diesen Anblick verkraftete Simon Rock nicht. Er zögerte zu lange, zudem blutete er noch, und die drei Haie waren schnell wie der Blitz.

Plötzlich tauchte der erste Rachen dicht vor dem Gesicht des Tauchers auf.

Im nächsten Augenblick schnappten die langen Zähne zu. Das Wasser schäumte auf, eine Mischung aus Luftperlen und Blut entstand, und Simon Rock hatte ebenfalls das Schicksal ereilt …

Der Anblick traf mich ziemlich hart.

Vampiro-del-mar war ein Supermonster. Ein Kaiser der Vampire. Allerdings der Uralt-Vampire, denn er hatte sie irgendwann vor langer Zeit angeführt, bevor er auf den Meeresgrund verbannt worden war. Wieso und warum, das war mir bis heute ein Rätsel geblieben. Nur eins zählte. Ich hatte es mit dem wieder erstarkten Monster zu tun, das gegen Silberkugeln immun war.

Er war größer als ein Mensch. Ein halber Riese wie Tokata, der Samurai des Satans. Sein graues Haar schien nur aus borstigen Strähnen zu bestehen, das Gesicht wies Narben und Risse auf, und die Zähne waren am allerschlimmsten.

Es waren Reißer, die wie Stahlstifte in seinem Maul saßen. Besonders stachen natürlich die Eckzähne hervor. Sie waren so lang, wie ich sie noch nie bei einem Vampir zuvor gesehen hatte, sodass mich dieser Blutsauger an einen Säbelzahntiger erinnerte.

Was er mit diesem bärtigen Mann vorhatte, war klar. Er sollte auf die gleiche Art und Weise sterben wie Conchita, denn für mich gab es keine Zweifel, dass Vampiro-del-mar der Mörder des Mädchens war.

Ich schätzte kurz die Entfernung ab.

Okay, bis zum Hof musste ich es packen können, das war kein großes Kunststück. Ich sprang.

Bis jetzt hatte mich der Kaiser der Vampire noch nicht gesehen, doch als ich hinter seinem Rücken aufkam und er das Geräusch hörte, da kreiselte der riesige Blutsauger herum.

Ich zog mein Kreuz. Es rutschte unter dem Hemd hervor und lag nun frei auf meiner Brust. Die Sonne schien darauf, das Metall reflektierte und schien grell zu explodieren.

Vampiro-del-mar vergaß sein erstes Opfer. Jetzt hatte er nur noch Blicke für mich.

Er wollte mich töten. Unbedingt und mit aller Macht. Jeder Vampir hatte Angst vor einem Kreuz, nur dieser nicht, denn er stammte aus einer Zeit, wo es noch keine christliche Religion gab und somit nicht dieses Abwehrmittel gegen Blutsauger.

Vielleicht hätte ich ihn mit Desteros Schwert töten können, aber das trug ich nicht bei mir.

Ich ließ ihn kommen. Wohl fühlte ich mich wirklich nicht, aber ich konnte den Bärtigen nicht den Krallen dieses Monsters überlassen. Das wäre mir hart gegen den Strich gegangen.

Die Gemme!

Ich hatte sie eingesteckt. Es war ein kleiner Stein, oval in der Form und sehr glatt an den Rändern. Er zeigte ein Motiv, eine Schlange, die sich selbst in den Schwanz biss. So sollte der ewige Kreislauf der Welt dargestellt werden.

Sie konnte mir vielleicht helfen.

Ich holte sie aus der Tasche.

Der Vampir stoppte. Irritiert rollte er mit seinen metallen wirkenden Augen. Die Gemme schien doch einige Wirkung auf ihn auszuüben. Ich spürte sehr wohl, wie sich der Stein erwärmte. Die Anwesenheit des Bösen aktivierte ihn.

Vampiro-del-mar war stehen geblieben. Seine Arme hatte er ausgebreitet, er stand da, als wollte er mich fangen, die mächtigen Hände glichen Pranken.

Da regte sich der Bärtige.

Er war aus seiner Bewusstlosigkeit erwacht, in die ich ihn geschickt hatte, setzte sich auf, und durch seine Bewegung geriet der Abfallhaufen ins Wanken. Da rutschte und schepperte es. Die Ratten verschwanden pfeifend, und Vampiro-del-mar drehte sich um.

Der Bärtige sah ihn zur gleichen Zeit.

Wahrscheinlich war er noch nicht voll da, sonst hätte er sicherlich anders reagiert, so entrang sich seiner Kehle nur ein dumpfes Ächzen, und überrascht riss er die Augen auf.

Vampiro-del-mar wandte mir jetzt den Rücken zu.

Da riskierte ich es.

Mit zwei langen Sätzen war ich bei ihm und drückte ihm die Gemme in den Nacken.

Die Berührung wirkte auf ihn wie ein Stromstoß. Die Magie der Gemme, von mir oft unterschätzt, weil keiner direkten christlichen Religion entstammend, zeigte Wirkung bei Vampiro-del-mar, dem Kaiser der Blutsauger.

Er brüllte auf. Auf der lappigen Haut seines Nackens zeigte sich genau der Abdruck, wo die Gemme ihn getroffen hatte. Sogar die Schlange war zu sehen, und sie glühte feuerrot.

Der mächtige Vampir wirbelte herum. Er stieß einen tierischen Schrei aus. Ich ahnte, was kam, und duckte mich. So fegten seine Fäuste über mich hinweg.

Ich wollte mich zum zweiten Mal gegen ihn werfen und ihn mit der Gemme attackieren, als mich ein Rundschlag gegen Hals und Wange traf, der mir fast den Kopf abgerissen hätte. Ich sah Sterne und flog durch den halben Hof. Irgendwann stolperte ich und landete hart auf dem Hosenboden.

Vor mir tauchte der Vampir auf. Sein Gesicht war zur Fratze verzerrt, die Beißer gebleckt.

Ich zog meine Beretta und feuerte.

Töten konnte ihn die Silberkugel nicht, aber vielleicht seinen Angriffsschwung stoppen.

Tatsächlich zuckte er zusammen, als das geweihte Silber ihn in der Körpermitte traf. Er blieb stehen, schüttelte den Kopf und schaute sich wild um.

Ich ahnte, was das zu bedeuten hatte. Vampiro-del-mar wollte weg. Er suchte seine Helfer. Er brauchte Unterstützung, um von hier wegzukommen. Ich wusste auch, von wem er sich die erhoffte.

Von der Mordliga. Sicherlich befand sich Doktor Tod in der Nähe. Zusammen mit Tokata oder Lady X, die mit bürgerlichem Namen Pamela Scott hieß.

Hoffentlich kamen die nicht, denn ich hatte noch nicht aufgegeben, vielleicht konnte ich den Vampir packen.

Der Bärtige griff ihn an. Irgendwie musste er gemerkt haben, dass nicht ich, sondern der Vampir sein eigentlicher Gegner war. Er hatte sich aus dem Abfallhaufen eine rostige Eisenstange besorgt, die er dem Blutsauger über den Schädel zog.

Es war ein ungeheuer wuchtiger Hieb. Sogar der Bärtige kam noch ins Straucheln, und er hielt sich dabei zu dicht an dem Monster. Vampiro-del-mar war zwar zusammengezuckt, aber er hatte den Schlag einfach weggesteckt. Er griff sogar zu.

Sein rechter Arm schnellte vor. Der Bärtige schrie auf,

denn die Finger krallten sich in seine Kleidung. Der Mann wurde zurückgeschleudert, auf den Supervampir zu.

Ich ahnte, was kam.

Der Unhold wollte seine Zähne in den Hals des Mannes schlagen.

Da peitschten Schüsse.

Nicht ich hatte geschossen, sondern Bill Conolly. Er hockte am Dachrand und feuerte schräg in den Hof. Die geweihten Silbergeschosse schlugen in den Körper des Monsters, das mit einem Wutschrei herumfuhr und den Bärtigen von sich schleuderte.

Das nächste Geschoss fing er mit der Brust auf. Ich sah den Einschlag der Kugel.

Bill hätte ebenso gut gegen eine Wand feuern können, mehr geschah nämlich nicht.

Vampiro-del-mar schüttelte sich nur unwillig und ballte die Hand zur Faust.

»Ich komme, John!«, schrie Bill.

Er sprang, bevor ich noch eine Antwort geben konnte.

Vielleicht war es gut, und wir schafften das Monster gemeinsam.

Da hörten wir das Knattern eines Hubschraubers.

Und schon tauchte die Maschine auf.

Eine übergroße flirrende Libelle, deren Rotorblätter im Sonnenlicht glänzten. Sie schwebte in den Hof, ich sah den offenen Einstieg und erkannte Lady X, die angeschnallt auf dem Sitz hockte, sich aber zur Seite gedreht hatte und ihr Lieblingsspielzeug in den Händen hielt.

Eine Maschinenpistole.

Sie feuerte.

Mit einem gewaltigen Satz hechtete ich zur Seite, als ich es vor der Mündung rotgelb aufflackern sah. Die Garbe streute in den Hof, wanderte und hackte in den gewaltigen Abfallhaufen, wo der Dreck hoch aufspritzte.

Bill nahm ebenfalls Deckung. Er warf sich durch die Hintertür in den Flur hinein, der zum Schankraum der Bodega führte.

Vampiro-del-mar nutzte seine Chance. Er jagte auf den Hubschrauber zu, bekam die beiden Kufen zu packen, brachte den Helikopter zum Schaukeln, doch dann bekam die Maschine Stoff und zog hoch.

Mr. Mondo flog die stählerne Libelle.

Wieder feuerte die Frau.

Ich höre die Einschläge der Kugeln und machte mich so klein wie möglich.

In etwa zwei Yards Entfernung riss die Garbe den Boden auf, hackte große Stücke hervor, und dazwischen hörte ich auch das Peitschen von Bills Beretta.

Dann war der Spuk vorbei.

Die Maschinenpistole verstummte. Der Hubschrauber zog in den blauen Floridahimmel und verschwand hinter den Hausdächern.

Ich stand auf.

Natürlich war ich sauer. Fast hätten wir Vampiro-del-mar gehabt. Und wieder einmal war Lady X mit dem Hubschrauber erschienen.

Polizeisirenen heulten. Natürlich war die Schießerei gehört worden, doch von den Gästen aus der Bodega ließ sich niemand blicken. Denen war es egal, wer sich da gegenseitig über den Haufen schoss.

Bill kam zu mir. Er verzog das Gesicht. Ihn quälten die gleichen Gedanken wie mich.

Der Bärtige stöhnte.

Verdammt, er hatte etwas abbekommen. Hastig liefen wir zu ihm.

Der Bärtige blutete am Bein. Dort waren zwei Kugeln in das harte Fleisch am Oberschenkel gefahren und mussten auch eine Ader verletzt haben, denn stoßweise quoll der rote Lebenssaft aus der Wunde.

Ich holte ein sauberes Taschentuch hervor und presste es auf die große Wunde. Der Bärtige richtete sich etwas auf.

»Verdammt!«, keuchte er. »Warum tust du das?«

»Weil ich ein Mensch bin.«

»Aber ich wollte dich ...«

»Halt jetzt deinen Mund«, wies ich ihn an.

Dann kamen die Polizisten. Sie trugen ihre Uniformhemden mit den kurzen Ärmeln und hielten Waffen in den Händen. Sofort richteten sie die Mündungen auf Bill und mich.

»Lassen Sie das!«, befahl ein Mann in Zivil. Er schob die Uniformierten zur Seite, nickte mir knapp zu, sah den Bärtigen und sagte: »Ein Arzt ist unterwegs.«

»Und die Mordkommission?«

»Die auch?«

»Ja, oben im Zimmer liegt ein totes Mädchen.«

»Verdammt.«

»Es ist Conchita Duarte, die Tänzerin.«

»Okay, ich gebe Bescheid.«

Der Mann verschwand.

Es war nur gut, dass wir mit ihm zusammenarbeiteten. Er war unsere offizielle Hilfe hier in Key Largo. Dieser Mann hieß Jo Barracuda, war FBI-Agent und gleichzeitig ein Schwarzer. Mit ihm verstanden wir uns prächtig. Vielleicht deshalb, weil er ein Schwarzer war, denn seine Eltern, die aus dem tiefsten Süden stammten, hatten noch an Geister und Dämonen geglaubt. Jo Barracuda hatte selbst in seiner Kindheit einiges erlebt, wofür er heute noch keine Erklärung hatte.

Nach zwei Minuten kam er wieder zurück. Zusammen mit einem Arzt, der sich sofort um den Verletzten kümmerte und die Wunden verband. Jo Barracuda schickte zwei Polizisten nach oben, die vor dem Mordzimmer Wache halten sollten.

Als er mich anschaute, wusste ich Bescheid. Jo war neugierig. Ich berichtete ihm, was uns widerfahren war.

»Ein Hubschrauber? Haben Sie irgendein Kennzeichen erkannt?«

»Nein.«

»Shit. Dann sind sie weg. Hier auf den Inseln gibt es Tausende von Schlupfwinkeln. Aber ihre Anwesenheit zeigt uns, das eine große Sache geplant ist.«

Da stimmte ich ihm zu. Ich bat auch darum, den Bärtigen kurz verhören zu können, bevor er weggeschafft wurde.

»Natürlich«, sagte Jo. Er grinste plötzlich und zeigte ein wahres Raubtiergebiss. »Wissen Sie, John«, meinte er in seinem breiten Südstaatenslang, »wenn ich mich nicht genau über Sie erkundigt hätte, würde ich Sie und Bill ja für Spinner halten. Aber die Toten und Verletzten sind keine Spinnerei. Leider …«

Da gab ich ihm recht.

Der Arzt war fertig. Jo Barracuda verschwand. Er wollte doch noch eine Fahndung nach dem Hubschrauber ankurbeln. Im Haus hörte ich Stimmen. Die Männer der Mordkommission waren eingetroffen. Ich kümmerte mich um den Bärtigen, kniete neben ihm und schaute ihm ins Gesicht.

»Können Sie reden?«, fragte ich.

Er grinste verzerrt. »Wollen Sie sich jetzt rächen?«

»Nein, Meister. Ich vergesse, dass Sie mich angegriffen haben. Allerdings nur, wenn Sie mir einige Fragen beantworten, die für mich sehr wichtig sind.«

»Okay.«

»Wie standen Sie zu Conchita?«

»Sie ist tot, nicht?«

»Ja.«

»Shit. Ich wusste gleich, dass da etwas nicht stimmte. Aber ich habe Fünftausend kassiert.«

»Wofür?«

»Für 'nen Klacks.« Er verzog wieder das Gesicht, weil er Schmerzen hatte. »Ich sollte einem Mann einen Hubschrauber besorgen und gutes Kartenmaterial.«

»Wie hieß der Mann?«

»Er hat sich als Solo Morasso vorgestellt und gesagt, dass ich ihn auch Doktor Tod nennen könnte.«

»Und darüber haben Sie mit Conchita geredet.«

»Ja, denn sie und ich – na ja, Sie wissen schon.«

»Ich kann es mir denken. Conchita ist für Sie auf den Strich gegangen.«

»Stimmt.«

»Haben Sie alles besorgt?«

»Klar, den verdammten Hubschrauber konnten Sie ja selbst sehen.«

»Welchen Ausschnitt zeigten die Karten?«

»Das Gebiet der südlichen Florida-Küste.«

»Und was dieser Solo Morasso vorhatte, das wissen Sie nicht?«, hakte ich weiter nach.

»Nein, ich war ja nur ein Laufbursche.«

»Okay«, sagte ich. »Das wär's dann wohl.«

»Und wie ist es mit Ihrem Versprechen, Mister?«

»Das halte ich.«

Er war sichtlich beeindruckt. Ich aber wandte mich ab, um mit Bill Conolly zu reden.

Dazu sollte es vorerst nicht kommen, denn wir hörten aus dem Mordzimmer einen gellenden Schrei. Danach fielen zwei Schüsse, und als ich einen Blick in die Höhe warf und durch das Fenster schauen konnte, sah ich die »tote« Conchita, wie sie einen Polizisten an beiden Schultern gepackt hielt.

»Komm!«, schrie ich Bill zu und rannte los …

Jetzt waren es acht Vampire!

El Sargossa, der Anführer, und sieben weitere schreckliche Gestalten, denn Montana war noch hinzugekommen. Auch er schwebte wie seine Artgenossen über dem Boden des Stauraums. Das Wasser machte ihnen nichts. Man sagte zwar, dass Wasser Vampire töten könnte, aber nur schnell fließendes. In diesem Element hier unten fühlten sich die Blutsauger wohl.

Aber nicht so wohl, dass sie für immer hier unten geblieben wären. Sie wussten zwar, dass Gefahren auf sie lauerten, einer ihrer Brüder war von einem Hai zerrissen worden, doch er war zu voreilig gewesen. Er hätte seinen Platz an Deck nicht verlassen sollen. Als das Schiff unterging, war er an einen Mast gebunden gewesen und mit in die Tiefe gerissen worden.

Die Vampire formierten sich. Sie schwammen wie junge Hunde, es war mehr ein Paddeln, aber sie kamen gut voran. Mit El Sargossa an der Spitze verließen sie den hinteren Stauraum und drangen in den ersten vor, um an die Luke zu schwimmen, durch die sie das Deck erreichen konnten.

Die Blutsauger trieben hoch.

Säbel, Schwerter, Äxte und Dolche hielten sie in den Händen. Damit konnten sie sich gegen die Räuber des Meeres verteidigen, falls sie auf die Haie treffen sollten.

El Sargossa glitt als Erster durch die Luke. Er streckte seinen Körper und sah schon den ersten Hai, der blitzschnell auf ihn zuschoss. Der Fisch hatte in Deckung der Schmuckbalustrade gelauert und wollte abermals ein Opfer.

Mit El Sargossa hatte er es nicht so leicht wie mit dem Taucher. Der Hai schwamm genau in den Säbel hinein, der ihn dicht unter dem Unterkiefer aufschlitzte.

Sofort schoss das Blut aus der Wunde. Der Hai drehte durch. Er warf seinen schlanken, aber kräftigen Körper herum, stieß nach oben und schlug noch mit der Schwimmflosse zu, die den Anführer der Vampire traf und zurückwarf.

Dann waren die anderen Haie da.

Sie stürzten sich auf ihren Artgenossen, und bald durchschwammen Wolken von Blut das Wasser.

Die Vampire waren nicht faul. Sie schwammen dem Pulk der Haie entgegen und setzten ihre Waffen ein. Mit den Säbeln, Dolchen und Schwertern verletzten sie mehrere Tiere schwer.

Schreckliche Szenen spielten sich unter Wasser ab. Die Haie brachten sich gegenseitig um, während sich die Vampire zurückzogen und im Schutz der Decksaufbauten lauerten.

Für sie zeigten die Raubfische keinerlei Interesse. Eiskalt hatten die Untoten die Gier der Haie ausgenutzt, sodass sie ihre Ruhe hatten, um mit den Vorbereitungen beginnen zu können.

Das Brodeln des Wassers nahm langsam ab. Die Blutwolke trieb, von der unterseeischen Strömung getrieben, davon. Von einem lebendigen Hai war ebenfalls nichts mehr zu sehen.

Die Vampire hatten den Kampf gewonnen.

Die Körper glitten über das Deck. Sie kannten sich aus, denn dieses Schiff hatte einmal ihnen gehört, und auch die Jahrhunderte hatten nichts daran verändert.

El Sargossa kontrollierte alles. Er schaute sich die Masten an, die Aufbauten, die beiden Decks, den Steuerstand, die Mannschaftsräume und die Offizierskabinen.

Der Vampir, auch der Kapitän des Schiffes, fühlte sich sofort wieder wohl. Es schien, als wären die Jahrhunderte spurlos an ihm vorübergegangen.

Er wusste es genau. An diesem Tage würde es geschehen. Nichts mehr konnte das Schiff noch auf dem Grund des Meeres halten. Eine starke Magie würde es heben.

Die Vampir-Flotte konnte angreifen …

Mit der Schulter rammte ich die Tür auf, stand in dem Erdgeschossgang, war schnell an der Treppe und jagte die Stufen hoch.

Drei Polizisten, die ebenfalls in die erste Etage wollten und ihre Revolver schon gezogen hatten, standen mir im Weg. Ich schleuderte sie zur Seite. Rücksicht konnte und durfte ich jetzt nicht kennen, nun kam es wirklich auf jede Sekunde an. Auch die Mitglieder der Mordkommission hatten das Zimmer verlassen. Sie standen im Gang, ratlos und erschreckt.

Das Schreien schallte mir entgegen. Es waren jedoch keine Angst- oder Todesschreie, sondern mehr ein hysterisches Kreischen, das wahrscheinlich von der Untoten ausgestoßen wurde.

Ich flog förmlich in das Zimmer.

Es war schlimm.

Die blutüberströmte Tänzerin hatte sich einen Polizisten gepackt und ihn auf die Liege gedrückt. Der Mann war halb bewusstlos, wehren konnte er sich nicht mehr.

Sein Kollege stand zitternd an der Wand. Bleich das Gesicht, aufgerissen die Augen, verzerrt der Mund. Der rechte Arm hing herab. Die Finger umklammerten noch immer den Griff der Waffe, die Mündung wies zu Boden.

Er hatte sicherlich geschossen und auch getroffen. Für ihn musste es ein Schock gewesen sein, dass die »Tote« wieder lebte.

Ich packte die Frau an der Schulter und riss sie herum. Sie wollte den Hals des Mannes erst nicht loslassen, aber meiner Kraft hatte sie doch nichts entgegenzusetzen. Dann löste sie plötzlich ihre Finger und griff mich an.

Ich sah ihre spitzen Zähne, hörte das Kreischen, das grell in meine Ohren stach, hob die Pistole und schoss.

Es musste einfach sein.

Conchita zuckte zusammen, schien dann zu wachsen, stellte sich auf die Zehenspitzen und brach anschließend zusammen.

Schwer fiel sie zu Boden.

Ich rollte sie herum. Der schlimme Gesichtsausdruck hatte sich verändert, Conchita Duarte sah völlig normal aus. Der Fluch war durch das geweihte Silber von ihr genommen worden.

Bill stand in der Tür.

»Steck die Waffe weg«, sagte ich und kümmerte mich um den Polizisten, der keuchend nach Luft rang. An seinem Hals zeichneten sich deutlich die roten Würgemale ab, aber er hatte überlebt, und das war die Hauptsache.

Sein Kollege schluchzte auf und schüttelte den Kopf. Er konnte nichts begreifen.

Jo Barracuda kam. Das Jackett seines hellen Leinenanzugs stand weit offen. Er trug einen kurzläufigen 45er Smith & Wesson in der Rechten, steckte die Waffe aber weg, als er meine beruhigende Handbewegung sah.

»Was ist geschehen, John?«

»Die Tote war eine Vampirin.«

Der G-man starrte mich mit offenem Mund an. »Sagen Sie das noch mal, John!«

»Es stimmt.«

»O verdammt!«, keuchte der Schwarze. Er wandte sich an den zitternden Polizisten. »Stimmt das, Juan?«

»Ja, Sir.«

»Und was jetzt?«

»Die Mordkommission kann sich um den Fall kümmern«, erwiderte ich. »Sie soll ihn so behandeln wie jeden anderen.«

»Natürlich.« Der FBI-Agent mit dem seltsamen Namen Barracuda gab den Kollegen Bescheid.

Ich hatte hier nichts mehr zu suchen. Wir mussten zusehen, dass wir die Aussagen des Bärtigen verwerteten. Dazu brauchte ich auch Jo Barracudas Hilfe.

Wir verließen den Raum.

Barracuda klemmte sich eine Filterlose zwischen die Lippen und schüttelte den Kopf.

»Ich begreife das nicht, John. Wie haben Sie diesen weiblichen Vampir überhaupt geschafft?«

»Durch eine Silberkugel.«

»Ehrlich?«

»Ja, Jo.«

»Aber das ist ja wie im Horror-Film.«

Ich grinste schief. »Schlimmer, Jo, viel schlimmer.«

Wir stiegen die Treppe hinab und gingen in den Schankraum. Dort schwitzte der Wirt Blut und Wasser, denn er bangte um seine Konzession.

Bill stieß mich an.

»Kennst du den da?«, fragte er.

Ich drehte den Kopf.

An der Tür stand Suko und winkte mir zu. Als wir sprechen konnten, sagte er: »Schätze, John, ich habe dir einiges zu berichten …«

»Die bleiben aber verdammt lange unten«, sagte der rothaarige Ire O'Brien und leerte sein Glas.

Ted Lawrence grinste schief, während er mit einem Auge auf Pretty Benson schielte, die sich sonnte. »Vielleicht haben sie etwas gefunden.«

»Das ist möglich. Was meinst du dazu, Ike?«

Ike Clanton schwieg sich aus. Er stand an der Reling, hatte das Glas vor die Augen gepresst und schaute aufs Meer.

»Mir gefällt das nicht.«

»Was?«, fragte Lawrence.

»Das Schiff.«

»Ach, hör doch damit auf.«

»Nein, Ted. Es liegt da schon zu lange. Und ich glaube, die haben uns im Visier.«,

»Soll ich die Waffen bereitlegen?«, erkundigte sich O'Brien.

»Wäre vielleicht besser.«

O'Brien verschwand.

Ted Lawrence gesellte sich zu Clanton. Mit dem Rücken lehnte er sich gegen die Reling und drehte sein

Gesicht nach Westen. Am späten Nachmittag oder am frühen Abend, wenn die Sonne schon tief stand, kühlte der Wind ein wenig und ließ die Gluthitze des Tages vergessen.

»Hast du auf die Uhr gesehen, Ike?«, fragte Lawrence. »Wann sind die zwei Stunden um?«

»Seit drei Minuten.«

Da zuckte der Schwarze zusammen. »Verflucht, da muss doch einer von uns runter.«

»Normalerweise ja.«

»Was willst du damit sagen?«

»Das Schiff.«

»Aber das liegt doch da nur.«

»Nicht mehr, Ted. Es hat Kurs auf unser Boot genommen. Ich rieche den Ärger.«

»O verflucht.« Ted nahm das Fernglas und presste es gegen die Augen.

Da sah er selbst, dass sich das Schiff in Bewegung gesetzt hatte. Es war ziemlich groß, eine Jacht. Seltsam war nur, dass sich niemand von der Besatzung an Deck blicken ließ. Und das bei diesem Wetter, wo man es unter Deck ohne Klimaanlage kaum aushalten konnte.

Ike Clanton hatte recht. Da stimmte was nicht. Ted Lawrence reichte das Glas zurück. Ein dünner Schweißfilm glänzte auf seiner Oberlippe. »Das sind auch keine Bullen, Ike.«

»Eben.«

O'Brien kam zurück. »Die Waffen sind klar«, meldete er. »Aber die Zeit müsste auch herum sein.«

»Ist sie auch.«

O'Brien schaute Lawrence an.

»Warum taucht denn keiner von uns? Wenn was passiert ist ...«

»Immerhin reicht der Luftvorrat für länger als zwei Stunden, und außerdem bekommen wir Besuch.«

»Das Schiff?«

»Ja.«

O'Brien starrte jetzt ebenfalls in die Richtung. Sein Mund wurde trocken, denn er konnte mit bloßem Auge erkennen, dass sich der Kahn näherte. Er schob einen weißen Bart vor sich her, die Bugwelle.

»Das ist eine Scheiße«, flüsterte O'Brien. »Was machen wir denn jetzt?«

»Abwarten, was sie von uns wollen.«

»Na denn.«

Ike Clanton mischte sich in das Zwiegespräch. »Ich wäre dafür, erst einmal Pretty unter Deck zu schaffen. Dann geht ihr beiden hier in Deckung und haltet mir den Rücken frei. Alles nur für den Fall, dass es Ärger gibt.«

O'Brien und Lawrence waren einverstanden. Der Schwarze blieb bei Pretty Benson stehen. Als sein Schatten auf sie fiel, hob sie die Sonnenbrille an.

»Ist was?«

»Ja«, erwiderte der Taucher und schaute auf ihren Körper. »Du sollst dich verziehen.«

»Aber warum?«

»Frag nicht, verschwinde unter Deck.« Er bückte sich und fasste nach ihrem Arm.

»Au!«, quiekte Pretty Benson. »Das sage ich alles Simon, wenn er zurückkommt.«

»Kannst du, Darling, kannst du. Aber jetzt weg.« Ted

drängte das Girl auf den Niedergang zu, wo Pretty murrend und schimpfend unter Deck verschwand.

O'Brien grinste schief. »Ich habe ja nichts gegen Weiber, aber hier sind sie fehl am Platze.«

»Eben.«

Der Ire hatte sich mit einem Schnellfeuergewehr bewaffnet. Im Gürtel steckte noch eine Automatik. Ted Lawrence bekam die gleichen Waffen. Dann nahm er noch einen russischen Revolver auf und brachte ihn Ike Clanton. Der nahm die Waffe nickend entgegen und verstaute sie am Rücken unter dem Gürtel.

Das Schiff hatte etwa die Hälfte der Strecke hinter sich gebracht. Noch war es ziemlich weit entfernt. Die drei Männer hofften nur, dass nichts von ihren letzten Aktivitäten bemerkt worden war.

Auch Lawrence zog sich zurück. Er wirkte wie seine Partner sehr ruhig. Nicht zum ersten Mal sahen sie einer Auseinandersetzung mit Seebanditen entgegen.

Denn alle drei waren zu der Überzeugung gelangt, dass sie es hier mit Piraten zu tun hatten.

Ike Clanton blieb ruhig stehen und umklammerte mit beiden Händen die Reling. Die Dünung schaukelte das Taucherboot wie eine Mutter ihr Baby, wenn sie es in den Schlaf wiegen will.

Die Sonne stand im Westen wie eine riesige vollreife Orange. Sie übergoss das Meer mit einem gewaltigen goldenen Schleier, der sich in der Weite des Atlantiks verlief.

Ike Clanton ließ das Schiff nicht aus den Augen. Er stand an der Steuerbordseite, hatte die Sonne im Rücken und brauchte deshalb keine dunkle Brille.

Hin und wieder schaute er aufs Meer. Aber kein Kopf hüpfte über den Wellen. Von Simon Rock und Montana fehlte nach wie vor jede Spur. Ike quälten die schlimmsten Befürchtungen. Wenn die Gegenseite gute Waffen besaß, hatten Simon und der andere keine Chance.

Das fremde Schiff fuhr so, dass die quer laufenden Wellen gegen den Bug prallten, gebrochen wurden und hoch aufspritzten. Ein richtiger Fahrensmann hätte einen anderen Kurs gewählt, er wäre nicht quer zu den Wellen geschippert.

Auf dem Ruderhaus glänzten die Antennen im Sonnenlicht. Ike erkannte, dass das Schiff mit Radar und Funk ausgerüstet war. Diese Jacht hatte eine Menge gekostet.

Er schaute auf die breite Panoramascheibe des Ruderhauses. Von der Seite her fielen die Sonnenstrahlen gegen das Schiff.

Die linke Hälfte der Scheibe leuchtete.

Rechts stand jemand.

Ike Clanton hatte noch scharfe Augen. Er erkannte die Umrisse eines Mannes.

Also war es doch kein Geisterschiff. Aber so ein Kahn brauchte mehr Männer als Besatzung. Nur – wo steckten die? Ike nahm an, dass sie sich unter Deck verkrochen hatten. Und das musste seinen Grund haben. Wahrscheinlich planten sie einen überraschenden Angriff.

Der Mann auf der Brücke bewegte sich. Wenig später fuhr die Jacht mit halber Kraft weiter und wurde direkt auf das Boot der Taucher zugesteuert.

Vielleicht noch hundert Yards trennten die beiden Schiffe. Aus seiner Deckung meldete sich O'Brien.

»Wie sieht es aus, Ike?«

Clanton antwortete, ohne groß die Lippen zu bewegen.

»Ich sehe bis jetzt nur den Steuermann an Bord.«

»Das lässt hoffen.«

»Warte es ab.«

»Okay, meine Kanone ist geladen.«

Die Bugwelle des größeren Schiffes rollte voran und erfasste das Boot der Taucher. Es dümpelte auf und nieder, die Jacht war schon sehr nahe.

Es musste etwas passieren.

Und es geschah auch was.

Aus dem Niedergang tauchte eine Frau auf. Sie trug enge schwarze Leinenjeans, einen ebenfalls schwarzen Pullover und hatte das lange dunkle Haar mit einem knallroten Stirnband gebunden. Sie winkte Ike Clanton zu.

Der Kanadier war ziemlich überrascht. Mit allem hätte er gerechnet, nur nicht mit diesem Weib. Dass es Rasse und Klasse hatte, sah er als Kenner sofort.

»Können wir anlegen?«, rief sie.

»Ja.« Nach dieser Antwort ärgerte sich Ike Clanton, denn sein ungutes Gefühl war auch beim Anblick der Frau nicht verschwunden.

Sie nahm eine Leine, die aufgerollt an Deck lag, und schleuderte sie zur *Flying Star* rüber.

Ike fing sie auf. Er vertäute das Boot und nahm auch die zweite Leine.

Das größere Schiff schwang auf die *Flying Star* zu, und dann rieb Bordwand gegen Bordwand.

»Haben Sie einen besonderen Grund?«, rief Ike Clanton.

»Wie meinen Sie das?«

Clanton grinste. »Das wissen Sie genau. Also, was wollen Sie von uns, Miss ...«

»Ich heiße Pamela Scott.«

»Okay, Miss Scott. Ich kenne Sie nicht, ich habe Sie nie gesehen. Was wollen Sie?«

Lady X lächelte hinterhältig.

»Warum sind Sie eigentlich so misstrauisch einer Frau gegenüber?«

»Weil solch ein Schiff wie Ihres nicht von zwei Personen gelenkt werden kann. Wo steckt die übrige Besatzung?«

»Moment!«, rief Lady X und bückte sich. Dabei drehte sie Ike Clanton den Rücken zu und rief etwas in Richtung Niedergang, was der Taucher nicht verstand.

Die Scott hatte ihn jedoch abgelenkt. Und das war der Sinn der Sache gewesen. So achteten weder Ted Lawrence noch O'Brien auf den Mann, der die Brücke besetzt hielt.

Es war Mr. Mondo, der Monstermacher!

»Jetzt!«, rief er in das Sprachrohr, das ihn mit den Mitgliedern der Mordliga unter Deck verband.

Und die reagierten.

Ike Clanton konnte den Niedergang von Bord der *Flying Star* nicht einsehen. Deshalb entging ihm auch die Gestalt, die geduckt über die Stufen schritt.

Es war Vampiro-del-mar. Er hielt eine Maschinenpistole in der Hand, die er sofort Lady X überreichte.

Ike Clanton sah wohl die Bewegung, doch es war zu

spät. Plötzlich lag Lady X auf den Planken, wirbelte herum und feuerte.

Im Nu brach die Hölle aus …

Von der Decke hingen Fischernetze. Sie waren mit Haken an den dunklen Balken befestigt, die die Wände des Lokals dekorierten. Ein ausgestopfter Hai war ebenso vertreten wie zahlreiche Flaschenschiffe, die schon meine Bewunderung hervorgerufen hatten, denn sie waren wirklich kleine Kunstwerke.

Damit das Lokal besonders stilecht war, befand es sich im Bauch eines alten Seglers. Er lag schon seit langer Zeit im Hafen und wurde von den anrollenden Wellen leicht bewegt. Wenn draußen ein Sturm tobte, war es für eine Landratte wie mich nicht ratsam, dort zu essen. Mein Magen konnte zu leicht die schönen Dinge dem Meer zurückgeben.

Jo Barracuda hatte uns auf dieses Schiff geführt, weil wir uns in Ruhe unterhalten wollten. Zudem hatten wir Hunger und bestellten ein Essen.

Haifischflossensuppe und dann eine Spezialität des Hauses. Tunfisch mexikanisch. Scharf! Gewürzt mit Chili und grünem Pfeffer, dazu Reis und ein großes Bier.

Während ich aß und auch Bill nicht zuschaute, berichtete Suko, dessen Essen noch nicht serviert war. Er hatte sich bei seinen Landsleuten durchgefragt und tatsächlich einen seiner auf der ganzen Welt vertretenen Vettern getroffen. Er verlieh Boote und wusste, was im Hafen so lief. Von ihm stammte die Information, dass sich eine Frau nach einer Jacht erkundigt hatte, die sie mieten wollte. Der Mann beschrieb Suko die Person, und der Chinese zweifelte nicht, dass es sich bei dieser Frau um Lady X handelte. Sukos Vetter hatte sie zu einem anderen Verleiher geschickt, denn der Mann verlieh nur Segelboote. Mein Freund suchte den nächsten Bootsverleiher auf. Von ihm selbst erfuhr er nichts, aber von einem Angestellten, der die zwanzig Dollar gut gebrauchen konnte. Lady X hatte das größte Schiff gemietet. Der Name lautete *Miami Arrow*. Es war das schnellste Boot, das der Verleiher besaß. Wo die Frau hinwollte, hatte sie nicht gesagt, da konnte ich jedoch weiterhelfen, weil wir durch die Aussagen des Bärtigen wussten, dass sich Lady X Kartenmaterial von Gewässern unmittelbar vor der Küste besorgt hatte.

Wenn wir alles zusammenzählten, standen wir gar nicht so schlecht da. Wir mussten die Jacht nur finden.

Und da rückte Jo Barracuda mit seinem Vorschlag heraus.

»Wir könnten eine Suchaktion starten.«

Ich schluckte meinen Tunfisch und hatte wieder einmal das Gefühl, meine Kehle würde in Flammen stehen.

»Nein, das will ich überhaupt nicht.«

»Und warum?«

Mit Bier spülte ich nach. »Weil das zu gefährlich ist.«

Da lächelte der G-man.

»Jetzt tun Sie sich aber keinen Zwang an, John. Wenn wir eine halbe Hundertschaft Polizisten mobil machen und einen Angriff starten …«

»Könnte die Hälfte der Männer zu Tode kommen«, warnte ich den G-man. »So wollen wir erst gar nicht anfangen. Wir haben es hier mit der Mordliga zu tun, das ist die gefährlichste Verbrecherbande der Welt.«

»Sie vergessen die Mafia.«

»Die tanzt in London nach der Pfeife eines Solo Morasso. So sieht es aus, Jo.«

»Was?«

»Es stimmt, Jo«, unterstützte mich Bill Conolly. »Morasso und seine Leute sind stärker als die Mafia, weil wir es bei den Mitgliedern der Mordliga mit gefährlichen Dämonen zu tun haben. Der Anführer, Doktor Tod, ist ein Menschdämon.«

Der dunkelhäutige FBI-Agent rollte mit den Augen. »Sie werden verstehen, dass ich da ein wenig skeptisch bin, meine Herren. Ich weiß nicht so recht …«

»Glauben Sie uns«, sagte Bill sehr ernst.

»Dann müssten Sie einen anderen Vorschlag haben, John.«

»Den habe ich auch.«

»Und?«

»Wir vier nehmen den Kampf allein auf.«

Fast hätte sich Jo Barracuda an seinem Bier verschluckt. »Das ist doch nicht Ihr Ernst.«

»Mein vollster.«

»Aber wie wollen vier Mann das schaffen, was für eine Hundertschaft der Polizei zu schwer ist?«

Ich lächelte.

»Durch List, Mut, Einsatzbereitschaft und guten Willen.«

»Den habe ich.«

»Dann ist es okay.«

»Und wie haben Sie sich das vorgestellt?«

Ich gab noch keine Antwort, weil Sukos Essen gebracht wurde. Er hatte sich eine Fischsuppe bestellt. Die Terrine war fast bis zum Rand gefüllt.

Suko füllte sich den Teller bis zur Hälfte und aß. Ich berichtete weiter.

»Da Sie FBI-Agent sind, dachte ich mir, dass Sie uns einen schnellen Polizeikreuzer besorgen können, Jo«, sagte ich. »Wie steht es damit?«

»Das ließe sich machen. Auch Waffen?«

»Ja, das wäre nicht schlecht.«

»Ich besorge Maschinenpistolen.«

»Okay.« Ich stimmte zwar zu, war jedoch davon überzeugt, dass wir sie nicht einzusetzen brauchten. Dämonen konnte man nicht mit Bleikugeln bezwingen.

»Und wann soll die Aktion starten?«, fragte Jo.

»Noch heute.«

»Dann wird es Zeit.« Der G-man schob seinen Stuhl zurück und erhob sich. »Ich gehe mal telefonieren.«

Als er außer Hörweite war, fragte Bill: »Was hältst du von ihm?«

Ich leerte mein Bierglas. »Ein patenter Typ. Wirklich. Auf ihn können wir uns verlassen. Dass er skeptisch ist, liegt auf der Hand. Welcher Polizist glaubt schon an Dämonen?«

Bill griente.

»Ich kenne einen.«

Damit meinte er mich.

Bei der Bedienung bestellte ich Fruchtsaft. Das Mädchen servierte gerade die Getränke, als der FBI-Mann zurückkam.

Ich zahlte gleich.

Jo Barracuda nahm wieder Platz.

»Alles klar«, meldete er. »Wir bekommen das Boot. Es wird durchgecheckt und aufgetankt. Mein Chef gibt mir Rückendeckung.«

»Das ist ausgezeichnet«, lobte ich.

»Haben Sie eine Ahnung, was dieser Doktor Tod da vor der Küste eigentlich vorhat?«

»Nein.«

»Vielleicht taucht er nach alten Schätzen«, vermutete Jo. »Möglich ist es.«

Ich schüttelte den Kopf. »Mit so etwas gibt sich ein Mann wie Doktor Tod nicht ab.«

»Welchen Grund hat er dann?«

»Er will sicherlich irgendetwas bergen«, vermutete Suko.

Da gab ich dem Chinesen recht.

»Und was?«, fragte Jo Barracuda.

»Keine Ahnung.« Während ich die Antwort gab, dachte ich an Xorron, den Herrn der Zombies. Er war noch immer nicht aufgetaucht, und Doktor Tod suchte ihn verzweifelt.

Ob er wie damals Vampiro-del-mar auf dem Meeresgrund lag?

»Wenn wir die genaue Stelle kennen würden, könnte ich nachforschen«, meinte Jo, »aber so?«

Er hatte recht. Wir wussten wirklich nicht, worum es ging. Zudem war es zweifelhaft, ob wir das Boot überhaupt finden würden. Deshalb durften wir keine Zeit mehr verlieren.

Zwei Überfälle hatten die Taucher abwehren können, aber keiner war mit solch einer Brutalität und Raffinesse durchgeführt worden wie dieser.

Lady X hielt voll auf ihr Ziel.

Ike Clanton sah das Mündungsfeuer. Er wusste, dass die Frau abgedrückt hatte, wollte selbst seine Waffe ziehen, als ihn die Garbe erfasste und quer über das Deck schleuderte.

Clanton schrie noch auf, dann spürte er den Mund voller Blut und blieb liegen.

O'Brien und Ted Lawrence lagen in guter Deckung. Sie konnten hinter den Aufbauten auch nicht von der Frau gesehen werden, die sich so plötzlich zu einem Teufel entwickelt hatte.

Zwei Schnellfeuergewehre krachten, als es für Ike Clanton bereits zu spät war.

Dass die beiden Taucher schießen konnten, bewiesen sie sehr schnell. Sie jagten aus den Rohren, was sie an Blei zur Verfügung hatten, und bestreuten das Deck der größeren Jacht mit einem wahren Kugelhagel. Die Querschläger jaulten über das Deck, auch die Scheibe an der Brücke wurde getroffen und zerhämmert.

Lady X schoss nicht zurück. Sie hatte sich nach ihrem ersten überraschenden Angriff in Deckung gerollt und schickte nun ihre Vasallen vor.

Jetzt würden sich die beiden Kerle auf dem Schiff wundern.

Zuerst kam Vampiro-del-mar. Als er aus dem Niedergang erschien und sich zu seiner vollen Größe aufrichtete, waren die Taucher so überrascht, dass sie völlig vergaßen zu schießen.

Vampiro-del-mar lachte. Er zeigte seine gewaltigen Reiß- und Vampirzähne, sein stählerner Körper bebte vor Freude, und das wie von Säure zerfressene Gesicht zeigte einen wilden Triumph.

Er stieß sich ab und sprang mit einem Satz an Bord des anderen Schiffes.

O'Brien überwand die Überraschung als Erster und feuerte.

Lawrence zitterte noch. Und er konnte weiterzittern, als er sah, wie die Gestalt von O'Briens Kugelgarbe getroffen wurde und dabei zwar umfiel, aber nicht tot war.

Vampiro-del-mar krachte aufs Deck. Der Aufprall schüttelte ihn und das Schiff fast noch durch. Er rollte sich nicht in Deckung, sondern sprang hoch.

Die Taucher hätten wieder geschossen, aber da war noch jemand, dem sie ihre Aufmerksamkeit widmen mussten. Ein zweites Monster, vielleicht noch schlimmer als das erste.

Tokata, der Samurai des Satans!

Gigantisch anzusehen. Er hatte nur noch den rechten Arm. In der Hand hielt er den Griff eines langen Schwertes. Er trug eine Kampfmaske vor dem Gesicht, damit seine bleichen Knochen nicht so klar zu sehen waren, die durch die Haut schimmerten.

Wild schwang Tokata sein Schwert.

»Der Teufel!«, kreischte Lawrence, sowieso etwas abergläubisch. »Der Teufel!« Er schoss.

Drei Kugeln jagte er auf Tokata zu, der sie jedoch abfing, als wäre es nichts.

Er lachte nicht, stieß sich ab und sprang mit einem gewaltigen Satz an Bord der *Flying Star*.

Als er aufkam, dröhnten die Planken, und er schaute sich um. Wo steckten die Gegner?

Einer jedenfalls hielt es in seiner Deckung nicht mehr aus. Das war O'Brien. Er hatte seinen Platz verlassen und robbte schlangengleich über das Deck. Er hatte den Vampir gesehen, der ihm den Rücken zuwandte und suchend seinen Kopf drehte.

Zwei Yards hinter ihm blieb O'Brien liegen. Im Innern des Iren vereiste etwas. Er hatte noch nie einen Menschen in den Rücken geschossen, aber war dieses Wesen hier überhaupt ein Mensch? Oder war es ein Monster? Ja, mit Sicherheit Letzteres.

»Fahr zu Hölle!«, kreischte der Ire, hob seine Waffe ein wenig an und schoss.

Rasend schnell spie die Mündung des Gewehres das Blei aus, das den Rücken, die Seite und die Brust des Monsters traf, es durchschüttelte, aber nicht tötete.

Vampiro-del-mar, der Kaiser der Blutsauger, wie er sich selbst nannte, lachte über so etwas nur.

Dann schlug er zurück.

Inmitten des Kugelhagels drosch er seine gewaltige Faust nach unten, traf seinen Gegner an Hals und Kopf und schleuderte ihn zu Boden. O'Brien krachte mit dem Rücken auf die Planken.

Wie im Krampf hielt er die Waffe umklammert, sie erschien ihm als der einzige Lebensretter, doch das war ein Trugschluss.

Der nächste Tritt traf ihn so hart, dass er seine Schnellfeuerwaffe fallen lassen musste.

Sie rutschte über die Planken und blieb in einer für ihn unerreichbaren Entfernung liegen.

O'Brien wälzte sich herum und griff zur Pistole. In diesem Magazin steckten auch noch einige Kugeln, die er der Bestie in den Balg jagen konnte.

Doch der Ire kam nicht mehr dazu, die Waffe hervorzuziehen. Seine Hand berührte zwar noch den Griff, doch da war der andere schon über ihm. Vampiro-del-mar hatte auf diesen Moment gewartet. Er riss den Iren mit unwiderstehlicher Gewalt in die Höhe, in seinem verwüsteten Gesicht stand die Vorfreude auf das Blut des Menschen zu lesen. Den Mund hatte er aufgerissen, die Zähne gebleckt. Die Reißzähne schimmerten, die beiden Vampirhauer standen weit vor.

Dieses schreckliche Bild war das Letzte, was der Ire O'Brien in sich aufnahm, denn Vampiro-del-mar biss zu. O'Brien spürte noch den rasenden Schmerz am Hals, dann löschte eine gnädige Bewusstlosigkeit all sein Denken und Fühlen aus.

Hinterher warf Vampiro-del-mar seinen leblosen Körper ins Meer. Das Wasser spritzte auf, als der Taucher O'Brien in den Fluten verschwand und nicht mehr zu sehen war.

Tokata hatte sich inzwischen den Schwarzen vorgenommen. Ted Lawrence hatte nicht mehr Chancen als O'Brien.

Lady X warf einen Blick zur Brücke hoch und sah die zerstörte Panoramascheibe. Mr. Mondo stand dort. Die Augen hinter seiner randlosen Brille funkelten. Er hatte ein Taschentuch gegen seine Wange gepresst, aus der das Blut lief. Dort musste ihn ein Glassplitter getroffen haben.

»Alles klar?«, fragte die Mörderin.

»Ja.«

Lady X steckte zwei Finger in den Mund und stieß einen Pfiff aus. Das nächste Monster erschien.

Es war Lupina, die Werwölfin. Eine brisante Mischung aus Weib und Bestie. Der Kopf war der einer bildhübschen Frau. Langes blondes Haar fiel bis auf die Schulter, die Augen leuchteten blau, das Gesicht konnte man als außergewöhnlich hübsch bezeichnen, doch nach dem Hals begann der zottige, fellbedeckte Körper der Bestie. Eine Wölfin präsentierte sich den Blicken der übrigen Mordliga-Mitglieder. Ein schauriges Geschöpf, in seiner Zusammensetzung einmalig und ebenso grausam wie die anderen Monster.

Für sie war nichts zu tun gewesen. Lupina hielt sich meist etwas im Hintergrund, aber ihre Stunde würde noch kommen, da waren sie alle sicher.

Sie trat zur Seite, damit der Führer der Mordliga, der Menschdämon Doktor Tod, das Deck betreten konnte.

Er war das Gehirn, der brutale Planer all der Verbrechen, die auf das Konto dieser dämonischen Bande gingen. Obwohl er aussah wie ein Mensch, hatte er dort, wo normalerweise das Herz sitzt, einen Stein. Er war zynisch und brutal.

Der richtige Boss dieser Truppe.

Mit vor der Brust verschränkten Armen blieb er stehen. Seine Augen glitten über das von den Mitgliedern der Mordliga besetzte Deck der *Flying Star*.

Zufrieden nickte er.

So genau hatte er es haben wollen. Die Schwierigkeiten waren beseitigt.

Wie so oft auch bei Gangsterbanden sah der Boss dieser Truppe nicht wie ein potenzieller Führer aus. Er war eher klein, kleiner jedenfalls als die Wesen, die er befehligte. Sein Gesicht war hart geschnitten und wirkte eckig. Die Augen schienen nur Kieselsteine in dieser Visage ohne Regung zu sein. Es war der Körper von Solo Morasso, eines Mafioso, der einmal Palermo beherrscht hatte. Morasso starb, aber durch Asmodinas Magie war es gelungen, die Seele des verfluchten Doktor Tod in den Körper des Solo Morasso zu stecken und ihn so wiederzuerwecken. Er lebte also. Und zwar durch Asmodinas Gnade und Fürsprache beim Spuk, dem Herrscher im Reich der Schatten.

Das wusste Doktor Tod, aber Dankbarkeit war ein Wort, das er aus seinem Sprachschatz gestrichen hatte. Er war zwar froh, dass er existierte, gleichzeitig jedoch strebte er nach der Macht. Er wollte Asmodina auslöschen, damit er allein die Herrschaft antreten konnte. Die Teufelstochter schrieb ihm einfach zu viel vor, und er war jemand, der sich keinerlei Vorschriften machen ließ. Entweder stand er an der Spitze oder keiner. Einmal hatte er den Aufstand probiert, doch Asmodina hatte ihn mit einer demütigenden Machtdemonstration in die Knie gezwungen. Sie hätte ihn sogar töten können, aber sie ließ es bleiben, sondern verhöhnte ihn nur.

Das verzieh ein Mann wie Doktor Tod nie. Seit diesem Zeitpunkt sann er auf Rache. Er wollte blutig zurückschlagen und Asmodina zerstören, wann immer es ging. Bisher hatte sich allerdings keine Möglichkeit ergeben, und so sann er weiter auf Rache.

Im Moment war er dabei, Vampiro-del-mar einen Gefallen zu tun. Er hatte von einem Vampir-Schiff gehört, das vor mehr als dreihundert Jahren gesunken war. Die Vampire hatten als nächtliche Seeräuber die Gewässer unsicher gemacht und waren über die Menschen hergefallen. Jahrelang dauerte ihr Terror, den El Sargossa mit gnadenloser Hand führte, bis es mutigen Männern gelungen war, die Vampire zu besiegen. Niemand dieser Mutigen hatte sich allerdings getraut, sie zu töten, man hatte nur die Vampire in Särge gesteckt, das Schiff versenkt und gehofft, dass es nie wieder auftauchen würde.

Sie hielten auch lange genug Ruhe, bis eben zu diesem Tag, wo Doktor Tod die Untoten aus ihren nassen Gräbern holen wollte, um das Vampir-Schiff weiterhin über die Meere geistern zu lassen.

Sehr plastisch stellte er sich das Entsetzen der Menschen vor, wenn diese auf einer Kreuzfahrt dem Schiff begegneten. Die würden über sie herfallen, sie ebenfalls zu Blutsaugern machen, sodass der Vampirkeim immer weitere und größere Kreise zog bis zu einem bitteren Ende.

Das war Doktor Tods Plan. Deshalb wollte er das Schiff heben lassen, und zwar auf eine magische Art und Weise.

Die Taucher hatten eben Pech gehabt, sie hätten sich ein anderes Gebiet aussuchen sollen.

Lupina, die Werwölfin, war auf das andere Boot

gesprungen und gesellte sich zu Vampiro-del-mar und Tokata. Sie gebärdete sich ein wenig unruhig, denn sie roch das Blut. Auch sie wollte ihrem Trieb folgen und nicht immer zurückstehen. Doktor Tod musste sich für sie irgendwann etwas Besonderes ausdenken, sonst kippte sie noch um und verließ die Mordliga. Das wollte er auf keinen Fall, denn Lupina war ein wertvolles Mitglied. Zudem hatte sie eine besondere Eigenschaft entwickelt. Sie konnte sich wieder in eine normale Frau verwandeln, wann immer sie wollte. Nur wenn der Vollmond des Nachts am Himmel schien, war es für sie unmöglich, dass sie eine Frau blieb.

Auch Solo Morasso sprang an Bord des gekaperten Schiffes. Dort schaute er sich um.

Kein Anzeichen deutete darauf hin, dass noch jemand am Leben war. Auch der tote Ike Clanton war verschwunden. Tokata hatte ihn über Bord geworfen.

Doktor Tod hatte dieses Schiff in der Tat eine Weile beobachten lassen. Ihm war natürlich nicht entgangen, dass noch zwei weitere Personen zur Besatzung zählten, aber die waren getaucht und nicht mehr zurückgekommen.

Solo Morasso kannte auch den Grund. Vampiro-del-mar, der mit El Sargossa in magischer Verbindung stand, hatte berichtet, dass einer von Haien zerrissen und der andere zu einem Vampir geworden war, der sich nahtlos in den Reigen der Untoten einreihte.

Umso besser.

Auch Lady X sprang jetzt an Bord. Die zweifache Mörderin stellte sich neben ihren Chef. Zurückgeblieben war nur Mr. Mondo, der gefährliche Monstermacher.

Für ihn suchte Doktor Tod noch immer ein geeignetes Labor, wo er seine schlimmen Forschungen in aller Ruhe weiterführen konnte. Denn Wissenschaft und Magie bildeten ein brandgefährliches Tandem.

Allerdings fehlte das sechste Mitglied der Mordliga.

Das war Xorron, der Herr der Zombies. Er musste sich irgendwo auf der Welt versteckt halten, nur hatte Doktor Tod seinen Schlupfwinkel bis jetzt noch nicht gefunden. Und so etwas ärgerte ihn, denn auf der Suche nach Xorron war ihm bereits ein paar Mal sein Intimfeind John Sinclair in die Quere gekommen.

Der Geisterjäger war sowieso das große Problem der Mordliga. Er stand auf der Abschussliste ganz oben. Sinclair zu erledigen, das war Doktor Tods größter Traum. Bisher war es ein Traum geblieben.

Doktor Tod dachte nicht daran, das Schiff weiter mitzuführen. Er wollte es fluten lassen.

Keiner hatte etwas dagegen.

Bis auf Lupina.

Sie stieß plötzlich ein drohendes Knurren aus und warf das lange blonde Haar zurück.

»Was ist los?«, fragte Solo Morasso und schaute die Werwölfin lauernd an. Deren Augen glänzten metallen. Das sonst so anziehende Gesicht zeigte einen lauernden Ausdruck.

»Rede!«, zischte Morasso.

»Ich – ich rieche Menschen!«, knurrte sie …

Pretty Benson erlebte die schlimmsten Minuten ihres Lebens. Sie hockte unter Deck und hatte sich in den letzten Winkel der holzgetäfelten Kabine eingeschlossen. Vor Angst zitterte sie so sehr, dass ihre Zähne klapperten. Pretty hörte die Schüsse und die Schreie. Sie wusste, dass dort oben die Hölle tobte, aber sie traute sich nicht, auch nur eine Haarspitze aus der Tür zu stecken, um nachzuschauen.

Pretty Benson hatte von den Kämpfen mit Seebanditen zwar erfahren, war selbst aber nie in einen verwickelt gewesen. Sie wusste aus den Erzählungen, dass diese Auseinandersetzungen ohne Rücksicht auf Verluste geführt wurden, denn es ging um Gold. Das hatte die Menschen schon immer rücksichtslos werden lassen.

Plötzlich verstummten die Schüsse.

Pretty lauschte.

Nichts war mehr oben an Deck zu hören. Wenige Sekunden später vernahm sie Schritte. Da wurden ihre Augen groß. Dank der Schritte wusste sie genau, dass es keiner der Taucher war, die dort über die Planken gingen. Die hatten einen anderen Gang. Pretty war lange genug auf dem Boot, um die Männer an ihren Schritten erkennen zu können.

Das hier waren andere.

Da blieb nur eine Folgerung. Den Banditen war es gelungen, die Besatzung zu überwältigen.

Dieser Gedanke trieb in Pretty abermals die heiße Angst hoch. Sie konnte die Tränen nicht länger zurückhalten, schluchzte und wartete darauf, dass einer der Sieger kommen würde, um sie zu holen.

Was würde dann geschehen? Würde man sie als lästige Zeugin ebenfalls beseitigen oder vergewaltigen?

Beides war schlimm, und trotz der Hitze lief ein kalter Schauer über ihren Rücken, als sie daran dachte.

Was sollte sie tun?

Fliehen! Ja, Pretty Benson dachte an Flucht. Es war ihre einzige Chance. Sie bezeichnete sich selbst als eine gute Schwimmerin. Mühelos schaffte sie zwei Stunden, und da sie sich in relativer Nähe der Küste befanden, konnte es ihr ohne Weiteres gelingen, ein Schiff zu erreichen, das die Gewässer kreuzte.

Diese Hoffnung verdrängte die Angst. Pretty kroch aus ihrem Winkel hervor und schlich durch die Kabine. Die hochhackigen Schuhe hatte sie ausgezogen, barfuß bewegte sie sich weiter, bis sie die Tür erreichte, die eine Anbauwand an dieser Seite der Kabine unterbrach.

Pretty schluckte. Noch traute sie sich nicht, die Tür zu öffnen. Sie rechnete mit dem Schlimmsten, aber es gab keine andere Chance. Durch die Fenster konnte sie nicht. Sie waren zu schmal. Zudem hatte sie sich nicht getraut, einmal hindurchzuschauen.

Blieb nur diese Möglichkeit.

Die Angeln waren gut geölt, sodass die Tür keinerlei Geräusche verursachte, als Pretty sie aufzog.

Vor ihr lag der Niedergang. Sie sah die hell gestrichenen Stufen, die zum Oberdeck führten. Letzte Sonnenstrahlen fielen auf das Metall. Bald würde der Lichtball verschwunden sein.

Aber sie sah noch mehr.

Links von ihr, ungefähr in der Höhe der dritten Stufe, tropfte etwas auf den Handlauf.

Es war eine dunkle Flüssigkeit, und Pretty glaubte sogar, einen süßlichen Geruch wahrzunehmen.

Das war Blut!

Fast hätte sie geschrien. Gerade noch rechtzeitig hielt sie sich selbst den Mund zu und erstickte somit ihren Schrei. Nein, das war unmöglich.

Pretty flog am gesamten Körper. Sie musste einen Ekel überwinden, um weitergehen zu können. Jetzt erst merkte sie, wie heiß das Metall noch war. Das Mädchen biss die Zähne zusammen, duckte sich und schritt weiter.

In dieser Haltung konnte sie vom oberen Deck aus nicht so schnell gesehen werden. Pretty schlich auf allen vieren weiter.

Als sie die zweitletzte Stufe vor sich sah, bemerkte sie den Schatten, der sie berührte.

Pretty erstarrte.

Sie wagte nicht einmal zu atmen, ihr Herz trommelte schneller, und das Blut stieg in ihren Kopf.

Dann hörte sie das Lachen und eine weibliche Stimme.

»Ja, wen haben wir denn da?«

Ein Schauer rann über Prettys Rücken, gleichzeitig wurde die Angst etwas verdrängt, denn kein Mann, sondern eine Frau hatte gesprochen. Das Girl ahnte nicht, wen es vor sich hatte, bekam es aber zu sehen, als es den Kopf hob.

Vor ihr stand Lupina!

Ein Monster. Eine Mischung aus Frau und Bestie. So etwas hatte Pretty noch nie in ihrem Leben gesehen. Sie hatte auch nie gedacht, dass diese Wesen existierten, und sie brachte keinen Laut hervor, denn vor Schreck war sie wie erstarrt.

Lupina öffnete den Mund. Jetzt erst wurden ihre kräftigen Zähne sichtbar, die sich bei einer völligen Verwandlung zum Wolf noch verstärkten. »Komm her«, sagte sie.

Das Girl schluchzte auf.

Sie kroch die letzten Stufen hoch, sagte Unverständliches in ihrer Angst, fühlte die Hand auf der Schulter, zuckte zusammen und schaute noch einmal hoch.

Nein, das durfte nicht wahr sein.

Da stand kein Monster mehr, sondern eine blonde Frau, und sie trug keinen Faden am Leibe. Der Wind spielte mit dem blonden Haar. Die Figur der Frau war ausgezeichnet, zeigte Traummaße, und Pretty schrieb all den vorherigen Schrecken ihrer überreizten Fantasie zu.

»Was hast du?«, fragte Lupina. Ihre Stimme klang einschmeichelnd und beruhigend. »Steh doch auf.«

»Ja, ja, natürlich. Ich dachte nur, ich …«

»Deine Nerven sind nicht die besten, mein Kind.«

»Das wird es wohl sein.«

»Komm!«

Pretty Benson fühlte die Hand der anderen auf der ihren, und sie ließ sich willig hochziehen.

Sie schaute sich um. Forschend glitt ihr Blick über das leere Deck. Von den anderen Tauchern keine Spur. Sie sah allerdings auch das zweite Schiff, das mit der *Flying Star* durch zwei Taue verbunden war. Beide Schiffe wogten in der langen Dünung auf und nieder.

Pretty verstand überhaupt nichts. Sie fror, weil der

Wind über ihren fast nackten Körper strich. »Sind Sie allein?«, fragte sie.

»Ja.«

»Aber wo sind die anderen?«

»Welche?«

Die Blonde stellte die Frage mit einer solchen Naivität, dass Pretty nur schlucken konnte. »Die Männer, meine ich.«

Da lächelte die Blonde. »Welche Männer?«

»Aber ich habe doch Schüsse gehört.«

»Nein.«

Pretty stöhnte und stampfte mit dem Fuß auf. Sie hatte das Gefühl, zum Narren gehalten zu werden. »Es müssen einfach Männer da gewesen sein. Auch meine Freunde, ich habe mir das doch nicht alles eingebildet.«

»Doch.« Lupina legte ihren Arm um Prettys Schultern.

»Komm, lass uns gehen, meine Kleine.«

»Wohin?«

»In die andere Kabine.« Sie streichelte Prettys Rücken. Das Girl fühlte die langen Nägel auf seiner Haut und hatte das Gefühl, von kleinen Messern berührt zu werden.

Ihre Fluchtchancen hatte sie sich aus dem Kopf geschlagen. Sie kam gegen die Blonde nicht an, das spürte sie sofort. Dann musste sie eben mitmachen, auch wenn sie nicht wusste, in welch ein tödliches Spiel sie da hineingerissen wurde.

»Wo führen Sie mich hin?«, fragte sie mit zittriger Stimme.

»Es gibt doch hier noch eine zweite Kabine?«

»Ja.«

»Dort machen wir es uns gemütlich.«

»Wieso?«

»Stell jetzt keine Fragen mehr, sondern lass dich einfach überraschen, meine Liebe. Ich heiße übrigens Lupina.«

»Pretty Benson.« Sie sagte automatisch ihren Namen, obwohl sie es gar nicht wollte und sich ihre Gedanken um die Männer drehten, von denen sie noch immer keine Spur entdeckt hatte.

Die zweite Kabine, sie war wesentlich kleiner als die erste, lag näher an der Bugseite des Bootes. Man konnte sie auch vom Deck erreichen und brauchte nicht erst einen Niedergang hinunterzugehen.

Pretty Benson fürchtete sich plötzlich. Sie schüttelte den Kopf.

»Nein«, sagte sie, »ich will nicht …«

»Bleibt dir eine andere Wahl?« Lupinas Stimme klang lauernd, und sie hatte tatsächlich die Wahrheit ausgesprochen.

»Kaum!«, erwiderte Pretty. Sie senkte den Kopf, tat, als würde sie sich in ihr Schicksal ergeben. Sie hob die schmalen Schultern und ging weiter.

Noch drei Schritte waren es bis zur Tür, als Pretty ihre letzte Chance wahrnahm und handelte. Bevor Lupina reagieren konnte, hatte sie die Hand abgeschüttelt, jagte mit zwei langen Sprüngen auf die Reling zu und hechtete elegant über sie hinweg ins Wasser. Wie ein Pfeil stieß sie in das türkisfarbene Nass, das sofort über sie zusammenschlug. Unter Wasser schwamm sie weiter, tauchte tiefer und wollte weg von den beiden Booten.

Pretty war ein Kind der Karibik. Ein Schwimmtalent.

Ihre Bewegungen waren geschmeidig, sie glichen denen eines Fischs, als sie sich so lange unter Wasser weiterbewegte, bis ihre Lungen zu platzen drohten.

Dann erst tauchte sie auf.

Ihr Kopf schoss hoch. Das Wasser lief aus den langen Haaren, strömte über ihr Gesicht, sodass Pretty Benson nichts sehen konnte. Dafür aber hören.

Sie kannte die Geräusche, die entstanden, wenn eine Maschinenpistole abgefeuert wurde.

Das hässliche Tack-tack wurde zu einer hämmernden Melodie. Sofort tauchte Pretty unter, stieß in die Tiefe vor und hörte noch die letzten peitschenden Einschläge der Kugeln, doch getroffen wurde sie zum Glück nicht.

Pretty Benson schwamm verzweifelt weiter. Ihre Arme arbeiteten wie die Flügel einer Windmühle, die das Wasser teilten. Auch die Beine bewegten sich im gleichen Rhythmus. Die Panik gab Pretty die doppelte Kraft und trieb sie voran.

Als sie zum zweiten Mal auftauchte, hörte sie keine Schüsse mehr. Der oder die Mörder hatten es aufgegeben. Pretty riskierte einen Blick über ihre Schulter.

Schon weit lagen die beiden Boote zurück. Nein, die hatten kein Interesse mehr an ihr. Sie rechneten damit, dass die einzige Zeugin des Überfalls ertrinken würde.

Und Pretty schwamm. Nicht mehr so hastig wie

zuvor, sondern langsamer, Kräfte sparender. Sie richtete sich nach dem wie in Flammen stehenden Himmel und wusste genau, wohin sie zu schwimmen hatte, wenn sie die Küste erreichen wollte.

Zumeist spülten die Wellen über ihr Gesicht, doch wenn sie sich von der langen Meeresdünung tragen ließ und auch ihren Kopf hob, dann sah sie vor sich eine unendliche Fläche, die grünblau wogte und mit weißen, spitzen Hauben besetzt war.

Land jedenfalls war nicht in Sicht. Nicht für Pretty Benson, die noch meilenweit von der Küste entfernt war.

Das Girl schwamm weiter. Immer wieder hallten ihr die Schüsse in den Ohren nach, sah sie die blonde unbekleidete Frau, und sie wurde vom Grauen geschüttelt. Gleichzeitig wirkten die Eindrücke auch wie ein Motor, der ihr Kraft spendete, um weiterzumachen.

Eine Uhr trug sie nicht. Deshalb wusste sie auch nicht, wie viel Zeit vergangen war. Die Küste jedenfalls sah sie nicht.

Auch die Schiffe nicht mehr. Sie befand sich jetzt zwischen ihnen und dem rettenden Land.

Pretty wusste nicht, wie oft sie schon den Kopf gehoben hatte, als sie etwas anderes sah.

Einen zweiten Schwimmer!

Plötzlich schlug ihr Herz rasend schnell. Der andere Schwimmer besaß einen feuerroten Haarschopf, wie ihn eigentlich nur ein Mann hatte, den sie kannte.

O'Brien!

Pretty schrie, schluckte Wasser, spie es wieder aus und winkte. So lange, bis O'Brien aufmerksam wurde.

Sie schwammen aufeinander zu. Dabei wusste Pretty Benson nicht, dass O'Brien von Vampiro-del-mar zu einem Blutsauger gemacht worden war …

Jo Barracuda, der dunkelhäutige G-man, war wirklich ein Allround-Talent. Er beherrschte nicht nur seinen Job, sondern konnte auch mit einem Polizeikreuzer der Coast Guard umgehen. Das gehörte wohl zu den Pflichten eines FBI-Agenten.

Wir hatten den Hafen verlassen und fanden an Bord alles, was zu einer kleinen, vielleicht auch längeren Seereise nötig war. Trinkwasser, Verpflegung, gute Nachtgläser, schützende Regenumhänge und Taucherausrüstungen.

Natürlich auch Waffen. Wir hatten sie überprüft. Sie waren alle okay.

Ich jedoch verließ mich nicht so sehr auf Maschinenpistolen, Schnellfeuergewehre oder Revolver. Ich hatte da meine eigenen Waffen, die Bill und Suko ebenso gut einsetzen konnten wie ich. Mit Jo Barracuda hatte ich ebenfalls über Waffen gesprochen, er aber schüttelte nur den Kopf und wollte vorerst von unseren Dingen nichts wissen.

Bei mir trug ich nur das Kreuz, die Beretta und den Dolch. Die anderen Dinge lagen griffbereit, auch die Gnostische Gemme, die bei Vampiro-del-mar nur eine geringe Wirkung gezeigt hatte, die sich vielleicht noch verstärken konnte.

Mal sehen.

Ich verließ die Brücke, denn ich wusste die Führung

des Schiffes bei Bill Conolly und Jo Barracuda in guten Händen. Suko hockte am Heck. Er schaute mir entgegen und rückte dann zur Seite, als ich neben ihm Platz nahm. Wie auch ich trug er ebenfalls ein Glas, durch das er schaute, wenn er hin und wieder das Meer nach einem verdächtigen Schiff absuchte. Da war nichts.

In der Ferne, direkt vor der Kimm, sahen wir zwei Schiffe, die schon jetzt, obwohl die Dunkelheit noch nicht völlig hereingebrochen war, festlich beleuchtet waren. Das waren Jachten, die sich auf einer Kreuzfahrt befanden.

»Harmlos«, meinte Suko und ließ das Glas sinken.

Ich nickte.

Der kühle Wind tat gut. Ich schloss die Augen, ließ mich umfächern und ruhte mich ein wenig aus. Minutenlang hatte ich das Gefühl, auf einer Wolke dahinzuschweben, nur hin und wieder von aufspritzenden Gischttropfen getroffen.

»Was meinst du, John, was Doktor Tod so alles vorhat?« Sukos Stimme unterbrach meine Gedanken.

»Keine Ahnung, ehrlich.«

»Hör auf.«

Ich öffnete die Augen. Der Chinese blickte mich an. Er grinste. »Du bist überhaupt nicht bei der Sache.«

»Stimmt, mein Lieber. Für einen Moment habe ich tatsächlich vergessen, warum ich eigentlich hier bin. Mensch, ich möchte einmal Ruhe haben und vier Wochen Urlaub machen. Aufs Meer hinausfahren, entspannen, ausspannen, vielleicht mit einem hübschen Girl …«

»Glenda oder Jane?«

»Beide wären gar nicht schlecht«, erwiderte ich grinsend.

»Die würden dir doch die Augen auskratzen. Ich an deiner Stelle hielte mich da zurück.«

»Dann eben ohne.«

»Ja, das wäre was«, stimmte mir der Chinese zu und wechselte blitzschnell das Thema. »Bist du eigentlich müde, großer Geisterjäger?«

»Hin und wieder.«

»Du wirst alt.«

»Das wird jeder mal. Wer nicht alt werden will, der muss sich jung aufhängen.«

»Oder sich mit Dämonen herumschlagen.«

»Stimmt auch wieder.« Dabei musste ich an die Unschuldigen denken, die im Kampf gegen die Mächte der Finsternis ihr Leben verloren hatten. Ob Männer oder Frauen, die andere Seite machte da keine Unterschiede. Und es waren auch Freunde von uns dabei gewesen. Nicht zuletzt Karin Mallmann, die Frau des deutschen Kommissars.

Ich schaute zurück.

Mit bloßem Auge war die Küste schon nicht mehr zu erkennen. Wenn ich das Glas nahm, sah ich einen dunstigen grauen Streifen fern am Horizont.

Das Meer lag ruhig. Irgendwie war die lange Dünung wie Balsam für meine Nerven. Meinetwegen hätte die Fahrt nicht zu Ende gehen brauchen, aber Träume sind Schäume, und so widmete ich mich wieder den Realitäten.

»Schon was zu sehen?«, fragte ich Suko, als dieser mit seinem Glas die Gegend absuchte.

»Nein.«

Wir hatten eine Beschreibung des Schiffes, das von Doktor Tod gemietet worden war. Jo hatte es geschafft, die Details zu kriegen. Als der Verleiher den FBI-Stern sah, wurde er weich.

Die Sonne war versunken. Ein paar letzte Strahlen fielen waagerecht über die Wasserfläche. Im Hintergrund lauerte schon die Dunkelheit, die sich wie ein riesiges Raubtier näher und näher schieben würde, bis sie alles bedeckte.

Bill Conolly kam.

Er platzte fast vor Tatendrang. Das Weiß der Kleidung hob sich deutlich von seiner sonnenbraunen Haut ab. Bill hatte Zeit genug, zuhause im Garten zu liegen und sich von seiner Frau Sheila pflegen zu lassen.

»Und?«, fragte ich.

»Nichts, John. Wir haben das Meer von oben nach unten und von links nach rechts abgesucht.«

Ich nahm jetzt das Glas und suchte die Wasserfläche ab. Immer weiter strich mein Blick über die unruhige, langsam dunkler werdende Fläche.

Da meldete sich Suko. »Beidrehen, ich habe etwas gesehen!«

Wenn der Chinese das sagte, dann stimmte es, denn Suko hatte die besten Augen von uns allen. Damit unser Steuermann auch verstand, lief ich hoch zur Brücke und gab ihm Bescheid.

»Was ist denn los?«, fragte Jo und ging auf halbe Kraft.

»Keine Ahnung, ich werde Suko fragen.«.

Bill Conolly stand schon neben dem Chinesen. Ich

gesellte mich zu den beiden. Suko deutete aufs Meer, während er mit einer Hand weiterhin das Glas festhielt.

Auch ich schaute durch die Linsen und erkannte tatsächlich einen roten Haarschopf.

Da trieb ein Mensch.

Aber nicht nur einer, sondern zwei. Den langen Haaren nach zu urteilen, war es eine Frau. Um sie herum war das Wasser aufgewühlt. Fast erschien es mir, als würden die beiden kämpfen.

Sie taten es wirklich.

Ich rannte wieder zur Brücke. Dort schaute Jo ebenfalls durch das Glas. Tiefe Kerben hatten sich um seine Mundwinkel gebildet. Er wusste selbst, was er zu tun hatte, und gab Stoff.

Wieder begann ein Wettlauf gegen die Zeit.

Ich hörte einen Schrei und wusste, dass es höchste Eisenbahn war. Jo Barracuda hatte fantastisch reagiert. Er hatte nicht in voller Fahrt auf die beiden Menschen zugehalten, sondern nur mit halber Kraft. Und er hatte rechtzeitig genug beigedreht, sodass er den im Wasser befindlichen Personen die Steuerbordseite zuwandte und ich über die Reling hechten konnte.

Bill und Suko hätten es natürlich auch getan, ich aber hatte mich durchgesetzt.

Bill hielt bereits einen der Rettungsringe in der Hand. In langsamer Fahrt glitt das Boot seitlich an das Mädchen und den rothaarigen Mann heran.

Beide kämpften jetzt unter Wasser, und ich stieß mich

ab. Ich hechtete dem Meeresspiegel entgegen und kam dabei schlecht auf, denn ich stieß nicht zuerst mit den ausgestreckten Armen in das Wasser, sondern klatschte mit dem Bauch auf die Wellen. Das kam daher, weil das Boot leider noch Fahrt und mein Körper ebenfalls die Geschwindigkeit angenommen hatte.

Ich schwamm auf die beiden zu und riss unter Wasser meine Augen auf, um sehen zu können.

Der rothaarige Mann wollte das Girl tatsächlich erwürgen. Und das, wo kein Land in Sicht war, sondern mitten auf dem Meer. So etwas war mir auch noch nicht passiert. Und er war auch nahe daran, es zu schaffen, denn die Widerstandskraft des Girls war erlahmt. Es hing kraftlos im Griff des Rothaarigen.

Dann war ich da.

Meine Hände packten die Haare des Kerls, ich riss ihn hoch und drückte ihn zur Seite, weg von seinem Opfer. Er drehte sich unter Wasser, zog die Beine an, und für einen winzigen Moment sah ich sein Gesicht mit dem offenen Mund.

Mich traf der Schreck.

Der Kerl war ein Vampir!

Ein widerlicher Blutsauger. Jetzt wusste ich auch, warum er das Mädchen attackiert hatte und es ihm nichts ausmachte, dass rings herum nur Wasser war. Er konnte nicht mehr ertrinken. Er war schon tot und führte nur noch ein höllisches Dasein. Seine organischen Funktionen waren eingestellt.

Verdammt …

Ich musste ihn loslassen, denn jetzt ging es um das Mädchen. War es vielleicht schon gebissen worden?

Ich glitt in die Tiefe, wo das Girl langsam absackte, tauchte unter die schwarzhaarige Schöne, fing sie ab und schaffte sie wieder an die Oberfläche.

Aber der Vampir dachte nicht daran aufzugeben. Er wollte ebenfalls sein Opfer, sein Blutdurst musste gestillt werden, und er schwamm seitlich auf uns zu, um uns den Weg abzuschneiden. Gerade rechtzeitig tauchte ich auf.

»Nimm einer das Mädchen!«, schrie ich und sah durch den Wasserschleier vor meinen Augen nicht, wer sich um die Kleine kümmerte. Auf jeden Fall flog der Ring auf das Girl zu, und es sprang auch jemand ins Wasser.

Dann spürte ich die Hände des Vampirs. Seine Arme umschlangen mich in Hüfthöhe wie die Tentakel eines Kraken. Ich wurde herumgerissen und unter Wasser gedrückt. Es war mir allerdings genügend Zeit geblieben, um Luft zu holen.

Jetzt begann der Kampf!

Ich kam zwar an meine Beretta heran, aber die nützte mir im Moment nichts, weil ich unter Wasser damit nicht schießen konnte. Wichtiger war der Dolch. Allerdings steckte der in der Scheide, die wiederum am Gürtel befestigt war, und in der Höhe spürte ich die klammernden Arme des Blutsaugers.

Meine Hände packten seinen Kopf und bogen ihn zurück. Dadurch sah ich auch einen Teil des Halses und registrierte die ausgeblutete klaffende Wunde.

Ich schüttelte mich.

Die Augen des Blutsaugers waren verdreht, der Mund stand offen, deutlich sah ich die Zähne. Ich drückte meinen Handballen gegen sein Kinn und presste es zurück.

Dabei musste ich mich beeilen, denn mein Luftvorrat reichte nicht ewig.

Der Vampir stemmte sich dagegen. Seine Kräfte waren wirklich enorm. Es gelang mir nicht, die Umklammerung zu lösen.

Intervallweise stieß ich die Luft aus. Ich merkte schon, wie meine Herzschläge ihren Widerhall in meinem Kopf fanden, ein Zeichen, dass der Luftmangel zunahm.

Es gab noch eine Möglichkeit für mich. Während der Vampir mich weiter in die Tiefe drückte, holte ich mein Kreuz hervor, ließ aber die Kette um meinen Hals. Das Wasser drückte das Kreuz hoch, sodass es im rechten Winkel zu meinem Hals stand, ich es aber dennoch packen konnte.

Der Vampir bemerkte im letzten Moment, dass ich ihn überlistet hatte. Er ließ mich los, doch für ihn war es schon zu spät.

Das geweihte Kruzifix traf ihn mitten im Gesicht.

Es war eine tödliche Berührung. Der Blutsauger bäumte sich noch einmal auf, dann jedoch wurden seine Bewegungen langsamer und erstarben schließlich völlig.

Der Vampir glitt in die Tiefe. Als letzten Eindruck bekam ich noch mit, wie sein Gesicht zerfiel und die blanken Knochen durch die Haut schimmerten, dann entschwand er meinen Blicken.

Ich tauchte auf.

Endlich Luft. Ich saugte sie tief in meine Lungen,

hustete und spie Wasser aus, das mir in den Mund gedrungen war.

Etwa fünfzig Yards weiter sah ich das Schiff, wie es in der langen Dünung auf und ab tanzte.

Ein zweiter Ring flog auf mich zu und klatschte vor mir ins Wasser. Ich bekam den Ring zu packen, Suko zog mich heran, und über eine Leiter kletterte ich an Bord, wo ich mich tropfnass niederließ. Bill war ebenfalls nass, er hatte das Girl aus dem Teich gefischt.

»Und?«, fragte er.

Ich atmete ein paar Mal tief durch und nickte dann.

»Ein Vampir!«, keuchte ich. »Ich habe einen Vampir erledigt!«

»Was?«

»Ja, verdammt, es war ein Blutsauger, der das Mädchen aussaugen wollte.«

»Wie ist das möglich?«

Ich hob die Schultern. »Frag mich was Leichteres. Vielleicht wird uns die Kleine mehr sagen können, wenn sie dazu in der Lage ist.«

»Klar.«

Suko kümmerte sich um die Gerettete. Er hatte sie auf eine Luftmatratze gelegt und führte Wiederbelebungsversuche durch, während Jo Barracuda neben ihm stand und zuschaute.

Wir gesellten uns zu ihnen.

Das braunhäutige Girl war wirklich eine Schönheit. In ihrem schlanken Körper steckte sehr viel Kraft, das war zu sehen, sonst hätte sie es auch sicherlich nicht geschafft. Ihre Augen waren geöffnet, auch jetzt noch las ich die gewaltige Angst darin, die das Girl empfunden haben musste, als es diesem grauenhaften Geschöpf unter Wasser begegnet war. Bissstellen entdeckte ich nicht.

Ich lächelte sie an.

»Geht's wieder?«, fragte ich.

Sie spie noch Wasser aus. Neben ihr hatte sich auf dem Deck eine Lache gebildet. »Haben Sie mich gerettet?« Ihre Stimme war kaum zu verstehen.

»Meine Freunde und ich.«

»Und ich bin in Sicherheit?«

»Natürlich.«

»O Gott.« Sie begann zu weinen.

Ich nickte Suko zu, und der Chinese verstand das Zeichen. Er fasste das Girl unter und hob es hoch. Unter Deck setzten wir es auf die gepolsterte Bank in einer Kabine, und Jo Barracuda holte eine Decke, die er über den nassen Körper breitete. Das Girl fror. Die Zähne klapperten aufeinander.

Sie bekam etwas Warmes zu trinken. Wir erfuhren auch ihren Namen. Sie hieß Pretty Benson.

Obwohl uns die Fragen wirklich auf den Nägeln brannten, da Pretty für mich eine Schlüsselfigur in dem höllischen Spiel war, ließen wir sie so lange in Ruhe, bis sie sich einigermaßen gefangen hatte. Erst als ich sicher sein konnte, dass sie in der Lage war, uns einen zusammenhängenden Bericht zu geben, stellte ich die Fragen. Sie antwortete auch und gab uns eine Erzählung, die all den Schrecken und das Grauen in sich barg, die sie erlebt hatte. Wir erfuhren vom Überfall auf das Boot, von dieser Person, die halb Mensch, halb Bestie war, und ich dachte sofort an Lupina.

Eins jedenfalls stand fest. Wir waren auf der richtigen Spur, die uns zu Doktor Tod und der verdammten Mordliga führte.

»Wir müssen fliehen«, sagte sie. »Die – die kennen keine Gnade. Wirklich …«

Ich beruhigte sie. »Erst einmal ruhen Sie sich aus, Pretty, dann werden wir weitersehen.«

»Aber wollen Sie denn …?«

»Ja, wir sind extra wegen dieser Bande unterwegs. Wir werden sie stellen, das verspreche ich Ihnen …«

Sie hatten das eroberte Schiff geflutet!

Jetzt standen Doktor Tod und die Mitglieder seiner Mordliga auf dem Deck ihrer Jacht und schauten zu, wie das Wasser in das andere Schiff drang, sich der Leib langsam damit füllte und es immer tiefer sank. Strudel bildeten sich, die wie lang gezogene Trichter wirkten, um dann schmatzend und saugend zusammenzulaufen.

Finster starrte Doktor Tod auf das sinkende Schiff. Es passte ihm nicht, dass dieses Mädchen entkommen war. Sie hatten es Lupina überlassen wollen, niemand konnte zuvor ahnen, dass dieses Girl es tatsächlich schaffte, noch zu fliehen. Dabei hatte die Kleine einen so ängstlichen Eindruck gemacht.

Noch einmal ein letztes Aufbäumen des Schiffskörpers, dann war das Boot verschwunden. Blasen stiegen an die Oberfläche, um mit satten Geräuschen zu zerplatzen.

Ruhig lag die Wasserfläche vor ihnen.

Die Dämmerung nahm immer stärker zu. Sie veränderte die Farbe des Wasser, sodass sie jetzt wie ein grauer Teppich wirkte, auf dem hin und wieder einige weiße Schaumkronen tanzten.

Kein anderes Schiff befand sich in der Nähe. Doktor Tod hielt vergeblich nach fremden Positionslampen Ausschau. Auch er würde sich hüten, Lichter zu setzen. Niemand sollte sie bei der Arbeit beobachten.

Neben ihm stand Lady X. Mr. Mondo hielt sich weiterhin auf der Brücke auf. Tokata, Vampiro-del-mar und Lupina hatten sich auf dem Deck verteilt.

Lupina hielt sich zurück. Sie wusste am besten, welch einen Fehler sie gemacht hatte. Vorerst war ihr Ansehen innerhalb der Mordliga stark gesunken.

»Wann fängst du an?«, fragte Lady X.

»Jetzt«, erwiderte Doktor Tod. Er wandte sich ab und verschwand unter Deck. Dort befand sich ein Gegenstand, der für ihn eine große Bedeutung hatte.

Der Würfel des Unheils!

Es war ein völlig normaler, weißblau schimmernder Würfel, dem man nicht ansah, welch eine Magie in ihm steckte. Mithilfe dieses Würfels konnte Doktor Tod den gefährlichen Nebel erzeugen, der bereits so viel Unheil angerichtet hatte. Er konnte aber auch mit anderen Dämonen in fernen Reichen Kontakt aufnehmen, in andere Dimensionen und Zeitebenen vordringen oder das Böse locken. In der Hand eines Mannes wie Doktor Tod war er zu einem tödlichen Werkzeug geworden, denn dieser Würfel hatte auch die gegenteiligen Eigenschaften. War der Besitzer ein Mensch, der gegen die Hölle kämpfte, so fand er in dem Würfel eine große

Hilfe. Wie gesagt, er war manipulierbar, und Doktor Tod manipulierte ihn zum Bösen hin.

Dann besaß er noch den silbernen Bumerang. Eine ebenfalls sehr wertvolle Waffe. Auch prall mit Magie gefüllt. Allerdings mit weißer. Er hatte sie John Sinclair, dem Intimfeind der Mordliga, abgenommen, nachdem der Bumerang Tokata den linken Arm abgeschlagen hatte. Doktor Tod, der Menschdämon, konnte diese Waffe anfassen, was im Gegensatz dazu den Schwarzblütern nicht möglich war.

Sie hüteten sich, ihn auch nur zu berühren, er würde sofort seine weißmagische Kraft entfalten.

Solo Morasso erschien wieder auf Deck. Den Würfel hielt er mit beiden Händen umfasst. Von Westen her fiel der erste kühle Wind über das Wasser. Er bewegte auch die Wellen stärker, die kraftvoll gegen die Bordwände des Kahns hieben.

»Haltet euch bereit«, sagte Doktor Tod. »Es ist so weit.«

Die anderen nickten.

Morasso trat vor und blieb am Heck des Bootes stehen. Die anderen bauten sich hinter ihm in einer Reihe auf.

Jeder war gespannt, und jeder wusste, was in den nächsten Minuten folgen würde. Lange genug hatten sie gewartet, jetzt standen sie dicht vor dem Ziel.

Die Vampir-Flotte sollte aus den unheimlichen Tiefen des Meeres wieder an die Oberfläche gelangen, um das fortzuführen, womit sie damals eine so traurige Berühmtheit erlangt hatte.

Solo Morasso konzentrierte sich. Er schaute auf den

Würfel. Seine Gedanken versuchten, diesen Gegenstand zu aktivieren und seine Magie herauszufordern.

Es gelang.

Morasso merkte, wie sich der Würfel erwärmte, wie in seinem Innern etwas geschah, für das er keinerlei Erklärung hatte. Ihm kam es vor, als hielte er einen Topf mit siedendem Wasser zwischen den Handflächen. Der Würfel vibrierte, machte sich selbstständig, und Doktor Tod musste ihn loslassen, weil die Schwingungen zu stark wurden.

Der Würfel schwebte in der Luft.

Etwa einen Yard über dem Boden rotierte er und wurde zu einem wirbelnden Schemen, der sich immer schneller um die eigene Achse drehte und plötzlich einen dünnen, weißen Nebel produzierte, der sich nach unten bog und über die Bordwand hinweg Kurs auf die Meeresoberfläche nahm.

Er tauchte ein.

Jeder wusste, was jetzt geschah. Selbstständig würde sich der Nebel den Weg zu seinem Ziel suchen und es in der Tiefe des Meeres aktivieren.

Immer dichter und konzentrierter wurde er. Kaum hatte er die Oberfläche durchdrungen, als er sich auch schon unter Wasser ausbreitete und einen regelrechten Teppich bildete.

Der Teppich sank tiefer. Und er würde genau den Bereich erfassen, der so ungeheuer wertvoll und wichtig für Doktor Tod und die Mordliga war.

Dann war er verschwunden.

Doktor Tod trat zurück und stellte den Würfel weg.

Er sah aus wie immer und war auch erkaltet. Nichts deutete mehr darauf hin, welch eine Kraft in ihm steckte.

Lady X fragte: »Wird es klappen?«

Morasso nickte. »Was sollte dagegensprechen?«

Die Frau lächelte kalt.

»Stimmt, eigentlich nichts.« Sie fuhr mit ihrer Zunge über die Lippen. »Und dann?«

»Werden wir noch in dieser Nacht weitersegeln und mit der Invasion beginnen.«

»Es bleibt bei den Everglades?«

»Ja.«

Doktor Tod war sehr einsilbig. An sich nichts Neues bei ihm, doch zu diesem Zeitpunkt sagte er noch weniger als sonst. Die Spannung hatte auch ihn gepackt, denn nun musste es sich herausstellen, ob Vampiro-del-mar recht behalten hatte.

Doktor Tod wollte die Vampire sehen, die den Anfang einer Invasion der Blutsauger machen würden.

Da die Dunkelheit immer mehr fortschritt, konnten sie genau den Weg des hellen Teppichs verfolgen. Er schimmerte aus der Tiefe zu ihnen hoch und musste schon fast das Korallengebirge erreicht haben, wo auch das Schiff lag.

Mr. Mondo stand auf der Brücke. Er hatte von dort aus die bessere Übersicht.

Er war es auch, der den ersten Erfolg meldete.

»Achtung!«, rief er.

Sofort begaben sich sämtliche Mitglieder der Mordliga an die Reling und schauten auf die Wasserfläche.

Ja, sie war wieder heller geworden. Ein Zeichen

dafür, dass der weiße Nebelteppich der Oberfläche entgegenstieg. Und innerhalb des Teppichs breitete sich ein Schemen aus, der grau schimmerte.

Das Schiff?

Noch waren die Ausmaße nicht genau zu erkennen, doch wenige Sekunden später, als der Teppich tatsächlich so weit gestiegen war, dass man das Gefühl haben konnte, ihn mit der Hand zu greifen, zeichneten sich deutlich die Konturen des Schiffes ab.

Geschafft!

Ein triumphierendes, aber auch böses Lächeln umspielte die Lippen Solo Morassos.

So und nicht anders musste es sein. Sein Plan war haargenau aufgegangen.

Er rieb sich die Hände. Wieder hatte die Hölle einen Sieg errungen, und diesmal befand sich niemand in der Nähe, der ihre Aktivitäten stören konnte.

Jeder war erregt.

Der eine zeigte es mehr, der andere weniger.

Die sonst so kaltblütige Pamela Scott konnte sich nicht mehr zurückhalten. Sie umfasste Doktor Tods Arm und krallte ihre Fingernägel in sein Fleisch.

»Der Sieg«, flüsterte sie. »Der Sieg ist nah.«

Da konnte Solo Morasso nur zustimmen.

Masten, Aufbauten, Segel, das alles zeichnete sich schon deutlich vom Deck des Schiffes ab. Eingehüllt in den magischen Nebel schwebte das Schiff höher und höher.

Zuerst durchbrachen die Mastspitzen die Wasseroberfläche. Sogar der Ausguck war noch vorhanden. Ein makabrer Anblick bot sich den Mitgliedern der

Mordliga, wie das Schiff höher und höher stieg und das Wasser an den Aufbauten und Balustraden herabströmte, um sich wieder mit dem Meer zu vereinigen.

Das Geisterschiff war erschienen.

Wie ein Schleier umhüllte es der Nebel. Er lag jetzt nicht mehr still, sondern befand sich in langsamer Bewegung. Dort quoll, quirlte und wirbelte es. Die langen Fahnen tanzten über das Deck. Sie wurden zu schleierähnlichen Gebilden, die der Wind über die Decks trieb, sodass sie in jeden Winkel des Schiffs dringen konnten.

Dann lag es auf dem Wasser.

Drei Segelmasten mit zerfetztem Tuch. Mehrere Decks. Die Bordwand ragte hoch über das Schiff hinaus, auf dem Doktor Tod und die Mitglieder der Mordliga warteten.

Noch rührte sich nichts auf dem Geisterschiff. Alles lag in tödlicher, lauernder Ruhe.

Doktor Tod nickte zufrieden, dann wandte er sich um.

»Wo ist El Sargossa?«, fragte er.

Vampiro-del-mar fühlte sich angesprochen.

»Ich werde nachsehen«, erwiderte er mit seiner dumpfen Stimme.

»Dann tu das!«

Vampiro-del-mar kam dem Befehl sofort nach. Er lief über das Deck der Jacht und schleuderte ein Tuch hoch, das sich an der Brüstung des Vampir-Schiffes verfing.

Wie eine Katze kletterte der Supervampir an dem Tau hoch und schwang sich auf das andere Schiff.

»Ich komme mit!«, hörte er Doktor Tods Stimme.

Vampiro-del-mar drehte sich um. Doktor Tod hatte einen Enterhaken genommen und schleuderte ihn hoch. Der Haken war mit einem Tau verbunden. An der Reling wurde er festgeklemmt.

Dann kletterte Doktor Tod auf einem ähnlichen Weg hoch wie auch Vampiro-del-mar.

Der Supervampir erwartete ihn schon.

Beide sahen sich auf dem Deck um. Erst jetzt registrierten sie die Ausmaße. Es war gewaltig. Auf dem Achterdeck der große Ruderstand, die Niedergänge auf dem Vorderdeck, die Geschütze auf dem Zwischendeck, die Mannschaftskojen, die Räume der Offiziere.

Aber keine Vampire.

Nachdem sie das Schiff durchsucht hatten, blieb Doktor Tod auf dem Achterdeck stehen.

»Wo sind sie?«, fragte er.

»Ich weiß es nicht.«

»Du hast uns hier ein Märchen erzählt!«, fuhr Solo Morasso den Vampir an.

»Nein!«, knirschte Vampiro-del-mar. »Sie müssen da sein, verdammt!«

»Dann ruf sie!«

Der Supervampir nickte. Laut schrie er den Namen des Kapitäns. »El Sargossa, zeig dich! Wo bist du? Ich warte auf dich. Ich, Vampiro-del-mar, Kaiser der Blutsauger!«

Die Stimme hallte über das gewaltige Deck. Ihr Schall verlor sich irgendwo im Nebel, doch von den Vampiren zeigte sich niemand. Sie blieben verschwunden.

Das Geisterschiff bewegte sich auf der hohen Dünung des Meeres. Die Masten schwankten. Irgendwo knarrte die mit Algen und Muscheln bewachsene Takelage, aber einen Erfolg hatte Vampiro-del-mar mit seinen Rufen nicht erzielt.

Und doch existierte die untote Besatzung.

Es war Lady X, die sie zuerst bemerkte. »He!«, klang ihre Stimme auf. »Da steigen welche aus dem Wasser!«

Augenblicklich schauten Solo Morasso und der Supervampir über die Reling.

Auch unter ihnen waberte der Nebel. Nicht klar war zu erkennen, was genau sich dort abspielte, aber beide sahen, dass sich Lady X nicht getäuscht hatte. Die Vampire verließen in der Tat das Meer. Und dies geschah auf eine grauenhafte, nahezu gespenstische Art und Weise. Man hörte nur das Plätschern des Wassers, als die Invasion der Untoten begann. Sie wussten zwar um ihr Schiff, aber enterten die Jacht, denn dort befanden sich Menschen.

Die Albtraum-Geschöpfe rochen das Blut …

Nicht El Sargossa war es, der den Anführer spielte. Der erste Vampir gehörte überhaupt nicht zur Besatzung. Es war der Taucher Montana, der sich den anderen angeschlossen hatte. Er umfasste die Leiter und kletterte auf die Jacht.

Schaurig sah er aus. Seine Haut war durch das Wasser aufgedunsen und irgendwie weich. Sie erinnerte an Pudding, in den man Beulen hineindrücken konnte, ohne dass er eine andere Form annahm.

Und er sah Lady X.

Die Scott blickte ihm kalt entgegen. Zu oft schon hatte sie mit den Blutsaugern zu tun gehabt. Sie fürchtete sich nicht vor ihnen. Ihr war es ziemlich egal, ob sie vor ihr standen oder nicht.

Aber Montana nicht.

Er sah nur die Frau. Und er ging auf sie zu. Die Arme vorgestreckt, die Finger zu Klauen gekrümmt.

Da wusste Lady X Bescheid. Auch jetzt überstürzte sie nichts, nahm ihre Maschinenpistole und drosch dem Blutsauger den Lauf vor den Schädel. Montana flog zurück.

»Der ist wahnsinnig«, sagte die ehemalige Terroristin und wandte sich an Tokata. »Mach ihn fertig.«

Der Samurai des Satans ging vor. Obwohl der Vampir nicht gerade klein war, wirkte er gegen Tokata wie ein Zwerg. Er ahnte auch, was dieses Monster mit ihm vorhatte, denn er duckte sich.

Tokata schlug zu.

Das Schwert zerschnitt pfeifend die Luft, und einen Augenblick später hatte Montana keinen Kopf mehr. Er rollte über Bord und verschwand. Der Torso folgte wenig später, von Tokata gestoßen.

Ein Vampir weniger.

»Es wird den anderen eine Lehre sein«, sagte Lady X und schielte zu Doktor Tod hoch.

Seine Gestalt sah sie nur verschwommen im Nebel, aber sie erkannte, wie er den Arm hob, also hatte er ihren Befehl und Tokatas Tat gutgeheißen.

Der Samurai des Satans hatte sein Schwert nicht wieder weggesteckt. Er wartete dort, wo die Vampire auftauchten und die Leiter zum Deck führte.

El Sargossa kletterte als Erster an Bord. Er befand sich mit dem Kopf bereits in Deckhöhe, als Tokata ihm die

Schneide des Schwerts an die Kehle setzte. Das kalte Metall berührte die lappige, gleichzeitig aufgedunsene Haut.

El Sargossa verharrte.

Obwohl er bis an die spitzen Dolchzähne bewaffnet war, wusste er doch, dass er hier seinen Gegner gefunden hatte. Und auch die anderen Vampire stiegen nicht weiter die Leiter hoch. Sie warteten, wobei sie träge im Wasser schwammen und ihre leblosen Körper von den Wellen auf und nieder bewegt wurden.

»El Sargossa!«

Diesmal brüllte Vampiro-del-mar noch lauter. Der untote Pirat musste ihn hören. Er drehte das verwüstete Gesicht nach links. Tokata ließ ihn gewähren, denn er sollte den Supervampir anschauen.

»Erkennst du mich, El Sargossa?«

»Ja.«

»Und wer bin ich?«

»Du bist Vampiro-del-mar, der Kaiser der Blutsauger. Du bist gekommen, um zu holen, was dir gehört.«

»Es stimmt. Ich bin der Kaiser. Und deshalb werdet ihr mir gehorchen. Und Doktor Tod, der neben mir steht und mächtiger ist als wir alle. Hast du verstanden?«

»Ja.«

»Wie entscheidest du dich?«

»Ich stehe zu dir, Vampiro-del-mar.«

»Das wollte ich hören. Dann sage den anderen, dass sie zu mir auf Deck kommen sollen, damit ich euch meine Befehle gebe.«

El Sargossa überlegte. Er schien einzusehen, dass er

gegen die anderen nicht ankam, denn ihm war nicht entgangen, wie eiskalt dieser Dämon mit dem einen Arm reagierte.

Zudem war Vampiro-del-mar wirklich ihr Kaiser, und sie mussten ihm gehorchen.

»Ich komme!«, rief er.

Diese Antwort war auch das Zeichen für Tokata, denn er trat zurück und steckte das Schwert weg.

El Sargossa kletterte die Leiter wieder hinunter und ließ sich ins Wasser fallen. Seine fünf Vasallen schufen Platz, damit er sich dorthin bewegen konnte, wo die Taue von Schiff zu Schiff hingen. Als er sich unter dem ersten Tau befand, schnellte er hoch und bekam es zu fassen. Langsam hangelte er sich weiter, bis er das Vampir-Schiff erreichte und an Deck kletterte, wo Doktor Tod und Vampiro-del-mar ihn bereits erwarteten.

Nacheinander kletterten die fünf Blutsauger an Deck und bauten sich hinter El Sargossa im Halbkreis auf.

Sie waren wirklich eine Meute des Schreckens.

Sämtliche sechs Vampire trugen die zerfetzte Kleidung, die sie bereits beim Untergang des Schiffes angehabt hatten. Und sie besaßen noch ihre Waffen.

Verrostete Degen, Schwerter, Entermesser, gefährliche Dolche und krumme Messer. Hinzu kam, dass ihr Blutrausch kaum zu zügeln war. Noch fühlten sie sich leer und ausgebrannt, aber es würden ja andere Zeiten kommen, da waren sie sicher, denn jetzt stand Vampiro-del-mar auf ihrer Seite. Der Supervampir würde ihnen den Weg zeigen, den sie zu gehen hatten.

Doktor Tod schaute sich die »illustren« Gestalten an. Normale Menschen empfanden Ekel, Grauen und

Abscheu vor diesen teilweise von Musketen zerfetzten Körpern, aber nicht ein Menschdämon wie Solo Morasso.

Für ihn waren die Blutsauger gerade die richtige Armee.

»Es wird genau das getan, was ich euch sage«, begann er seine Rede. »Wer mir nicht gehorcht, wird sofort getötet. Ich hoffe, das ist klar. Ebenso werdet ihr Vampiro-del-mar gehorchen. Was er befiehlt, ist auch in meinem Sinne, denn er hat mir seine Existenz zu verdanken, ebenso wie ihr die eure ihm zu verdanken habt. Dieses Schiff wird sich bewegen, obwohl kein Wind in die Segel fährt. Es wird über das Meer fahren und sein Ziel ansteuern, denn meine Magie allein wird es leiten und vorantreiben. Ihr nehmt eure Plätze ein und verlasst das Schiff erst, wenn ich es euch sage!«

El Sargossa nickte.

»Vampiro-del-mar wird hier an Bord bleiben und euch überwachen. Er handelt in meinem Auftrag, das möchte ich noch einmal betonen. Wir steuern die Küste Floridas an und werden über die Menschen kommen wie die Hornissen. Ihr Blut wird eure Nahrung sein, und ihr könnt den Keim des Bösen so weit ausbreiten, wie ihr wollt!«

Das waren Worte, die den Untoten gefielen. Sie trafen bei ihnen auf fruchtbaren Boden. So etwas wie Unruhe machte sich bei ihnen breit, denn der Lebenssaft der Menschen garantierte praktisch ihre Existenz.

Doktor Tod schaute sich noch einmal die nach Blut gierenden Gestalten an, nickte und verließ das Schiff auf dem gleichen Wege, wie er gekommen war.

»Kapp die Taue!«, befahl er Tokata.

Der gehorchte.

Solo Morasso nahm wieder den Würfel und konzentrierte sich auf ihn. Er stellte zwischen ihm und dem Schiff eine magische Verbindung her. Wieder entwich aus dem Würfel ein feines Gespinst, das sich mit dem Nebel vereinigte und die Verbindung zwischen der Jacht und dem Geisterschiff der Untoten hielt.

Wenig später brummten die Motoren der Jacht auf. Langsam setzte sich das Schiff in Bewegung.

Und der Vampir-Segler folgte lautlos …

Bei uns wuchs die Spannung mit jeder Meile, die wir zurücklegten. Die Nachtsichtgläser ließen wir fast nie von den Augen. Wir schauten genau nach, ob sich weit vor uns etwas tat oder bewegte, aber das Meer blieb ruhig.

Wie ein großes Tuch war die Dämmerung über uns hergefallen. Der Wind hatte aufgefrischt, er brachte eine angenehme Kühle, und das Schiff tanzte auf den Wellen. Am Heck zog es eine lange, schaumige Spur hinter sich her, die sich schließlich in der Weite des Meeres verlor.

Jo Barracuda steuerte noch immer. Er löste diese Aufgabe ausgezeichnet, als hätte er nichts anderes getan.

Bill tauchte neben mir auf.

»Was gibt's?«, fragte ich ihn.

»Wenn mich nicht alles täuscht, haben wir das Ziel fast erreicht.«

Erst jetzt merkte ich, dass wir höchstens noch halbe Fahrt machten. Ich nahm das Glas und hielt es gegen meine Augen.

»Da.« Bill deutete nach Südwesten.

Zuerst sah ich nichts. Nur die weite Wasserfläche, die am Horizont mit dem dunklen Himmel zusammenwuchs. Doch dann, meine Augen hatten sich inzwischen an die Lichtverhältnisse gewöhnt, erkannte ich einen feinen Streifen.

»Nebel«, murmelte ich.

»Genau.« Bill und Suko gaben mir recht.

»Und?«

»Es ist kein Wetter für Nebel«, erwiderte Bill Conolly. »Ich habe Jo Barracuda danach gefragt, er kennt sich hier aus.«

»Also Doktor Tod!«

»Und sein Todesnebel!«, vollendete Suko

Bill meinte sarkastisch: »Viel Vergnügen.«

Nun, ein Vergnügen würde es wirklich nicht werden. Eher eine Horror-Tour ins Grauen. Dieser Nebel hatte die verdammte Angewohnheit, Menschen die Haut von den Knochen zu lösen. Nur ich war dagegen immun, weil ich mein Kreuz trug.

»Was tun wir?«, fragte Bill.

»Erst einmal näher heran, damit man Einzelheiten erkennen kann.« Eine bessere Antwort fiel mir nicht ein. Es war verflixt schwierig, hier eine Entscheidung zu treffen. Und aus der Ferne schon gar nicht.

Die nächsten Minuten vergingen schweigend. Ich ließ das Glas nicht von den Augen. Der Nebel, zuerst nur als hauchdünner, feiner Streifen zu sehen, wurde dichter, und er erinnerte mich an ein Wattepaket, das auf dem Wasser schwebte.

Wirklich nur schwebte?

Ich wollte es genau wissen, lief zur Brücke und bat den G-man, die Motoren zu stoppen.

Er tat mir den Gefallen.

Bald schaukelte unser Boot ruhig auf den Wellen. Wieder richteten wir unsere Gläser auf das Ziel.

»Der Nebel wandert«, sagte ich.

Bill und Suko nickten, so war ich sicher, mich nicht getäuscht zu haben.

Von der Brücke her rief Jo Barracuda: »Der dreht in Richtung Westen ab und damit der Küste zu, verdammt!«

»Können wir ihn stoppen?«, fragte Bill.

Ich hob die Schultern. »Kaum, denn Doktor Tod hat den Würfel.«

»Dann können sich die Bewohner Floridas warm anziehen«, murmelte der Reporter.

Ich ging nicht auf seine Bemerkung ein, sondern zermarterte mir das Gehirn. Wieso fuhr Doktor Tod mit seiner Mordliga aufs Meer hinaus? Nur um den Todesnebel entstehen zu lassen? Nein, das konnte und wollte ich einfach nicht glauben, da musste es noch einen anderen Grund geben. Den Todesnebel hätte er auch irgendwo an Land produzieren können, dazu brauchte er nicht das Meer. Oder konnte man diesen Nebel überhaupt nicht mit dem vergleichen, den wir zuerst in Grynexxa kennengelernt hatten?

Das war die große Frage, auf die ich verdammt gern eine Antwort gewusst hätte.

Es blieb nur noch eine Möglichkeit.

Wir mussten näher ran!

Das sagte ich auch Jo Barracuda. »Gib Stoff, Jo. Sonst kommen wir hier nicht weiter.«

Die schweren Motoren heulten auf. Der Bug des Schiffes stieg aus dem Wasser und schob einen weißen Gischtbart vor sich her.

Abermals ließen wir das seltsame Gebilde nicht aus den Augen. Und wieder war es der Chinese, der als Erster die Entdeckung machte.

»Da ist irgendetwas innerhalb des Nebels.«

Sofort horchten Bill und ich auf. »Kannst du es genauer erkennen?«

Suko behielt sein Glas vor den Augen und hob die Schultern. »Ist natürlich schwer, aber wenn mich nicht alles täuscht, sieht es aus wie ein Schiff.«

»Ein Dampfer?«, fragte ich.

»Nein, ein Segelschiff.«

Plötzlich machte etwas »Klick« in meinem Gehirn. Pretty Benson hatte uns von den gesunkenen Schiffen erzählt, die noch mit Gold beladen waren. Das waren alles Segler, und ich ging davon aus, dass Doktor Tod es geschafft hatte, eines dieser Schiffe auf magische Art und Weise zu heben. Ein Kahn mit Gold war es sicherlich nicht, daran war Solo Morasso kaum interessiert. Also musste das Schiff ein anderes Geheimnis bergen.

Ich sprach über meinen Verdacht mit Suko und Bill. Beide stimmten mir zu.

»Und jetzt?«, fragte der Reporter.

»Werde ich das Schiff entern.«

Die beiden schauten mich an, als hätten sie einen Geisteskranken vor sich.

»Was ist? Wisst ihr eine andere Lösung?«

»Nein, nein«, stotterte Bill und hob abwehrend die rechte Hand. »Nur werden wir dich begleiten.«

»Das ist zu gefährlich.«

»Kaum. Sechs Hände sind besser als zwei.«

»Und wenn es wirklich der Todesnebel ist, kann ich euch als Skelette begrüßen.«

»Das Risiko müssen wir eingehen«, erwiderte Suko.

Es war einfach nicht die Zeit zu versuchen, meine Freunde umzustimmen. Sie hatten sich einmal entschieden, und sie würden auch dabei bleiben, wie ich sie kannte. Da hatten beide einen schrecklichen Dickkopf.

Natürlich waren auch einige technische Probleme zu lösen. Darüber redete ich mit Jo Barracuda auf der Brücke.

Auch er zeigte sich von meinem Vorschlag nicht begeistert, hielt ihn für zu gefährlich, aber ich ließ mich nicht von meinem Plan abbringen.

»Dann in Gottes Namen«, sagte er.

Ich deutete auf das Funkgerät. »Dadurch stehst du doch mit der Küstenstation in Verbindung, oder?«

»Klar.«

»Ich möchte, dass zumindest zwei Hubschrauber startklar gemacht werden. Aber große, am besten von der Army. Die Männer sollen sich mit kleinen Brandbomben bewaffnen.«

»Willst du hier einen Krieg veranstalten?«

»Nein, aber wenn es geht, das verdammte Schiff verbrennen. Mit einem Streichholz dauert mir das zu lange.«

»Stimmt auch wieder.«

Dann besprachen wir technische Details. Wir fuhren natürlich auch ohne Licht, und ich hoffte, dass der

Mann, der die andere Jacht steuerte, nicht so sehr auf seinen Radarschirm achtete.

Hinschwimmen wollten wir natürlich nicht. Aber wir besaßen ein Schlauchboot, an das ein Außenborder angeschlossen war.

Wenn er nicht lief, konnten wir uns mit Paddeln voranbewegen.

Suko und Bill hatten das Boot bereits mit Pressluft aufgeblasen, als ich die Brücke verließ. Die beiden Freunde hatten wirklich ausgezeichnet mitgedacht. Das Boot war so groß, dass es uns dreien bequem Platz bot.

Jetzt war ich wirklich gespannt, wie sich die Sache weiterentwickelte.

Wir ließen das Boot zu Wasser.

Es war gar nicht so einfach, in das schwankende Schlauchboot zu steigen. Die Wellen trugen es einmal hoch, dann wieder in ein Tal, und Bill wäre fast vorbeigesprungen, als er den Anfang machte.

Ich folgte, Suko sprang als Letzter.

Trocken saßen wir im Boot. Bill hockte dort, wo sich der Außenborder befand.

Die Schnur hielt er zwischen vier Finger geklemmt. Er riss daran. Zweimal spuckte der Motor protestierend, dann lief er rund.

Die Eroberung des Geisterschiffes konnte beginnen …

Je näher wir der Nebelbank kamen, umso deutlicher entdeckten wir deren Ausmaße.

Sie waren wirklich gewaltig. Und wir sahen jetzt auch die Umrisse des großen Dreimastseglers inmitten der Nebelwolke.

Da wir in unserem Schlauchboot hockten, kamen wir uns direkt winzig vor.

Ob der Segler direkt gezogen wurde, war leider nicht festzustellen. Auf jeden Fall sahen wir eine abgedunkelte Jacht, die vor dem Segelschiff fuhr.

Ich war sicher, dass ich dort auf der Jacht Doktor Tod und die Mordliga finden konnte.

Aber wer oder was befand sich auf dem Segler, der in Richtung Küste gebracht wurde?

In einer halben Stunde spätestens hatte ich das Rätsel gelöst. Wir hielten uns immer im Schatten des Seglers, sodass wir von der Jacht aus kaum entdeckt werden konnten. Eine zu frühe Entdeckung hätte all unsere Pläne vernichtet.

Vor uns schob sich die gewaltige Nebelwand hoch. Sehr genau schaute ich sie mir an.

Nein, die hatte kaum Ähnlichkeit mit dem Todesnebel. Er war irgendwie anders, und er hatte auch eine andere Ausstrahlung, denn mein vor der Brust hängendes Kreuz erwärmte sich nicht.

»Ich glaube, es ist nicht der Todesnebel«, gab ich meine Vermutung weiter.

Die Freunde nickten. Bill meinte: »Habe ich doch gleich gewusst, aber du mit deinen …«

»Geschenkt.« Blitzschnell duckte ich mich zusammen, denn ich hatte an der Reling eine Gestalt gesehen.

Sie war nur undeutlich zu erkennen, aber ich hatte nun die Gewissheit, dass dieses Schiff besetzt war.

»Da ist noch einer!«, zischte Bill und deutete in die Höhe.

Tatsächlich. Dort auf dem Schiff kletterte jemand mit abgehackten Bewegungen in die zerfetzten und zerfledderten Wanten. Die Bewegungen kamen uns bekannt vor. So bewegten sich wirklich nur Zombies oder andere untote Wesen wie Vampire.

»Näher ran!«

Suko hatte die Anweisung gegeben. Sie war gut, denn der Chinese wollte in den toten Winkel gelangen, sodass er von dem Wantengucker nicht gesehen wurde.

Zum Glück war der Motor nicht sehr laut. Auf dem vorderen Schiff würde man ihn kaum hören können, denn das Klatschen der Wellen war ebenso laut, wenn nicht sogar noch stärker.

»Motor aus!«, sagte ich.

Bill stoppte ihn.

Eine seltsame Stille empfing uns. Da war nur das Klatschen der Wellen zu hören.

Wir packten die Paddel. Das heißt, Bill und Suko paddelten, während ich mich für den Absprung vorbereitete. Es gab ein großes Hindernis: die Bordwand. Sie war verdammt hoch, und ich fragte mich, wie ich sie überwinden sollte.

Suko und Bill paddelten wirklich wie die Weltmeister. Im nächsten Augenblick schon tauchten wir in den Nebel ein. Schlagartig verstummte das Plätschern der Wellen. Eine seltsame Ruhe umgab uns. Mir schien es, als wären wir in einer anderen Welt.

»Sagenhaft!«, flüsterte der Reporter.

Suko stieß mich an und zischte etwas durch die Zähne, wobei er noch den Arm ausstreckte.

Das Tau, das von der Bordwand herabhing, kam mir wie ein Geschenk des Himmels vor. Es hing so weit nach unten, dass ich es mit einem Sprung erreichen konnte.

Wunderbar!

Wir besprachen uns. Zuerst wollte ich das Schiff entern. Zehn Minuten später sollten Suko und Bill folgen. Wenn es eben ging, wollte ich die Besatzung möglichst lautlos überwältigen. Ich trug auch noch eine Leuchtpistole bei mir.

Wenn ich eine Patrone verschoss, würde auch Jo Barracuda den roten Regen sehen, wenn er sich dem Wasser zusenkte.

Unser Boot stieß gegen die Bordwand. Bill und Suko paddelten wie die Irren, damit sie die Geschwindigkeit des Seglers halten konnten. Auf das Schlauchboot, das uns bisher so gute Dienste erwiesen hatte, mussten wir hinterher verzichten.

Ich stand schon.

Den Kopf hatte ich in den Nacken gelegt, um das Tau genau zu verfolgen. Es hing nicht ruhig, sondern schwang hin und her. Es war gar nicht einfach, es mit einem Sprung zu erreichen.

»Beeil dich!«, raunte Bill. »Lange können wir das Tempo nicht mithalten.«

Die beiden wollten, wenn ich an Deck war, wieder den Motor anstellen.

»Okay.« Ich gab jetzt genau acht, passte mich mit meinen Bewegungen dem Rhythmus des schwankenden Schlauchbootes und auch dem des Taus an.

Dann stieß ich mich ab.

Es war ein Verzweiflungssprung, und ich hatte wirklich Glück dabei, das Tau an der Steuerbordseite schon beim ersten Mal packen zu können. Jetzt hing ich an diesem Seil, das Schlauchboot wurde abgedrängt, und ich sah vor mir die mit Algen und Muscheln überkrustete Bordwand, die ich hochklettern musste.

Noch einmal holte ich tief Atem, dann hangelte ich mich hoch. Auch mit den Fußspitzen stemmte ich mich ab. Sie hackten in die Muschel- und Algenkrusten der Bordwand, einige Brocken lösten sich und fielen in die Tiefe.

Die Gestalt, die in die Wanten geklettert war, hatte ich nicht mehr gesehen. Entweder war sie hoch über Deck sitzen geblieben, oder er hatte sich wieder zurückgezogen.

Zuerst erreichte ich das Batteriedeck. Hier standen die Geschütze. Ich hangelte mich an den offenen Luken vorbei und schaute in die zugewachsenen Mündungen der Kanonenrohre. Immer öfter fanden meine Füße sicheren Halt. Von dem ersten Schiff, auf dem sich bestimmt Doktor Tod und die Mordliga aufhielten, sah ich nichts.

Jetzt dauerte es nicht mehr lange, bis der gefahrvolle erste Weg hinter mir lag. Schon sah ich vor mir das mächtige Schanzkleid, durch den Algenbewuchs noch größer geworden und unförmiger. Das Holz war auch mit scharfen Muscheln überwachsen. Ich musste achtgeben, dass ich mich nicht schnitt.

Das Tau hing an einem Haken, der sich in der Kruste regelrecht verbissen hatte. Er hielt auch mein Gewicht aus, als ich mich lautlos über das Schanzkleid schwang und an Bord ging, wo ich sofort lang ausgestreckt auf den Planken liegen blieb.

Die Kletterei hatte mich verdammt angestrengt, und ich wollte mich erst einmal ausruhen. Auf dem Bauch blieb ich liegen, saugte tief die Luft in meine Lungen und wartete darauf, dass sich die zum Zerreißen gespannten Nerven beruhigt hatten.

Über dem Deck lag eine unheimliche Atmosphäre. Das machte nicht nur der Nebel, dessen geisterhafte Arme schlangengleich die Aufbauten umfingen, sondern ich spürte auch das Böse, das Gefährliche, das Unheimliche, das ganz in meiner Nähe lauerte. Ein Schauer rann über meinen Rücken. Wo steckten sie?

Ich hob den Kopf, suchte die Geschöpfe, aber ich konnte sie nicht entdecken. Ich rechnete mit Zombies, mit grauenhaften Gestalten, die irgendein Voodoo-Zauber aus ihrem tödlichen Schlaf geholt hatte. Wenn sie es tatsächlich waren, konnte ich mich auf einiges gefasst machen. Bei denen durfte man nicht erst fragen, sondern musste sofort handeln und töten.

Zwei Minuten reichten mir, um mich wieder zu regenerieren. Ich erhob mich, blieb aber in der Hocke und tastete nach meinen Waffen, die alle noch vorhanden waren. Bei der Kletterei hatte ich keine verloren.

Viel zu sehen gab es eigentlich nicht. Der Nebel verdeckte gnädig das Chaos an Bord – die auf Kippe stehenden Masten, die durchlöcherten Segel, die zerfetzten Wanten, die aufgerissenen Planken, die schnell zu Stolperfallen werden konnten.

Auf so einem Schiff ist es ja nie ruhig. Nicht nur das

Klatschen der Wellen gegen die Außenbordwände, nein, auch auf den Decks war es nicht still.

Da knarrte die Takelage, da stöhnte und ächzte das Holz, da flatterten die Segel, da säuselte der Wind durch Wanten und Sparren. Wasser tropfte noch überall. Es klatschte auf Deck und mir in die Haare oder lief über den Rücken.

Das Kreuz hing offen vor meiner Brust, die Beretta war schussbereit, aber in diesem Fall wollte ich mich nicht nur auf sie verlassen, sondern auch auf die Eichenbolzen verschießende Pistole. Diese kleinen, aber äußerst wirksamen Bolzen waren zum Beispiel ein sicheres Mittel gegen Vampire. Da ich meine Gegner nicht kannte, konnte ich durchaus annehmen, dass sich auch Vampire auf dem Deck des Schiffes befanden. Möglich war auf diesem Segler alles.

Ich hatte mir vorgenommen, das Oberdeck zu erreichen, wo sich der Ruderstand befand. Von dort hatte ich einen sehr guten Ausblick. Vorsichtig bewegte ich mich über das Deck und hielt mich stets in Deckung der Bordwand.

Es war gar nicht so einfach, über den fest verkrusteten Teppich zu laufen. Er war nicht glatt. Manchmal hatten Algen, Korallen und Muscheln regelrechte Stolperhügel gebildet, die ich vorsichtig umrundete. Ich wagte es nicht, meine Minilampe hervorzuholen. Der Lichtstrahl wäre zu verräterisch gewesen.

Ein dumpfer Schlag!

Abrupt blieb ich stehen. Das Geräusch war links von mir aufgeklungen, nahe der Backbordseite. Ich machte mich noch kleiner, verwuchs praktisch mit dem Schatten des Decks und schaute in die Richtung, wo ich den Laut vernommen hatte.

Schemenhaft sah ich die Gestalt.

Wie ein Geist kam sie aus dem Nebel, und sie ging so, wie ich es von Zombies oder »lebenden« Toten erwartete. Schwankend, unsicher, aber dennoch zielstrebig.

Der Teufel wollte es, dass die Gestalt ausgerechnet die Stelle ansteuerte, wo ich gerade hockte. Wenn sie so weiterging, musste sie über mich stolpern.

Ich verschwand nicht, sondern wartete eiskalt ab.

Jetzt sah ich meinen Gegner deutlicher. Er trug zerfetzte Kleidung, war aber schwer bewaffnet. In der Hand hielt er zwei krumme Dolche, ein Säbel hing an seiner linken Seite.

Ein untoter Pirat!

Noch hatte er mich nicht gesehen, aber er schien etwas zu ahnen, denn drei Schritte vor mir blieb er stehen.

Ich hatte mich so flach gemacht, wie es ging, und ich wagte kaum zu atmen, wobei ich den Zombie nicht aus den Augen ließ.

Er öffnete seinen Mund.

Ich konnte sehen, dass ich keinen direkten Zombie vor mir hatte, sondern einen Vampir.

Die Eckzähne zeigten es mir deutlich.

Das war natürlich ein Ding. Eigentlich klar, denn ich hatte schon an Land mit Vampiro-del-mar zu tun gehabt. Demnach hatte er sich Verstärkung besorgt.

Die Beretta ließ ich stecken. Dafür nahm ich die etwas unförmigere Bolzenpistole in die rechte Hand.

Im Zeitlupentempo streckte ich meinen Arm aus und zielte auf die Brust des Blutsaugers.

Der musste irgendetwas gespürt haben, denn er drehte zur Seite ab.

Ich ließ ihn einen Schritt gehen.

Dann schoss ich.

Pffft! machte es. Ein Geräusch, das kaum zu hören war und sofort wieder verklang. Der Eichenbolzen wurde mit ungeheurer Geschwindigkeit aus der Mündung getrieben und wuchtete in die Brust des Untoten. Dorthin, wo bei einem Menschen das Herz sitzt.

Es war ein Schlag, dem der Vampir nichts entgegenzusetzen hatte. Zudem traf er ihn völlig unvorbereitet. Der Vampir riss beide Arme hoch, blieb in dieser Haltung für den Bruchteil einer Sekunde stehen, dann kippte er nach hinten und fiel schwer auf Deck.

Rasch war ich bei ihm.

Ein hartes Lächeln glitt über mein Gesicht, als ich sah, dass der Eichenbolzen nichts von seiner Wirkung verloren hatte. Er zerstörte das unselige Leben dieser zweibeinigen Bestie. Der Vampir, der so lange auf dem Meeresgrund gelegen hatte, löste sich kurzerhand auf. Die morschen Knochen zerfielen und wurden zu Staub. Zurück blieben ein paar zerfetzte Lumpen.

Ein Gegner weniger. Wie viele noch auf mich lauerten, wusste ich nicht. Es konnte noch gefährlich genug werden. Plötzlich musste ich lachen. Wenn Doktor Tod und seine Vasallen gewusst hätten, wer sich hinter ihnen befand, dann hätten sie zu einem Generalangriff geblasen. Zum Glück wussten sie es nicht.

Der weitere Weg war erst einmal frei. Ich wurde nicht übermütig, sondern schlich vorsichtig weiter. Des Öfteren warf ich einen Blick in die Höhe, ob keiner meiner Gegner in den Wanten lauerte und sich auf mich fallen ließ. Doch dort blieb alles ruhig.

Als ich zwei vergammelte Taurollen passierte, geschah es. Gerade noch rechtzeitig hörte ich hinter mir das Geräusch. Ich duckte mich und kreiselte herum.

Der Blutsauger war auf die Taurolle gesprungen. Grässlich verzerrt war sein Gesicht. Er hielt einen rostigen Degen in der Hand und schlug waagerecht zu, um mir den Kopf vom Rumpf zu trennen. Gedankenschnell ging ich in die Hocke.

Die verrostete Klinge wischte über meinem Kopf hinweg, der Vampir verlor auf den beiden Taurollen stehend das Gleichgewicht und fiel auf mich zu.

Ich sprang hastig zur Seite, sodass er neben mir auf das Deck krachte.

Sofort wälzte er sich herum.

Da schoss ich schon.

Ich sah noch sein verzerrtes Gesicht, dann traf ihn der Bolzen genau zwischen die Augen und bereitete seinem unseligen Leben ein Ende. Er zerfiel ebenso wie sein Vorgänger.

Puh, das war knapp gewesen.

Mit dem Handrücken wischte ich mir den salzigen Schweiß von der Stirn und aus den Augenbrauen.

Der Zweite war erledigt.

Wenn das so weiterging, hatte ich alle Chancen, das Schiff regelrecht zu kapern.

Nach wenigen Yards sah ich vor mir den Aufgang zum Oberdeck. Die Planken, vom Zahn der Zeit brüchig geworden und durch das Salzwasser angerissen, sahen mir nicht gerade einladend aus. Trotzdem musste ich es versuchen. Es gab für mich keinen anderen Weg, um an das Oberdeck zu gelangen.

Dort war nach wie vor alles ruhig. Da stand auch der größte Mast, der mir noch am stabilsten aussah.

Der Weg über die Planken gestaltete sich zu einem regelrechten Hindernisrennen, das ich jedoch hinter mich brachte, ohne einzustürzen. Das Glück schien heute wirklich auf meiner Seite zu sein.

Ich schaute über das Schanzkleid und suchte das Schlauchboot, in dem meine beiden Freunde saßen.

Nichts zu sehen.

Das Boot verschmolz mit der dunklen Wasseroberfläche. Aber sie befanden sich in der Nähe, auch wenn ich den kleinen Außenborder nicht hörte. Ich ging bewusst das Risiko ein und knipste für einen Moment die Bleistiftleuchte an, wobei ich blitzschnell einen Kreis drehte. Ein Zeichen, dass alles okay war.

Die Antwort kam prompt.

Vor und auch unter mir zuckte für den Bruchteil einer Sekunde ein heller Schein auf, der aber sofort wieder erlosch. Bill und Suko waren also noch dran.

Das stimmte mich zufrieden. Mit neuem Mut ging ich an den zweiten Teil meiner Aufgabe. Die Besatzung des Ruderstands. Ich war fest davon überzeugt, das Schiff für uns einnehmen zu können.

Doch irren ist menschlich …

Glatt und ohne Schwierigkeiten verlief der weitere Weg zum Ruderstand. Er war zum Teil verfallen. Eine Seite fehlte völlig. Eine gewaltige Kraft hatte sie aus dem Verbund gerissen. Es war ein Wunder, dass dieses Haus noch stand.

Ich betrat auf Zehenspitzen den Unterstand. Die Planken bewegten sich unter meinem Gewicht. Hier war der Algenwuchs nicht mehr so stark, und das hätte mich eigentlich misstrauisch machen müssen.

Plötzlich öffnete sich unter mir der Boden, das heißt, er war gar nicht vorhanden.

Eine Falle, dachte ich noch, dann fiel ich in die Tiefe des Schiffsbauchs …

Hart kam ich auf.

Der Schlag schüttelte mich durch, das Echo dröhnte in meinen Ohren, so wuchtig war ich auf die Schiffsplanken getroffen. Ich warf mich noch aus der Bewegung heraus nach vorn und verwandelte den Aufprall in eine Rolle.

Ein paar Mal überschlug ich mich, bis ich gegen eine Wand krachte, die mich aufhielt.

Die Eichenbolzen verschießende Pistole war mir aus der rechten Hand gerutscht. Sie lag irgendwo dort, wo ich sie nicht sehen konnte. Es war klar, dass man mich hier unten erwartete, aber leicht wollte ich es den Gegnern nicht machen.

Ich stieß mich von der Wand ab, wollte mich umdrehen und aufrichten, da traf mich der Tritt.

Ich hatte das Gefühl, mein Kreuz würde explodieren. Hart wurde ich abermals gegen die Wand geschleudert, und ich schlug mit dem Gesicht gegen das raue, feuchte Holz. Sterne platzten vor meinen Augen auf, ich trat für einen Moment weg. Jemand packte mich an der Schulter, ein Drehgriff, und ich wurde herumgeschleudert, sodass ich auf dem Rücken zu liegen kam.

Es war nicht dunkel im Bauch des Vampir-Schiffes. Sie hatten Fackeln angezündet und in Halter gerammt. Die beiden Flammen zuckten hin und her, sie füllten den Lade- oder Stauraum mit Licht und Schatten aus.

Ich sah mehrere Särge, die allesamt offen waren, und ich erkannte meine Gegner.

Vier waren es.

Vier Vampire.

Drei, die gekleidet waren wie die beiden, die ich auf dem Deck erledigt hatte.

Der Vierte jedoch fiel aus dem Rahmen. Er überragte die drei um fast einen Kopf. Ein bleiches Tuch hatte er um seine Stirn geschlungen. Er trug noch seinen Rock, der faustgroße Löcher aufwies. Sein Gesicht war verwüstet, wie eine Kraterlandschaft kam es mir vor. Er hatte sein Maul geöffnet, und ich sah die beiden langen, gefährlichen Eckzähne, die fast bis über die Unterlippe wuchsen.

Dieser Vampir schien der Anführer zu sein, was er mir auch gleich bestätigte.

»Ich El Sargossa!«, knurrte er.

Den Namen hatte ich noch nie gehört, nickte trotzdem. Vielleicht werden Sie mich fragen, warum ich mich nicht wehrte, nicht einfach die Beretta hervorriss und schoss.

Das ging nicht, denn die rostigen Spitzen der Säbel und Schwerter befanden sich kaum eine Handbreit von meinem Körper entfernt. Machte ich eine unvernünftige Bewegung, würden die anderen zustoßen, und um mich war es geschehen.

Deshalb hielt ich still.

Und dann bekam ich einen noch größeren Schreck, denn aus einem dunklen Winkel löste sich eine zweite Gestalt.

Sie überragte auch El Sargossa und war an Scheußlichkeit nicht mehr zu überbieten.

Vor mir stand Vampiro-del-mar!

Der hatte mir zu meinem Unglück noch gefehlt. Eigentlich lag es auf der Hand, dass er erscheinen würde, schließlich hatte ich ihn schon in Key Largo gesehen.

Und nun stand er vor mir.

Er präsentierte sich in all seiner Scheußlichkeit. Den Rachen hatte er weit aufgerissen, ich sah nicht nur seine beiden langen Eckzähne, die mich manchmal an einen Säbelzahntiger erinnerten, sondern sah auch sein übriges Gebiss, das gefährlich glänzte und mich abermals an Stahlstifte erinnerte.

Aus meiner Perspektive wirkte er noch größer und gewaltiger, aber er hütete sich, mich anzufassen.

»Ich wusste, dass du kommst«, sagte Vampiro-del-mar. Er sprach abgehackt wie ein redender Computer. »Aber ich habe den anderen nichts davon gesagt. Diese Sache geht nur uns beide etwas an. Ich will Doktor Tod und Tokata zeigen, dass ich das schaffe, wovon sie nur geträumt haben. Ich lege ihnen deine Leiche zu Füßen, John Sinclair!«

Große Worte. Ich kannte sie, hatte sie bereits des Öfteren gehört, doch bisher hatte ich mich immer aus allen Fallen herauswinden können.

Würde ich es auch diesmal schaffen?

Alles sprach gegen mich. Die Vampire sonnten sich in ihrem Triumph, und das konnten sie.

»Rechnest du dir eine Chancen aus?«, fragte Vampiro-del-mar.

»Vielleicht.«

Er stieß ein dröhnendes Lachen aus. »Es gibt keine. Nicht für dich, John Sinclair. Meine Freunde sind sehr schnell. Ich brauche nur den Befehl zu geben, und sie stoßen zu.«

»Was geschieht mit mir?«, fragte ich.

»Wir werden dich erledigen.« Er drehte sich halb um und deutete auf den größten Sarg, der in diesem Lagerraum stand. »Das wird deine letzte Ruhestätte, Geisterjäger. Wenn du in der Totenkiste liegst, wird sie geschlossen und Doktor Tod übergeben. Er kann sie öffnen und wird sich wundern, wen er da vor sich hat.«

Das waren wirklich reizende Aussichten. Ich spürte selbst, wie es mir übel wurde. Vom Magen her stieg dieses Gefühl hoch. Ein Kloß, der größer und größer wurde, sich schließlich in meiner Kehle festsetzte und zu Atembeschwerden führte.

Verdammt, gab es denn keine Fluchtchance mehr?

Vampiro-del-mar wandte sich ab. Er wollte den schweren Sarg selbst herbeischaffen.

In meinem Kopf überschlugen sich die Gedanken. Wie kam ich aus dieser verdammten Lage wieder heraus? Wenn ich erst in der Totenkiste lag, war es vorbei. Dann rettete mich keine Macht der Welt mehr.

Vampiro-del-mar bückte sich. Seine mächtigen

Klauen umspannten den Sarg. Für ihn bedeutete es keinen Kraftakt, den Sarg hochzustemmen.

Die Untoten, die mich bewachten, schielten zur Seite und beobachteten ihren Anführer.

Meine Chancen wuchsen. Wenn sie sich nur etwas mehr ablenken ließen, würde ich es wagen.

Da fiel mir etwas ein. Ich griff zum ältesten Trick der Welt und betete innerlich, dass er funktionierte.

Mein Gesicht verzerrte sich, die Augen leuchteten, und ich schrie mit gewaltiger Stimme: »Bill, schieß! Leg sie um!«

»Er lässt sich verdammt lange Zeit«, sagte der Reporter und schaute zum wiederholten Male auf seine Uhr.

Suko war ruhiger. »Das Schiff ist groß. John muss erst die Decks überqueren.«

»Trotzdem, mir gefällt das nicht.«

Die beiden befanden sich mit ihrem Schlauchboot in der Hecknähe des Seglers, der noch immer von den Nebelschwaden umhüllt wurde. Sie waren nicht entdeckt worden, und auch der kleine, aber sehr leistungsfähige Außenborder hielt sich tapfer. Auf der vorderen Jacht war alles ruhig. Dort regte sich nichts, niemand von der Mordliga ließ sich blicken.

Dann sahen sie das Licht. Diesen hellen Kreis, der kurz aufleuchtete und verwischte.

Sofort knipste Bill seine Lampe an. Ein Zeichen, dass auch bei ihnen alles in Ordnung war.

»Da siehst du's«, sagte Suko.

Bill lachte leise. »Man macht sich eben Sorgen.«

»John wird die Sache schon schaukeln. Mir passt nur nicht, dass wir hier hocken und nicht eingreifen können.«

»Denkst du, mir vielleicht?« Bill räusperte sich. »Sollten wir nicht doch versuchen …«

»Nein, noch warten wir.«

»Okay, war ja nur ein Vorschlag.«

Die beiden Männer ahnten nicht, dass es genau der Moment war, in dem ich voll in die Falle lief …

Ich hatte es kaum für möglich gehalten, aber es trat ein. Die Vampire ließen sich in der Tat ablenken. Zwei von ihnen drehten sich direkt herum, der Dritte langsamer, und El Sargossa zuckte nur zusammen.

Die Spitzen der Schwerter und Säbel verschwanden vor meinem Gesicht. Ich zog die Beine an, ließ sie wieder vorschnellen und stieß sie dem Anführer in den Leib.

El Sargossa flog zurück.

Dann rollte ich mich zur Seite und kam auf die Füße. Noch in der Bewegung zog ich meine Beretta. Den Anführer wollte ich erschießen, doch der hatte sich in Sicherheit gebracht und schleuderte einen rostigen Dolch.

Ich konnte ausweichen, kam allerdings aus diesem Grund nicht zu einem Schuss und musste mir erst ein neues Ziel suchen.

Das war einer der Helfer.

Als meine Waffe aufpeitschte, hieb ihm die Kugel fast den Kopf von den Schultern. Es war nicht mehr viel

Masse vorhanden, und der Körper kippte zur Seite, wobei er sich auflöste.

Eine zweite Kugel setzte ich in den Sand. Das heißt, sie hieb in die Seitenwand des Kahns.

Dann musste ich meinen Platz wechseln, denn El Sargossa schleuderte einen Degen auf mich zu.

Ein langer Schritt brachte mich in Sicherheit. Ich rollte buchstäblich an der Wand entlang und riss eine Fackel aus der Halterung. Dem nächsten Vampir hieb ich das Ding um die Ohren.

Er fuhr aufschreiend zurück, sein Gesicht wurde zur Fratze, die Haare fingen Feuer, und Qualm wölkte hoch. Für einen Moment wusste er nicht, was er tun sollte.

Ich schoss ihm in die Brust.

Mit einem Seufzer auf den Lippen sackte er zusammen und blieb liegen.

Noch drei Gegner!

Vampiro-del-mar, El Sargossa und einer seiner Kreaturen. Ausgerechnet der Letzte ließ mich voll auflaufen. Er war seitlich an mich herangeschlichen und warf sich gegen mich.

Ich flog zu Boden, weil ich mit dem plötzlichen Anprall nicht gerechnet hatte. Zwar schlug ich noch mit der Fackel zu, traf den Vampir auch, aber die Kleidung war zu feucht, um sofort Feuer zu fangen. Im nächsten Augenblick brüllte er jedoch wie am Spieß. Der Vampir war auf mein Kreuz gefallen.

Er zuckte hoch, sein Mund wurde zu einem riesigen Maul, aus dem ein gellender Schrei drang. Er befand sich noch auf mir, als seine Kopfknochen bereits auf mich fielen, weil sie sich gelöst hatten. Mir drang Staub in die Augen.

Mein Blick wurde verschwommen. Ich drückte einfach ab, sah noch die Gestalt und bekam den Hieb, der mein Bewusstsein auslöschte.

Vampiro-del-mar richtete sich auf. In der Hand hielt er den Sargdeckel. Damit hatte er zugeschlagen.

Wieder wurde Bill Conolly nervös.

»Da stimmt was nicht«, sagte er und schlug mit der Hand auf seinen Oberschenkel.

Diesmal gab Suko ihm recht. Das heißt, er widersprach nicht.

»John hätte ein zweites Zeichen gegeben, wenn alles normal verlaufen wäre.«

»Möglich.«

»Und was tun wir?«

»Abwarten.«

»Nein, Suko, nicht mehr. Ich werde auf das Schiff klettern.«

»Oder ich.«

Bill schaute den Chinesen an. »Also geht es dir auch quer?«

»Klar.«

»Einer muss aber hier bleiben«, sagte der Reporter.

»Wir losen«, schlug Suko vor.

Damit war Bill Conolly einverstanden.

Der Chinese griff in die Tasche und holte eine Münze hervor. »Kopf oder Zahl?«, fragte er.

»Zahl, aber nur, wenn ich werfe.«

Suko grinste. »Traust du mir nicht?«
»Nein.«
Bill nahm die Münze. Er schleuderte sie hoch, ließ auf seinen Handteller fallen und wollte sie herumdrehen, doch jetzt kam Suko mit seinem Einspruch.
»Nein, so bleibt es.«
Der Reporter nickte. Dabei knirschte er mit den Zähnen. Suko brauchte erst gar nicht groß nachzuschauen, er hatte gewonnen.
»Pech für dich, mein Lieber. Beim nächsten Mal klappt es vielleicht besser.«
Bill nickte. Anschließend änderte er den Kurs und sah zu, dass er näher an das Schiff herankam. Wieder wurde von einem Mann aus dem Sinclair-Team eine artistische Leistung verlangt.
Suko kniete sich hin, verfolgte das Tau mit den Augen und beachtete auch den Wellengang. Langsam schraubte er sich in die Höhe.
»Los, jetzt«, sagte Bill. Eine höhere Welle rollte heran und trug das Schlauchboot noch näher an die Bordwand.
Das war die Chance für Suko!
Er schnellte sich ab.
Sein Körper schien zu wachsen. Bill nickte anerkennend, denn wieder einmal sah er, welch eine Kraft doch in dem Chinesen steckte.
Suko bekam das Tau zwischen seine Finger. Sofort begann er, sich an der Bordwand hochzuhangeln. Dabei ahnten weder er noch Bill Conolly, was sich auf dem Deck abspielte.
Allerdings wurden beide davon überrascht, als das

Schiff plötzlich langsamer wurde und stoppte. Auch das Motorengeräusch der Jacht war nicht mehr zu hören.

Das alles geschah zu der Zeit, als der Chinese Suko etwa die Hälfte der Strecke überwunden hatte …

Lange war ich nicht bewusstlos gewesen, aber die Zeit hatte gereicht, um mich an Deck zu schaffen. Als ich dort die Augen aufschlug, fuhr mir der kühle Wind ins Gesicht, und ich sah wieder gewaltige Nebelschleier über das Deck wallen.

Ich lag auf dem Rücken. Meine Hände befanden sich vor dem Körper. Gefesselt.

Und auch das Kreuz war noch vorhanden. Es hatte sich keiner getraut, es mir abzunehmen.

Wenigstens ein kleiner Hoffnungsfunke.

Zwei Vampire waren noch übrig geblieben. Die anderen hatte ich alle erledigt, aber diese beiden waren ausgerechnet die gefährlichsten von allen.

Sie schauten auf mich herab.

In ihren Augen las ich den höhnischen Triumph, es endlich geschafft zu haben. Seltsam, wie sich die Blicke der Vampire verändern konnten. Normalerweise schauten sie stumpf und leer aus der Wäsche, doch hier nicht.

Kein Wunder, ihr Erzfeind John Sinclair befand sich in ihrer Hand. Und es sah verdammt nicht danach aus, als würde es noch eine große Chance für mich geben.

Den vertrauten Druck der Beretta spürte ich ebenso wie den der Leuchtpistole. Auch der Dolch war vorhanden. Diese Monster hatten wirklich Angst, mich zu berühren. Ich fragte mich nur, wie sie mich an Deck geschafft hatten. Darauf würde ich wohl nie eine Antwort erhalten.

Der Sarg stand bereit. Es war offen, der dunkle Deckel lag daneben und würde über mir festgeschraubt werden, wenn ich in der Totenkiste lag.

El Sargossa hielt in der rechten Hand meine Druckluftpistole. Die Mündung so gesenkt, dass sie auf meinen Kopf wies. Die Vampire wollten kein Risiko eingehen.

Gewaltsam musste ich mich konzentrieren, denn die Schmerzen in meinem Kopf waren ein Abbild meines Zustandes. Ich hatte wirklich schwer gegen sie zu kämpfen. Der verdammte Hieb mit dem harten Gegenstand hatte mein Gehirn ganz schön durcheinandergebracht.

Ich fror.

Vielleicht war es auch diese unheimliche Atmosphäre, die sich auf dem Schiff ausgebreitet hatte. Jahrhunderte hatte es in der Tiefe des Meeres gelegen, zusammen mit seiner Besatzung, diesen grauenvollen, nach Blut lechzenden Monstern. Jetzt war es wieder aufgetaucht.

Der Pesthauch der Hölle streifte über Bord, diese Galeone war ein Teufelsschiff, sie gehörte zerstört und für immer versenkt. Doch daran war im Moment nicht zu denken.

Stattdessen dachte ich an Suko und Bill. Wie mochte es den beiden ergehen? Ahnten sie vielleicht, was mir geschehen war? Oder glaubten sie daran, dass alles in

Ordnung war, nachdem ich mit der Lampe ein Zeichen gegeben hatte?

Die Zeit arbeitete für mich, doch Vampiro-del-mar hatte etwas dagegen. Ich sah ihn nicht, dafür hörte ich ihn, wie er hinter mich trat und seine Hände unter meine Achseln schob.

So hievte er mich hoch.

Ich peilte nach unten auf mein Kreuz. Mir kam der Gedanke, es einfach mit den gefesselten Händen zu packen und es zurückzuschleudern, doch der vor mir stehende El Sargossa schien meine Gedanken erraten zu haben.

Er beugte sich vor. Ich nahm den Modergeruch wahr, als er so dicht in meine Nähe kam. Er vermischte sich mit der Feuchtigkeit zu einem widerlichen Gestank.

»Nicht!«, zischte der untote Piratenkapitän.

Ich ließ es bleiben. Dieser Bolzen war auf jeden Fall schneller als meine Bewegung.

Vampiro-del-mar schleifte mich auf den Sarg zu. Mit dem Rücken stieß ich gegen die Längsseite und blieb für einen Moment sitzen, bevor ich wieder hochgezogen wurde.

Dann drückte mich der Blutsauger förmlich in den Sarg hinein. Mit dem Fuß trat er nach und quetschte mich in die enge Totenkiste.

Da lag ich nun.

Beide schauten mich an.

El Sargossa lachte. Seine Vampirzähne zitterten. Irgendwann würde er sie mir in den Hals schlagen, und sicherlich freute er sich schon auf das Festmahl.

Vampiro-del-mar verschwand und holte den Deckel.

Ich sah ihn als Schatten, wie er zuerst über meinem Kopf schwebte und sich dann langsam senkte.

Dann traf er auf das Unterteil der Totenkiste.

Schlagartig wurde es finster. So finster, dass ich nicht einmal die Hand vor Augen sehen konnte.

Und wieder kam die Angst!

Mich umfing die Stille des Todes. Ich glaubte schon den Sensenmann zu sehen, der langsam seine Hand ausstreckte, um mich für immer in sein Reich zu holen. Dabei klopfte er dumpf, bis mir einfiel, dass dieses Klopfen sicherlich nicht von der Fantasiefigur stammte, sondern Trittgeräusche waren, denn Vampiro-del-mar und der Piratenvampir verhielten sich nicht ruhig. Sie wanderten auf und ab.

Was hatten sie vor?

Worauf warteten sie?

Lauerten sie darauf, dass ich bewusstlos wurde oder erstickte, um dann mein Blut trinken zu können?

Schreckliche Bilder produzierte mein Gehirn und peinigte mich damit. Ich sah mich wieder auf dem Deck liegen, Vampire umstanden mich, und jeder durfte mich einmal beißen und an meinem Blut trinken, bis sich kein Tropfen mehr in meinem Körper befand und ich zu einer leblosen Hülle geworden war.

Eine grausame Vorstellung.

Und eine Vision, die durch meine Angst geschaffen wurde, denn mit der Wirklichkeit hatte sie nichts zu tun. Die Realität sah anders aus, ganz anders.

Sie hatte sich verändert.

Das stellte ich urplötzlich fest und wusste auch, dass meine Sinne noch okay waren.

Ich konzentrierte mich und hatte mich tatsächlich nicht getäuscht. Etwas war geschehen.

Das Schiff fuhr nicht mehr. Es schaukelte nur noch auf den Wellen. Was hatte das zu bedeuten?

An Bord der Jacht war bisher alles ruhig verlaufen. Es hatte keinerlei Störungen gegeben. Nur einmal war auf dem Radarschirm, der von Mr. Mondo und Solo Morasso genau beobachtet wurde, ein Schiff aufgetaucht, das aber sehr schnell wieder beigedreht hatte.

Ansonsten waren sie allein.

Immer häufiger schaute Solo Morasso auf seine Uhr. Die Hälfte der Strecke lag bereits hinter ihnen. Sie würden bald die sehr küstennahen Gewässer erreichen, und dort konnte es durchaus sein, dass andere Schiffe ihren Kurs kreuzten, denn es gab Fischer, die ihrer Arbeit besonders in der Nacht nachgingen.

Doktor Tod war entschlossen, mit diesen Booten kurzen Prozess zu machen.

Plötzlich zuckte er zusammen. Ein Gedankenimpuls war von seinem Gehirn aufgefangen worden.

Jemand sprach mit ihm.

Vampiro-del-mar!

Ich habe John Sinclair!

Diese Nachricht elektrisierte Doktor Tod förmlich. Er schaute Mondo an, der nicht wusste, was geschehen war und dessen Augen hinter der randlosen Brille einen unverständlichen Ausdruck zeigten.

»Maschinen stopp!«, befahl Doktor Tod.

»Warum? Wir …«

»Stoppen!«

Da gehorchte Mondo.

Doktor Tod aber verließ die Brücke und sprang auf das Deck der Jacht. Sein Alarmruf scheuchte die Mitglieder der Mordliga zusammen. Als er erklärte, was Vampiro-del-mar gelungen war, leuchteten einige Augen auf.

Lady X packte ihre Maschinenpistole sofort fester, Tokata knurrte dumpf unter seiner Maske, und auch Lupina wurde unruhig. Doch gerade sie wollte Doktor Tod nicht dabeihaben.

»Du bleibst hier, denn du hast Fehler gemacht«, sagte er. »Die anderen gehen mit mir rüber!«

Das letzte Wort war gleichzeitig das Startsignal.

Doktor Tod, Tokata und Lady X verließen die Jacht, um ihren Erzfeind zu töten …

Dem ging es im Augenblick sehr schlecht. Ich litt unwahrscheinlich unter dem Luftmangel. Ich hatte zwar nur sehr flach geatmet, trotzdem nahm der Vorrat an Sauerstoff rapide ab.

Im Gleichtakt mit dem Schiff wiegte sich der geschlossene Sarg, in dem ich lag, hin und her. Mal drückte er nach vorn, dann wieder nach hinten, ein ewiges Wiegen, auf das ich mich irgendwie konzentrierte.

Langsam näherte sich der Zeitpunkt, wo mir alles egal war. Da dachte ich nicht mehr an Gegenwehr, da wollte ich einfach hineindämmern in die knochigen Arme des Sensenmanns.

Doch dieser Moment verging. So etwas wie alte Energie kehrte wieder zurück, allerdings nicht lange, denn mein Gehirn füllte sich abermals mit der Watte, sodass ich kaum noch einen normalen klaren Gedanken fassen konnte.

Auf dem Deck war es ruhig geworden. Ich hörte keine Schritte. Die beiden Vampire schienen auf irgendein Ereignis zu warten.

Und das trat ein.

Wieder einmal war ich in diesen lethargischen Zustand gefallen, als ich das Dröhnen auf den Planken hörte.

Schritte!

Von mehreren Menschen oder Monstern. Stimmen, ein hässliches Lachen, das ich verdammt gut kannte, dann Doktor Tods fragende Stimme: »Liegt er hier drin?«

»Ja.«

Jemand trat genau in Kopfhöhe gegen den Sarg, und ein wildes Stechen zuckte durch meinen Schädel.

»Öffnen!«

Ich hörte die Klammern hochschnappen. Dann verschwand der Deckel und polterte auf Deck.

Ich öffnete die Augen, sah nur verschwommen etwas und atmete erst gierig die Luft ein.

Ich war vom Regen in die Traufe geraten, das wurde mir schlagartig bewusst.

Doktor Tod starrte mich an!

Aber er war nicht allein. Seine schlimmsten Komplizen hatte er mitgebracht.

Da stach mir vor allen Dingen Tokata ins Auge, der Samurai des Satans. Er hasste mich ganz besonders, denn er verdankte es mir, dass er seinen linken Arm verloren hatte. Deswegen hatte er mir blutige Rache geschworen, aber auch Lady X, die ehemalige Terroristin, wollte mich durch eine MPi-Garbe umbringen.

Und Doktor Tod sowieso. Über ihn ein Wort zu verlieren hieße Eulen nach Athen zu tragen.

Er starrte mich an. Seine Pupillen waren erbarmungslose Kristalle, ohne jegliches Gefühl. Wenn in ihnen etwas zu lesen stand, dann die Versicherung, dass dieser Mann mich töten wollte.

Eiskalt!

»John Sinclair!«, sagte er. Die Art, wie er meinen Namen aussprach, erinnerte mich an ein schauriges Echo aus der Hölle. »Jetzt habe ich dich, du verdammter Hund. Du bist in die Falle gegangen. Genauso und nicht anders wollte ich es haben. Darauf habe ich immer gewartet.« Er zeigte mit dem Finger auf mein Kreuz. »Das wird dir auch nicht mehr helfen. Lady X wird es dir abnehmen und ins Meer schleudern.«

Die Scott lachte. »Wird mir ein Vergnügen sein.«

Ich hatte mich noch nicht richtig erholt, sondern schnappte weiterhin nach Luft. Doch die Worte waren scharf wie Messerstiche in mein Gehirn gedrungen.

Sie waren mein Todesurteil.

Und wenn sie mich töteten, hatten sie einen Sarg gespart, denn da lag ich schon drin.

Er sah, dass ich Angst hatte, und er weidete sich an dem Gefühl, mich hilflos vor sich zu sehen.

Dann nickte er und wandte sich an Lady X. »Nimm diesem verdammten Bastard das Kreuz ab!«

»Nichts, was ich lieber täte«, erwiderte das Killerweib und beugte sich zu mir herab. Die Maschinenpistole nahm sie in die linke Hand, die rechte näherte sich meiner Brust, wo die wertvollste Waffe lag, die ich besaß.

Vier Erzengel hatten das Kreuz geweiht, um das sich jetzt die Finger der Mörderin schlossen. Sie riss es nicht von der Kette, nein, sie wollte mich quälen und machte es sehr behutsam.

Meine Haare im Nacken fuhren hoch, als sie von der Kette durchstreift wurden. Ich sah die teuflische Freude auf dem Gesicht der Frau, und dann hielt sie das Kreuz in der Hand.

»Da ist es!«, flüsterte sie. »Das ist dieses verdammte Ding, was schon so viele Leben gekostet hat. Jeder Schwarzblüter wird mir dankbar sein, wenn ich es vernichte.« Sie schleuderte es hasserfüllt zu Boden und trat mit dem Absatz darauf.

Die anderen schauten zu. Lady X hatte sich in eine Furie verwandelt, sie bückte sich, hob das Kreuz wieder auf und warf es weit von sich, dem Schanzkleid des Schiffes entgegen.

Das Kruzifix verschwand im Nebel.

Triumphierend schaute sie sich um, als erwartete sie, dass man ihr Beifall klatschen würde.

Doktor Tod nickte nur. »Ihr beide killt ihn. Tokata und du, Lady X!«

Der Samurai des Satans trat vor und zog sein Schwert. Lady X hob die Maschinenpistole.

Aus dem Hintergrund löste sich Vampiro-del-mar. Er war mit dem Verlauf der Dinge überhaupt nicht einverstanden.

»Er gehört mir«, sagte er dumpf. »Ich habe ihn gefangen …« Er wollte noch etwas sagen, als über dem Meer plötzlich ein roter Regen niederging.

Die Leuchtkugel!

Für einen Moment standen alle wie festgeleimt und schauten dem Signal nach. Bill Conolly musste die Pistole abgeschossen haben. Es war jedoch müßig, sich darüber Gedanken zu machen, mich rettete es nicht mehr. Und auch mein Kreuz nicht, das irgendwo auf dem Meeresgrund lag.

»Killt ihn!«, schrie Doktor Tod.

Der Schatten huschte blitzschnell heran.

Niemand achtete auf ihn, alle hatten nur Augen für mich, aber Suko flitzte über das Deck, und er hatte freie Bahn.

El Sargossa stand ihm im Weg. Bevor der Vampir eingreifen konnte, wurde er von Suko gepackt und über Bord geschleudert. Das war genau der Augenblick, als die anderen wach wurden, doch der Chinese hielt bereits seinen Stab in der Hand.

Das Kennwort schoss förmlich aus seinem Mund.

»Topar!«

Und dann war alles anders. Die Menschen und Monster auf dem Deck des Vampir-Schiffes erstarrten zur Regungslosigkeit. Auch ich wurde steif, und Suko hatte jetzt genau fünf Sekunden Zeit, etwas zu ändern.

Zuerst packte Suko Lady X und schleuderte sie von sich. Die MPi entriss er ihr und schlug damit Tokata um. Steif und schwer krachte der Samurai des Satans auf das Deck.

Dann war der Chinese bei mir. Er riss mich aus dem Sarg, schleuderte mich zu Boden, holte ein Messer hervor und säbelte an den Handfesseln.

Er schaffte es nicht mehr, sie aufzuschneiden, denn die Zeit war vorbei, und die Mordliga erwachte …

Bill Conolly hatte es wirklich nicht mehr ausgehalten. Es war ihm egal, ob er einen Fehler machte, aber er musste die Leuchtkugel abschießen.

Der rote, aufs Meer fallende Regen war für Bill wie ein Fanal der Hoffnung. Jo Barracuda würde es sehen und die richtigen Schlüsse ziehen.

Aber was war mit Suko und John?

Von beiden hatte Bill nichts mehr gesehen, aber Stimmen auf dem Deck gehört. Leider hatte er nicht verstehen können, was gesagt wurde, wohl aber eine Frauenstimme herausgehört.

Und die konnte an sich nur Lady X gehören. Bill fragte sich, wie es möglich war, dass die Mitglieder der Mordliga unbeobachtet an Bord des Vampir-Schiffes gelangen konnten.

Seine Gedanken wurden jedoch von den Ereignissen unterbrochen, in die auch er mit hineingezogen wurde.

Jemand flog über Bord.

Bill sah den Körper und hörte das Klatschen dicht neben seinem Boot. Zwei Yards höher, und er wäre getroffen worden. Im selben Augenblick vernahm er auch Sukos Ruf. Da wusste er, dass es dort oben hart auf hart ging.

Bill Conolly war fest entschlossen, in den Kampf einzugreifen, als es geschah.

Eine Hand hieb auf den Gummiwulst des Schlauchboots. Eine Vampirklaue.

Dünn die Haut, mit langen Nägeln versehen, und sofort folgte die andere Hand. Gleichzeitig mit ihr erschien ein Kopf.

El Sargossa tauchte auf. Mit dem Dolch zwischen den Zähnen sah er schrecklich aus.

Bill war für einen Augenblick entsetzt.

Die Zeitspanne reichte dem Untoten, um in das Schlauchboot zu klettern. Bevor der Reporter seine Waffe ziehen konnte, war der andere über ihm. Er hatte den Dolch mit der rostigen Klinge in die rechte Hand genommen und stieß zu.

Bill wehrte ab.

Seine Handkante fegte gegen das Gelenk, doch der Vampir gab nicht auf. Er ließ den Dolch nicht los und hackte wieder nach dem Reporter. Bill bog seinen Körper zurück, bekam beide Gelenke des Vampirs zu fassen, winkelte die Beine an, stieß die Knie in den Leib des Untoten und schleuderte ihn mit dem Hebelwurf über Bord ins Meer.

Der Reporter hatte sich nur eine kurze Atempause verschafft, denn Sekunden später startete der Vampir seinen zweiten Angriff. Diesmal wollte er den Dolch in den Gummiwulst stoßen.

Beim ersten Mal fehlte er, weil eine Welle das Schlauchboot wegtrug. Als er hinterher schwamm, hatte Bill Conolly die mit Silberkugeln geladene Beretta gezogen.

Dreimal schoss er.

Alle drei Kugeln trafen.

Zwei die Brust des Vampirs, die dritte jagte genau in die Stirn.

Ein Schrei erklang, der sofort wieder abbrach, weil Wasser in das Maul des Blutsaugers strömte.

Er versank, und Bill sah, wie der Auflösungsprozess bereits dicht unter der Oberfläche begann.

Er hatte es geschafft.

Sekunden später jedoch lenkte ein anderes Ereignis ihn ab.

Aus dem Vampir-Schiff schlugen plötzlich Flammen, und dann war der Teufel los …

Ich fand mich außerhalb des Sargs wieder, spürte die Messerwunden an meinen Handgelenken, aber auch die Stricke, jedoch saßen sie viel lockerer.

Suko hatte sie zum Teil gekappt.

In einem Anfall von wilder Verzweiflung zerrte ich an meinen Fesseln und zerriss sie.

Sofort sah ich mich um.

Tokata, der Samurai des Satans, sprang gerade mit einem gewaltigen Satz auf den Chinesen zu, um ihn mit seinem Schwert umzubringen. Die Klinge zerschnitt die Luft, aber Suko hatte sich durch eine schnelle Drehung in Sicherheit gebracht und mit der Dämonenpeitsche zugeschlagen. Er traf.

Die drei Riemen klatschten gegen Tokatas Körper. Der gewaltige Samurai sank zusammen, und ich sah noch, wie Rauch aus seinem Panzer quoll, dann musste ich mich um meinen Gegner kümmern, denn das war Vampiro-del-mar.

Der Blutsauger stürzte auf mich zu. Die Planken dröhnten, so wuchtig und schwer war er. Seine Arme hielt er ausgestreckt, er wollte mich erwürgen oder was weiß ich.

Ich sprang zurück, zog die Beretta und feuerte.

Kugel auf Kugel jagte ich hinaus, traf den Körper, und eine hieb in das linke Auge des blutsaugenden Ungeheuers.

Ein nicht menschlich zu nennender Schrei hallte über das Deck. Eine schwarzgrüne Flüssigkeit stürzte aus dem Loch, und Vampiro-del-mar drehte durch.

Wieder feuerte ich, zielte auf das andere Auge, verfehlte es jedoch.

Dann spürte ich einen heißen Luftzug, als eine Kugel dicht an meinem Kopf vorbeistrich.

Lady X hatte geschossen. Sie hockte hinter einer Taurolle und feuerte mit dem Revolver. Die Maschinenpistole hatte Suko irgendwohin geschleudert.

Sofort ging ich auf Tauchstation.

Der nächste Bleigruß wischte über mich hinweg.

Doktor Tod schrie wie ein Wahnsinniger. Auch er schoss. Ich rollte über die Planke und spürte etwas Hartes unter mir.

Die Druckluftpistole.

Sofort nahm ich sie an mich. Die Beretta hatte ich leer geschossen. Ich besaß trotzdem noch zwei Waffen. Denn auch die Leuchtpistole konnte für mich wertvoll sein.

»In die Zange nehmen!«, brüllte Doktor Tod.

Ich sprang auf und huschte quer über das Deck auf die andere Seite zu. Dort hatte ich nämlich Suko gesehen. Er und Tokata standen sich gegenüber. Der Samurai hatte die Treffer verkraftet.

Ich sah Tokatas breiten Rücken, nahm die Leuchtpistole, zielte und drückte ab.

Das Geschoss hieb in den Rücken des riesenhaften Dämons, blieb stecken, trieb ihn nach vorn, und plötzlich stand der Samurai in Flammen.

Er brüllte auf.

Ein makabres Bild. Der brennende Tokata hechtete nach zwei gewaltigen Schritten als untote Fackel über das Schanzkleid.

Zischend versank er im Meer.

Ich wollte mich um Doktor Tod und Lady X kümmern, doch das war nicht mehr möglich, denn auf einmal loderte aus der Tiefe des Schiffes eine gewaltige Feuersäule. Dort musste eine der Fackeln das Holz entzündet haben.

Planken wurden angehoben, flogen in die Luft und wirbelten als feurige Teile durch die Nacht.

»Weg, weg!«, hörte ich das Schreien des Menschdämons Doktor Tod.

Ich sah ihn auch noch kurz, aber uns trennte eine Flammenwand.

Dann war Suko bei mir. Er riss mich mit auf die Reling zu. Wir mussten ebenfalls von Bord.

Beide stießen wir uns weit ab. Kopfüber jagten wir dem wogenden Meer entgegen und tauchten auch gemeinsam ein. Wir schwammen so lange unter Wasser, wie es ging.

Als wir wieder auftauchten und zurückblickten, stand das Vampir-Schiff in hellen Flammen. Ein fantastisches, schauriges Bild bot sich unseren Augen. Die Segelstangen brannten ebenso wie die Wanten und das Ruderhaus. Ich schaute genau nach, ob noch irgendjemand an Deck war, konnte jedoch keinen erkennen.

Der erste Mast fiel. Er krachte auf das Deck, und ein gewaltiger Funkenregen stob hoch. Wir mussten uns so schnell wie möglich von dem brennenden Schiff entfernen. Wenn es sank, wollten wir nicht in den starken Sog geraten.

Noch einmal schwammen wir wie die Weltmeister. Als wir dann auftauchten, raste ein Schatten vorbei, und schnell laufende Bugwellen überspülten unsere Köpfe.

Die Mordliga – oder deren Reste? – ergriff die Flucht. Uns fischte Bill Conolly aus dem Bach. Erschöpft blieben wir im Schlauchboot liegen, während Bill erzählte, wie es ihm ergangen war.

»Dann haben wir ja auf der ganzen Linie gesiegt«, sagte er.

Ich setzte mich hin und schüttelte den Kopf, sodass die Wassertropfen aus meinen Haaren flogen.

»Nein, Bill, der Preis war zu hoch.«

»Welcher Preis?«

»Lady X hat mein Kreuz auf den Grund des Meeres geschleudert.«

Der Reporter wurde blass.

Nur Suko lachte, aber das fanden wir gar nicht komisch.

Als ich ihn böse anschaute, fragte er: »Meinst du das hier?«, und öffnete seine linke Hand.

Dort lag das Kreuz.

Ich konnte erst einmal überhaupt nichts sagen. Dann fragte ich ihn: »Verdammt, woher hast du das?«

»Fangen muss man können, John, fangen!«

Ich schlug ihm auf die Schulter. Dieser Chinese war wirklich ein mit allen Wassern gewaschener Teufelskerl.

Bliebe nur noch nachzutragen, dass eine groß angelegte Suche nach Morassos Jacht erfolglos blieb. Erst Wochen später fand man sie verlassen auf dem Meer treibend.

Wir aber waren sicher, der Mordliga eine Schlappe beigebracht zu haben, die sie so leicht nicht vergessen würde …

ENDE

DIE WERWOLF-SIPPE

überhaupt [illegible]
liges auch [illegible] Gegend [illegible]
ten Wald [illegible] Lagerplatz [illegible]
umschloss [illegible] Mondlicht [illegible]
durch das [illegible] aus Ästen und Zweigen [illegible]
gen. Es wurde [illegible]
geführt, aber nur die [illegible]
tanden [illegible]

Der Wind [illegible] das [illegible]
[illegible]
Legende [illegible]
zeichen [illegible]

Diese [illegible] Atmosphäre [illegible]
schwarzhaarige [illegible]
und [illegible]
[illegible]
ten [illegible]
und [illegible]
anderen [illegible]

Sie waren [illegible]
[illegible]
das [illegible]
[illegible]
[illegible]
[illegible]

Kein Laut [illegible]
hockte [illegible]

Es [illegible]
erzählen [illegible]
worden war.

Obwohl ein Lagerfeuer flackerte, schuf es keine romantische, sondern eine unheimliche Stimmung. Vielleicht lag es auch an der Umgebung, dem dunklen, düsteren Wald, der den Lagerplatz wie eine dichte Mauer umschloss, wo das Mondlicht keine Chance hatte, durch das Filigran aus Ästen und Zweigen zu dringen. Es wurde bereits über dem Boden vom Laub weggefiltert, nur auf die kleine Lichtung schien es und tauchte seinen fahlen Schein in das Feuer.

Der Wind wisperte in den Baumkronen. Er schien aus fernen Landen zu kommen und von Sagen und Legenden zu erzählen, die sich in uralter Zeit zugetragen hatten.

Diese unheimliche Atmosphäre erreichte auch das schwarzhaarige Mädchen, das allein am Feuer hockte und in die Flammen starrte. Deren Widerschein übergoss ihr Gesicht mit einem Muster aus Licht und Schatten, sprenkelte es mal gelblich, dann wieder rötlich und fand seine Reflexe auf der Perlenkette und den goldenen Armreifen.

Schwarz wie die Nacht war das lange Haar des Mädchens, und durch einige offene Strähnen schimmerte das Gold der Ohrringe. Bekleidet war die einsame Gestalt am Feuer mit einem roten, weit geschnittenen und bis zu den Knöcheln reichenden Rock und einer hellen Bluse mit halben Ärmeln.

Kein Laut drang über die Lippen des Mädchens. Es hockte da, wie in ein Gebet vertieft.

Es war die Nacht, in der sich der alte Zigeunerfluch erfüllen sollte, wie er schon lange Zeit vorausgesagt worden war.

Und sie, Jovanka, war dazu ausersehen, den Fluch in die Welt zu tragen. In Ungarn hatte er seine Geburtsstätte gehabt, doch man hatte die Zigeuner vertrieben, die quer über den halben europäischen Kontinent gewandert waren und schließlich in Frankreich einen Ort fanden, an dem sie bleiben konnten.

Die Zeit war reif, die Schwester sollte und musste gefunden werden. Ihre Zwillingsschwester, die irgendwo verschollen war, mit dem Fluch des Blutes beladen.

Auch Jovanka spürte den unheilvollen Trieb, der nicht zu stoppen war, denn sie sollte das werden, was ihre Schwester, die sie nie gesehen hatte, schon war.

Eine bildschöne, gefährliche Bestie!

Bis dahin war es ein langer Weg. Viele Hindernisse mussten zur Seite geräumt werden, aber Jovanka war sicher, dass sie es schaffen konnte.

21 Jahre war sie alt.

Genau das richtige Alter, hatte man ihr gesagt. So lange musste sie warten, um endlich dem Fluch des Blutes gehorchen zu können. Sie sollte eingehen in die Familie der Bestien, und sie sollte sich für das rächen, was man ihrem Stamm angetan hatte.

Schritte klangen in der Nähe auf. Jovanka hob nicht einmal den Kopf, sie wusste auch so, wer sich dem Mittelpunkt der Lichtung näherte. Es war Jurina, die Alte und ihre Großmutter. Neben ihr und Marcel die Einzige der Sippe.

Alle anderen lebten nicht mehr, waren ausgelöscht worden wie die Kerzenflammen von einem Windzug.

Bald fiel ein Schatten über das Feuer, am Boden raschelte es, und Jurina nahm Platz.

Jovankas Herz klopfte auf einmal schneller. Die Entscheidung nahte. Die Großmutter würde ihr jetzt noch die letzten Instruktionen geben. Obwohl sie vor Spannung fast barst, hielt sie sich zurück und warf der Alten nur einen Seitenblick zu.

Sie sah aus wie immer.

Das Gesicht schien aus dem wilden Wurzelwerk eines Baumes gewachsen zu sein. Die schlohweißen, mit grauen Strähnen durchzogenen Haare wuchsen fast noch länger als die des jungen Mädchens. Sie wurden über der Stirn von einem dunklen Band gehalten, in das glutrot das Zeichen der Sippe eingefärbt war.

Ein Wolfskopf!

Seit Urzeiten floss das Blut der Wölfe in dieser Sippe. Und dieses Blut war es, das ihnen immer wieder die Kraft gab, ihren Feinden zu trotzen und zu überleben. Man hatte sie gejagt, jahrelang war man ihnen auf den Fersen gewesen, über Kontinente hinweg wurden sie verfolgt. Viele waren getötet worden, doch es hatten genügend überlebt, um den Stamm nicht aussterben zu lassen.

Die Vaselys waren unsterblich!

Heute lebten noch vier.

Jurina, die Alte, dann Jovanka und Marcel, der bereits vorgeschickt worden war. Und Silva, die geheimnisvolle, verschollene Schwester.

Marcel hatte seinen Platz eingenommen und wartete noch auf seine Schwester, für die der Weg ebenfalls geebnet war. Nur noch die allerletzte Blutweihe musste vorgenommen werden.

Und das übernahm die Alte.

»Mein Kind«, sagte sie mit einer rauen Stimme und

verlangte, dass Jovanka sie anschaute. Dann hob sie ihre gichtkrumme Hand und streichelte über die Wange des Mädchens. Jovanka erschauerte, als sie die Berührung verspürte. »Du weißt, welches Erbe auf dir lastet, mein Kind, auf dir, deinem Bruder Marcel und auf deiner Schwester, die unbedingt gefunden werden muss. Bist du dir darüber im Klaren?«

»Ja, Großmutter, ich weiß es.« Jovanka unterstrich die Antwort mit einem bedeutungsvollen Nicken.

»Bist du bereit, den uralten Trank zu dir zu nehmen, damit sich das Blut der Vorfahren mit dem deinen vermischt?«

»Ich bin bereit.«

»Dann steht dem nichts mehr im Wege, und ich kann beruhigt sterben, mein Kind.«

Jovanka erschrak. »Jurina, Großmütterchen, so darfst du nicht reden!«

»Doch, mein Kind, ich werde sterben. Für mich ist der Vollmond zum letzten Mal aufgegangen. Ich werde mich niemals mehr in seinem fahlen Schein baden und Kraft auftanken können. Meine Uhr wird bald stillstehen, aber eure läuft weiter. Ihr seid drei Geschwister, und ihr müsst zusammenhalten, denn es gibt auf dieser Welt eine Person, an die ihr euch wenden könnt, die eure Königin ist und schon viele mit ihrer Schönheit geblendet hat.«

Die Blicke des jungen Mädchens hingen fasziniert an den spröden Lippen der alten Frau. Jedes Wort war wie Nektar, wie ein süßer Honig, den sie einsaugte. »Wie heißt sie, Großmutter, und an wen können wir uns wenden?«

»Sie ist die Königin der Wölfe. Ihr Name lautet Lupina!«

»Lupina«, wiederholte Jovanka flüsternd. Und dann noch einmal. Sie ließ jede Silbe auf der Zunge zergehen. »Welch ein schöner Name. Kommt sie zu uns?«

»Sie muss kommen. Ich kann euch nicht mehr beschützen. Ich habe sie beschworen, sie angerufen, damit sie euch Schutz gibt. Nicht umsonst ist sie eure Königin, und sie hat ihre Getreuen überall auf der Welt. Ob im fernen Russland oder in den Wäldern Kanadas. Es gibt noch mehr von uns, glaub mir. Lupina soll euch vereinigen, die Sippen dürfen sich nicht mehr allein durchschlagen, sollen sich nicht streiten, sondern zu einer Allianz werden, die Macht hat. Das ist mein sehnlichster Wunsch.«

Jovanka umfasste die Hände ihrer Großmutter und drückte sie zart. »Ich werde alles tun, Großmütterchen, damit dein letzter Wille erfüllt wird.«

»Ich weiß, du bist ein liebes Kind, meine Kleine.« Wieder streichelten die gichtstarren Hände die Wangen des Mädchens. Beinahe hastig zog Jurina sie dann zurück, denn sie hatte etwas mitgebracht, was noch von einem dunklen Tuch verdeckt war.

Langsam zog sie das Tuch ab.

Eine Schale befand sich darunter, die durch einen Deckel verschlossen war.

Vorsichtig hob die Alte den Deckel an, als habe sie Angst, er könne zerbrechen. Gespannt beobachtete Jovanka ihre Großmutter, und als sie endlich einen Blick in die Schale werfen konnte, sah sie die dunkle Flüssigkeit.

Das Blut der Ahnen!

»Ist es das?«, wisperte sie, und ihre Stimme erinnerte an das Raunen des Nachtwindes.

»Ja, das ist es«, bestätigte die alte Zigeunerin und nickte bedächtig.

»Darf ich es trinken, Großmütterchen?«

Ein feines Lächeln veränderte die dünnen Lippen der alten Frau. »Du freust dich darauf, mein Kind?«

»Ja, sehr.«

»Hab noch ein wenig Geduld. Erst muss ich eine andere Aufgabe erfüllen.« Sie hatte die Worte kaum ausgesprochen, als sie ihren Zeigefinger in das Blut tauchte, einmal einen Kreis damit zeichnete und den Finger danach wieder herauszog. »Rück näher zu mir heran, mein Kind«, flüsterte sie.

Jovanka gehorchte.

Ihre Großmutter hob den rechten Arm und streckte den blutgetränkten Finger aus, sodass er sich dicht vor dem Gesicht des jungen Mädchens befand.

Als Jovanka die Berührung an der Stirn spürte, wollte sie erst zurückzucken, doch die Stimme der Großmutter ließ sie innehalten. »Nicht, meine Kleine, es gehört dazu.«

Jovanka hielt still. Sie schloss sogar die Augen, um sich besser konzentrieren zu können.

Ihre Großmutter malte etwas auf die Haut, und sie kommentierte auch ihr Tun. »Es ist das Zeichen unserer Familie. Das Wolfszeichen. Du hast es auf meinem Band gesehen. Jeder in unserer Familie trägt es, daran könnte ich euch erkennen. Normalerweise ist es unsichtbar, aber zu bestimmten Zeiten wird dieses

Zeichen sichtbar. Dann tritt das eingetrocknete Blut wieder aus den Poren, und ihr wisst, dass ihr zusammengehört.«

Jovanka hielt still. Sie spürte ein Brennen auf der Stirn, das sich bald rund um ihren Kopf verteilte, aber es war kein Schmerz, eher ein angenehmes Gefühl, und sie bedauerte es fast, als die Alte die Hand zurückzog.

»Nun bist du eine Gezeichnete«, sagte Jurina. »Niemand wird dir dieses Zeichen mehr nehmen können, nur noch der Tod!«

Beim letzten Wort zuckte Jovanka zusammen, doch die Alte lachte nur. »Der Tod wird für dich die Schrecken verlieren, denn du bist fast unsterblich. Es wird nur eine Waffe geben, die dich umbringen kann. Geweihtes Silber und auch geweihtes Gold. Hüte dich vor beidem.«

»Und mein Schmuck?«

»Ach, Unsinn, Kleines. Das ist billiger Tand. Ein Lockmittel für die Männer, mehr nicht. Aber jetzt haben wir genug geredet. Es wird Zeit, dass du den Trank zu dir nimmst. Hier.« Die Alte nahm die Schale vorsichtig hoch. Beide Hände schloss sie darum und reichte die Schale dann weiter.

Jovanka merkte, wie sie zitterte. Jetzt war der große Augenblick gekommen. Wie oft war davon gesprochen worden. Nun gab es kein Zurück mehr.

Sie musste dem Fluch ihres Blutes Tribut zollen!

»Nimm sie!«, drängte die Alte. »Wir haben nicht mehr viel Zeit. Sie sind bald da.«

»Wer ist da?«, fragte Jovanka.

Jurina wich aus. »Du wirst es schon merken, meine Kleine. Trink und leere die Schale bis zum letzten Tropfen.«

Das Mädchen hielt die Schale fest. Für Sekunden schien sie zu einer Statue zu erstarren. Sie lauschte auf die sie umgebenden Geräusche, hörte den Wind, der die Blätter der Bäume rascheln ließ.

Über den Rand schaute sie die Großmutter an. Sie tastete mit ihren Blicken das alte Gesicht ab, forschte nach einem Zug der Falschheit, konnte jedoch nichts entdecken.

Die alte Frau war ehrlich.

Jovanka hob ihre Arme noch weiter an, beugte den Kopf vor, und ihre Lippen berührten den kühlen Rand der Schale. Sie kippte das Gefäß ein wenig an und spürte die ersten Tropfen an ihren Lippen. Sie waren warm, als hätten sie über dem Feuer gestanden. Automatisch öffnete sie den Mund, und das Blut ihres alten Erbes rann durch den Hals als eine warme, leicht prickelnde Flüssigkeit.

Sie schluckte, trank, schluckte wieder. Dabei kippte sie die Schale so hoch, dass sie ihr Gesicht verdeckte.

Die alte Frau schaute ihr dabei zu.

Jurina war zufrieden. Sie hatte auch die Dritte aus dem Spross so weit gebracht, dass sie ihren Regeln gehorchte. Nun konnte nichts mehr schiefgehen.

In den Augen der Alten brannte ein seltsames Feuer. Sie wirkten im Gegensatz zu ihrem Gesicht jung und lebendig. Ein unbändiger Wille stand darin zu lesen, ebenso wie eine bedingungslose Entschlossenheit.

Jovanka setzte die Schale ab.

Leer, wie die Alte feststellte.

Das junge Mädchen hatte die Schale tatsächlich so weit geleert, dass kein Tropfen mehr übrig war. Sie hatte sich dem Wunsch der alten Frau gebeugt.

»Du bist ein braves Kind«, flüsterte Jurina und stellte die Schale zur Seite. »Spürst du es schon?«

Jovanka erwiderte nichts. Ihr Innerstes war von einem seltsamen Brennen erfüllt. Das Blut schien sich in seiner Menge verdoppelt zu haben, es wallte durch die Adern, wurde zu einem brausenden Strom, der durch den Kopf des Mädchens fuhr und all seine Empfindungen und Gefühle niederdrückte.

»Du hast es getrunken«, sagte die Alte. »Du kannst nie mehr zurück. Du bist eine von uns, eine Vasely, und du wirst in die Welt gehen und deine Aufgabe erfüllen. Die Gestirne haben den Weg vorgeschrieben. Sie stehen sehr günstig, sodass du mit Marcel und Silva zusammentreffen wirst. Und auch Lupina weiß Bescheid. Sie ist eure Königin, daran sollst du immer denken. Was sie befiehlt, musst du tun. Und noch etwas, meine Kleine. Lerne dich unter den Menschen zu bewegen. Zeige ihnen nie, was und wer du bist, und vor allen Dingen beherrsche dich, wenn dich der Bluttrieb überfällt. Lass dich nie gehen, warte immer die Zeiten ab! Wenn du das alles befolgst, kann dir nichts passieren, und ihr werdet eine Macht sein, die man nicht unterschätzen darf.«

Jovanka nickte. Sie hatte jedes Wort ihrer Großmutter in sich aufgesogen. Jetzt wusste sie Bescheid, und sie sah ihre Aufgabe als eine Ehre an.

Sie würden sich zusammenfinden. Ihre Geschwister

und sie konnten dann eine Macht bilden, der die anderen nichts entgegenzusetzen hatten.

Noch einmal schaute die alte Jurina ihre Enkelin an. »Du weißt, wo du Marcel suchen musst?«

»Ja, er ist in der Schule.«

»Richtig. Dort kennt man ihn, dort wartet er auf dich. Aber man weiß nicht, wer er in Wirklichkeit ist.« Die Alte kicherte. »Ein paar Opfer hat er sich schon geholt, glaube ich. Halte ihn ein wenig zurück, er ist sehr unbeherrscht, er gefährdet dadurch unsere wichtige Aufgabe.«

»Ich werde alles tun, was in meinen Kräften steht, Großmutter, das verspreche ich dir.«

Die Alte streichelte die Wange ihrer Enkelin und lächelte. »Ich weiß es, meine Liebe. Ich habe zugesehen, wie du den Trank zu dir genommen hast. Du bist genau das, was ich mir immer vorgestellt habe. Ich wünsche dir …« Sie unterbrach sich.

»Was ist los?«, fragte Jovanka.

»Pst.«

Die Alte stand auf. Ihre Bewegungen wirkten dabei weder hölzern noch steif, sondern geschmeidig. Als sie stand, legte sie die Stirn in Falten und richtete ihren Blick dorthin, wo an der Westseite der Lichtung der dichte Wald begann.

»Sie kommen!«

»Wer kommt?«

Jurina drehte sich um. »Die Häscher, mein Kind. Es ist bisher unsere Nacht gewesen, jetzt ist es die ihre.« Die Alte trat auf Jovanka zu und legte ihr beide Arme auf die Schultern. »Nun ist es so weit. Flieh, mein Kind.

Ich bitte dich. Geh zu ihm, ich werde die Häscher schon aufhalten.«

»Und was geschieht mit dir?«

»Meine Uhr nähert sich dem Ende. Ich habe lange genug gelebt, und ich werde in ein Reich gehen, wo wir uns irgendwann einmal wiedersehen. Lauf, meine Liebe, die Welt gehört dir!« Plötzlich leuchtete auf ihrem Stirnband der Wolfskopf blutrot auf. Ein Fanal des Bösen, gleichzeitig ein Versprechen.

Und Jovanka gehorchte. Sie drehte sich um und rannte weg. Niemand sah ihre Tränen.

Doch ihr junges Blut, angereichert mit dem der Alten, begann zu kochen ...

Die Verfolger waren schon sehr nahe.

Jurina hörte ihre Stimmen. Gegenseitig heizten sie sich ein, riefen sich Worte zu, und die Alte merkte, dass sie bereits einen großen Kreis gebildet hatten, den sie allerdings immer enger zogen. Sie wussten genau, wo die Frau zu finden war. Kein Wunder, sie hatten lange genug gesucht.

Am Rand der Lichtung stand der alte Wagen. In ihm hatte die Zigeunerin einen Großteil ihres Lebens verbracht. Er war für sie die Heimat geworden, und in ihn kletterte sie auch, um sich vor den Häschern zu verbergen. Sie schlug die Plane zurück und kletterte in den Wagen.

Auf der Ladefläche war es stockdunkel, doch die Frau fand sich zurecht, als würde eine Julisonne alles in helles Licht tauchen.

Dabei veränderten sich auch ihre Augen. Sie nahmen eine andere Farbe an und wurden gleichzeitig enger – wie Schlitze …

Die Jäger befanden sich nicht mehr weit von der Lichtung entfernt. Sie waren bewaffnet mit Messern und Gewehren sowie einer großen Silberaxt. Sie wurde von einem Pfarrer getragen, einem großen Mann mit einem langen grauen Bart. Er hatte die Jagd organisiert, denn er wusste, welch ein Unheil die Werwölfe bereits angerichtet hatten.

Der Pfarrer brach auch als Erster durch das dichte Unterholz und erreichte die Lichtung.

Das kleine Feuer brannte noch immer. Allerdings waren die Flammen tiefer gesunken und gaben kaum noch Licht ab. Nur ein letztes flackerndes Glühen geisterte über die Lichtung und streifte auch die umstehenden Bäume.

Neben dem Feuer blieb der Pfarrer stehen, eingehüllt in den glühenden Widerschein. Die silberne Axt hielt er mit beiden Händen und hatte sie hoch erhoben.

Er wartete noch. Als er erkannte, dass seine Leute die Lichtung umstellt hatten, nickte er zufrieden.

Jetzt konnte nichts mehr passieren.

»Bestie!«, schrie er, und seine Stimme hallte dabei über die Lichtung. »Im Namen des Mächtigen, komm heraus, damit wir dich töten können!«

Es blieb still.

Tief atmete der Pfarrer ein. Sein Brustkorb hob und senkte sich. In seinen Augen brannte ein wildes Feuer. Die Macht des Glaubens gab ihm die nötige Stärke, sein etwas längliches Gesicht wirkte wie aus Holz geschnitzt.

»Du willst nicht, Bestie?«, rief er. »Gut, dann werden wir dich eben holen.«

Er stampfte vor.

Schwer waren seine Schritte. Weiß traten die Handknöchel hervor, so hart hielt er den langen Stiel der silbernen Axt umklammert.

Als er dicht vor der kleinen Holztreppe stand, die zum Einstieg führte, bewegte sich die Plane.

Der Pfarrer blieb stehen und ging dann wieder einen Schritt zurück. Sie würde sich zeigen.

Und Jurina erschien.

Die Plane klaffte auseinander. Ein breiter Spalt entstand. Gelbe Wolfsaugen leuchteten.

Sekundenlang erstarrte die Szene zur Bewegungslosigkeit. Dann aber reagierte Jurina.

Ein großer grauer Schatten wischte aus dem Wagen und sprang auf die Lichtung.

Instinktiv hatte sich der Pfarrer zur Seite gedreht, sonst wäre er noch umgeworfen worden.

Die Männer, die er mitgebracht hatte, schrien auf, als die graue Wölfin dicht neben dem Feuer landete und ihren Körper herumwarf.

Ja, sie war grau und alt.

Die Bewegung kam dem Pfarrer zupass.

»Stirb!«, brüllte er und schlug mit der silbernen Axt zu.

Die Wölfin unternahm nichts, um dem Schlag auszuweichen. Ihre Zeit war abgelaufen.

Es gab einen dumpfen Laut, als die Schneide der silbernen Axt den Hals des Wolfes traf und den Kopf vom Körper trennte.

Der Schädel fiel zu Boden.

Blut strömte aus der klaffenden Wunde. Dunkles, dickes Blut, wie Sirup anzusehen.

Der Körper zuckte noch einmal und knickte dann ein. Er brach zusammen. Ein Windstoß fuhr durch die Flammen, fachte das Feuer noch einmal an, und gierige Zungen leckten nach dem Wolfstorso. Sie strichen über das Fell, erfassten und verbrannten es.

Zurück blieb der Kopf.

Die Augen waren noch geöffnet und leicht nach oben gedreht, sodass der Pfarrer das Gefühl hatte, sie würden ihn anstarren. Hastig schlug er ein Kreuzzeichen.

Dann brach der Blick der Augen.

Gleichzeitig jedoch glühte noch einmal das Mal der Wölfe auf der Stirn. Ein letztes rotes Leuchten, das den Männern wie ein Hohn vorkam.

Der Pfarrer verstand.

»Das war nicht die Einzige«, sagte er mit rauer Stimme.

»Und wo sind die anderen?«, wurde er gefragt.

Der Geistliche hob die Schultern. »Die Alte hat sich geopfert. Wir sind trotz allem zu spät gekommen und müssen weiterhin Angst haben, dass sie uns des Nachts überfallen. Auch ihr werdet in den Vollmondnächten das Heulen hören, aber ich versichere euch, dass wir die anderen auch töten. Und jetzt kommt.«

Die Männer machten kehrt und verließen die Lichtung. Niemand sprach ein Wort. Alle wussten sie, dass es kein Sieg gewesen war.

Die Angst lebt weiter …

Jovanka stolperte durch den Wald. Sie brach in das Unterholz, die Angst trieb sie voran, denn sie wollte den Häschern auf keinen Fall in die Hände fallen. Die Worte der Großmutter hatten ihre Wirkung nicht verfehlt.

Immer wieder musste sie an die Alte denken. War es wirklich so schlimm gewesen, wie sie befürchtete? War ihre Uhr tatsächlich abgelaufen? Ja, Jurina irrte sich nicht. Nicht in solchen Dingen. Da kannte sie sich aus. Das Blut der alten Rasse war wie ein Anzeiger, es deutete auf kommende Ereignisse hin.

Jovanka stolperte weiter. Es war wirklich kein normales Gehen oder Laufen mehr. Immer wieder geriet sie in tückische Wurzelfallen und hatte sehr viel Glück, dass sie nicht auf die Nase fiel.

Dann stieß sie auf einen Weg.

Sie blieb stehen und verschnaufte.

Um sie herum eine dunkle Wand, in der die Nachttiere des Waldes geheimnisvoll raschelten. Über ihr lag ein silbriger Schleier. Dort streifte das Mondlicht Geäst und Zweiggewirr der Bäume. Sie entdeckte die zahlreichen umgeknickten Zweige, das zertrampelte Unterholz und wusste nun, dass die Verfolger diesen Weg genommen hatten. Er musste auch zur Lichtung führen.

Sie drehte sich um. Ihr Gesicht war gerötet, die Augen funkelten, der Mund stand offen. Nach rechts durfte sie auf keinen Fall gehen. Sie schlug die andere Richtung ein.

Wo dieser Pfad hinführte, war ihr nicht bekannt. Sie hoffte allerdings, dass er sie in die Freiheit bringen würde.

Jovanka hatte ein Ziel. Die Schule!

Hier konnte sie Unterschlupf finden, denn Marcel, ihr Bruder, hatte es auch geschafft.

Jovanka ging jetzt nicht mehr so schnell. Sie achtete darauf, möglichst wenig Geräusche zu verursachen, denn in der Nacht trug der Schall ziemlich weit.

Der Weg führte ein wenig bergab. Er bildete Kehren und schmale Kurven, wurde mal vom Unterholz überwuchert und war dann für ein paar Meter wieder völlig frei. Steine lagen oder wuchsen aus dem Boden, Zweige und kleinere Äste streiften ihr Gesicht, fuhren wie mit Krallenfingern über die Haut.

Von den Verfolgern hörte Jovanka nichts mehr. Sie glaubte fest daran, die Häscher abgeschüttelt zu haben.

Den Irrtum merkte sie wenig später.

Wieder musste sie in eine sehr enge Kehre, die zudem noch überwachsen war. Als es vor ihr raschelte, blieb sie stehen. Im nächsten Augenblick wurde sie geblendet. Der Strahl einer Taschenlampe stach in ihr Gesicht.

Jovanka zuckte zusammen und wollte die Hände hochheben, um ihre Augen zu schützen.

»Keine Bewegung!«, vernahm sie eine Männerstimme.

Jovanka blieb stehen. Innerlich schien sie zu vereisen. War jetzt alles umsonst gewesen?

Schritte. Sie knirschten auf dem Boden und wurden vom Rascheln der Blätter begleitet. Der unsichtbare Mann trat auf sie zu. Der Lichtkegel schwankte ein wenig, blieb jedoch in ihrem Gesicht. Dicht vor Jovanka blieb der Mann stehen.

Sie hörte sein gemeines Lachen.

»Weich ein hübscher Vogel ist mir denn da über den Weg geflattert?«, höhnte er. »Du bist wirklich ein bunter Schmetterling in diesem verdammten Wald. Was suchst du denn hier, meine Kleine?«

»Bitte, Monsieur, ich …«

»Ach, keine Ausreden. Bist du allein unterwegs?«

»Ja.«

»Und hast du meine Freunde nicht getroffen?«

»Welche Freunde, Monsieur?«

»Die eine alte Zigeunerin zum Teufel schicken wollen.«

Der spielt mit mir, dachte Jovanka. Diesem Kerl ist genau bekannt, was vorgefallen ist.

»Ich warte auf eine Antwort, Kleine.«

»Nein, Monsieur, tut mir leid. Ehrlich, ich habe keinen von Ihren Freunden gesehen.«

»Du lügst.«

»Monsieur, ich lüge nicht. Ihre Freunde sind mir wirklich nicht begegnet.«

»Nun, ich will dir glauben. Sonst wärst du ja nicht hier. Ja, du scheinst meine Freunde umgangen zu haben. Nur Pech, dass ich hier stehe. Rate mal, was wir jetzt mit dir anstellen, du kleine Zigeunerhure?«

»Bitte, ich …«

Sie verstummte, denn etwas Kaltes hatte ihren Hals berührt. Noch immer wurde sie geblendet, aber sie hörte die flüsternde, gefährlich klingende Stimme. »Das ist die Mündung eines Gewehrs«, erklärte der Kerl. »Und dieses Gewehr ist geladen. Was meinst du, was geschieht, wenn ich abdrücke?«

»Warum wollen Sie das, Monsieur?«
»Weil du gefährlich bist.«
Jovanka lachte. »Wer sagt das denn?«
»Die anderen und der Pfarrer.«
»Und denen glaubst du?«
»Sicher, kleine Mademoiselle, sicher. Du bist gefährlich – und auch verdammt hübsch, wie ich feststellen muss.«
»Hübsch genug für dich?« Jovanka hatte sich blitzschnell für ein gefährliches Spiel entschieden.
»Das kann man sagen.« Er lachte.
»Warum nimmst du die Lampe nicht weg?«, fragte Jovanka. »Ich kann nichts sehen.«
»Aber ich.«
»Schade, ich wäre gern mit dir …«
»Was wärst du gern?«
»Es schickt sich nicht für ein Mädchen, seine Wünsche einem Mann gegenüber offen zu sagen.«
»Das hat dir wohl die Alte erzählt, wie?«
»Ja.«
»Du willst mit mir in die Büsche?«
»Vielleicht.«
Der Mann lachte. »Weißt du, was man sich erzählt?«
»Nein.«
»Du wärst eine Wölfin, würdest Menschen zerreißen und deren Blut trinken oder sie auch zum Werwolf machen. Ja, das erzählt man sich, Kleine.«
»Siehst du an mir etwas Wolfartiges?«
»Nein.«
»Bitte, warum zögerst du dann?«
Der Mann lachte. »Weil ich es nicht gewohnt bin, dass

sich eine Frau so ohne Weiteres hingibt. Es sei denn, sie verfolgt bestimmte Absichten damit.«

»Ich mag dich eben.«

»Du hast mich noch nicht gesehen. Deshalb glaube ich dir nicht. Ich schaffe dich wieder zurück zu den anderen. Los, dreh dich um. Wir wollen doch mal sehen, wie du auf Silber reagierst.«

Da zuckte Jovanka zusammen. Vor Silber und Gold sollte sie sich hüten, das hatte ihr Jurina gesagt. Und kaum stand Jovanka allein auf der Welt, da musste sie sich schon wehren.

Sie merkte auf einmal, wie es war, wenn man nur Feinde hatte. Man musste kämpfen, um zu überleben. Sie musste sich eben etwas einfallen lassen.

Der Strahl blendete jetzt nicht mehr. Jovanka hatte sich umgedreht. Sie stand auf dem schmalen Pfad, hinter ihr trat der andere aus dem Gebüsch. Jovanka spürte den Druck der Mündung nicht mehr auf ihrem Körper.

Sollte sie es riskieren?

Sie hörte, wie der Mann hinter ihr einen Fluch ausstieß und der Lampenstrahl schwankte. Ihr Gegner musste ausgerutscht sein, eine andere Möglichkeit gab es für Jovanka nicht.

Sie wirbelte herum.

Der Mann war ausgerutscht und gestrauchelt zur gleichen Zeit. Die aus dem Boden hervorstehenden und mit einer seifigen Moosschicht überzogenen Steine waren ihm zum Verhängnis geworden. Die Mündung des Gewehres deutete an dem Mädchen vorbei.

Jovanka reagierte, ohne zu überlegen. Sie warf sich

gegen den Kerl und schleuderte ihn in die Büsche. Sofort sprang sie hinterher, riss ihm das Gewehr aus der Hand und hob es über ihren Kopf.

Für einen Moment zögerte sie. Übergroß kam ihr der Kopf des Mannes vor, auf seinem Gesicht spiegelte sich die Angst wider, die er empfand. Er riss noch die Arme hoch, um sich zu schützen, aber der erste Kolbenhieb durchbrach die Deckung.

Bereits im Ansatz erstickte der Schrei des Mannes. Es gab einen dumpfen Laut und noch einen.

Dann wurde es still.

Jovanka ließ das Gewehr sinken. Sie starrte auf den vor ihr liegenden Mann. Über dessen Gesicht rann Blut. Jovanka wurde plötzlich klar, dass er nicht mehr lebte.

Normalerweise hätte sie geschrien, doch nun zuckte sie nur mit den Schultern. Ein Gefühl der Gleichgültigkeit erfüllte sie, aber auch des Triumphes, denn sie hatte bewiesen, dass es nicht so einfach war, sie zu besiegen.

»Das hast du nun davon!«, knirschte sie und lachte glucksend. Sie merkte selbst, dass sich die Wirkung des getrunkenen Blutes bereits bemerkbar machte. Jovanka dachte und handelte anders als sonst. Eine menschliche Hemmschwelle war bereits überschritten. Andere würden folgen, die Verwandlung zur Bestie war nicht aufzuhalten.

Die Alte hatte recht gehabt. Sie gehörte zu denen, die immer gejagt wurden. Sie war kein Mensch mehr, sondern gehorchte dem Fluch des alten Blutes.

Dabei arbeitete ihr Verstand völlig normal. Und

der sagte ihr, dass sie den Platz unbedingt verlassen musste. Irgendwann würden die Häscher den Tatort erreichen.

Noch war es still, und keiner dachte daran, den Rückweg anzutreten.

Jovanka floh.

Das Gewehr nahm sie mit. Mit ihm bahnte sie sich einen Weg, schlug Zweige und Äste zur Seite, die sie aufhalten wollten, rannte schließlich einen Hang hinunter und schaffte es tatsächlich, eine Straße zu erreichen.

Hier warf Jovanka das Gewehr weg. Sie schleuderte es in den Graben, wo noch das Laub vom letzten Winter lag und die Waffe zudeckte, sodass sie kaum gefunden werden konnte.

Das Mädchen kannte die Straße. Es wusste genau, dass sie zum nächsten Dorf führte, wo auch ganz in der Nähe die Schule lag. Und da unterrichtete ihr Bruder.

Marcel! Sie dachte an ihn und daran, dass es lange her war, dass sie sich gesehen hatten. Er war fünf Jahre älter als sie und hatte bereits vor zehn Jahren seine Großmutter verlassen, um sich in der Welt umzusehen.

Doch er war zurückgekehrt. Seiner Bestimmung konnte er nicht entgehen. Er war ein Vasely. Die Zeit der Familie musste kommen, und sie war jetzt angebrochen.

Noch eine gehörte zu ihnen.

Silva, die Blonde!

Eine Zwillingsschwester von Jovanka. Wie es ihr ergangen war, wusste niemand. Schon als Kleinkind war Silva verschwunden und irgendwo in der Fremde aufgewachsen. Doch auch sie musste dem Fluch des Blutes gehorchen und mit ihren Geschwistern zusammentreffen. So sah es die Bestimmung vor.

Die alte Jurina hatte noch einen Namen erwähnt.

Lupina!

Sie sollte die Königin der Werwölfe sein. Sie galt es zu finden. Erst unter ihrer Führung sollten die Vaselys zu einer Macht anwachsen, der sich niemand mehr in den Weg stellen konnte.

Lupina würde kommen, davon war Jovanka überzeugt. Erst dann würde man weitersehen.

Diese Gedanken beschäftigten sie, als sie am Rand der Straße auf das Dorf zuging. Eine einsame Gestalt, hin und wieder vom Mondlicht gebadet, wenn die fahle Scheibe durch ein Wolkenloch lugte.

Normalerweise hätte sie das Dorf gemieden, doch seit sich ihr Bruder im Ort aufhielt, wusste sie, wo sie sich verstecken konnte, ohne den Menschen in die Arme zu laufen.

Ein Geräusch schreckte sie aus ihren Gedanken. Es war hinter ihr aufgeklungen, wo die weite Kurve begann.

Dort kam ein Auto.

Und es war schnell.

Bevor sich Jovanka versah, wurde sie vom Fernlicht erfasst. Klar und scharf hob sich ihr Körper von der dunklen Straße ab. Jovanka reagierte etwas zu spät. Als sie in den Graben links der Straße sprang, hatte der Fahrer sie schon entdeckt.

Er schaltete zurück.

Der Motor des Autos heulte auf, dann wurde die

Bremse getreten, und Reifen radierten über den Belag. Der Wagen stand.

Das Fernlicht verlosch, aber das normale Licht brannte weiter. Es zeichnete zwei breite, helle Spuren auf die Straße. Dazwischen blinkte in regelmäßigen Intervallen das Rot einer Warnleuchte.

Jovanka lag im Graben. Sie presste ihren Körper gegen das noch feuchte Laub. Ein Zittern erfasste ihren Körper. Ein menschliches Gefühl breitete sich aus.

Angst!

War jetzt alles umsonst? Hatten die Häscher es doch schlauer angestellt, als sie dachte?

Der Fahrer stieß eine Wagentür auf.

Schritte!

Jovanka fieberte.

Die Schritte kamen genau auf sie zu und verstummten am Rand der Straße.

»Komm raus, Kleine, ich habe dich längst gesehen!«, sagte eine dunkle Männerstimme …

London!

Die Stadt und die Menschen, die hier wohnten, litten unter kaltem Sommerwetter. Ein gewaltiges Tiefdruckgebiet hatte Regen gebracht und vielen Ausflüglern den Wochenendtrip vermiest.

Zu denen gehörte auch ich. Mit Jane Collins hatte ich an die Küste fahren wollen, aber daraus wurde nichts. Man brauchte nur einen Blick in den bleigrauen Himmel zu werfen und die langen Regenfäden zu sehen, da verging einem die Lust.

Wenigstens war es bei mir so. Jane erging es nicht anders, das hörte ich, als ich sie anrief.

»Nein«, sagte sie. »Ich habe auch keine Lust, mich für zwei Tage an die See zu setzen. Weißt du übrigens, was der Unterschied zwischen einem Urlaub an der See und in London ist?«

»Nein.«

»In London regnet es billiger.«

Ich musste lachen. Da hatte die Detektivin recht. Was konnte man auch schon in Brighton bei solchem Wetter anstellen? Man saß in den Lokalen und gab Geld aus. Das konnten wir auch in London haben.

»Und was machen wir?«, fragte Jane.

Ich zählte einige Dinge auf. »Theater, Essen gehen, schlafen, lesen und noch mehr.«

Dazu hatte Jane keine Lust. Die Stücke, die gespielt wurden, gefielen ihr nicht, mit den Kalorien wollte sie vorsichtig umgehen, und lesen konnte sie auch allein.

»Kann ich davon ausgehen, dass du auf meine Gesellschaft nicht verzichten willst?«, erkundigte ich mich.

»Genau, mein lieber John.«

»Ich habe ja Vorschläge gemacht.«

»Lass dir etwas anderes einfallen.«

Ich stöhnte auf und schaute aus dem Fenster, wo alles grau in grau war.

»Und? Ich höre nichts.«

»Gib mir zehn Minuten Bedenkzeit«, bat ich.

»Du bist auch kein bisschen kreativ.«

»Das überlasse ich den Künstlern und Werbeleuten.«

Jane rauchte. »Nachdenken kann auch einem Beamten nicht schaden«, konterte sie.

Da hatte ich den Salat. Sie legte tatsächlich auf, und ich musste lächeln. Wir kannten uns lange genug, so etwas war nicht tragisch. Ich hatte mir gerade eine Zigarette angesteckt, als das Telefon wieder anschlug.

Jane ruft zurück, dachte ich. Es war ein Irrtum. Ich vernahm eine mir bekannte Männerstimme.

»Na, du Wochenendler?«

Das war Bill Conolly.

»Hallo, Familienvater. Was treibt dich denn bei so einem Wetter ans Telefon?«

»Eine Nachbarin.«

»Ist sie hübsch?«

»Du müsstest sie dir ansehen, und sie will dich auch sehen, mein Lieber.«

»Bitte keine Kuppelei.«

»Ist es nicht, John. Alles völlig harmlos. Du kannst sofort kommen, falls du nicht etwas anderes vorhast.«

»Ich werde Jane mitbringen, wenn es die Nachbarin nicht stört.«

Bill lachte richtig fett. »Ganz gewiss nicht. Sie will ja nicht mit dir privat plaudern, sondern hat einen ganz bestimmten Grund, weshalb sie dich sehen will.«

»Mein Job lässt mich nicht los«, stöhnte ich.

»Du sagst es.«

»Kommst du?«, fragte Bill.

»Wenn nicht, rufe ich dich an.«

»Okay.«

Ich hatte kaum aufgelegt, als der Apparat wieder anschlug. Diesmal war es tatsächlich Jane. »Führst du Dauergespräche?«, fragte sie zur Begrüßung.

»Du hast doch gesagt, du würdest zehn Minuten später wieder anklingeln.« Ich stäubte die Asche meiner Zigarette ab.

»Du darfst eben nicht alles glauben, mein lieber John. Hast du dich schon entschieden?«

»Ja.«

»Das gibt's doch nicht. Und wie?«

»Wir fahren zu den Conollys.«

Jane schwieg zwei Sekunden und meinte dann: »Darauf wäre ich kaum von allein gekommen.«

»Wieso? Hast du keine Lust?«

»Originell ist es nicht gerade.«

»Es hat ja auch einen bestimmten Grund. Bill rief an und bat mich darum, zu ihm zu kommen.«

»Dann ist dir das noch nicht einmal selbst eingefallen?«

»Nein.«

»Schäm dich.«

»Ja, ich stell mich gleich in die Ecke. Was ist? Hast du Lust, mitzukommen?«

»Klar.«

»Dann hole ich dich ab.«

Umgezogen war ich schon. Sicherheitshalber nahm ich einen Mantel mit. Auch Jane hatte sich ihren Allwettercoat übergezogen. Sie begrüßte mich mit einem Kuss, der so richtig guttat.

Es herrschte nicht viel Betrieb in London. Noch immer fiel der Regen aus der grauen Wolkenwand. Das war wirklich ein Reisewetter, das sich im wahrsten Sinne des Wortes gewaschen hatte. Die Reifen schmatzten durch tiefe Pfützen und schleuderten Spritzwasser hoch. Passanten hatten Regenschirme aufgespannt, und als wir Bills Wohngegend erreichten, ließen selbst die Bäume ihre Blätter traurig nach unten hängen.

Bill hatte das Tor bereits geöffnet, sodass wir bis vor das Haus rollen konnten.

Der Reporter lief uns mit einem aufgespannten Regenschirm entgegen. Er brachte Jane trocken ins Haus.

Ich ging ohne.

Klein-Johnny kam mir entgegen, sprang mir in die Arme und drückte sich an mich.

Die Begrüßung war immer herzlich. Leider hatte ich vergessen, ihm etwas mitzubringen. Bill schickte den Kleinen in sein Zimmer. Ich reichte ihm die Hand.

»Alles klar«, sagte er und grinste. »Komm rein.«

Bill führte mich in den Livingroom, wo ich Sheila und auch die Nachbarin begrüßte. Es duftete nach Kaffee und nach Kuchen. Sheila hatte selbst gebacken. Ich verspürte plötzlich Hunger.

Die Nachbarin hieß Vivian Rutland. Ich wusste, dass sie drei Häuser weiter wohnte und dass ihr Mann als Repräsentant einer Schnellimbisskette überall in der Welt unterwegs war.

Mrs. Rutland war eine gepflegte Frau. Ich schätzte sie auf etwa vierzig. Sie hatte rötlich braun gefärbte Haare und trug ein blauweiß gestreiftes Sommerkostüm. Das aparte Gesicht war dezent geschminkt, doch der Augenausdruck gefiel mir nicht. Er war unruhig, und es schien mir, als hätte diese Frau große Angst.

Sie rauchte eine Zigarette sehr hastig. Das Lächeln wirkte ebenfalls nicht echt.

Sheila schenkte Kaffee ein. Sie hatte ihr blondes Haar

hochgesteckt, was ihr ein etwas damenhaftes Aussehen gab.

Ich nahm Milch und Zucker. Natürlich auch ein Stück Kuchen. Während wir aßen und tranken, drehten sich die Gespräche um das Wetter, dann um Klein-Johnny und weitere Allerweltsprobleme.

Auch Mrs. Rutland beteiligte sich an der Unterhaltung. Wenn Sheila von Johnnys Streichen erzählte, klang ihr Lachen ein wenig schrill. Sie stand wirklich unter Dampf.

Nach dem Kaffee holte Bill die Flasche mit dem alten Cognac. Auch ich nahm einen Schluck. Mrs. Rutland bekam einen Doppelten gereicht. Nachdem wir uns zugeprostet hatten, sorgte Bill Conolly dafür, dass Mrs. Rutland ihr Problem zur Sprache brachte.

»Nun erzählen Sie mal, was da genau in diesem französischen Internat passiert ist.«

Ich hob den Blick. »In Frankreich?«

»Ja, Mr. Sinclair. Ich muss vorausschicken, dass wir eine achtzehnjährige Tochter namens Sue haben. Sie wollte unbedingt in ein französisches Internat. Damit hat sie uns so lange gequält, bis wir ihr den Wunsch nicht mehr abschlagen konnten. Sue fuhr also nach Frankreich. Ihre Ferien verbrachte sie hier in London. Sie brachte auch gute Zensuren mit, die Lehrpersonen waren mit ihr zufrieden, wir hatten also keinen Grund, uns Sorgen zu machen. Sue wurde älter, und sie lernte auch junge Männer kennen. Wir haben uns auch nie Sorgen gemacht, unsere Tochter ist ein verantwortungsbewusster Mensch, sie weiß genau, wie weit sie zu gehen hat. Doch seit einigen Monaten ist alles anders.« Mrs. Rutland nahm einen Schluck Cognac, bevor sie weitersprach.

Bill schenkte nach.

»Es begann mit einem Brief, in dem sie uns von einem Mann vorschwärmte, der an der Schule unterrichtet. Er heißt Marcel Vasely und scheint bei allen Schülerinnen sehr beliebt zu sein. Ein Hahn im Korb, wie man annehmen müsste. Nun, wir lächelten darüber. Es ist ja nicht schlimm, dass ein junges Mädchen für seinen Lehrer schwärmt. Ihre nächsten Briefe waren anders. Da schrieb sie von langen nächtlichen Spaziergängen, von einem herrlichen Vollmond und von Wölfen, die sich in seinem Schein baden. Wir waren zwar beunruhigt, aber haben die Sache nicht ernst genommen. Neulich sah ich im Spätprogramm einen alten Gruselfilm. Ich wollte an sich ins Bett gehen, doch dann blieb ich sitzen, denn der Film handelte von diesem Wolfsthema. Genauer noch, man sprach von Werwölfen, von Wesen, die bei Vollmond auf Jagd nach Menschen gingen. Da fielen mir wieder die Briefe unserer Tochter ein. Ich wartete den nächsten ab, und darin war abermals die Rede von einem Werwolf. Noch ein Name fiel. Lupina! Sie soll die Königin der Wölfe sein, und Sue würde sie irgendwann einmal kennenlernen. Sie könnte es kaum erwarten.«

Innerlich war ich zusammengezuckt, obwohl ich mir äußerlich nichts anmerken ließ.

Der Name Lupina war gefallen und hatte damit die Verbindung zu Doktor Tod und der Mordliga geschaffen. Erst vor einigen Tagen hatte ich meinem Erzfeind fast gegenübergestanden. Bevor es jedoch zu einer Begegnung kam, war er geflohen. Sollte er sich nach

Frankreich abgesetzt haben, um dort zu einem neuen Schlag auszuholen? Daran wollte ich nicht glauben. Solo Morasso, wie Doktor Tod auch hieß, suchte nach wie vor sein letztes Mitglied der Mordliga, Xorron genannt. Lupina passte nicht in dieses Spiel. Hatte er sie vielleicht allein losgeschickt?

Bill und Jane warfen mir bezeichnende Blicke zu. Sie warteten auf meine Frage, die ich auch gleich danach stellte.

»Hatte Ihre Tochter vielleicht Kontakt zu dieser Lupina, Mrs. Rutland?«

»Nein, Mr. Sinclair. Das konnte man den Briefen nicht entnehmen. Sie hat nur den Namen geschrieben und mir mitgeteilt, dass man auf sie wartete.«

»Wer?«

Etwas erstaunt blickte mich die Frau an. »Meine Tochter, glaube ich. Vielleicht auch dieser Marcel.«

»Der bestimmt.«

Mrs. Rutland lächelte etwas verlegen. »Ich weiß nicht, Mr. Sinclair, ob es richtig war, Ihnen die Geschichte zu erzählen. Vielleicht langweilt es Sie auch. Ich hatte gestern mit Mrs. Conolly darüber gesprochen, und sie war der Meinung, dass man Sie hinzuziehen sollte, Herr Oberinspektor.«

»Da hat Mrs. Conolly genau richtig reagiert.« Ich warf Sheila einen lobenden Blick zu.

»Dann halten Sie mich nicht für überdreht oder für eine Spinnerin?«

»Auf keinen Fall«, wehrte ich ab. »Aber um noch einmal auf Ihre Tochter zurückzukommen. Haben Sie Sue in der letzten Zeit gesehen?«

»Ja.«

»Kam sie Ihnen verändert vor?«

»Lassen Sie mich nachdenken.« Die Frau überlegte eine Weile, bevor sie antwortete. »Direkt verändert nicht, aber sie war stiller als sonst. In sich gekehrter.«

»Hat sie von Lupina gesprochen?«

»Nein, der Name wurde nur im Brief erwähnt. Und das war nach unserem Treffen.«

Ich war mit meiner Fragerei noch nicht am Ende. »Hat Ihre Tochter während der Ferien bei Ihnen gewohnt?«

»Natürlich, das sagte ich.«

Ich lächelte. »Sorry, ich vergaß. Meine Frage zielte eigentlich in eine andere Richtung. Wie verhielt sich Ihre Tochter des Nachts?«

Mrs. Rutland wurde ein wenig rot. »Ist das nicht etwas indiskret gefragt, Mr. Sinclair?«

Bill stand mir bei. »Es geht hier nicht um das nächtliche Liebesleben Ihrer Tochter, das wir ihr alle gönnen, sondern um ihr Verhalten.«

Ich nickte bestätigend.

»Ja«, meinte Mrs. Rutland nach einer Weile, »dazu kann ich Ihnen nicht viel sagen. Sue ist niemals ausgegangen. Sie war immer zuhause, und das wunderte mich. Nachts stand sie am Fenster und schaute hinaus.«

»In den Himmel?«, fragte ich.

»Ja, zum Mond hoch, wenn Sie es genau wissen wollen. Ich habe sie mal danach gefragt. Da nahm sie mich an die Seite, lächelte und sagte: ›Ist er nicht fantastisch, Mum? Dieser Mond ist doch viel schöner als die Sonne.‹«

»Was haben Sie darauf geantwortet?«, wollte ich wissen.

»Nichts. Zuerst habe ich gelacht. In den nächsten beiden Nächten bin ich wieder ins Bett gegangen und hinterher überhaupt nicht mehr aufgestanden.«

»Wo liegt das Internat?«, erkundigte ich mich.

»In Frankreich.« Sie hüstelte. »Wollen Sie wirklich dorthin fahren, Mr. Sinclair?«

»Alle Anzeichen sprechen dafür.«

»Aber es ist nichts passiert. Meine Tochter ist keine Verbrecherin.«

»Das habe ich auch nicht gesagt. Sie kennen doch das Sprichwort: Vorbeugen ist besser.«

»Natürlich.« Mrs. Rutland strich ihren Rock glatt und erhob sich. »Dann möchte ich mich verabschieden«, sagte sie.

Auch wir standen auf. »Darf ich Sie noch um die Adresse bitten, Mrs. Rutland?«

»Pardon, das hätte ich fast vergessen. Hier.« Sie öffnete ihre Handtasche und holte eine kleine Karte hervor, auf die der Name gedruckt war.

Ich las halblaut und übersetzte auch gleich. »Internat für Mädchen und anerkannt als internationale Schule. Graveline, Rue Marique 45.« Ich wandte mich an Bill. »Kennst du den Ort?«

»Nein.«

»Nicht weit von Calais«, erklärte mir Mrs. Rutland. »Etwa fünfundzwanzig Meilen.«

»Das ist ja ein Katzensprung«, lachte ich.

»Und was werden Sie unternehmen, Mr. Sinclair?«, erkundigte sie sich.

»Das weiß ich noch nicht.«

»Auf jeden Fall vielen Dank.« Sie wandte sich zum Gehen und wurde von Bill begleitet.

Jane stieß mich an. »Willst du tatsächlich fahren?«, fragte sie und schreckte mich aus meinen Gedanken hoch.

Ein Internat hatte bereits mehrere Male bei Fällen eine Rolle gespielt. Ich erinnerte mich noch an die Schule in Norddeutschland, wo wir die drei teuflischen alten Weiber gestellt hatten. Das war damals ein wirklich haarsträubender Fall gewesen.

»Schläfst du?«, fragte Jane.

»Nein, nein, ich denke nur nach.«

»Dann willst du also fahren?«

»Natürlich.«

»Allein?«

Ich schüttelte den Kopf. »Das glaube ich kaum. Ich werde Suko mitnehmen.«

»Und als was willst du dort auftreten? Mal wieder den Lehrer mimen oder Ähnliches?«

»Ich weiß noch nicht. Einen Lehrer auf keinen Fall. Vielleicht einen englischen Schulleiter, der sich französische Internate ansieht. Das muss ich noch mit dem Alten besprechen.«

»Wie du meinst. Aber da ist noch etwas, John.« Jane legte den Kopf schief und schaute mich von der Seite her an. »Es kommt überhaupt nicht infrage, dass du mit Suko allein fährst.« Sie tippte gegen ihre Brust. »Ich bin nämlich auch mit von der Partie.«

»Nein.« Ich verdrehte die Augen.

Jane stampfte mit dem Fuß auf. »Doch, mein Lieber.

Oder glaubst du, ich lasse dich dorthin fahren, wo du mit deiner ehemaligen Freundin Lupina allein zusammen bist?«

Dieser weiblichen Logik hatte ich wirklich nichts entgegenzusetzen.

Sie hatte ihr Gesicht in die Erde gewühlt, spürte Gras, Laub und Dreck auf den Lippen und im Mund und hatte die Worte genau verstanden. Jovanka wurde klar, dass sie entdeckt worden war. Es gab keine Flucht mehr und kein Zurück. Man würde sie als Mörderin festnehmen und verurteilen.

»Los, komm da endlich hoch!« Die Stimme klang ungeduldiger als beim ersten Mal.

Jovanka bedauerte es jetzt, dass sie das Gewehr weggeworfen hatte. So hätte sie sich wenigstens verteidigen können, aber das war nun nicht mehr drin.

Der andere hielt die besseren Trümpfe in der Hand, und er spielte sie eiskalt aus.

Sie bewegte sich. Laub raschelte, als ihre Hände darin herumwühlten. Als sie den Kopf drehte, sah sie die Silhouette des Mannes am Graben. Restlicht streifte ihn. Er trug eine enge Hose und einen Pullover. Die Arme hatte er angewinkelt und die Hände in die Hüften gestützt. Er stand dort wie der große Sieger.

Eine Hand streckte sich ihr entgegen. Sie griff danach, denn jetzt war ihr alles egal.

Der Mann zog sie hoch.

Zum ersten Mal sah Jovanka sein Gesicht. Nein, dieser Mann hatte sich nicht unter den Häschern befunden, wenigstens hatte sie ihn nicht gesehen. Er war ein Typ mit schwarzen, etwas lockigen Haaren. Kurz geschnitten lagen sie auf seinem Kopf. Seine Hände waren kräftig, sie konnten zupacken. Dunkle Augen musterten Jovanka kühl. Der Mund war etwas schmal, mit einem spöttischen Zug versehen. Dieser Mann wusste genau, was er wollte, der ließ sich nichts vormachen.

Ohne Jovanka loszulassen, deutete er auf den Wagen. Es war ein seegrüner Renault Alpine, ein kleiner Flitzer. »Wollen wir nicht einsteigen?«

Jovanka stemmte sich gegen seinen Griff. »Wo bringen Sie mich hin, Monsieur?«

»Wohin möchten Sie denn gern?«

»Nach Graveline nicht.«

»Bon, Ihr Wunsch ist mir Befehl, Mademoiselle.«

»Gehören Sie nicht zu den anderen?«

»Nein, aber wenn wir noch lange hier herumstehen, könnten die anderen Sie sehen.«

»Dann wissen Sie über mich Bescheid?« Die Augen des Mädchens wurden groß.

»In etwa.«

Jovanka begriff nichts mehr. Wer war dieser seltsame Fremde, vor dem sie so gar keine Angst verspürte? Dieser Mann besaß Macht über sie, der konnte mit ihr machen, was er wollte, das merkte sie ganz deutlich. Und so etwas war noch nie mit ihr geschehen.

Die Fahrertür stand offen. Er öffnete für Jovanka die andere. »Steigen Sie ein.«

Jovanka gehorchte automatisch. Der Schalensitz war tief. Sie hatte noch nie in einem solchen gesessen und fiel fast hinein. Der Mann schlug die Tür zu. Dann startete er.

Der Wagen vibrierte. Man merkte die Kraft, die in ihm steckte. Raketengleich schoss er vor. Der Fahrer saß entspannt hinter dem Lenkrad. Fast lässig hielt er das kleine Steuer fest. Um seine Mundwinkel spielte ein Lächeln.

»Wohin fahren wir jetzt?«, fragte Jovanka. Ihre Stimme zitterte noch immer.

»Lass dich überraschen, meine Kleine.«

Sie zuckte zusammen, als der Schwarzhaarige sie Kleine nannte. Das klang vertraut. Normalerweise hätte sie sich dagegen gewehrt, doch hier tat sie es nicht. Sie spürte, dass dieser Mann ihr überlegen war, und richtete sich danach. Jovanka zog Knie und Schultern an. Sie rollte sich zusammen wie eine Katze. Hin und wieder warf ihr der Mann einen spöttischen Blick zu.

Jovanka schaute aus dem Fenster. Die Straße kannte sie. Sie führte der Küste entgegen und damit auch nach Graveline, dem Ort, aus dem die Männer gekommen waren. Es war keine breite Hauptstraße, sondern eine kurvenreiche Strecke, zum Teil nicht einmal gepflastert, sondern nur mit Kopfsteinen bedeckt – wie in Graveline. An diesem kleinen Ort ging das Leben vorbei. Einfach deshalb, weil Calais in der Nähe lag. Von dort legten die Fähren über den Kanal ab.

Jovanka sah vor sich einige Lichter schimmern. Das war schon Graveline. Rechts davon lag die Schule. Sie war wie das Schloss auf einen Felsen gebaut worden, und bei klarem Wetter konnte man in der Ferne das Meer sehen.

Langsam begann Jovanka nachzudenken. Dieser Mann verhielt sich äußerst schweigsam, er hatte bisher nicht einmal seinen Namen genannt, und das Mädchen wollte endlich wissen, mit wem sie es zu tun hatte. Deshalb fragte sie: »Wie heißen Sie?«

Da lachte er.

Im Wagen war es fast dunkel. Die Instrumentenbeleuchtung schuf ein fluoreszierendes grünes Licht, das sich als matter Schein über die Gesichter der beiden Menschen legte.

Doch dieses Grün wurde unterbrochen. Jovanka sah etwas Rotes leuchten.

Sie drehte den Kopf.

Der Mann fuhr langsamer. Bis auf die Hälfte ging er mit der Geschwindigkeit zurück und wandte Jovanka für einen Moment voll sein Gesicht zu.

Die junge Zigeunerin schrie auf!

Jetzt wusste sie, woher der rote Schein kam.

Auf der Stirn des Fahrers prangte das Zeichen, das Mal der Vaselys. Es gab keine andere Erklärung.

Der Mann, der neben Jovanka saß, war ihr Bruder!

Sie brauchte ein paar Sekunden, um die Erkenntnis zu verdauen. Dann flüsterte sie: »Du bist mein Bruder?«

»Sicher.«

Jovanka atmete tief durch. Gerettet!, schoss es ihr durch den Kopf. Das Gefühl der Freude war wie ein atemberaubender Rausch, der sie erfasst hatte.

»Gerettet!«, flüsterte sie. »Ich bin gerettet.«

Ihr Bruder lachte. »Ja, du hast Glück gehabt, meine

Liebe. Sogar großes Glück. Aber wir Vaselys entgehen unserer Bestimmung nicht. Keine Angst.«

Sie nickte.

Marcel zündete sich eine Zigarette an. Im Schein der kleinen Flamme wirkte sein Gesicht noch schmaler. Erst jetzt fielen dem Mädchen die zahlreichen kleinen Haare auf, die den Arm und die Hände des Mannes bedeckten. Manche Frau hätte sich abgestoßen gefühlt, nicht so Jovanka. Sie fühlte sich als Gleiche unter Gleichen.

»Und wo fährst du jetzt hin, Marcel?«

»Zu mir.«

»Gut.«

»Jurina ist tot«, stellte der Mann fest. »Da können wir nichts mehr machen.«

»Und wer hat sie umgebracht?«, fragte Jovanka. »Hast du den Mörder gesehen?«

»Es waren viele. Da ist jeder schuld.«

»Werden wir ihren Tod rächen?«

»Das ist möglich. Die Vaselys haben sich lange genug geduckt. Der Fluch des alten Blutes muss in Erfüllung gehen, meine Kleine. Wir alle sind daran beteiligt, keiner darf sich drücken. Auch du nicht, Jovanka.«

»Und Silva?«

Da hob Marcel die Schultern. »Sie ist eine unbekannte Größe in unserem Rachespiel.«

»Dann kennst du sie auch nicht?«

»Nein.«

»Wo kann sie sich denn herumtreiben?«

»Das weiß ich auch nicht. Sie muss aber dem Ruf des

Blutes Folge leisten. Eine andere Chance gibt es nicht, wenn du verstehst, was ich meine.«

»Ja, natürlich.«

Marcel bog kurz vor dem Dorf rechts ab. Über eine schmale Straße fuhr er hoch zum Internat. Eine Steinmauer begrenzte die Fahrbahn an der linken Seite. Dort wuchs Efeu und breitete sich immer weiter aus. Die Kurven waren eng. Marcel nahm sie gekonnt.

»Und Lupina?«, fragte das Mädchen.

»Sie ist die große Unbekannte.«

»Was ist, wenn sie kommt?«

»Haben wir ihr zu gehorchen«, erwiderte der Mann. »Sie ist die Königin der Wölfe.«

Jovanka warf ihrem Bruder einen schnellen Blick zu. »Gefällt dir das?«

»Darauf kommt es nicht an, kleine Jovanka. Ich habe zu gehorchen, du musst gehorchen.« Er fuhr auf einen Parkplatz, stoppte und stieg aus.

»Einen Koffer hast du nicht?«, fragte er.

»Nein.«

»Wir werden dir schon neue Kleider besorgen.« Er legte brüderlich seinen Arm um ihre Schultern, als sie auf ein kleines Tor zugingen.

»Was werden die anderen sagen, wenn sie dich so sehen?«, fragte Jovanka.

»Was sollen sie sagen? Nichts.«

»Da bin ich mir nicht so sicher.«

»Außerdem bist du meine Schwester.«

»Was nicht alle wissen.«

»Das geht die anderen nichts an und fertig. So, jetzt lass uns aber hochgehen.«

Marcel Vasely schloss die Tür auf. Beide ahnten nicht, dass sie bereits beobachtet wurden …

Es waren brennende Blicke, die gegen ihren Rücken stachen und wie Dolche wirkten.

Ein Mädchen stand am Fenster, schaute hinunter in den Hof, sah den Wagen und beobachtete, wie die beiden ausstiegen. Den Mann hatte sie genau erkannt.

Es war Marcel.

Ihr Marcel!

Und er hatte eine andere bei sich. Ein anderes Weib. Er wollte sie betrügen, obwohl er ihr seine Liebe geschworen hatte. Sie erinnerte sich noch deutlich an die Worte, und jetzt war wieder alles vergessen.

Aber das hatte er nicht umsonst getan, das nicht. Die beiden verschwanden. Sie nahmen den Seiteneingang, dort ging es zu den Wohnungen des Lehrpersonals. Den Weg kannte sie im Schlaf. Mehr als einmal war sie ihn gegangen.

Sue Rutland wusste genau, was sie zu tun hatte. Wenn du mich betrügst, bringe ich dich um, hatte sie einmal in einer schwachen Stunde gesagt. Dann töte ich dich.

»Das kannst du ruhig!« So hatte seine Antwort gelautet. Marcel hatte damals gelacht. Er ahnte nicht, wie ernst es Sue mit ihrem Versprechen gewesen war.

Sie würde ihn töten!

Während sie den schmalen Schrank öffnete, rannen Tränen aus ihren Augen. Sie machte kein Licht. Was sie finden wollte, das fand sie auch in der Dunkelheit.

Eine Pistole.

Die Waffe hatte sie vor einigen Monaten im Wald gefunden. Es war eine Armeepistole, die irgendjemand verloren hatte. Sue war buchstäblich darüber gestolpert. Sie hatte die Pistole an sich genommen und festgestellt, dass sie geladen war.

Und Sue kannte sich mit Waffen aus. Ihr Vater besaß eine stattliche Sammlung. Er hatte sie einige Male zum Schießplatz mitgenommen und ihr das Schießen erklärt. Sue war gewissermaßen eine Naturbegabung gewesen, sie brauchte nicht groß zu üben. Sie traf, wenn sie schoss.

Trotz ihrer Aufregung wirkten die Bewegungen, mit denen sie die Pistole durchcheckte, ruhig und gelassen. Dann nickte sie zufrieden und verstaute die Waffe im Gürtel des Rocks.

Bevor sie das Zimmer verließ, warf sie noch einen Blick zum Fenster. Am Himmel stand der Mond.

Sue zuckte zusammen.

Sie hatte den Erdtrabanten lieben gelernt. Nicht zuletzt wegen ihres Lehrers, der von dem Vollmond begeistert war. Auch Sue spürte die Kraft, die von ihm ausging. Früher hätte sie so etwas nie für möglich gehalten. Heute jedoch war alles anders.

Ja, es war wirklich alles anders. Verflogen der Zauber. Zerbrochen die Liebe, vergessen die langen Nächte voller Zärtlichkeit. Aus Liebe war Hass geworden. Eine Flutwelle, die sich einfach nicht mehr stoppen ließ.

Sue verließ das Zimmer. Sie trat hinaus in den Gang, wo alles so ruhig war. Kein Laut drang an ihre Ohren. Sie konnte die Stille schon fast greifen.

Auf Zehenspitzen ging sie weiter. Die rechte Hand lag auf der Waffe. Sie spürte das kühle Metall und dachte daran, wie leicht es sein würde, Marcel zu töten.

Unbemerkt gelangte sie an die Zimmertür ihres Lehrers. Dort blieb sie stehen und legte ein Ohr gegen das Holz.

Keine Geräusche.

Das hatte allerdings nichts zu sagen, das Holz war dick, es schluckte den Schall.

Hatte er abgeschlossen?

Sie legte ihre Hand auf die Klinke. Jetzt kam es darauf an. Wenn er nicht zugeschlossen hatte, dann war er verloren. Dann würde ihn nichts mehr retten.

Sue drückte die Klinke nach unten.

Die Tür war offen!

Fast hätte sie einen Jubelschrei ausgestoßen. Im letzten Augenblick konnte sie ihn unterdrücken. Sie lehnte sich gegen die Tür und stieß sie auf.

Sie knarrte nicht in den Angeln. Lautlos schwang sie nach innen. Der Weg war frei.

Ein düsteres Zimmer. Der Mond war weitergewandert. Sein Schein fiel nicht mehr durch das Fenster. Sue sah die beiden Gestalten, die im Bett nebeneinander lagen und schliefen. Sie wischte sich über die Augen und ging noch näher heran. Nein, das waren keine zwei Gestalten, sondern nur eine. Im ersten Augenblick hatte sie sich täuschen lassen.

Die zweite lag auf dem Boden, und zwar dicht neben dem Fenster, dessen rechter Flügel offen stand.

Sue schaute genauer hin und erkannte das Mädchen, mit dem Marcel gekommen war.

Ein böses Lächeln umspielte die Lippen der Schülerin. Auch die Fremde würde an die Reihe kommen. Sue scheute auch vor einem Doppelmord nicht zurück.

Sie ging noch näher an das Bett heran und zog dann ihre Armeepistole hervor.

Marcel wandte ihr den Rücken zu und schlief. Er schlief, als hätte er ein gutes Gewissen, als könnte er kein Wässerchen trüben. Aber das war ein Irrtum.

Die Decke war etwas herabgerutscht. Frei lag der Rücken vor der Pistolenmündung.

Sue lächelte. Sollte sie ihn erst ansprechen?

Nein, sie würde ihn so töten. Der Hass hatte sämtliche Bedenken weggeschwemmt. Dieser Mann musste umgebracht werden. Er hatte sie zu sehr enttäuscht.

Ihr Zeigefinger umfasste den Stecher. Sie brauchte ihn nur zurückzuziehen, dann war alles erledigt.

Sue überwand den Druckpunkt.

Es gab ein peitschendes Geräusch, das unnatürlich laut in der herrschenden Stille wirkte. Die Kugel verließ den Lauf und hieb in den Rücken des Schlafenden. Sue sah, wie er unter dem Einschlag zusammenzuckte, sie wollte noch einmal schießen, brachte es jedoch nicht übers Herz.

Der Arm mit der Waffe sank nach unten.

Hinter ihr schreckte das Mädchen hoch. Sue drehte sich um und sah die Bewegung. Dieses kleine, schwarzhaarige Biest hatte sich hingesetzt, und Sue legte auf sie an.

»Du bist auch noch an der Reihe«, flüsterte sie. Sie starrte die Fremde dabei an, bohrte ihren Blick in deren Augen und genoss es, die rächende Siegerin zu sein.

»Lass das!«

Wie unter einem Peitschenhieb zuckte sie zusammen, als die Stimme in ihrem Rücken aufklang. In ihren Adern schien plötzlich kein Blut mehr zu fließen, sondern Eis. Auf einmal war sie unfähig, sich zu rühren. Die Stimme hinter ihr gehörte einem Mann, der eigentlich hätte tot sein müssen.

Marcel hatte gesprochen!

Schritte, die sich ihr näherten. Sie sah ihn nicht, aber sie spürte, dass er dicht hinter ihr stand. Er griff an ihr vorbei, und seine rechte Hand fand ihr Gelenk.

Er drückte zu.

Sue schrie auf. Der Kraft hatte sie nichts entgegenzusetzen. Automatisch öffnete sie die Finger. Die Waffe polterte zu Boden. Und sie sah noch mehr.

Die Hand war nicht mehr normal, sondern eine mit Fell überwucherte Pranke.

Sue erlitt einen regelrechten Schock. Im ersten Moment begriff sie nichts, dann jedoch wurde ihr bewusst, dass Marcel nicht mehr der war, den sie kannte. Alte Gespräche fielen ihr wieder ein. Hatte er nicht von Werwölfen geredet? Von den hellen Vollmondnächten, die für Werwölfe Balsam waren?

Ja, sie erinnerte sich genau, und plötzlich wusste sie die Wahrheit.

»Dreh dich um, kleine Sue!«

Auch die Stimme klang nicht mehr normal. Sie war mehr ein gefährliches Knurren.

Sue gehorchte zitternd.

Diesmal konnte sie einen Schrei nicht unterdrücken. Aus Marcel war ein Werwolf geworden!

Sue Rutland schaute auf eine Bestie!

Über und über war der Mann mit einem pelzigen Fell bedeckt. Der Kopf war eine längliche Schnauze, die aufgeklappt war und gefährliche Reißzähne zeigte. Tückische, schmale gelbe Augen starrten sie mit einem erbarmungslosen Blick an. Riesengroß war der Wolf. Die Füße waren zu Tatzen geworden, die Hände zu gefährlichen Pranken, die mit ihren Nägeln an scharfe Messer erinnerten.

Marcel war zu einer Horrorgestalt geworden. Vor ihr stand ein Abziehbild des Schreckens.

Die Angst überfiel sie mit Macht. Sie zitterte. Es war Sue nicht möglich, ein klares Wort herauszubringen. Wie zugeschnürt war ihre Kehle.

Sie nahm die Scheußlichkeit der Bestie voll in sich auf, und sie wusste plötzlich, dass der Schuss ihm nichts hatte anhaben können. Werwölfe konnte man nicht mit einer Kugel töten. Sie hätte schon Silber nehmen müssen.

»Du wolltest mich umbringen?«, flüsterte Marcel. Sue musste sich anstrengen, um ihn überhaupt zu verstehen. »Wolltest du mich wirklich töten, kleine Sue?«

Die Schülerin nickte, obwohl sie es gar nicht wollte. Aber sie stand dermaßen unter dem Bann dieser Bestie, dass es ihr unmöglich war, ihn anzulügen.

»Warum wolltest du mich umbringen?«

»Wegen ihr.« Die Antwort war kaum zu verstehen.

Da lachte der Werwolf. Es war kein menschliches Lachen, sondern ein keuchendes Gelächter, das irgendwie abstoßend klang. »Wegen ihr wolltest du mich umbringen? Du bist verrückt, du bist wahnsinnig, meine Kleine.«

»Sag das nicht!«

Marcel wischte mit der Pranke durch die Luft.

Sue zuckte zusammen.

Ein gieriges Fauchen drang aus dem Maul. »Weißt du, wer sie ist, Kleine?«

Sue schüttelte den Kopf.

»Sie ist meine Schwester. Meine Schwester Jovanka! Hast du verstanden?«

Sue erstarrte. In ihrem Kopf überschlugen sich die Gedanken. Das war ein Bluff, das konnte doch nicht sein. Lüge, List und Täuschung. Niemals war sie seine Schwester.

»Du glaubst mir nicht?«, fragte Marcel.

Sue schüttelte heftig den Kopf.

»Sag du es ihr, Jovanka!«

»Ich bin seine Schwester.«

Sue drehte sich um, als sie den Satz hörte.

Jovanka lächelte. Vielleicht war es dieses Lächeln, was Sue in ihrer Meinung bestärkte. Sie glaubte den beiden kein Wort. Nein, das waren niemals Geschwister.

Und sie sagte es auch. »Nie!«, schrie sie. »Nie seid ihr Geschwister!«

Da griff die Bestie zu. Sue sah, wie der Werwolf seine Pranken hochriss. Dicht vor ihren Augen schimmerten die Krallen. Sue wollte sich noch wegducken – zu spät.

Marcel schlug bereits zu.

Stoff zerriss knirschend. Sue spürte die scharfen Krallen auf der Haut und hörte das hämische Lachen der Schwester. Sie sah das Blut an ihren Armen und erkannte die Bestie vor sich, die ihr Maul weit aufgerissen hatte.

Zähne schimmerten wie Dolche.

»Ja, friss sie. Töte sie!«, kreischte Jovanka, lief vor und stieß Sue an.

Die Geschwister wurden zu wahren Teufeln. Der Fluch des Blutes drang voll durch.

Sue hatte keine Chance. Sie wurde gegen die Bestie katapultiert, die sie sofort umfasste. Die gewaltigen Pranken drückten erbarmungslos zu. Sie hieben in den Rücken des Mädchens, rissen dort tiefe Wunden, und Sue bog ihren Oberkörper durch. Sie wollte schreien. Der Mund stand bereits offen, als ein Hieb ihr Gesicht traf, der sie auf das Bett schleuderte und in eine tiefe Bewusstlosigkeit riss.

Jovanka hatte zugeschlagen. Sie hielt die Steinfigur noch in der Hand, und ihre Augen funkelten im Blutwahn.

»Jetzt gib ihr den Rest!«, keuchte sie.

Der Werwolf gehorchte!

Wir hatten meinen Wagen genommen und waren mit der Fähre von Dover nach Calais gefahren.

Ungefähr zwei Stunden mussten wir über den Kanal schippern, dann hatten wir Frankreich erreicht.

Jane war natürlich mitgefahren. Alles Reden hatte nichts genutzt, sie ließ sich nicht davon abbringen, mich zu begleiten. Der Name Lupina war gefallen, und da reagierte die Detektivin allergisch.

Suko hatte ich ebenfalls mitgenommen, Bill war

zähneknirschend zuhause geblieben. Zudem hatte er seiner Frau versprochen, für eine Woche in Urlaub zu fahren, und das Versprechen musste er halten.

Es war kein erfreuliches Sommerwetter. Die Küste lag im Dunst. Sommerwolken hingen ziemlich tief, ein steifer Wind wehte von Westen her und wühlte das graugrüne Meer auf.

Wir hatten uns an Deck begeben, denn der Wagen stand im Bauch der großen Fähre neben den anderen Fahrzeugen. Sogar einen Zug nahm das Schiff mit und jede Menge Touristen. Wir hatten überhaupt Glück gehabt, denn es war verdammt schwer gewesen, einen Platz zu bekommen.

Suko hockte auf einer Bank und schaute auf die Wasserfläche. Er entspannte sich.

Jane stand neben mir.

Sie hatte Angst vor der Seekrankheit.

»Dann geh lieber nach unten«, sagte ich.

Die Detektivin wandte mir ihr blasses Gesicht zu. »Noch geht es ja.«

»Soll ich dir eine Tüte holen?«

»Hör auf, John.«

Ich zuckte mit den Schultern. »Da meint man es gut und bekommt nur Nackenschläge. Mitleid habe ich nicht. Du hättest ja zuhause bleiben können.«

»Und du wärst wieder zum Werwolf geworden.«

»So etwas passiert mir nur einmal.«

»Da bin ich mir nicht sicher.«

Jane wollte noch etwas hinzufügen, doch das ging nicht. Ihr Magen hatte was dagegen. Sie wurde noch blasser, Schweiß sammelte sich auf der Stirn.

Ich stützte sie. »Komm, ich bringe dich unter Deck. Dort sind die Toiletten.«

Sie nickte nur. Suko schaute uns nach. Zu sagen brauchte ich nichts, er wusste auch so, was mit Jane los war.

Die Fähre war ziemlich groß. Zahlreiche Menschen begegneten uns. Ich sah, dass Jane nicht die Einzige war, der es schlecht ging. Auch andere Fahrgäste liefen mit bleichen Gesichtern durch die Gänge und suchten die Toiletten auf.

Jane fand eine freie Kabine. Sie stürzte hinein, und ich wandte mich ab.

Besonders gut ging es mir auch nicht. Aber mir war nicht so übel, dass der Magen hochkam.

Im Moment befand ich mich auf dem Unterdeck. Dort standen auch die Wagen, und den Zug sah ich ebenfalls. Musikfetzen erreichten meine Ohren. Ein Deck höher gab es den großen Unterhaltungsraum mit einer riesigen Bar. Dort war immer der Teufel los, wie man so schön sagt, denn es gab auch Leute, denen eine Seefahrt über den Kanal nichts ausmachte.

Ich hatte keine Lust, mich in einen Partytrubel zu stürzen. Stattdessen wollte ich mir das Schiff ansehen. Mein Ziel war der Bentley. Dort lag mein Mantel im Kofferraum.

Ich stiefelte los und passierte den gewaltigen Durchgang, sodass ich in den Bauch der Fähre gelangte.

Hier stand Wagen neben Wagen. Links von mir sah ich den Zug. Diese Halle hier war fast so groß wie ein Fußballfeld. Es war sagenhaft, was da alles hineinpasste.

Da wir ziemlich zum Schluss auf die Fähre gefahren

waren, stand der Bentley weit hinten. Ich suchte nach einem Durchgang. Der war gar nicht einfach zu finden, so dicht, wie die Wagen hier nebeneinander parkten.

Schließlich hatte ich einen Gang entdeckt und schritt ihn entlang. Fünf Minuten später erreichte ich den Bentley. Hier unten stank es nach Abgasen und Öl. Diese abgestellten Wagen schienen zu leben. Von einem in der Nähe abgestellten Truck tropfte noch Wasser auf den Boden.

Ich befand mich allerdings nicht allein hier unten. Wenn ich über die Dächer der Autos schaute, erkannte ich hin und wieder die Köpfe einiger Passagiere, die ebenfalls zu ihren Fahrzeugen gehen wollten.

Weiter rechts sah ich mehrere Wagen. Es war nur ein zufälliger Blick, aber sofort wurde ich aufmerksam.

Das waren keine Trucks oder Personenkraftwagen, sondern Relikte aus der alten Zeit.

Zirkuswagen.

Vier zählte ich. Zwei standen jeweils nebeneinander. Ich war tatsächlich auf einen kleinen Wanderzirkus gestoßen, der ebenfalls über den Kanal wollte.

Ich zog den Mantel an, ließ ihn offen und beschloss, mir die Wagen genauer anzusehen.

Eine helle Kinderstimme schallte durch die Garage. »Mummy, Mummy, schau mal, Zirkuswagen.«

»Ja, ist schon gut. Komm jetzt!«, antwortete die Mutter.

»Lass uns doch mal nachsehen.«

»Bitte, Billy, wir haben keine Zeit.«

»Mummy, nur einmal. Daddy hat schon nichts dagegen.«

»Wenn du meinst.«

Ich musste lächeln. Die beiden sah ich zwar nicht, doch Kinder sind irgendwie alle gleich. Da können sie mit der Technik groß geworden sein, wenn ein Zirkus auftauchte, erlagen sie dessen Faszination. Und mochte er noch so klein sein.

Ich musste schräg gehen, um zwischen den Wagen hindurch zu kommen. Dann sah ich auch Mutter und Sohn. Sie gingen vor mir her. Der kleine blonde Junge zog seine Mutter hinter sich her. Er konnte es kaum erwarten, sich die abgestellten Wagen aus der Nähe umzusehen.

Plötzlich hörte ich das Knurren. Sofort blieb ich stehen. Eine Gänsehaut kroch über meinen Rücken. Das Geräusch passte nicht hierher, und ich wartete darauf, ob es sich wiederholte.

Das geschah nicht.

Ich ging weiter.

Mutter und Kind hatten ihr Ziel inzwischen erreicht. Sie standen am ersten Wagen. Ich sah, wie der Kleine zurückschreckte. »Das sind ja Hunde, Mummy.«

Die Frau schüttelte den Kopf. Sie hatte langes blondes Haar und trug ein Lederkostüm. »Nein, Billy, so sehen keine Hunde aus. Sieh mal genau hin.« Sie ging neben ihrem Sohn in die Knie und legte beide Hände auf seine Schulter.

»Das sind doch Hunde, Mummy.«

»Nein, mein Liebling, Wölfe!«

Ich hörte die Worte und blieb stehen. Die Frau hatte von Wölfen gesprochen. Ein verrückter Zufall, dass ich hier auf der Fähre mit Wölfen zusammentraf. Solange es keine Werwölfe waren und sie sich hinter Gittern befanden, spielte das keine Rolle.

»Davor habe ich Angst«, sagte der kleine Junge.

»Aber, Billy, sie sind doch im Käfig. Willst du nicht mehr weitergehen?«

»Doch, Mummy, lass uns die anderen auch anschauen.«

Die Frau nickte, warf einen Blick zurück und sah mich. Sie lächelte verbindlich.

»Gehören Ihnen die Tiere?«, fragte sie mich dann.

»Nein, Madam.«

Ich ging schneller, da Mutter und Kind stehen geblieben waren.

Dann stand ich neben ihnen. Vor mir befand sich einer der Wagen. Er war zur Vorderseite hin offen. Das heißt, Gitter trennten ihn ab, damit die beiden Wölfe ihren Wagen nicht verlassen konnten.

Es waren wirkliche Prachtexemplare. Braungraue Burschen mit zottigem Fell. Sie sahen gesund aus. Unter dem Fell sah ich das Spiel ihrer Muskeln, wenn sie sich bewegten. Sie starrten uns aus hellen Raubtieraugen an. Einer tappte herbei, kam bis dicht vor das Gitter und riss seinen Rachen auf.

Mutter und Kind wichen zurück, als sie die beiden Zahnreihen sahen. Wie ein rosiger Lappen hing die Zunge hervor. Der Wolf machte einen gefährlichen Eindruck. Er schien allerdings satt zu sein, denn in einer Ecke sah ich die Überreste seines letzten Mahls. Knochen, an denen ein paar Fleischreste hingen.

Die Frau war mit ihrem Jungen weitergegangen. Sie standen jetzt vor dem zweiten Wagen.

Auch hier das gleiche Bild.

Zwei Wölfe befanden sich in dem Käfig. Allerdings lagen sie auf dem Boden. Satt und träge, sie ließen sich auch nicht durch unsere Blicke stören.

»Willst du noch weiter schauen?«, fragte die Frau.

Billy nickte heftig. »Da sind ja noch zwei Wagen. Vielleicht gibt es da andere Tiere?«

Die Mutter lächelte. Sie meinte mich, als sie sagte: »Er ist sehr tierlieb, müssen Sie wissen. Wir haben zuhause auch zwei Hunde und eine Katze. Billy spielt fast den ganzen Tag mit ihnen.«

»Freuen Sie sich«, erwiderte ich. »Menschen, die gut zu Tieren sind, findet man selten.«

Sie strich sich eine Haarsträhne aus der Stirn. »Das haben Sie nett gesagt.« Billy war schon weitergelaufen. Und zwar um die Wagen herum, denn jeweils zwei von den vieren standen Rücken an Rücken.

Die Frau war anscheinend froh, einen Gesprächspartner gefunden zu haben, denn sie fragte: »Fahren Sie auch nach Paris?«

»Nein, Madam, ich bleibe in der Nähe von Calais.«

»Wir wollen heute Abend in Paris sein. Meine Schwester wohnt dort. Sie ist vor zwei Jahren nach ihrer Hochzeit hingezogen, und wir besuchen sie jetzt zum ersten Mal.«

»Da wünsche ich Ihnen viel Vergnügen.«

»Danke, Mister.«

»Mummy, Mummy!« Beide hörten wir den Jungen schreien. Und beide liefen wir auch um die Wagen herum.

Billy stand vor dem ersten. Er war sehr aufgeregt und

hatte eine Hand ausgestreckt. Sein Zeigefinger deutete auf die Gitterstäbe. Im ersten Moment war nichts Außergewöhnliches festzustellen, bis ich genauer hinsah. Nun wusste ich, weshalb der Junge geschrien hatte.

Rechts an der Seite stand die Käfigtür offen. Alles wies darauf hin, dass die beiden Tiere den Wagen verlassen hatten, denn ich sah auf dem Boden nasse Abdrücke.

Auch die Frau begriff. »Mein Gott«, flüsterte sie. »Was ist da geschehen?«

»Gehen Sie hoch, schnell!«, drängte ich.

Zu spät.

Hinter dem Jungen tauchte bereits ein Schatten auf. Und auch hinter mir hörte ich ein drohendes Knurren.

Die beiden Wölfe hatten uns in die Zange genommen!

Der Junge bewegte sich und wollte sich schutzsuchend an seine Mutter klammern.

»Nicht!«, rief ich.

Er blieb tatsächlich stehen. Sein Gesicht war verzerrt. Die Angst leuchtete aus seinen Augen. Wenn der Kleine jetzt durchdrehte, dann wurden auch die Wölfe verrückt.

Es wurde still.

Auch die Mutter des kleinen Billy stand wie angewurzelt auf dem Fleck. Sie wagte nicht einmal zu atmen und hielt die Luft an.

Hinter mir hörte ich das schleichende Tappen der Pfoten. Der Wolf näherte sich mir. Meine Nackenhaare stellten sich aufrecht, in der Kehle breitete sich ein trockenes Gefühl aus. Wenn der Wolf sich abstieß und in meinen Nacken hechtete, konnte er mir mit einem Biss das Genick brechen.

Zum Glück war ich bewaffnet. Ich hatte mir inzwischen angewöhnt, die Silberkugel-Beretta überall mit hinzunehmen. Allerdings musste ich nur schnell genug an die Waffe herankommen, bevor der Wolf sich abstieß und mich ansprang.

»So tun Sie doch was!«, flüsterte die Frau plötzlich. »Sie können uns doch nicht …«

»Seien Sie still!«, zischte ich.

Verdammt, ich befand mich wirklich in einer Zwickmühle. Wenn die Frau und der Junge nicht gewesen wären, hätte ich eine gute Chance gehabt, aber so …

Es gelang mir, meine Waffe zu ziehen. Die Wölfe warteten ab.

Schweiß rann mir den Rücken hinab. Er hatte sich zuvor im Nacken gesammelt, wo meine Haare am Hinterkopf klebten.

»Kommen Sie vor!«, flüsterte ich scharf. »Versuchen Sie es, Madam! Aber langsam.«

Sie schaute mich an, dann warf sie einen Blick auf ihren Sohn, der die Hand seiner Mutter genommen hatte und diese fest umkrallt hielt.

»Machen Sie schon!« Ich wollte, dass sie sich bewegten, denn dann hatte ich ein besseres Schussfeld auf den Wolf.

Ich hatte ihre Angst und Panik unterschätzt. Sie

gingen nicht langsam vor, sondern schnell. Den Anfang machte die Frau. Sie riss ihren Sohn mit und warf sich auf mich zu.

Der Wolf reagierte.

Bevor ich feuern oder irgendwie eingreifen konnte, war er losgesprungen. Sein Körper segelte durch die Luft und hieb in den Rücken der Frau.

Sie schrie und taumelte nach vorn. Der Wolf hatte seine Schnauze aufgerissen. Er wollte die Zähne in den Hals des Opfers schlagen, als ich neben ihm stand.

Von der Seite her drosch ich ihm Faust gegen die Schnauze. Irgendetwas knackte, ich spürte selbst einen stechenden Schmerz, auf den ich nicht weiter achten konnte.

Der Wolf heulte schaurig und klatschte zu Boden. Ich hatte eine empfindliche Stelle getroffen.

Der Zweite sah seinen Artgenossen in Gefahr und sprang. Er hatte mich als Ziel genommen. Haarscharf nur jagte er an Billy vorbei, dann prallte er gegen meine Brust.

Diesem Aufprall hatte ich nichts entgegenzusetzen. Ich konnte ihn nicht abfangen und wurde zurückgeschleudert. Auf einer kleinen Öllache rutschte ich aus, verlor das Gleichgewicht und fiel mit dem Rücken gegen einen abgestellten Wagen. Es dröhnte wie ein Gongschlag, als ich auf die Motorhaube krachte.

Der Wolf rutschte ab. Seine Pfoten kratzten über den Lack, und er fing sich wieder.

Meine Stellung war unbequem. Im Rücken spürte ich die Kante des Kühlers. Sie wirkte wie ein stumpfes Messer.

Ich biss die Zähne zusammen und wuchtete mich hoch.

Genau in den Sprung der Bestie hinein. Den linken Arm winkelte ich an und brachte ihn als Deckung vor meine Kehle, den rechten schwenkte ich und schoss.

Sehr dicht befand sich die Schnauze vor mir. Sie war weit aufgerissen.

Die Silberkugel hieb in den Schlund.

Der Wolf heulte wild. Er zuckte ein paar Mal, seine Pfoten trafen mich einige Male, und ich wollte schon ein zweites Mal schießen, als ich sah, dass es nicht mehr nötig war.

Die Bestie rutschte an meinem Körper entlang zu Boden und klatschte dumpf auf den mit Ölfarbe gestrichenen Estrich der Halle.

Bewegungslos blieb der Wolf liegen.

Ein Sprung brachte mich über den Kadaver. Soeben noch sah ich die zweite Bestie. Sie huschte hinter einen abgestellten Vauxhall und entschwand meinen Blicken.

Mutter und Kind war nichts geschehen. Beide hatten sich gegen einen Wagen gepresst und schauten mich aus großen Augen an, in denen die Angst leuchtete.

Ich lächelte, blieb allerdings weiterhin sehr aufmerksam.

»Der eine ist erledigt«, sagte ich.

Die Frau nickte nur.

Ich fasste nach ihrem Arm. »Kommen Sie, ich bringe Sie hier weg!«

»Und der zweite?«

»Um den kümmere ich mich später.« Das war nicht

gelogen, denn ich hatte auf keinen Fall vor, die gefährliche Bestie frei herumlaufen zu lassen.

Billy hatte seine Hand in die der Mutter gelegt. Er zitterte und weinte.

Die Wagen blieben hinter uns. Ich hatte meine Blicke überall, denn ich rechnete damit, dass der Wolf noch einmal auftauchen würde.

Im Hintergrund des Parkdecks hörte ich Stimmen. Dort mussten Menschen den Schuss gehört haben. Aufgeregt diskutierten sie darüber.

Meine Blicke waren überall. Der Kopf befand sich in ständiger Bewegung.

Und ich hatte recht mit meiner Vermutung. Der zweite Wolf gab nicht auf.

Er erschien links von uns. Ich sah ihn als Schatten, der blitzschnell über die Kühlerhaube eines Wagens huschte und auf das Dach lief, wo er stehen blieb.

Sofort zuckte ich herum und brachte die Waffe in Anschlag, als plötzlich ein greller Pfiff ertönte.

Und dann gellte die Stimme durch das Parkdeck.

»Nicht schießen!«

Ich zögerte.

Die Stimme hatte hell und scharf geklungen. Und sie gehörte einer Frau!

Eine Frau, die mit Wölfen paktierte, denn seit dem Pfiff hatte sich das Tier nicht mehr gerührt. Es stand auf dem Wagendach wie ein Denkmal.

Ich stieß meine Begleiterin an.

»Gehen Sie schnell«, sagte ich. »Machen Sie schon.«

Endlich verstand sie. Die Frau nahm den Jungen und schleifte ihn regelrecht mit. Ich atmete auf, als sie den Gefahrenbereich verlassen hatten.

Auf die andere Frau war ich mehr als gespannt. Da es auf diesem Deck sehr schallte, wusste ich nicht genau, aus welcher Richtung der Befehl aufgeklungen war. Ich musste mich also darauf verlassen, dass sie erschien.

Und sie zeigte sich.

Links von mir sah ich die Bewegung. Für einen Moment vergaß ich, Luft zu holen. Diese Person hatte in ihrer Ausstrahlung Ähnlichkeit mit den Wölfen. In meiner Kehle wurde es trocken, als ich sie sah.

Die lange blonde Mähne hätte auch einem Löwen gestanden. So wirr und gleichzeitig dicht umstand sie ihren Kopf. Sie hatte einen Gang, der ebenfalls raubtierhaft anmutete, auf jeden Fall waren ihre Schritte kaum zu hören. Gekleidet war sie in schwarzes Leder. So sah Shao aus, wenn sie ihren Motorradanzug trug. Nur hatte die Chinesin den Reißverschluss vorn nie so weit geöffnet, dass die Ansätze der Brüste zu sehen waren. Aber die Blonde deutete an, was sie hatte, und das war schon ein anatomischer Hit.

Diese Frau war ein Vulkan – und eine Dompteuse gleichzeitig. Denn als sie die Wagenreihe verließ, bewegte sich auch der Wolf auf dem Autodach. Er sprang nach unten und blieb neben seiner Herrin stehen, wobei er mit seinem Fell gegen ihre Beine rieb. Fehlte nur noch die Peitsche in der Hand der Blonden, ansonsten war alles perfekt.

Ich steckte die Beretta weg, weil ich mir plötzlich lächerlich damit vorkam.

In einer Distanz von drei Schritten blieb die Blonde vor mir stehen. Der Wolf hockte sich zu ihrer linken Seite nieder und beobachtete mich aus gletscherkalten Augen. Die anderen Tiere in den Käfigwagen waren unruhig geworden. Sie liefen nervös auf und ab und blieben immer nah bei den Stäben.

Ich war gespannt, welche Ausrede die Blonde hatte. Da sie nichts sagte und auch keine Anstalten traf, das Wort zu übernehmen, fragte ich sie.

»Gehören die Tiere zu Ihnen?«

Sie nickte.

»Dann sind Sie die Besitzerin des Wanderzirkus hier?«

»Ich bin die Teilhaberin. Er gehört mir zur Hälfte. Die andere ist Eigentum von Al Astor.«

»Und wie heißen Sie?«

»Müsste ich Ihnen meinen Namen nennen, Mister?«, fragte sie spöttisch zurück.

»Ja. Dann weiß ich wenigstens, wen ich anzeigen kann.«

»Anzeigen?«

»Ja, Miss. Wegen unterlassener Aufsichtspflicht. Zwei Ihrer Tiere sind ausgebrochen und zu einer Gefahr geworden. Sie hätten fast eine Frau und ein Kind getötet.«

»Nein, das glaube ich nicht.«

Ich drehte mich halb um und deutete auf den Kadaver. »Glauben Sie, ich hätte das Tier umsonst erschossen?«

»Sie haben es gereizt.«

»Das muss ich besser wissen. Außerdem finde ich es seltsam, dass der Käfig offen stand.«

Jetzt machte sich Erstaunen auf ihrem Gesicht breit. »Der Käfig stand offen?«

»Ja, sonst hätten die lieben Tierchen ihn ja wohl nicht verlassen können.«

Sie dachte eine Weile nach und lächelte plötzlich. »Warum schließen wir keinen Frieden, Mister? Es ist ja nichts passiert. Vergessen wir die Sache.«

»Eine Frau und ein Kind wären fast zu Tode gekommen. Sie glauben doch nicht, dass die Lady den Fall auf sich beruhen lässt. Dann wäre sie wirklich dumm.«

»Vielleicht doch.«

»Welchen Grund sollte sie haben?«

»Wenn Sie mit ihr reden.« Die Blonde hatte wirklich eine Art, Männer anzumachen. Und das allein durch ihre Stimme, die sie in Tonlage und Nuancen verändern konnte. Mal klang sie scharf, fast rau, dann wieder leise und schmeichelnd, wie zuletzt.

»Ich heiße übrigens Silva«, sagte sie, »und möchte Sie wirklich bitten, alles zu vergessen.«

»Sie verlangen viel.«

»Das sehe ich ein. Zudem brauchten Sie es nicht umsonst zu tun, Mister ...«

Ich lächelte. »Nennen Sie mich John.«

»Also, wie ist das? Einer der Wagen dient mir als Wohnung. Mein Partner ist im Augenblick abwesend. Bis die Fähre in Calais anlegt, haben wir noch Zeit ...«

Das Angebot war eindeutig, aber ebenso eindeutig lautete meine Absage. »Es tut mir leid. Ich bin nicht bereit, mich durch irgendwelche Dinge bestechen zu lassen.«

»Sie machen vielleicht einen Fehler. Zudem verpassen Sie etwas.«

»Möglich.«

Im Hintergrund der Halle hörten wir Stimmen. Mehrere Männer bewegten sich durch die Parkreihen. Ich sah auch die Frau wieder. Sie musste die Verantwortlichen alarmiert haben.

»Überlegen Sie es sich«, sagte die Blonde.

»Da gibt es nichts mehr zu überlegen.«

»Mit anderen Worten: Sie bleiben bei Ihrer Meinung.«

»Genau.«

Die Blonde lächelte kalt und wandte sich um. Sie schaute den Personen entgegen, die uns inzwischen erreicht hatten. Ich erkannte den Kapitän unter ihnen. Er war mit drei Leuten gekommen und hatte die Mutter des Jungen mitgebracht, deren Name ich ein wenig später erfuhr.

Sie hieß Clara Gibson.

Der Kapitän war natürlich außer sich. Er hätte die Blondine sofort festgesetzt, doch ich mischte mich ein. Auf dem Schiff hatte der Kapitän das Sagen, aber vielleicht beeindruckte ihn mein Ausweis doch.

»Scotland Yard?«, fragte er.

Ich nickte.

»Sind Sie dienstlich oder privat hier?«

»Das kann man bei meinem Job nie so ganz trennen«, erwiderte ich. »Auf jeden Fall möchte ich gern mit Ihnen unter vier Augen sprechen.«

»Natürlich.« Der braun gebrannte Kapitän nickte. Dann deutete er auf den Wolf. »Allerdings will ich dieses Tier in seinem Käfig wissen. Sperren Sie ihn ein, Lady!«

Silva hob die Schultern. Sie pfiff durch die Zähne. Mit ihr zusammen setzte sich der Wolf in Bewegung. Dann öffnete Silva die Käfigtür. Mit einem Satz sprang der Wolf auf den Wagen. Vor unser aller Augen schloss die Frau ab.

»Reicht das?«, fragte sie.

»Vorerst«, erwiderte der Kapitän.

Ich zog den Mann zur Seite und erklärte ihm mit wenigen Worten, was vorgefallen war.

»Sie wollen den Vorgang unter den Tisch fallen lassen, Oberinspektor?«, erkundigte er sich.

»In gewisser Weise ja.«

»Aber das ist unmöglich.« Er breitete die Arme aus und hob die Schultern. »Mrs. Gibson will Anklage erheben. Gerade gegen diese Frau, und Sie …«

»Ich werde mit Mrs. Gibson reden.«

»Wenn Sie mehr Erfolg haben sollten, würde mich dies wundern. Ich kann nur nicht einsehen, dass Sie gegen eine Meldung sind. Ich habe Ihr Dokument gesehen und weiß, welche Machtbefugnisse Sie haben. Ist es vielleicht doch ein Fall?«

»Möglich.« Ich setzte ein rätselhaftes Lächeln auf.

Es gibt ja Momente, da hat man seltsame Gefühle. So erging es mir in diesem Augenblick. Ich konnte mir einfach nicht helfen, aber irgendwie glaubte ich, dass diese Silva und ihre Wölfe etwas mit meinem neuen Fall zu tun hatten.

»Schicken Sie doch eine schriftliche Meldung an Scotland Yard nach London«, sagte ich. »Dann sind Sie gedeckt.«

Der Kapitän war einverstanden.

Ich sprach mit Mrs. Gibson. Sie bedankte sich ein paar Mal bei mir, doch ich wehrte ab.

»Kann ich denn irgendetwas für Sie tun?«, erkundigte sie sich und kam mir mit dieser Frage sehr entgegen.

»Ja, Mrs. Gibson. Sie würden mir einen großen Gefallen tun, wenn Sie die ganze Sache auf sich beruhen ließen.«

»Meinen Sie das im Ernst?«

»Natürlich.«

»Aber warum? Diese Bestien sind gemeingefährlich. Heute haben sie uns angegriffen, morgen sind es vielleicht andere …«

»Das weiß ich alles, Mrs. Gibson. Ich habe allerdings berechtigte Interessen, die ganze Sache unter den Tisch zu kehren.«

»Sie sind von der Polizei, nicht?«

»Ja.«

»Gut, dann will ich mal nicht so sein.« Die Frau wurde merklich stolz, weil sie mir einen Gefallen getan hatte.

Ich bedankte mich per Handschlag bei ihr.

Kurz danach kam es zu einem Zwischenfall, dem ich im ersten Augenblick kaum Bedeutung beimaß, mich später jedoch sehr genau daran erinnern sollte.

Der Kapitän gab Anweisung, den Kadaver des Wolfs wegzuräumen. Bisher hatte sich die Blonde so ziemlich im Hintergrund gehalten, doch nun trat sie vor.

»Bitte, Käpt'n. Ich habe sehr an dem Tier gehangen und möchte nicht, dass Sie es so ohne Weiteres über Bord werfen. Wenn Sie erlauben, nehme ich den Kadaver zu mir.«

»Ich verstehe Sie nicht. Sie wollen das tote Tier ...?«

»Zu mir nehmen, ja.«

Der Kapitän wusste nicht, wie er reagieren sollte.

Ich kam hinzu, und er warf mir einen Hilfe suchenden Blick zu. »Haben Sie gehört, Mr. Sinclair, was diese Lady verlangt?«

»Ja.«

»Was sagen Sie dazu?«

Ich gab ihm keine Antwort, sondern wandte mich an die blonde Silva.

»Was wollen Sie mit dem Kadaver?«

Sie schaute mich an. Ihre Augen waren irgendwie blass, man konnte die Farbe nicht genau bestimmen. Vielleicht lag es auch an der schlechten Beleuchtung hier unten. Sehr viele Lampen brannten nicht.

»Ich hänge sehr an den Tieren«, erklärte sie mir. »Und ich möchte ihn begraben.«

»Und wo?«

»Wenn wir an Land sind.«

»Die französischen Gesetze sind mir nicht so geläufig«, erklärte ich ihr. »Allerdings weiß ich aus England, dass es verboten ist, Hunde oder irgendwelche andere Tiere im eigenen Garten oder in öffentlichen Parkanlagen zu verscharren.«

»Das habe ich auch nicht vor.«

»Sondern?«

»Dieser Wolf bekommt einen Platz auf dem Hundefriedhof von Calais, Mr. Sinclair.«

Was sollte ich dagegen sagen? Nichts. Wenn sie es so wollte, meinetwegen.

Ich nickte.

»Dann sind Sie also einverstanden?«

»Hindern kann ich Sie nicht.«

»Ich danke Ihnen.«

»Das sagen Sie lieber dem Kapitän.« Es wurden noch einige Dinge geklärt. Schließlich war ich froh, das untere Deck verlassen zu können. Die Luft hier war mies. Der Abgasgestank hing wie eine Wolke über den Fahrzeugen.

Ich fand Jane und Suko auf dem Oberdeck. Sie lagen in Liegestühlen und ziemlich geschützt. Der Stuhl neben Jane war noch frei. Ich ließ mich hineinfallen.

Suko hob kurz den Kopf.

»Hat lange gedauert, Partner«, sagte er.

»Ja, ich musste mich mit zwei Wölfen herumschlagen, die mir unbedingt die Kehle zerreißen wollten.«

Jane Collins wäre fast aus dem Liegestuhl gefallen. Suko hatte sich in der Gewalt und blieb hocken. »Gehe ich recht in der Annahme, dass du nicht lügst?«

»Warum sollte ich dir etwas vorschwindeln?«

»Waren es Werwölfe?«

»Nein«, erwiderte ich. »Normale Tiere. Sie gehörten zu einem Wanderzirkus.«

Jane regte sich neben mir. Sie hatte atemlos unserem Gespräch gelauscht. Jetzt schaute sie mich mit blassem Gesicht an. Ich lächelte. »Na, ist dein Magen leer?«

»Und wie.«

»Fühlst du dich jetzt besser?«

»Ja.«

»Ich hätte nämlich doch einen Job für dich.«

»Ach. Und worum geht es?«

»Um eine sehr hübsche Frau. Fantastisch gewachsen.

Mit einer langen blonden Mähne. Ein Weib wie ein Raubtier, das selbst Raubtiere zähmt, nämlich Wölfe.« Ich stützte mich hoch und schaute über das Wasser. In der Ferne sah ich einen blassblauen Streifen. Das war die französische Küste. »Sie heißt Silva und ist die Teilhaberin des kleinen Wanderzirkus.«

»Komm zur Sache«, forderte Jane. Ich berichtete jetzt über Einzelheiten. Suko und Jane hörten genau zu. Nach meinem Bericht berieten wir unser weiteres Vorgehen. Ich schlug eine Arbeitsteilung vor. Suko und Jane sollten sich um diese Silva und den Wanderzirkus kümmern, während ich meinem Job nachgehen wollte und mich offiziell in der Schule anmeldete.

»Gegenstimmen?«, fragte ich.

Jane schüttelte den Kopf. Und auch Suko war dafür.

»Euch kennt sie nicht«, sagte ich. »Darin könnte unsere Chance liegen.«

»Will dieser Zirkus denn nach Graveline?«, fragte die Detektivin.

»Wie ich raushörte, gab sie Calais als Ziel an. Ich traue dem Braten allerdings nicht. Diese Silva scheint ein gefährliches Weib zu sein, und die hat irgendetwas vor.«

»Es war aber kein Werwolf, den du erledigt hast«, stellte Suko noch einmal fest.

»Nein. Die Silberkugel tötete ihn zwar, er löste sich jedoch nicht auf.«

»Und die Frau? Ist sie eine Werwölfin?«, wollte Jane Collins wissen.

»So nahe bin ich nicht an sie herangekommen«, gab ich grinsend zur Antwort. »Aber das kannst du ja feststellen, meine Liebe. Und gib auf Suko acht. Die zähmt nicht nur Tiere, sondern bestimmt auch Männer …«

In Calais war es nicht schwer für Jane und Suko gewesen, einen Leihwagen aufzutreiben. Wir hatten das Gepäck umgeladen, und ich fuhr allein weiter.

Noch an der Anlegestelle hatte ich mir eine Karte von der näheren Umgebung besorgt und studierte sie genau.

Es waren exakt 23 Meilen bis Graveline. Die Straße führte nach Osten, weg von der Küste.

Die Gegend sah ähnlich aus wie in England. Viel Wald, hier und da ein paar Hügel, auch Felsen, die in die Höhe wuchsen, und ich entdeckte alte Burgen, die jedoch sehr verfallen aussahen. Niemand hatte mehr das Geld, sie zu restaurieren.

Auf der Straße herrschte wenig Verkehr. Ich selbst fuhr auch nicht schnell, und so konnte ich während der Fahrt noch die Gegend betrachten.

Hin und wieder fuhr ich an Apfelplantagen vorbei. Mir fiel ein, dass ich mich in der Nähe der Provinz Calvados befand, wo dieser Apfelschnaps herstammte.

Bevor ich den Wagen sah, hörte ich ihn.

Ich warf einen Blick in den Rückspiegel, und in einer Kurve tauchte er auf. Ein flacher, seegrüner Renault Alpine, der sich auf die linke Hälfte der Straße schob und zum Überholen ansetzte.

Ich fuhr weiter rechts, um den Raser vorbeizulassen. Als der Alpine mit mir auf gleicher Höhe war, drehte ich den Kopf.

Zwei Menschen hockten in dem flachen Flitzer. Ein Mann und ein Mädchen. Der Mann schaute nach vorn, er konzentrierte sich auf die Straße. Das Mädchen aber blickte mich an. Die Kleine hatte schwarzes Haar, und mir fiel sofort ihr bleiches Gesicht auf.

Dann war der Wagen vorbei. Vor der nächsten Kurve quoll noch, wie als Abschiedsgruß gedacht, eine dunkle Wolke aus dem Auspuff, danach sah ich den Wagen nicht mehr.

Ich machte mir auch keine Gedanken darüber, nur das Mädchen ging mir nicht aus dem Kopf. Es war eine Schönheit gewesen, doch im Bezug auf schöne Frauen war ich vorsichtig geworden.

In den Ort brauchte ich nicht erst zu fahren. Am Beginn entdeckte ich ein Schild, auf dem der Name der Schule stand. Ich war schon daran vorbei, denn der Weg war wirklich sehr schmal, in den ich einbiegen musste.

Ich fuhr wieder zurück. Der Bentley war so breit wie der Weg. Auf Kopfsteinpflaster ging es in die Höhe. Links von mir wuchs eine mit Efeu bewachsene Mauer in die Höhe, rechts standen Laubbäume.

Ich brauchte nicht weit zu fahren. Auf einem Hügel stand das Internat. Es war ein alter Backsteinbau, aufgeteilt in zwei Trakte. Die Schule sah so richtig nach einer Lehranstalt aus, wie man sie von früher her kennt. Das merkte ich auch, als ich sie betrat. Da roch es nach Bohnerwachs. Ich sah die großen Fenster in den Wänden, die hohen Decken und dicken Säulen, die die Decken stützten.

Und auch einen Portier gab es. Er hockte in seinem

Kabuff, das zwar nicht schön, aber zweckmäßig angelegt war. Von dieser Stelle aus konnte er sowohl die Treppe als auch den Eingang im Auge behalten.

Er sah mich und streckte seinen Kopf vor wie ein Geier. Sein Gesicht erinnerte mich auch an diesen Vogel. Nur trugen Geier keine Brillen.

»Was wünschen Sie, Monsieur?«, krächzte er. Seine Stimme war kaum zu verstehen.

»Ich möchte zum Rektor.«

Er kicherte. »Das wollen viele, Monsieur. Sind Sie überhaupt angemeldet?«

»Ja, ich heiße John Sinclair und …«

»Der Mann aus London?«

»Genau.«

»Dann gehen Sie mal rauf. Der Rektor erwartet Sie schon. Viel Spaß.« Der Alte rieb sich die Hände.

Ich musste grinsen. Ein lustiger Vogel, wirklich. Ich nahm die Treppe. Breite Stufen, aus stabilem Stein gefertigt, ein ebenso stabiles Geländer mit einem Handlauf, den auch die Schüler kaum zerstören konnten, aber hier wurden sowieso nur Mädchen unterrichtet.

Mir fiel die Ruhe auf. In anderen Schulen herrscht immer Krach, aber hier war es still. Kaum eine Stimme, kein Radiogedudel, man kam sich vor wie auf einem Friedhof. Zwar war Nachmittag und die Schule längst vorbei, aber etwas hören musste man schon.

Ich fand das Büro des Rektors und auch das Vorzimmer. Dort arbeitete jemand. Das Klappern der Schreibmaschine war ein direkt menschliches Geräusch.

Ich klopfte nicht, sondern trat gleich ein. Die Frau musste am Luftzug gemerkt haben, dass die Tür geöffnet wurde, sie stellte ihr Klappern ein, setzte die Brille auf und wandte sich um.

So habe ich mir immer einen Hausdrachen vorgestellt. Mit der konnte man wirklich kleine Kinder erschrecken. Sie schaute mich an wie einen Delinquenten, und auch ihre Stimme klang tief wie die eines Mannes.

»Die Sprechstunde ist vorbei«, begrüßte sie mich.

Ich hatte heute meinen lustigen Tag. »Aber nicht für mich, Süße.« Das letzte Wort hatte sie besonders gut vernommen, denn sie holte tief Luft. Ihr Busen nahm an Umfang zu und hob sich.

»Toll«, sagte ich und deutete auf ihre Oberweite.

Da wusste der Drachen nicht mehr, was er sagen sollte. Zum Glück wurde die Tür zum Nebenraum geöffnet, und ein Mann erschien.

Es musste der Rektor sein. Etwas konsterniert schaute er sich um. »Was ist denn hier geschehen, Hèléne? Sie sehen ja so seltsam blass und rot zur gleichen Zeit aus.«

»Dieser Mann hier …« Sie deutete auf mich. »Also dieser Mann hier – das ist …«

»Ich bin John Sinclair.«

»Der Kollege aus London!«, rief der Franzose und breitete die Arme aus. »Willkommen bei uns, Monsieur.« Er drückte mich tatsächlich an seine Brust.

Ja, die Herzlichkeit der Franzosen. Der Vorzimmerdrache stand da und bekam große Augen.

»Gehen wir in mein Zimmer, Monsieur Sinclair«, sagte der Rektor und hielt mir die Tür auf.

Ich folgte ihm. Bevor ich ganz verschwand, warf ich der Vorzimmerpalme noch einen Handkuss zu. Ihre

Hand zuckte schon zum Locher, dann überlegte sie es sich anders.

Das Büro war ziemlich einfach ausgestattet. Wir nahmen auf Stühlen Platz, die mit grünem Stoff bezogen waren. Zwischen uns stand ein viereckiger Tisch, durch zwei Fenster fiel Licht. Zwischen den Fenstern stand der Schreibtisch des Mannes, aus dem er jetzt eine Flasche und zwei Gläser holte.

»Calvados«, sagte er. »Über zwölf Jahre alt. Er wird Ihnen munden.« Ich wartete, bis er eingeschenkt hatte, und hob das Glas. Wir prosteten uns zu.

Der Rektor trank langsam. Er genoss den Schluck. Ich hatte Zeit, den Mann zu beobachten.

Er hieß Roland Foucert, war etwa 45 und ein wenig untersetzt. Das mittelblonde Haar hatte er kurz schneiden lassen. Ich sah zwei kleine, lebhafte Augen, ein etwas fliehendes Kinn und auf der Oberlippe ein schmales Bärtchen.

Das Glas hatte er auf einen Zug geleert und stellte es mit einem Seufzer ab. »Das tat gut«, sagte er und rieb sich die Hände. Ich hatte auch getrunken. Der Apfelschnaps war ziemlich scharf, schärfer jedenfalls als der Whisky, den ich sonst gewohnt war.

»Ich freue mich wirklich, einen Kollegen aus England begrüßen zu dürfen«, erklärte mir Monsieur Foucert. »Ich hoffe, Sie werden sich bei uns wohl fühlen. Ein Zimmer habe ich Ihnen bereits herrichten lassen, Herr Kollege.«

»Danke sehr.«

»Sollen wir gleich mit der Besichtigung beginnen oder erst einmal allgemeine Dinge besprechen?«

»Was ist Ihnen lieber?«

»Oh.« Roland Foucert lächelte. »Da richte ich mich ganz nach Ihnen, denn es ist Ihre Zeit, die Sie sich einzuteilen haben. Wirklich, Monsieur.«

Ich hatte mir natürlich überlegt, wonach ich meinen »Kollegen« fragen sollte. Viel war da nicht herausgekommen, denn ich hatte von so einem Schulbetrieb keine Ahnung. Deshalb schien mir eine Besichtigung der Schule angebrachter zu sein.

Um einen Aufhänger zu haben, sagte ich: »Bei Ihnen lernt doch eine Schülerin namens Sue Rutland?«

»Ja, das stimmt.«

»Nun, ich kenne die Eltern und möchte ihrer Tochter einen Gruß ausrichten.«

»Das lässt sich einrichten«, erwiderte er. »Ich sage eben meiner Sekretärin ...« Er stockte plötzlich und schüttelte den Kopf. »Nein, das geht ja gar nicht.«

»Wieso?«

»Sue ist heute nicht zum Unterricht erschienen, soviel ich weiß.«

»Ist sie krank?«

»Möglich. Aber auch das müsste meine Sekretärin wissen. Ich werde mich erkundigen.«

Das war nicht mehr nötig, denn die Walküre von nebenan betrat wie auf Kommando das Büro. Sie blieb in der Tür stehen. Beide sahen wir ihr bleiches Gesicht.

Ich hatte sofort ein ungutes Gefühl, sagte jedoch nichts und überließ Roland Foucert die Fragerei. »Ist Ihnen nicht gut, Hèléne?«

»Monsieur, Sie müssen sofort kommen!«, keuchte sie.

Foucert warf ihr einen verständnislosen Blick zu. »Was ist denn los, Hèléne? So reden Sie doch!«

»Es ist etwas Schreckliches passiert. Man hat sie gefunden – tot ...«

»Wen hat man gefunden?«

»Sue Rutland!«

Die Polizisten waren grün im Gesicht. Roland Foucert hatte sich übergeben müssen. Ich stand neben der Leiche und presste hart die Lippen zusammen.

Sue Rutland war auf eine grausame Art und Weise ermordet worden. Ein Pilzsammler hatte ihre Leiche gefunden. Sie lag mitten im Wald, und man konnte es als einen wirklichen Zufall bezeichnen, dass sie entdeckt worden war.

Ich hatte schon Opfer gesehen, die ähnlich aussahen. Die Spur führte dann zu einem Mörder, der unter dem Begriff Werwolf lief. Auch Sue sah so aus, als wäre sie einer solchen Bestie in die Hände gefallen. Ich dachte an ihre Briefe, die sie geschrieben hatte. Dort hatte sie den Mond so angeschwärmt. Und der Mond war für Werwölfe das Lebenselixier überhaupt.

Sie war keine Wölfin, doch sie schien auf dem Weg dahin gewesen zu sein. Nur – warum hatte man sie getötet? Und wie sollte man dies ihren Eltern beibringen?

Ich wandte mich ab. Um mich herum erklang das Gemurmel der Polizisten. Es waren Aufnahmen gemacht worden, man hatte den Fundort abgesucht, jetzt brachte jemand eine Decke, die er über die Tote breitete.

Ich ging zu Foucert und bot ihm eine Zigarette an, obwohl man im Wald ja nicht rauchen sollte. Er nahm das Stäbchen, und es wäre ihm fast aus der Hand gefallen, so sehr zitterte er.

»Ich begreife es nicht«, flüsterte er. »Ich kann es nicht fassen. Wer tut denn so etwas?«

»Das wird die Polizei feststellen.«

»Es sieht so aus, als wäre sie von einem Tier überfallen worden, nicht wahr?«

Ich nickte.

»Dann waren es bestimmt die Wölfe.«

»Wölfe, sagten Sie?«

»Ja, Monsieur Sinclair. Sie haben richtig gehört. Hier soll es Wölfe geben.«

»Aber die sind ausgestorben.«

»So welche meine ich nicht.« Foucert senkte seine Stimme. »Man spricht von Werwölfen.«

»Das sind Fabeltiere.«

»Ha, das denken Sie.« Roland Foucert zog mich ein Stück zur Seite. »Die gibt es wirklich. Und zwar in dieser Gegend hier. Das ist ja das Schlimme. Wir alle haben Angst.«

»Woher wissen Sie das?«

»Weil ich dabei gewesen bin, als wir einen Werwolf erschlugen. Es war eine alte Zigeunerin, die sich des Nachts in einen Wolf verwandeln konnte. Der Pfarrer hat ihr mit einer Axt aus Silber den Kopf abgeschlagen. Das ist erst drei Tage her.«

»Und wann ist das Mädchen ermordet worden?«, erkundigte ich mich.

»Der Arzt meinte, in der vergangenen Nacht.«

»Dann kann es die Wölfin nicht gewesen sein, denn sie war tot«, folgerte ich.

»Richtig.«

Ich sprach das aus, was der andere vielleicht auch dachte. »Sie haben zwar einen Werwolf erlegt, aber es scheint nicht der einzige gewesen zu sein, der die Gegend hier unsicher macht. Liege ich mit der Annahme richtig?«

Roland Foucert nickte. Er holte ein Taschentuch hervor und wischte sich den Schweiß von der Stirn. »Man kann Angst kriegen«, flüsterte er. »Wirkliche Angst.«

»Mit wie vielen frei herumlaufenden Werwölfen rechnen Sie denn noch?«, erkundigte ich mich.

Er hob die Schultern. »Was soll ich da sagen? Wir wussten ja, als wir die alte Jurina töteten, dass sie nicht die einzige war. Der Pfarrer hat von einer Familie gesprochen.«

»Wer gehörte dazu?«

Roland Foucert hob die Schultern. »Zumindest ein Mädchen und ein Mann. Also Enkel.«

»Eltern nicht?«

»Nein, die sind irgendwie verschwunden. Vielleicht hat man sie auch getötet wie die Alte. Es waren ja Zigeuner, und die sind überall herumvagabundiert.«

»Dann haben Sie auch keine Spur mehr?«, hakte ich nach.

»Nein. Aber das müssen wir alles der Polizei überlassen«, erklärte mir Foucert und trat die Kippe aus.

»Glauben Sie, dass die Polizei Ihnen die Werwolfgeschichte abnimmt?«

»Sie müssen es.«

Ich hob die Schultern und schaute den Beamten zu, die die Tote wegtrugen.

»Es tut mir natürlich leid, Monsieur Sinclair, dass wir Sie mit hineingezogen haben, aber das konnte ich wirklich nicht voraussehen«, sagte der Rektor.

»Ist schon okay.« Ich lächelte. Auf Umwegen näherte ich mich meinem nächsten Ziel. »Wenn ich Sie so höre, Monsieur Foucert, so trauen Sie der Polizei nicht viel zu – oder?«

»Doch, aber wenn es gegen Werwölfe geht, da würde man uns vielleicht auslachen.«

»Deshalb müsste man selbst die Werwölfe jagen«, schlug ich vor.

»Sie wollen Detektiv spielen?«

»Unter Umständen.«

»Aber, Monsieur Sinclair. Ihr Anliegen in allen Ehren, nur glaube ich, dass Sie die Gefährlichkeit eines Werwolfs doch unterschätzen. Haben Sie sich die Leiche genau angesehen? So kann es jedem von uns ergehen, wenn er in die Klauen dieser Bestie gerät.«

»Gibt es kein Mittel, wie man sich schützen kann?«

»Ja. Geweihtes Silber. Der Pfarrer hat ja die Axt. Ich muss ihn übrigens informieren.«

»Sie wissen nicht, wer alles ein Werwolf sein könnte?«, hakte ich nach. »Ich habe gehört, dass sie tagsüber oft völlig normal sind und sich nur nachts verwandeln.«

»Nein, das weiß ich leider nicht.«

»Mit wem hatte denn Sue Rutland Umgang gehabt? Ich meine, wer waren ihre Freunde und Bekannten?«

»Die Mädchen aus der Klasse.«

»Kannte sie da jemand näher? Und wie sah es mit Männerbekanntschaften aus, schließlich war sie kein Kind mehr.«

»Darüber bin ich nicht informiert.«

»Wer könnte das wissen?«

»Man müsste die Klassenkameradinnen fragen.« Der Rektor raufte sich die Haare. »Mein Gott, mein Gott«, flüsterte er. »Und so etwas in unserem Internat. Wenn sich das herumspricht, sind wir aus dem Geschäft. Niemand wird noch sein Kind hierher schicken. Dann kann ich einen Strick nehmen.«

Ich schlug ihm auf die Schulter. »So leicht bringt man sich schon nicht um.«

»Das sagen Sie, Monsieur Sinclair. Ich hätte Ihnen gern ein anderes Entree verschafft, aber das ist nun nicht mehr drin. Wenn Sie wollen, fahren wir zurück.«

»Ich habe nichts dagegen.«

Der Rektor sprach noch mit den Polizisten. Die Beamten wollten auch in die Schule kommen. In zwei Stunden sollten die Schülerinnen zusammengetrommelt und verhört werden.

»Da wird nicht viel bei rauskommen«, meinte Roland Foucert, als wir bereits in meinem Bentley saßen.

»Die Polizei tut nur ihre Pflicht.«

»Ja, das weiß ich.«

Wir fuhren zurück. Dabei mussten wir durch den Ort. Graveline war ein kleines Städtchen und irgendwie gemütlich. Mir fiel die Sauberkeit auf. Die meisten Häuser waren aus Natursteinen gebaut. Auf den Dächern lag oft eine grüne Schicht. Es gab zahlreiche kleine Geschäfte und auch Gehöfte.

»Vom Fischfang lebt hier keiner mehr«, erklärte mir der Rektor. »Früher sind die Leute noch aufs Meer gefahren, aber der Weg ist zu weit.«

Ich nickte.

Wenig später fuhren wir die Straße zur Schule hoch. Auf dem Parkplatz sah ich den seegrünen Alpine, der mich so rasant überholt hatte.

»Den Wagen kenne ich«, sagte ich und berichtete.

»Er gehört Marcel Vendri, einem unserer Lehrer.«

Ich fuhr neben den Alpine und hielt. Wir stiegen aus. Als ich die Tür zuschlug, verließ ein schwarzhaariger Mann das Gebäude. Ich glaubte, ihn im Wagen gesehen zu haben, und erhielt gleich darauf die Bestätigung.

»Das ist Marcel Vendri«, erklärte mir der Rektor.

Der Lehrer sah uns, stutzte einen Augenblick, dann kam er auf uns zu. Sein sonnenbraunes Gesicht war ernst und verschlossen. Er war ein Frauentyp, ich konnte mir vorstellen, dass sich einige Schülerinnen gern in seinem Netz fangen ließen.

»Haben Sie es schon gehört?«, fragte der Rektor.

Vendri blieb stehen. »Ja, Monsieur. Hèléne erzählte es mir.«

»Schrecklich, wie?«

»Ja, ausgerechnet Sue. Sie hat keinem etwas getan, war immer so nett und aufgeschlossen. Hat man schon eine Spur?«

»Nein.«

»Das muss ein Geisteskranker gewesen sein.« Vendri schüttelte den Kopf. »Eine andere Möglichkeit sehe ich nicht.«

Foucert gab dazu keinen Kommentar. Stattdessen

stellte er mich vor. »John Sinclair, ein Kollege aus England.«

»Angenehm.«

Vendri und ich reichten uns die Hand. Der Lehrer schwitzte. Seine Hand war feucht. Ich mochte den Burschen nicht, er mich anscheinend auch nicht. In seinem Blick war keine Freundlichkeit zu lesen, eher Misstrauen.

»Ich möchte Sie bitten, Monsieur Vendri, sich für heute Nachmittag zur Verfügung zu halten«, sagte Roland Foucert. »Die Polizei wird einige Fragen stellen.«

»Das ist selbstverständlich. Ich muss nur noch kurz in den Ort und bin rasch wieder da.«

»Bon, bis später.«

Der Lehrer verschwand.

Roland Foucert lächelte. »Ein sehr netter Mann, wirklich. Er kommt ausgezeichnet mit den Schülerinnen zurecht.«

»Kann ich mir denken.«

»Ich zeige Ihnen jetzt Ihr Zimmer, Monsieur Sinclair. Anschließend muss ich die Schülerinnen zusammenrufen.«

»Ist schon recht.«

Wir betraten die Schule wieder. Die Räume, wo das Lehrpersonal schlief, lagen zusammen mit den Gästezimmern in einem Seitentrakt des Baus. Wir mussten durch einen düsteren Flur gehen, passierten einige Türen und blieben vor der zweitletzten stehen. Das Holz war dunkel gebeizt, es sah stabil aus.

Einen Schlüssel hatte sich Foucert vom Portier geben lassen. Persönlich schloss er auf.

Ich übertrat die Schwelle und war überrascht von der Größe des Zimmers. Ein großes Doppelbett, Schrank, Tisch, Sitzecke und ein Fenster, das zur Rückseite des Baus zeigte.

Allerdings roch es muffig. Hier war lange nicht mehr gelüftet worden.

»Wie gefällt es Ihnen?«, fragte mich der Rektor.

»Gut, wirklich.«

»Das freut mich. Ich lasse dann sogleich Ihr Gepäck aus dem Wagen holen.«

Ich winkte ab. »Das erledige ich schon selbst.«

»Wie Sie wünschen, Monsieur. Darf ich mich dann verabschieden?«

Ich nickte. »Wir sehen uns später.«

Roland Foucert schloss die Tür von draußen.

Ich öffnete das Fenster und lehnte mich hinaus. Das Gelände stieg an. Hinter dem Haus führte ein mit Gras bewachsener Streifen bis zum Wald, dessen Laubbäume an einem Abhang wuchsen.

Dicht unter mir sah ich eine Steintreppe, die in den Keller führte.

Da es ziemlich still war, vernahm ich das Knarren einer Tür. Ich beugte mich noch weiter vor und entdeckte ein schwarzhaariges Girl, das durch die Hintertür getreten war, stehen blieb und sich umschaute. Es blickte auch an der Fassade hoch.

Rasch zuckte ich zurück. Es war ein reiner Reflex, mehr nicht. Vorsichtig bewegte ich mich dann wieder auf das Fenster zu und peilte nach draußen.

Schritte.

Das Mädchen lief die Kellertreppe hinab. Mir schien es

so, als hätte ich es neben Marcel Vendri in dem Alpine gesehen. Wieder knarrte eine Tür, dann fiel sie ins Schloss.

Was suchte die Kleine im Keller?

Von Berufs wegen war ich neugierig. Außerdem hatte ich keine Lust, die nächsten Stunden hier allein im Zimmer zu vertrödeln, deshalb entschloss ich mich, nachzusehen.

Es musste außer dem äußeren Weg noch vom Haus her einen geben, der in den Keller führte. Allerdings war es zu mühselig, ihn zu suchen. Ich verließ das Gebäude, grüßte den Portier, der zurückwinkte, und schritt um den Bau herum.

An der Rückseite ging ich weiter.

Auf leisen Schritten huschte ich die Steintreppe zum Keller hinab.

Die Hoftür war nicht verschlossen.

Ich zog sie auf und befand mich in einem großen Vorratsraum. Durch schmale Fenster fiel genügend Licht, sodass ich die zahlreichen Gartengeräte erkennen konnte, die hier aufgehängt waren. Auch sah ich einige große Maschinen, die permanent summten. Unter ihnen erkannte ich eine Umwälzanlage. Demnach musste es in dieser Schule auch ein Schwimmbad geben.

Von dem schwarzhaarigen Mädchen entdeckte ich keinen Rockzipfel. Auf Zehenspitzen durchquerte ich den Raum. Eine Eisentür bildete den Durchlass zum nächsten.

Er war wesentlich kleiner und dabei auch schmaler. Nebeneinander standen mehrere Waschmaschinen an der Wand.

Fünf zählte ich. In so einem Internat fielen große Mengen an Schmutzwäsche an. Man gab sie nicht raus, sondern ließ sie hier waschen. Das war sicherlich rentabler.

Um den Raum zu verlassen, musste ich an den Waschmaschinen vorbei. Es waren die größten Geräte einer bekannten Marke. In diesem Raum roch es nach Wäsche. Irgendwie feucht und leicht muffig.

Drei Maschinen hatte ich passiert. Ohne es eigentlich zu wollen, streifte mein Blick die runden Gucklöcher auf der Vorderseite der Waschmaschinen.

Und dann blieb ich wie angewurzelt stehen.

Hinter einem Guckloch sah ich ein bleiches Gesicht!

Ich bin viel gewohnt. Man hatte mich mit schrecklichen Dingen konfrontiert, aber hier, in diesem Keller, fuhr mir das Grauen in die Knochen. Ich hatte das Gefühl, von einem Stromstoß geschüttelt zu werden.

Ein Gesicht hinter der Scheibe.

Tot?

Ja, ich blickte in das Antlitz eines Toten, als ich mich bückte. Ich möchte Ihnen eine detaillierte Beschreibung ersparen, aber den Ausdruck würde ich nur schwerlich vergessen können. Das war das personifizierte Grauen.

Der Magen kam mir hoch. Wer das getan hatte, musste eine wahre Bestie gewesen sein.

Kalt lief es mir den Rücken hinab, als ich aufstand. Auch als Geisterjäger hat man Nerven, wenn ich das mal so sagen darf. Ich merkte selbst, wie sehr ich zitterte. Der zweite Mord innerhalb einer Stunde, ein wenig viel für meinen Geschmack.

Ich wandte mich um.

Es half alles nichts, ich musste die Polizei alarmieren. Dann fiel mir das schwarzhaarige Mädchen wieder ein. Hatte es vielleicht etwas mit der Sache zu tun? Die Kleine war vor mir in den Keller gegangen. Unter Umständen hatte sie den Mörder gesehen, denn ich hatte nicht feststellen können, wie lange der Mann schon tot war.

Im Keller war es ruhig.

So sehr ich mich auch anstrengte, ich hörte kein Geräusch. Nur meinen eigenen, schweren Atem.

Ich verließ den Schreckensraum auf leisen Sohlen. Bevor ich die Polizei holte, wollte ich den Keller von hinten bis vorn durchsucht haben.

Hinter dem Waschraum begann ein Gang. Rechts und links befanden sich kahle Betonwände. Der Gang endete vor einer Doppeltür, die aus Holz bestand und in ihrer oberen Hälfte einen Glaseinsatz hatte, sodass ich hindurchschauen konnte.

Hinter dem Glas bewegte sich eine blaugrün schimmernde Fläche, auf der Lichtreflexe tanzten.

Das war Wasser. Ich hatte das Schwimmbad gefunden.

Vor der Tür blieb ich stehen. Das Becken war etwa fünfzehn Yards lang und fünf Yards breit. Ich stieß die eine Hälfte der Tür auf und sah links von mir eine Dusche. Auf den Fliesen des Duschbeckens schimmerten letzte Wasserreste. Vor mir, an der Schmalseite des Pools, führte eine Treppe ins Wasser. Die beiden oberen Stufen waren frei. An der Längsseite standen zwei gepolsterte Liegen. Unter der Decke brannten helle Leuchtstoffröhren. Ich schaute auf das Wasser. Im Pool trieb kein Toter. Das wäre auch wirklich die absolute Spitze gewesen.

Das schwarzhaarige Mädchen bekam ich nicht zu Gesicht.

Langsam schritt ich an dem Becken vorbei. Dem Eingang gegenüber befand sich eine schmale Nische, und dort sah ich auch die braune Holztür. Als ich näher kam, konnte ich die Schrift auf der Tür lesen.

»Kabinen«, stand da nur.

Nur meine Schritte waren zu hören. Vor der Tür zur Umkleidekabine verstummten sie.

Dann zuckte ich zurück.

Ich hatte Geräusche gehört. Und zwar hinter der Tür. Etwas schabte über den Boden, und bevor ich mich versah, wurde die Tür aufgestoßen. Ich konnte soeben noch zurückweichen, sonst wäre sie gegen mich geprallt.

Vor mir stand das schwarzhaarige Mädchen!

Es war ebenso überrascht wie ich. Die Kleine riss Augen und Mund auf. Ich rechnete mit einem Schrei, doch das geschah nicht. Sie hatte sich ausgezeichnet in der Gewalt.

Das Mädchen war eine Augenweide. Und es wollte schwimmen, wenigstens deutete die Kleidung darauf hin. Ein knappes Bikini-Oberteil bedeckte ihren kleinen, festen Busen. Das Höschen saß ebenso knapp und ließ die langen, schlanken Beine noch besser zur Geltung kommen. Eine Badekappe trug die Unbekannte nicht, so fiel das rabenschwarze Haar bis auf die Schultern.

»Guten Tag«, sagte ich, weil mir im Moment nichts anderes einfiel.

Die Unbekannte nickte zurück. »Wer sind Sie?«, fragte sie dann.

»Ein Gast des Rektors.«

»Ach so.«

»Sie gehören sicherlich zur Schule?«, fragte ich.

»Möglich.«

Die Antwort gefiel mir nicht. »Dann sind Sie keine Schülerin?«

»Vielleicht.«

»Darf ich Ihren Namen erfahren?«

Ihre Augenbrauen hoben sich. »Warum wollen Sie das?«

»Ich weiß immer gern, mit wem ich rede.«

»Das verstehe ich, aber ich möchte nicht mit Ihnen sprechen, Monsieur. Wenn Sie mich jetzt entschuldigen würden.« Sie drückte sich an mir vorbei und ging zum Beckenrand.

»Wollen Sie sich nicht eine Badekappe aufsetzen?«, erkundigte ich mich.

»Weshalb?«

»Es ist so üblich.«

»Darauf kann ich verzichten, Monsieur.«

Dann ritt mich der Teufel. Bevor sie ins Wasser sprang, sagte ich: »Wie geht es eigentlich Lupina?«

Da zuckte sie zusammen. So gut hatte sie sich wirklich nicht in der Gewalt, als dass ihr die Frage nicht unter die Haut gegangen wäre.

»Wie kommen Sie auf den Namen?«

»Nur so.«

»Kennen Sie Lupina?«

»Vielleicht.«

In ihren Augen glitzerte es. Sie gab mir allerdings keine Antwort mehr. Sie stieß sich ab und verschwand unter Wasser.

Ich schaute ihr nach. Schwimmen konnte sie gut. Atmung und Bewegungen bildeten eine Einheit. Die Hälfte der Strecke schwamm sie unter Wasser, wobei ihr langes Haar wie eine Fahne wirkte und einen Schleier bildete.

Sie tauchte auf und schwamm bis zur Treppe. Dort machte sie kehrt und kam zurück.

Ich blieb stehen.

Als sie mit der rechten Hand am Beckenrand dicht unter mir anschlug, streckte sie den Kopf aus dem Wasser, warf sich das nasse Haar aus der Stirn und fragte: »Warum gehen Sie nicht endlich?«

»Weil ich Ihnen noch eine Frage stellen möchte.«

»Wegen Lupina?«

»Auch das.«

»Ich habe sie nicht gesehen, ich kenne sie nicht. Verschwinden Sie jetzt, Monsieur, oder ich lasse Monsieur Foucert rufen, der wird Sie entfernen.«

»Das glaube ich kaum. Schließlich ist ein Mord passiert.«

»Davon habe ich gehört.«

»Kannten Sie Sue Rutland?«

»Hieß so die Tote?«

Die Kleine log mir die Hucke voll, das spürte ich sehr deutlich. »Ja, das war ihr Name.«

»Es tut mir leid.«

Ich lächelte. »Sue ist nicht die einzige Leiche.«

»So? Wer denn noch?«

»Ich habe hier im Keller jemanden entdeckt. Auch einen Toten, meine Liebe.«

»Sie können mir viel erzählen.«

»Ich werde ihn Ihnen zeigen.« Bevor das Mädchen sich versah, hatte ich mich gebückt und nach ihrem Arm gefasst. Mit einem Ruck zog ich sie aus dem Wasser. Tropfnass stand sie vor mir, funkelte mich an und wollte mir ihre Hand ins Gesicht schlagen.

Ich fing das Gelenk ab. »Nicht doch, Kleines. Wir beide machen einen Spaziergang.«

»Ich denke nicht daran.«

»Sollen wir ihn zusammen mit der Polizei unternehmen?«

Da wurde sie nachdenklich, hob die Schultern und meinte: »Wenn Sie unbedingt darauf bestehen, bitte.«

Ich sah ihr Gesicht dicht vor dem meinen. Es war blass. Auf der Haut lagen die Wassertropfen wie Perlen. Ihre Augen erinnerten mich an Kohlenstücke. Die Lippen hatte das Mädchen ein wenig geschürzt, an der steifen Haltung erkannte ich die innerliche Abwehr.

Ich ließ ihr Gelenk los. Der Arm sank nach unten.

»Darf ich jetzt Ihren Namen erfahren?«, erkundigte ich mich.

»Meinetwegen. Nennen Sie mich Jovanka.«

»Ein recht seltsamer Name hier in Frankreich.«

»Mir gefällt er.«

»Woher stammen Sie?«

»Wollen Sie mich verhören? Ich dachte, Sie wollten mir etwas zeigen.«

»Natürlich. Kommen Sie.«

Das Mädchen ging vor mir her. Jovanka bewegte sich geschmeidig und strahlte dabei einen starken Sex aus. Klar, dass sich ein Typ wie Marcel Vendri so etwas nicht entgehen ließ. Ich dachte über den Namen Jovanka nach. Er hatte einen osteuropäischen Klang. Der Rektor hatte von Zigeunern gesprochen. Zigeuner, die Werwölfe sein sollten.

Hatte ich hier einen weiblichen Werwolf vor mir?

Das war die große Frage, auf die mir Jovanka irgendwie eine Antwort geben musste. Sie kannte Lupina dem Namen nach, und ich war entschlossen, sie nachher mit meinem Kreuz zu konfrontieren. Mal sehen, wie sie darauf reagierte.

Wir verließen das Schwimmbad und gelangten wieder in den kahlen Betongang, der zum Waschraum führte. Jovanka drückte die Tür auf. Das Licht hatte ich brennen lassen.

Vor mir trat sie über die Schwelle und blieb stehen. Ich hielt mich neben ihr. Unsere Blicke waren auf die Vorderseiten der Maschinen gerichtet, wo wir die runden Glasaugen sahen.

Und hinter einem schimmerte das Gesicht!

Auch jetzt noch ging mir der Anblick unter die Haut. Ich schielte zur Seite und blickte dabei Jovanka an. Ihr Gesicht blieb unbewegt.

»Sehen Sie den Toten?«, fragte ich mit leiser Stimme.

»Natürlich.«

»Und?«

Da wandte sie sich um, wobei sie letzte Wassertropfen abschüttelte. »Was soll ich dazu sagen, Monsieur? Dieser Mann hatte es nicht anders verdient.«

Das war der zweite Hammer. Ich war im ersten Augenblick nicht fähig, eine Antwort zu geben, so sehr hatten mich die Worte des Girls getroffen.

»Was haben Sie da gesagt?«, flüsterte ich.

»Dass er selbst schuld hatte.«

»Dann wissen Sie von dem Mord!?«

»Aber sicher, Monsieur. Ich war sogar dabei, als es geschah. Es musste sein. Er schnüffelte hier herum, als wir die blutigen Kleider waschen wollten.«

»Welche Kleider?«

»Sie hatten dieser Sue Rutland gehört.«

Ich wusste Bescheid, wollte mir jedoch noch die absolute Gewissheit holen. »Dann haben Sie den Mord an Sue Rutland auch zu verantworten?«

»Unter anderem.«

»Und wer war Ihr Helfer?«

Da lächelte sie und schwieg.

Ich aber dachte nach, sah wieder die Szene vor mir, wie mich der Wagen überholte. Hinter dem Steuer hatte der Lehrer Marcel Vendri gesessen.

»Es war Marcel, nicht?«

»Gut geraten, Monsieur. Ich stelle fest, Sie sind weiter, als ich dachte.«

Die Sicherheit des Mädchens machte mich stutzig. Eine zweifache Mörderin oder zumindest Mittäterin sagte mir so etwas mitten ins Gesicht?

War sie ein Mensch?

»Was wollen Sie jetzt tun?«, fragte Jovanka. »Mich der Polizei übergeben?«

»Das wäre am besten.«

»Die kann mir nichts.«

»Wenn sie silberne Handschellen hätten, schon«, erwiderte ich knallhart.

Da zuckte sie zusammen. »Was meinen Sie damit?«

»Es heißt doch, dass Silber für einen Werwolf tödlich ist.« Mit diesen Worten machte ich noch nicht Schluss, sondern zog meine Beretta hervor. Ich richtete die Mündung auf den Kopf des Mädchens. »Diese Pistole hier ist mit geweihten Silberkugeln geladen. Ich bin gespannt, ob Sie einen Treffer überstehen.«

Zum ersten Mal sah ich so etwas wie Panik in ihrem Gesicht. Sie suchte nach einem Ausweg, aber den gab es hier nicht. Und sie ahnte wohl, dass ich nicht bluffte.

»Nun, Jovanka? Sind Sie ein Werwolf, oder sind Sie es nicht? Hat die alte Zigeunerin Sie vorher weggeschickt, damit Sie Unglück über die Menschen bringen? Und wo steckt Lupina sowie dieser Marcel Vendri?«

»Ich weiß es nicht!«

»Drei Sekunden gebe ich Ihnen, dann will ich die Wahrheit wissen. Also, wo finde ich Marcel?«

»Hinter dir!«, kreischte sie plötzlich und lachte wild.

Ich wollte es nicht glauben, bis der Luftzug meinen Nacken kitzelte. Dann kreiselte ich herum.

Den Hieb konnte Marcel nicht mehr stoppen, und ich konnte auch nicht ausweichen. Er traf mich zwischen

Nacken und Schulter, ein fürchterlicher Treffer, dessen Nachwehen durch meinen Körper rasten und sogar die Füße erreichten. Auch mein rechter Arm wurde in Mitleidenschaft gezogen. Ich schaffte es nicht mehr, die Beretta zu halten. Sie rutschte mir aus den Fingern und blieb am Boden liegen.

Ich sah Marcel vor mir, bekam alles deutlich mit, doch ich war paralysiert. Sein Gesicht sah noch immer menschlich aus, auch wenn es eine verzerrte Fratze war. Der Verwandlung in einen Werwolf hatte noch nicht eingesetzt. Der Mund war geöffnet. In seinen Augen funkelte der blanke Hass und paarte sich mit einem mörderischen Vernichtungswillen. Ich sah auch die Eisenstange in seiner rechten Hand. Sie war verrostet, er musste sie im Nebenraum aufgelesen haben.

Und wie in Zeitlupe hob er den rechten Arm.

Diese Bewegung wurde von Jovankas Lachen begleitet. Dann schrie sie: »Schlag ihn zusammen! Mach ihn klein und steck ihn ebenfalls in die Maschine!«

Er nickte.

Sein Gesicht kam mir übergroß vor. Mir war klar, dass ich den nächsten Schlag kaum überstehen konnte. Ich strengte meinen Willen an, versuchte gegen die Lähmung anzukämpfen, wollte weg, doch falls ich mich überhaupt bewegte, geschah dies beinahe lächerlich langsam.

Ich hatte keine Chance!

»Schlag endlich zu!«, keifte Jovanka. »Mach ihn fertig, töte ihn, Bruderherz!«

Ihr Bruder! Verdammt, er ist ihr Bruder. Das bekam ich noch mit, dann traf mich der nächste Hieb.

Ich wurde nicht bewusstlos, aber ich hörte mich schreien. Der Mann hatte die gleiche Stelle an meiner linken Seite getroffen, auch genau zwischen Schulter und Hals.

Das gleiche Spiel begann von vorn, nur dass diesmal auch meine linke Seite bewegungsunfähig war.

Ich war diesem Satan hilflos ausgeliefert.

Einen dritten Schlag würde ich nicht überstehen, das sah ich schon. Er trat einen Schritt zurück, holte aus und zielte dabei.

Diesmal suchte er sich meinen Kopf aus!

»Da dieser Job mein Konto belastet, nehmen wir uns als Leihwagen ein kleines Fahrzeug«, hatte Jane Collins bestimmt. Und Suko musste das akzeptieren.

Während Jane in Calais einen Leihwagen besorgte, ließ Suko die Fähre nicht aus den Augen. Er stand an der Anlegestelle, wo sich die halbe Welt versammelt hatte. So groß war der Trubel. Der Zug verließ die Fähre zuerst, dann die einzelnen Wagen, und zum Schluss wurde auch der Wanderzirkus aufgefordert, von Bord zu gehen.

Zum ersten Mal sah Suko auch den Teilhaber der blonden Frau, diesen Al Astor.

Astor war ein schmalhüftiger Mann mit einem langen Pferdegesicht und krummer Nase. Er ging stets gebückt, sein Blick hatte etwas Lauerndes, als würde er keinem trauen. Dabei hielt er die Lippen so fest zusammengepresst, dass sie wie eine Kerbe wirkten.

Die vier Wagen wurden von zwei Autos gezogen.

Suko nickte anerkennend, als er die beiden dunkelblauen Mercedes-Limousinen sah. So schlecht schien es diesem kleinen Wanderzirkus nicht zu gehen.

Von den Wölfen war nichts mehr zu sehen. Große Holzklappen verdeckten die Gitter.

Jane Collins tauchte im letzten Augenblick auf.

»Sie sind noch nicht weg, oder?«, fragte sie ein wenig außer Atem.

»Nein, aber bald.« Suko deutete auf die Fahrzeuge.

»Mercedes«, murmelte Jane und nickte anerkennend. »Dann müssen die Eintrittspreise besonders hoch sein.«

»Vielleicht.«

Al Astor schritt noch einmal um die Wagen herum und kontrollierte sie. Er gab der Blonden ein Zeichen, dass alles in Ordnung war. Danach stieg er in den ersten Wagen und fuhr langsam an.

»Ich bin mal gespannt, wo sie hinwollen«, murmelte Jane. Zusammen mit Suko lief sie dorthin, wo der rote Leihwagen stand. Es war ein Renault R 4.

»Musste das sein?«, fragte Suko.

»Setz dich doch erst einmal rein.«

Der Wagen neigte sich stark nach rechts, als der Chinese auf dem Beifahrersitz Platz nahm. Jane wurde etwas blass, sagte jedoch nichts. Ihr Gepäck hatte sie schon verstaut, und jetzt musste sie sich beeilen, wollte ihr der kleine Wanderzirkus nicht wegfahren.

Der R 4 hatte es schwer, sich von der Stelle zu bewegen. Jane musste zudem noch wenden. Glück hatten sie vor einer Ampel, die Rot zeigte.

Dort standen die beiden deutschen Limousinen. Sie

hatten sich in die linke Spur eingeordnet. Rechts ging es in die City von Calais. Da wollten sie also nicht hin.

Suko schaltete sehr schnell. »Hat dieser blonde Tiger nicht gesagt, dass er in Calais bleiben will?«

»Ich meine ja.«

»War eine Lüge.«

Jane konnte anfahren. Sie ließ immer einige Wagen zwischen sich und den zu verfolgenden Fahrzeugen. So fielen sie nicht auf. Zudem waren sie nicht die Einzigen, die einen dunkelroten R 4 fuhren.

Vor der nächsten Kreuzung sahen sie mehrere Hinweisschilder. Auf einem stand auch Graveline.

Der Weg führte weiter geradeaus.

»Wer sagt es denn!«, rief Jane. »Ich bin sicher, Suko, dass wir John finden werden. Die Blonde wird gucken.«

An sich war die Strecke ein Katzensprung. Doch auch Astor und Silva konnten nicht so schnell fahren. Sie mussten nicht nur auf ihre Anhänger Rücksicht nehmen, sondern auch auf die Straße, die besonders in den Kurven sehr eng wurde. Jane ließ sich etwas zurückfallen. Der Verkehr hatte nachgelassen. Jetzt wäre eine Verfolgung zu leicht aufgefallen.

Immer wenn sich Suko bewegte, geriet der Wagen ins Schaukeln. Jane hatte dann jedes Mal das Gefühl, wieder auf dem Schiff zu sein.

Sie hatte sich die Landschaft eigentlich flacher vorgestellt, doch es gab Hügel und kleine Anhöhen. Auf manchen von ihnen standen alte, verlassene Gemäuer, zu Ruinen zerfallen und dem Zahn der Zeit überlassen.

Auch führte die Straße in zahlreichen Kurven weiter. Manchmal fuhren sie durch Wald, dann wiederum begleiteten Felder ihren Weg. Hinter einer Kurve sahen sie plötzlich die Wagen nicht mehr.

Vor Schreck trat Jane auf die Bremse. Langsam rollte der Renault weiter.

Suko deutete nach rechts, wo einige Bäume wie verloren in der Landschaft standen. Und dahinter ragte ein Hügel hoch, auf dem eine Burg stand.

Unterhalb der Burg sahen sie die beiden Wagen. Sie hatten die Bäume bereits passiert. Ihr Ziel musste die Burg sein.

Bis Graveline waren es noch fünf Kilometer, das waren drei Meilen. Suko entdeckte das Schild an der Abzweigung.

Jane kickte den Blinkhebel hoch und fuhr rechts in den schmalen Weg ein. Er war weder gepflastert noch asphaltiert. Dafür hatten Trecker oder Lastwagen ihre Spuren hinterlassen. Der kleine Renault geriet ins Schaukeln, und die Federung protestierte einige Male.

»Ich würde vorschlagen, wir halten in Deckung der Baumgruppe an«, meinte Suko.

»Du sprichst das aus, was ich dachte«, erwiderte die Detektivin.

Sie ließ den Wagen ausrollen. Schon bald spendeten Äste und Zweige Schatten. Zwischen den Stämmen zweier mächtiger Ulmen parkte die Detektivin ihr Fahrzeug.

Suko stieg als Erster aus. Beide hofften, dass sie nicht gesehen wurden.

»Und was machen wir jetzt?«, fragte Jane.

»Erst einmal beobachten«, erklärte Suko und ging vor, während Jane ihm folgte.

Suko blieb bei den letzten Bäume stehen. Von hier aus hatte er einen freien Blick auf die zerfallene Burg.

Jane hielt sich neben ihm.

Die Burg war doch nicht so zerfallen, wie es von weitem den Anschein gehabt hatte. Nur an der Westseite war ein Teil eingestürzt, die anderen Mauern standen noch, und es sah so aus, als wären sie auch in den letzten Jahren irgendwann restauriert worden. Zum Gemäuer selbst führte ein schmaler, mit Unkraut überwucherter Weg hoch. Am Beginn des Weges hatten die Blonde und Al Astor ihre Wagen abgestellt.

Beide überraschten Suko und Jane damit, dass sie wieder einstiegen und die Türen zuschlugen.

»Die wollen weg!«, flüsterte Jane.

In der Tat setzten sich die Wagen in Bewegung. Staub wallte hoch, als die Reifen nicht sofort packten. Astor fuhr wieder vor. Der Mercedes und zwei dahinter hängende Wagen rollten langsam den schmalen Weg zur Burg hoch.

Die Blonde folgte.

Minuten später entzog die um das Gebäude laufende Mauer die Wagen den Blicken der Beobachter.

»Das ist also ihr Schlupfwinkel«, stellte Jane Collins fest.

»Schlupfwinkel hört sich so nach Verbrechern an«, meinte Suko.

»Dass sie nicht astrein sind, steht für mich fest«, entgegnete die Detektivin.

»Und jetzt sehen wir uns die Burg einmal von nahem an«, meinte der Chinese.

Jane hatte nichts dagegen.

»Wenn sie uns entdecken, geben wir uns einfach als Besucher aus.«

Der Chinese grinste. »Wanderer, die sich ein ruhiges Plätzchen für die Nacht suchen wollen ...«

»Und nicht von Wölfen gestört werden möchten«, vollendete Jane.

»Genau.«

»Mir passt nur das Gelände nicht. Es ist ziemlich frei«, gab die Detektivin zu bedenken.

»Das müssen wir in Kauf nehmen.«

Es war Juni, aber das Wetter sah eher nach Oktober aus. Am Himmel hingen dicke Wolken. Ein steifer Wind wehte von der Küste her. Die Temperatur war gefallen. Das englische Wetter hatte inzwischen auch auf das Festland übergegriffen.

Jane und Suko machten sich auf den Weg. Sie taten möglichst unbefangen. Falls man sie entdeckte, sollte es so aussehen, als wären sie wirklich nur Wanderer.

Die Reifen der Wagen hatten ihre Spuren im weichen Boden hinterlassen. Unkraut und Gras waren geknickt und in die Erde gedrückt worden.

Immer wieder schauten Jane und Suko zum Gemäuer hoch. Es lag ruhig und still vor ihnen. Nichts wies darauf hin, dass man sie unter Kontrolle hielt.

Der Wind fuhr wie mit Geisterfingern durch ihre Haare, verfing sich in den alten Mauern, wo er seltsame Töne abgab und man das Gefühl haben konnte, von heulenden Wölfen umkreist zu sein.

Die Wolkenbank wurde dichter. Die Sonne war verschwunden. Es sah nach Sturm, Regen und Gewitter aus. Weit im Westen fielen dunklere Streifen aus den Wolken. Dort regnete es bereits. Jane schüttelte sich, weil sie fror, und sie war froh, endlich die schützende Mauer erreicht zu haben.

An den wuchtigen Steinen war die Zeit auch nicht spurlos vorübergegangen. An manchen Ecken war das Mauerwerk regelrecht durchlöchert, da konnte der Wind ungehindert hindurchblasen und seine schaurige Melodie pfeifen.

Suko schob Jane zurück und peilte als Erster in den Innenhof. Bis auf die Wagen war er leer. Von Astor oder der Blonden sahen sie keine Spur.

Der Chinese nickte Jane zu. »Komm«, sagte er.

Die beiden huschten auf den Hof. Dabei mussten sie über Steine steigen und durch kniehohes Gras waten. Scharfe Windböen überfielen sie und kämmten das wilde Gras.

Hinter einem der Wagen fanden sie Deckung. Es war der, der als Wohnwagen diente, denn er enthielt keinen Käfig.

Von den anderen Wagen waren die Holzläden wieder nach unten geklappt worden.

Als der Wind eine Pause einlegte, hörten Jane und Suko Stimmen. Die eines Mannes und die einer Frau.

Sie drangen aus dem Wohnwagen.

Jane und Suko schlichen vor, bis sie unter einem kleinen Wagenfenster standen. Die Detektivin war sehr neugierig und stellte sich auf die Zehenspitzen. So konnte sie durch das kleine Fenster einen Blick in das Innere des Wagens werfen.

Erhellt wurde es durch zwei Lampen. Es gab zwei Betten, einen Schrank, ein altes Sofa sowie einen Tisch und zwei Stühle. Am Tisch saßen sich die Blonde und Al Astor gegenüber.

Astor hatte eine Flasche und ein Glas vor sich stehen, während die Blonde nichts trank. Sie fuhr ihren Partner auch an.

»Sauf nicht so viel, Al!«

»Ist doch egal.«

»Nein, verdammt. Du weißt, was für mich auf dem Spiel steht. Heute Nacht sehe ich meine Familie, und nicht nur das. Auch Lupina erscheint, diese verdammte …«

»Na und? Wovor fürchtest du dich?«

Da lachte die Blonde. »Ich und fürchten? Nein, mein Lieber, aber Lupina wird die Königin der Wölfe genannt, das ist sie aber nicht.«

»Du bist es, nicht?«

»Genau, denn mir gehorchen sie. Und nicht nur die Werwölfe, sondern alle, das habe ich oft genug bewiesen. Aber dann kam ein Kerl wie dieser Morasso und hat Lupina zur Königin der Wölfe gemacht.«

»Wobei er dich übersehen hat.«

»Genau, denn ich, die weiße Wölfin, bin die Königin.«

»Das sag mal Lupina.«

Da lächelte Silva. »Das werde ich auch, Al. In der Nacht kommt sie. Dann werden wir sehen, wer stärker ist. Sie ist meine Todfeindin.«

»Aber lass mich aus dem Spiel.«

»Keine Angst, du kannst weiter deine Geschäfte erledigen.«

Astor grinste. Er nahm wieder einen Schluck. Allerdings nur einen kleinen.

Der Blick der Blonden sagte genug.

»Was hältst du eigentlich von dem Kerl, der das Tier erschossen hat?«

»Ein ziemlich gefährlicher Bursche.«

»Hast du ihn nicht rumgekriegt?« Astor grinste schief.

»Nein.«

»Wo mag er jetzt stecken?«

»Weiß ich nicht, ist mir auch egal. Wann kommen die beiden?«

»In einer Stunde etwa.«

»Dann hole ich jetzt den Kadaver.«

Astor schüttelte den Kopf »Brauchst du nicht. Ich habe ihn bereits reingeschleppt.« Er stand auf und bückte sich.

Jane stieß Suko an. Am Gesichtsausdruck des Chinesen erkannte sie, dass auch Suko mitgehört hatte. Und was sie in den letzten Minuten an Informationen erhalten hatten, war mehr als interessant, das war eine Zeitbombe.

»Und John sitzt irgendwo in einem Internat, wo er der falschen Spur nachrennt«, wisperte Jane.

»Vielleicht gibt es zwei Fälle.«

»Möglich.«

»Schau weiter, Jane.«

»Und wie.« Die Detektivin richtete sich wieder auf, um durch die Scheibe peilen zu können.

Al Astor war dabei, den schweren Kadaver auf den Tisch zu schleudern. Dabei verzog er das Gesicht. »Ein widerliches Biest.«

»Rede nicht so!«, zischte die Blonde.

»Ich weiß, du hängst daran, aber ich kann mich nicht an die Viecher gewöhnen.«

»Sie tun dir nichts.«

Astor nickte. »Klar, solange du dich in meiner Nähe befindest. Aber bist du weg, dann habe ich das Gefühl, als wollten sie mich mit Haut und Haaren verspeisen. Irgendwie habe ich sogar gegrinst, als der Mann die Bestie erschoss.«

»Dieses Schwein hat Glück gehabt, dass Zeugen in der Nähe waren«, sagte die Blonde, »sonst wäre es ihm dreckig ergangen, darauf kannst du dich verlassen. Und sei froh, dass es die Wölfe gibt, sonst gingen deine Geschäfte mies.«

»So haben wir eben jeder unsere kleine Tarnung.« Astor kicherte hohl, griff unter seine Jacke und holte ein Messer hervor. Mit zwei Fingern zog er die Klinge aus dem Schaft. Er nahm sie flach in die Hand und fuhr damit vorsichtig über das Fell. Hier und da säbelte er ein paar Haare ab und pustete sie vom Tisch. »Verdammt, wo ist das Zeug denn nur?«

»Hast du es nicht selbst versteckt?«

»Ja, aber ich weiß nicht mehr …« Er fluchte abermals, denn plötzlich waren die Finger seiner linken Hand blutig. Al Astor hatte die Wunde gefunden.

Er nahm das Messer und schnitt noch tiefer. Blut quoll hervor, rann durch das Fell, nässte es und tropfte auch auf den Tisch.

Die Blonde schüttelte den Kopf. »Was ist los?«, fragte sie. »Was suchst du da?«

Astor grinste. Er hatte den Mund halb geöffnet und

schaute genau nach. Schweißtropfen lagen auf seiner Stirn, so konzentriert arbeitete er.

»Jetzt hab ich's«, meldete er.

»Was?«

»Die Kugel.«

Noch ein letzter Schnitt, und er hielt das Geschoss zwischen den Fingern.

Seine Stirn umwölkte sich. Die Augen wurden schmal. Bisher hatte Silva nicht sonderlich interessiert zugeschaut, doch nun wurde sie aufmerksam, da sich ihr Begleiter die Kugel genau ansah.

»Hast du was?«, fragte sie.

»Ja, meine Liebe. Das Geschoss ist verdammt seltsam.«

»Wieso?«

Er hielt es gegen das Licht. »Sieh es dir an, meine Liebe. Es ist aus Silber!"

»Ahhhh!« Die Blonde stieß diesen Laut aus, in dem alles lag, was sie empfand.

Überraschung, Angst, Entsetzen, Furcht …

»Silber?«, flüsterte sie und trat einen Schritt zurück. Der Stuhl erhielt einen Schubs und kratzte dabei über den rauen Boden. »Sagtest du wirklich Silber?«

»Ja, meine Liebe.«

»Ist es geweiht?«

»Willst du es ausprobieren?« Astor hob die Hand. Zwischen Daumen und Zeigefinger schimmerte die leicht deformierte silberne Kugel. »Hier ist sie.«

»Weg damit!«

»Nein.« Astor schüttelte den Kopf. Er ließ die Kugel in seiner Hosentasche verschwinden.

Die Blonde hatte sich wieder gesetzt. Das Kinn stützte sie auf ihre Handballen.

»Silber«, murmelte sie. »Geweihtes Silber. Tödlich für viele Dämonen. Wer läuft schon mit geweihtem Silber herum? Kein normaler Mensch, sondern jemand, der ein Profi ist. Dann war das Treffen vielleicht gar nicht so zufällig, oder?«

»Was hast du gesagt?« Astor hatte nicht hingehört, sondern weiter den Kadaver untersucht. Mit dem Messer schnitt er ihn auf und hob ein Stück Fell ab, ohne dass Blut aus der Wunde quoll. Das Fell war nachträglich angebracht worden.

»Weißt du, was ich meine?«, wiederholte Silva.

Astor grinste mit dünnen Lippen. »Nein, ich weiß es nicht, aber es scheint dich ja ganz schön von der Rolle gebracht zu haben.«

»Das hat es auch, und du sitzt hier herum und tust, als wäre das alles nur mein Problem.«

»Ist es das nicht?«

»Nein, verdammt.«

»Ich habe vor geweihtem Silber keine Angst, meine Liebe. Das ist allein dein Problem.«

Silva sprang auf. Beide Hände stützte sie auf den schmalen Tisch und beugte sich vor. »Es ist nicht nur mein Problem, Al Astor. Denn wenn es mich erwischt, dann hängst du auch mit drin. Dann ist dein Geschäft ebenfalls erledigt.«

Astor winkte ab. »Reg dich nicht auf. Wer sagt dir denn, dass es dich erwischt? Du musst nur mit dieser Lupina fertig werden. Das andere besorge ich schon. Allerdings habe ich dich selten so aufgeregt gesehen.

Wenn du dich jetzt verwandelt hättest, würde sich direkt dein Fell sträuben.« Er kicherte.

»Lass die Scherze. Sie gefallen mir nicht.«

»Kann ich mir denken!«

Astor hatte ein großes Mundwerk. Aber das schadete ihm nicht. Er kannte seine Position, er wusste, dass sie verdammt sicher war.

Jane und Suko jedoch, die beiden Lauscher, glaubten ihren Ohren nicht trauen zu können. Was sie alles erfahren hatten, war schon phänomenal zu nennen. Und kaum zu fassen. Sie brauchten nur die Ohren aufzusperren und erfuhren sehr interessante Zusammenhänge, die sie sich nie hätten träumen lassen.

Aber die beiden im Wagen waren noch nicht am Ende. Es ging weiter. Ein Stück Fell hatte Al Astor inzwischen gelöst. Darunter lag das normale, das andere war nur aufgesetzt worden. Der Mann hob den Kadaver leicht an, tastete mit den Fingern, und als er die Hand zurückzog, hielt er eine Plastiktüte fest, die mit einem weißen Pulver bis zum Rand gefüllt war.

Jane und Suko quollen fast die Augen aus den Höhlen. Ohne eine genaue Analyse vorgenommen zu haben, wussten sie auch so, was sich in der Tüte befand.

Rauschgift!

Al Astor schmuggelte Rauschgift. Durch einen sehr raffinierten Trick schaffte er das Zeug über die Grenze. Wenn die anderen Tiere ebenfalls diese brisante Fracht am Körper trugen, konnte man Astor schon als einen Großhändler bezeichnen.

Er und die Blonde. Ein verflixt raffiniertes Paar.

Jane zog sich wieder zurück. Sie schaute Suko an.

»Was meinst du? Schnappen wir sie uns?«

»Es wäre nicht schlecht, dann hätten wir zwei Gegner aus dem Spiel und könnten uns auf Lupina konzentrieren.«

Die beiden hatten sich entschlossen. Sie wollten nicht mehr länger warten.

Doch ihr Vorhaben wurde vereitelt.

Sie hatten bei ihrer Ankunft zwar die Wagen gesehen, sie allerdings nicht untersucht. Und so war ihnen etwas entgangen. Wie schon auf der Fähre, waren die Türen mit den Gittern nicht mehr geschlossen.

Die Wölfe konnten die Wagen verlassen.

Was sie auch taten.

Lautlos sprangen drei der fünf Bestien zu Boden, duckten sich, hoben die Köpfe und hielten sich immer im Schatten ihrer Wagen, als hätte ihnen jemand einen Befehl gegeben, sich nicht so rasch zu zeigen.

Dann schlichen sie vor. Sie teilten sich dabei und schlugen jeder einen kleinen Bogen, allerdings blieben sie im Rücken der beiden Menschen, die sie als Feinde ansahen.

Lautlos schlichen sie heran.

Gleichzeitig drehten sich Suko und die Detektivin um. Beide sahen die Tiere. Ihre Augen wurden groß, als die graubraunen Viecher nur wenige Schritte von ihnen entfernt stehen blieben und sie aus kalten Raubtieraugen fixierten.

»Das wird wohl nichts werden«, murmelte Suko und griff nach seiner Beretta.

Da sprang das erste Tier!

Ich erwartete den Hieb.

Ausweichen konnte ich nicht mehr. Beidseitig war ich paralysiert, es gab nicht den Hauch einer Chance für mich, zur Seite zu hechten oder mich aus der Schlagrichtung zu drehen.

Marcel Vendri ließ sich Zeit.

Er wollte es noch genießen, spielte den großen Sadisten, und diese knappe Zeitspanne rettete mir vorläufig das Leben.

Jemand griff ein.

Nicht Jovanka, die meinen Tod wollte, sondern eine andere Person, die ich besser kannte.

Lupina, die Königin der Wölfe!

Sie tauchte dort auf, wo auch ich hergekommen war. Aus dem ersten großen Kellerraum. Dort musste sie gelauert haben oder war erst später erschienen. Ich wusste es nicht, es spielte auch keine Rolle. Nur ihre Anwesenheit zählte.

»Lass es!«

Ihre Stimme klang hell, fast ein wenig schrill. Ich erkannte sie trotzdem.

Und Marcel gehorchte.

Er verzog unwillig zwar das Gesicht, wagte jedoch nicht, gegen seine Königin aufzumucken. Sein Arm sank nach unten. Mit ihm die Stange, ohne mich auch nur berührt zu haben.

Lupina hatte mir eine Galgenfrist verschafft.

»Geh weg da!«, erklang der nächste Befehl.

Gehorsam trat Marcel zurück und stellte sich neben seine Schwester. Lupina hatte freie Bahn. Niemand stand ihr jetzt noch im Weg, sodass sie auf mich zutreten konnte.

Bis jetzt hatte ich nur ihre Stimme vernommen. Nun bemerkte ich aus den Augenwinkeln die Bewegung, dann erschien sie in meinem vollen Sichtfeld.

Vor mir blieb sie stehen.

Ja, es war Lupina, die Königin der Wölfe, daran gab es nicht den geringsten Zweifel.

So wie sie aussah, hatte ich sie auch in Erinnerung behalten. Das Gesicht eines Engels, den Körper einer Bestie. Eine grausame, nahezu perverse Mischung, die mich einmal, als ich selbst zu einem Werwolf geworden war, in einen Taumel der Gefühle gerissen hatte. Lupina sah noch genauso aus wie früher. Sie hatte sich um keinen Deut verändert.

Sie hatte lange, fast gelbe Haare. Sie reichten bis auf die mit Fell bedeckten Schultern, und auch der übrige Körper zeigte ein braunes, etwas hell wirkendes Fell. Er hatte sogar frauliche Formen, und auch die Arme wirkten längst nicht plump, sondern eher biegsam und geschmeidig. Die Hände waren ebenfalls mit Fell bedeckt, und die Nägel an den Fingern schillerten seltsam hell.

Der Körper hatte mich auch als Wolf nie angezogen. Es war immer das Gesicht gewesen, denn man konnte bei ihm schon den Begriff klassische Schönheit verwenden. Stark ausgeprägte Wangenknochen, eine kleine gerade Nase, fein geschwungene Augenbrauen, und darunter gelbgrün schillernde Pupillen, die wie Kugeln in den schräg stehenden Augen lagen. Der Mund war sogar fein geschwungen, und das Kinn zeigte einen sanften Zug.

Schönheit und Bestie!

Wie passte das zusammen? Ich hatte mich einmal faszinieren lassen, da war ich allerdings kein Mensch mehr gewesen, doch hier stand ich ihr als Feind gegenüber, denn Lupina gehörte zu Doktor Tods Mordliga, deren Mitglieder mein Ende wollten.

Als sie mich anschaute, begann sie zu lächeln.

»Überrascht, John Sinclair?«, fragte sie dann.

Ich nickte.

»Kannst du nicht reden?«

Die Schläge hatten zwar meinen Körper gelähmt, aber nicht meine Stimme. Luft bekam ich auch.

»Sicher, ich bin überrascht«, erwiderte ich krächzend.

Sie lachte. »Das kann ich mir denken. Wir haben lange nichts mehr voneinander gehört, denn ich hatte mich ein wenig zurückgezogen, aber ich war über deine Aktivitäten genau informiert. Du hast einige Siege errungen. Destero gibt es nicht mehr, und du hast auch seine Würgehand erledigt. Solo Morasso hat getobt, Asmodina ebenfalls.«

»Hat Doktor Tod dich gesandt?«, wollte ich wissen.

»Nein, er weiß nicht einmal, dass ich hier bin.«

»Wo steckt er?«

»Wir haben ein Versteck gefunden, das ich dir allerdings nicht verraten werde. Es ist sozusagen unsere Operationsbasis, wo wir uns in Ruhe auf die große Auseinandersetzung vorbereiten können. Doktor Tod, Lady X und Tokata haben das Versteck verlassen, weil sie noch eine Aufgabe zu erfüllen haben.«

»Xorron?«

»Du sagst es, John Sinclair. Morasso hat ihn immer noch nicht gefunden.«

»Wissen die anderen eigentlich, was sich hier abspielt?«

»Wer?«

»Die Schülerinnen und auch das Lehrpersonal.«

»Nein, die sind ahnungslos.« Marcel gab die Antwort. »Obwohl einige auch ihr eigenes Süppchen kochen, doch mit unserem Fall hat das nichts zu tun. Die Schule war ein Platz, wo wir untertauchen konnten. Niemand schöpfte Verdacht. Und so wird es auch bleiben. Bis man den Toten entdeckt, ist alles vorbei.«

»Was hast du vor?«, wollte ich von Lupina wissen.

»Ganz einfach, John Sinclair. Wir waren in der Welt bisher unterrepräsentiert. Werwölfe gab es zwar, aber immer agierten sie als Einzelgänger. Die Zeit ist vorbei. Ich bin Lupina, die Königin der Wölfe, und ich sorge dafür, dass sich meine Artgenossen unter meiner Führung vereinigen. Ich will nichts mehr dem Zufall überlassen. Wenn die Mordliga erstarkt ist, will auch ich eine Werwolf-Elite gegründet haben. Kannst du das verstehen?«

»Sicher.«

Lupina fuhr fort. »Da gibt es Vampiro-del-mar. Kaiser der Vampire nennt er sich, Xorron ist Herr der Untoten und auch der Ghouls. Die schlimmsten Geschöpfe gehorchen ihm, nur ich stehe allein da.«

»Und Tokata?«

»Was mit ihm ist, weiß ich nicht. Aber auch er wird seinen Platz einnehmen, das kannst du mir glauben.«

Ja, ich nahm es ihr ab. Doktor Tod hatte Großes vor. Er wollte mächtig werden, und seine Mordliga, die Unterführer gewissermaßen, wollten ihre Macht ebenfalls ausdehnen. Eine ganz natürliche Sache bei Dämonen dieser Art.

»Wie reagiert Asmodina?«

»Ich weiß es nicht.«

»Doktor Tod will sie stürzen, nicht?«

»Darüber spreche ich nicht mit dir.«

Ich hatte bewusst ein heißes Thema angeschnitten. Mir war zu Ohren gekommen, dass es Solo Morasso nicht passte, unter der Fuchtel Asmodinas zu stehen. Er wollte nicht der Lakai der Teufelstochter sein. Ein paar Mal war er aufmüpfig gewesen. Doch einmal war er von Asmodina fürchterlich gedemütigt worden. Es hatte lange gedauert, bis er sich von diesem Schock erholt hatte.

Doch nun war er wieder voll da. Und er schien raffinierter vorzugehen, hielt sich mehr im Hintergrund, um irgendwann einmal zuschlagen zu können. Ein sehr geschickter Plan, falls er ihn durchführen konnte, denn das war immer die große Frage.

Asmodina schlief nicht. Sie befehligte Heerscharen von Dämonen, herrschte über zahlreiche Schreckensreiche, und ihre Spitzel lauerten überall.

Das wusste Doktor Tod genau. Deshalb agierte er so vorsichtig und kam ihr nicht in die Quere.

»Weiß Morasso von deinem Ausflug?«, fragte ich Lupina.

»Nein, aber er wird es erfahren, wenn du gestorben bist.« Lupina lächelte. »Schade, ich hätte dich gern an meiner Seite behalten. Erinnerst du dich?«

Und ob ich mich erinnerte. Es war eine schreckliche Zeit gewesen, als Werwolf herumzulaufen. Und ich hatte mich dazu noch in die Königin der Wölfe verliebt. Hatte sogar um sie gekämpft, war Sieger geblieben und wollte auch an ihrer Seite bleiben, doch da waren meine Freunde gewesen. Sie hatten alles eingesetzt und mich gerettet. Auch Myxin, der kleine Magier, hatte seine Kräfte spielen lassen.

»Jetzt ist es genau umgekehrt, John Sinclair«, erklärte mir Lupina. »Heute will ich deinen Tod!«

Das waren harte Worte. Aber ich wusste, dass sie stimmten. Lupina wollte mich umbringen. Koste es, was es wolle.

»Wann soll ich sterben?«, fragte ich.

»In der nächsten Nacht. Es ist ein großes Sippentreffen geplant. Ganz in der Nähe liegt eine unbewohnte Burg. Dort werden die Vaselys erscheinen, und auch ich werde da sein. Auf der Burg wird sich dein Schicksal entscheiden.«

Ich spürte, dass langsam die Steifheit nachließ. Die Finger konnte ich schon bewegen. Ein kleines Plus. Zudem hatte ich noch bis Mitternacht Zeit. Und da konnte viel geschehen.

»Wer sind eigentlich die Vaselys?«, erkundigte ich mich.

Lupina schaute Marcel an. »Weiß er nicht Bescheid?«

»Nein.«

Da lachte die Königin der Wölfe. »Zwei stehen vor dir, John Sinclair. Eine dritte kommt noch hinzu.« Sie hatte von einer Frau gesprochen, und in mir keimte ein Verdacht auf.

»Hat diese Frau zufällig blonde Haare wie du?«

»Ja.«

»Und heißt sie Silva?«

Jetzt sah ich den erstaunten Ausdruck in den Augen der vor mir stehenden Werwölfin. »Du kennst sie?«

»Ich habe sie kennengelernt. Sie ist mit vier Wölfen unterwegs. Einen habe ich erschossen.«

Marcel zischte durch die Zähne. »Das wird dir Silva nie verzeihen, Sinclair. Nie!«, schrie er. »Wenn du tatsächlich eines ihrer Tiere getötet hast, zerreißt sie dich.«

»Das soll sie mir überlassen«, erwiderte Lupina kalt. Dann wechselte sie das Thema. »Draußen ist es zu hell und deshalb sehr riskant, Sinclair wegzuschaffen. Zudem hat es einige Aufregungen gegeben. Ich bin dafür, dass wir ihn so lange verstecken.«

»Und wo?« Diese Frage stellte Jovanka.

Lupina wandte den Kopf und nickte Marcel zu. »Hol den gläsernen Sarg!«

Da lachte er und rieb sich die Hände. »Ja, das ist gut. Es ist ein besonderer Platz für ihn.«

»Aber nimm erst seine Waffe!« Marcel Vasely bückte sich und hob die Beretta auf. Lupina funkelte mich an.

Mir ging es zwar etwas besser, aber auf der Höhe war ich noch längst nicht. Wenn ich versuchte, meine Gegner anzugreifen, würde Vasely schießen und mich mit einer Silberkugel ins Jenseits schicken. Dieses Risiko konnte ich auf keinen Fall eingehen.

Der Lehrer schlich um mich herum und gelangte in meinen Rücken. Lupina nickte ihm zu.

Ich ahnte, was folgen würde, konnte aber nichts dagegen unternehmen. Etwas pfiff durch die Luft, und dann traf mich der Schlag in den Nacken. In einem Blitz ging die Welt für mich unter. Dass ich hart zu Boden krachte, merkte ich nicht mehr ...

Der Wolf war verdammt schnell. Es gelang Suko nicht mehr, seine Waffe zu ziehen. Wuchtig krachte das Tier gegen ihn und schleuderte selbst den kräftigen Chinesen zurück, der sich allerdings auf den Beinen halten konnte und mit dem Rücken gegen die Wand des Wohnwagens prallte, wobei es einen dumpfen Laut gab, der sicherlich auch im Innern zu hören war.

Zähne schnappten nach Sukos Kehle. Diese Bestie wollte den Tod des Menschen.

Der Chinese hieb zu.

Die Handkante klatschte gegen die Schnauze. Jaulend fiel der Wolf zu Boden und überschlug sich dort.

Sofort war der Zweite da. Ihm konnte Suko ebenfalls nicht ausweichen. Das wollte er auch nicht. Suko ging voll in den Sprung des Wolfes hinein.

Das dritte Tier hatte sich inzwischen um Jane Collins gekümmert. Mit einem Fußtritt hatte Jane die erste Attacke abwehren können. Die Wirkung war jedoch nicht stark genug gewesen, der Wolf war sehr schnell wieder auf den Beinen und ging die Detektivin sofort an.

Er war jetzt gewarnt und schaffte es, dem zweiten Tritt geschmeidig auszuweichen.

Dann schnappte er zu.

Jane hatte Glück, dass sie rechtzeitig zur Seite sprang. So verfingen sich die Zähne in ihrem Rock. Die Hauer rissen den Stoff entzwei. Der bunte Lappen hing zwischen dem Gebiss des Tieres. Es spie ihn aus.

Die Tür des Wagens wurde aufgestoßen. Jane hörte und sah es. Und sie bemerkte den Schatten.

Al Astor trat heraus!

Sein plötzliches Auftauchen lenkte die Detektivin so sehr ab, dass sie den grauen Körper zu spät sah.

Voll wuchtete er gegen sie.

Der Anprall schleuderte Jane zu Boden, und dann war der Wolf über ihr.

Sie hörte das Knurren, sah die Zähne dicht vor ihrem Hals und spürte den Druck der Pfoten auf ihrem Körper.

Jane versteifte. Sie war nicht mehr fähig zu schreien, obwohl ihr die Schnauze des Tieres große Angst einflößte. Einen Arm hatte sie anwinkeln können und unter den Bauch des Tieres gestemmt. Ihre Finger wühlten sich dabei in das zottige Fell. All ihre Kraft setzte sie ein, und es gelang ihr tatsächlich, den schweren Körper für einen kurzen Augenblick anzuheben.

Dann jedoch war es aus mit ihrer Herrlichkeit. Der Wolf war stärker und wollte sein Opfer.

In diesem Moment griff Al Astor ein. Er sprang aus dem Wagen, und auch die Blonde erschien. Während Astor das Tier in die Seite trat, zischte die Blonde einen Befehl.

Augenblicklich gehorchte der Wolf. Er knurrte noch einmal wütend und ließ Jane in Ruhe.

Die Detektivin fühlte sich erleichtert. Allerdings kam sie nicht dazu, ihr Gefühl auszukosten, denn der dünne Al Astor war mit einem geschmeidigen Satz über ihr, hatte sein Messer gezogen und hielt Jane die Klinge an die Kehle.

Jane Collins wurde zu Eis. Sie schielte auf das Messer und sah, wie scharf die Klinge war. Ein kleiner Druck nur, und Astor konnte ihr die Kehle durchschneiden.

»Da ist noch einer«, sagte die Blonde. Sie meinte Suko damit.

Der Chinese hatte sich auch von dem zweiten Wolf nicht fertigmachen lassen. Er war ein Karatekämpfer, kannte verdammt viele Tricks, Griffe und Abwehrschläge.

Mensch und Tier lagen am Boden. Beide kämpften wild und ohne Rücksicht.

Es war Suko gelungen, seine Hände um den Hals des Wolfes zu klammern. Die Bestie hatte ihren Oberkörper weit vorgebeugt und die Hinterläufe in den Boden gestemmt. Die beiden Zahnreihen kamen Suko vor wie eine Reihe gieriger Messer, die alles zerfleischen wollten.

Der Chinese drückte kräftiger. Er wollte das Tier erwürgen, und er hatte die Kraft dazu.

Seine Finger waren gestählt, sie nahmen es auch mit der wilden, unbändigen Kraft eines Wolfes auf.

Die Bestie zuckte. Ihre Schnauze bewegte sich von einer Seite zur anderen. Manchmal klappten die Zähne zu, dann wieder floss gelbweißer Geifer aus dem Maul und tropfte gegen Sukos Brust.

Die Bewegungen des Tiers wurden schwächer. Die Bestie konnte sich nicht aus dem mörderischen Griff befreien. Es war nur eine Frage der Zeit, wann sie ihr Leben aushauchte.

Da hörte der Chinese die Stimme. Es war die der Blonden. Schrill klang sie über den Innenhof.

»Lass ihn los, oder die Frau ist eine Leiche!«

Suko vernahm die Worte. Sie schnitten förmlich in seine Ohren. Er reagierte sofort. Mit einer letzten kraftvollen Bewegung schleuderte er die Bestie so weit von sich, dass sie sich in der Luft zweimal überschlug und dann zu Boden krachte, wo sie kaum mehr die Kraft fand, aufzustehen.

Die beiden anderen Wölfe gesellten sich zu ihrem Genossen. Hechelnd und mit heraushängenden Zungen standen sie neben ihm. Dabei fixierten sie den Chinesen aus kalten Raubtieraugen. Sicherlich hätten sie angegriffen, aber da war die blonde Frau, die sie zurückhielt.

Suko hütete sich, eine falsche Bewegung zu machen, denn Jane befand sich wirklich in einer schlimmen Lage.

Rücklings lag sie am Boden. Über ihr kniete Astor. Das Messer hielt er in der rechten Hand, und die kalte Klinge berührte Janes gespannte Haut an der Kehle.

Obwohl es in Suko fürchterlich kochte, behielt er die Ruhe. Er durfte nichts tun, was die anderen reizen konnte. Diese blonde Frau hing sehr an ihren Lieblingen. Einer war schon tot, sie wollte die drei anderen nicht auch noch verlieren.

Breitbeinig stand sie da, die Hände zu Fäusten geballt. Das sonst etwas sinnliche Gesicht war nur noch eine Maske aus erstarrter Wut und Hass.

Suko hob beide Hände.

Ein Zeichen der Aufgabe, und er hoffte, dass es auch von seinen Gegnern so verstanden wurde.

Silva begriff es. Sie nickte. »So ist es gut, Chinese. Nimm die Hände noch höher und geh ein wenig vom Wagen weg. Ich will dich besser unter Kontrolle haben!«

Suko schritt zur Seite. Dabei näherte er sich den Wölfen, deren Fell sich sofort sträubte. Sie nahmen eine drohende Haltung ein, aber sie griffen nicht ein. Die Frau hatte sie ausgezeichnet unter Kontrolle.

Al Astor lag noch immer auf Jane Collins. Nach wie vor bedrohte er sie mit dem Messer. Dabei schielte er auch zur Seite, sodass er Suko ebenfalls im Auge behielt.

Es war dem Chinesen unmöglich, etwas zu unternehmen. Sicher, er trug seinen geheimnisvollen Stab bei sich.

Bis er ihn allerdings gezogen hatte, war so viel Zeit vergangen, dass Jane gestorben sein konnte. Die Gegner hielten sämtliche Trümpfe in ihren Händen.

»Wer bist du, Chinese?«, fragte die Blonde,

Suko sagte seinen Namen. »Und wie heißt das Weib?«

»Jane Collins.«

»Sind die Namen echt?«

»Ja.« Suko merkte, dass die Frau mit ihnen nichts anzufangen wusste. Sie fragte Al Astor. Auch er hatte sie noch nie gehört.

»Was habt ihr hier zu suchen?«, pfiff die Blonde Suko an.

Er hatte sich schon eine gute Ausrede zurechtgelegt, ermöglicht durch die Entdeckung des Rauschgifts. »Wir haben nicht eingesehen, dass Astor den Stoff allein verkauft.«

Suko war in diesem Augenblick froh, von John den Namen des Mannes erfahren zu haben.

»Du kennst ihn?«

»Sicher. Er ist in der Branche bekannt wie ein bunter Hund.«

Silva lachte. »Und dabei war Al immer so stolz auf seinen Schmuggeltrick. Ich habe ihm immer gesagt, dass er damit mal auf die Nase fällt.«

»Noch bin ich nicht gefallen!«, knirschte der Dealer.

»Nein, aber es kann leicht möglich sein.«

»Soll ich ihr die Kehle aufschlitzen?« Wie er das fragte, ließ keinen Zweifel daran aufkommen, dass er die Sache auch ernst meinte.

»Das hat Zeit. Ich will erst mehr über unser lustiges Paar wissen.« Silva lächelte. »Seit wann hängt ihr schon hinter uns?«

»Wir haben euch in Calais von der Fähre gehen sehen.«

»Dann wusstet ihr, dass wir aus England kommen würden?«

»Ja.«

»Woher?«

»Auch wir haben unsere Verbindungen.«

»Ich will Namen wissen!«, schrie die Blonde.

»Die kann ich nicht sagen.«

»Soll ich deine Puppe doch noch killen?«, kreischte Astor. Die Wölfe knurrten, als sie seine schrille Stimme vernahmen.

»Wäre gar nicht schlecht«, meinte die Blonde, überlegte es sich jedoch anders, denn der Wind trug das Geräusch eines fahrenden Wagens zu ihnen.

»Da kommt jemand«, sagte Astor.

Die Blonde lachte. »Das müssen sie sein. Oder habt ihr noch Komplizen?«

»Wir sind allein«, erwiderte Suko. Auch er war gespannt, wer den Weg zur Burg gefunden hatte. Sicherlich die Aufkäufer des Rauschgifts, doch mit letzter Gewissheit konnte er es nicht sagen.

Die Wölfe wurden ebenfalls unruhig. Sie drehten sich um. Einer hob die Schnauze und heulte.

Ein Hupsignal ertönte.

Dreimal kurz hintereinander.

»Sie sind es«, stellte die Blonde fest und scheuchte ihre Wölfe zurück, die schon zum Eingang hetzen wollten.

Sekunden später schob sich die lange Schnauze eines Citroens durch die Einfahrt. Der Wagen hatte getönte Scheiben, sodass Suko nicht erkennen konnte, wer in seinem Innern hockte.

Abrupt stoppte der Wagen. Anscheinend hatte der Fahrer bemerkt, dass etwas nicht stimmte.

Die Blonde winkte. Und zu Suko gewandt sagte sie: »Halte dich ruhig, Chinese. Eine dumme Bewegung, und es ist um deine Freundin geschehen!«

Wenig später wurden die Türen aufgestoßen, und die beiden Männer verließen den Wagen.

Die Lage spitzte sich zu …

Sie hatten mich wieder in die Halle mit dem Pool getragen. Davon jedoch bekam ich nichts mit. Der Schlag war einfach zu hart gewesen. Ich erwachte erst, als sie bereits dabei waren, etwas über meinen Kopf zu stülpen.

Es war ein gläserner Deckel. Ein Sargdeckel!

Sekundenlang waren die Schmerzen vergessen. Ich verspürte schreckliche Angst, dann wurde der Deckel geschlossen. Zwei Gummileisten an den Rändern saugten sich aneinander und schlossen luftdicht ab.

Aus!

Der Sarg war gläsern. Ich konnte sehen, was um mich herum geschah. Der Deckel saß so fest, dass kein Quäntchen Luft in das Innere dringen konnte.

Und die, die noch vorhanden war, wurde schnell durch mein Atmen verbraucht.

Das stand fest.

Ich hatte die Augen aufgerissen. Das dicke Glas verzerrte die Perspektive. Es ließ die um den Sarg herumstehenden Gestalten wie skurrile Figuren aussehen.

Am Sargende stand Lupina. Ihr Gesicht lief in die Breite, aber ich sah deutlich, wie triumphierend sie lächelte. Jetzt hatte sie mich da, wo sie mich immer haben wollte.

Jovanka und ihr Bruder Marcel rahmten die gläserne Totenkiste ein. Auch sie lächelten. Der böse Triumph war deutlich auf ihren Gesichtern abzulesen.

Das Mädchen hatte sich etwas übergezogen. Dunkle Kleidung. Eine Cordhose und einen Pullover.

Ich sah, wie alle drei auf die Uhr schauten. Überlegten sie vielleicht, wie lange ich noch Atemluft haben würde?

Dann sprachen sie miteinander. Ich verstand kein Wort. Nur an ihren Gesten war zu erkennen, dass sie über mich redeten. Einmal zeigte Marcel auf den Sarg und dann wieder auf das Becken.

Die beiden anderen nickten.

Mein Herz klopfte plötzlich schneller. Ich ahnte, was man mit mir vorhatte. Schweiß stand auf meiner Stirn. Das dicke Glas beschlug von innen.

Auch spürte ich jetzt die Schmerzen. Mein Nacken war steif, den Kopf konnte ich kaum bewegen, und wenn, dann nur unter sehr großen Anstrengungen.

Lupina gab das Zeichen.

Die drei bückten sich gemeinsam.

Hände und Klauen umfassten den Sarg. Sie schoben ihn etwas vor, genau auf den Rand des Beckens zu. Dann fassten sie den Sarg unter und hoben ihn an.

Für einen Moment kippte ich nach links weg. Im nächsten Augenblick hatten sie die gläserne Totenkiste wieder in der Gewalt. Sie gaben ihr Schwung, ließen los – und …

Für einen Moment stockte mir der Herzschlag.

Dann schlug der Sarg auf der Wasseroberfläche des Pools auf …

ENDE

Liebe Leser, wie es mit John Sinclair, Suko und Jane Collins sowie der Werwolf-Sippe der Vaselys weitergeht, erfahren Sie in Band 73 983, der Anfang März 2010 erscheint.

Grandioses Finale im Kampf gegen die uralten Mächte des Bösen

Jason Dark
ARKONADA UND DER
PLANET DER MAGIER
Horror
416 Seiten
ISBN 978-3-404-73977-6

Auf dem Planeten der Magier kommt es zur entscheidenden Auseinandersetzung zwischen Sinclair, der Oberhexe Wikka und Mandraka, dem Schwarzblut-Vampir …